國家社科基金重大項目、四川省重大文化工程《巴蜀全書》二〇一五年度子項目
四川省巴蜀文化研究中心重點項目

碧雞漫志箋證

彭東焕
王映珏 著

巴蜀書社

圖書在版編目(CIP)數據

碧雞漫志箋證/彭東焕等著. —成都:巴蜀書社,2019.1
ISBN 978-7-5531-1012-7

Ⅰ.①碧… Ⅱ.①彭… Ⅲ.①詞(文學)—文學理論—中國—古代 ②碧雞漫志—研究 Ⅳ.①I207.23

中國版本圖書館CIP數據核字(2018)第160255號

碧雞漫志箋證
BIJI MANZHI JIANZHENG

彭東焕　王映玨　著

策　　劃	王承軍
責任編輯	王承軍
扉頁題簽	謝桃坊
出版發行	巴蜀書社(成都市槐樹街2號　郵編610031)
電　　話	總編室:(028)86259397
	發行科:(028)86259422　86259423
網　　址	www.bsbook.com
排　　版	成都完美科技有限責任公司
印　　刷	成都國圖廣告印務有限公司(028-83420992)
版　　次	2019年1月第1版
印　　次	2019年1月第1次印刷
成品尺寸	240mm×170mm
印　　張	19.75
字　　數	280千字
書　　號	ISBN 978-7-5531-1012-7
定　　價	98.00圓

前言

《碧雞漫志》五卷，宋王灼著。王灼（一一〇五—一一七五），字晦叔，號頤堂，遂寧小溪縣（今遂寧市船山區）人。現存著作除《碧雞漫志》外，有《頤堂先生文集》五卷，《頤堂詞》《糖霜譜》各一卷，另有佚文十二篇。

《碧雞漫志》全書大體上可分爲三部分，第一部分主要論歷代歌曲，第二部分品評北宋詞人詞作，第三部分考證唐以來二十九個曲調的源流。對於該書，後世或謂其爲詞話，或謂其爲音樂理論文獻，則是僅執一端。在宋人的觀念中，「詞」始終是一種歌曲，這也是王灼提出「詩詞同源」理論的前提。「詩」「詞」皆爲歌曲，故二者同源，開篇論「歌曲所起」，即點明了這一主旨。將可歌的「詞」等同於可歌的「詩」，從「歌曲」論起，巧妙地避開了詩詞二體的界限，也合理地將「詩教」理論引入到詞學理論中。明確了這一點，對於稱該書爲雜著，漫記的説法則不辨自明了。全書内容看似龐雜，實則均是在「歌曲」的統攝之下，包括了歌曲應具備的「詩」「歌」「聲」「律」等諸多方面的内容，因而客觀上保存了大量相關的文獻史料，其價值不是單純「詞學論著」「音樂文獻」可以概括的，這也是筆者箋證本書的重要原因，希望通過對文本的箋釋考證，能够多層次、多角度地挖掘《碧雞漫志》的價值。

然而，王灼編著該書的主觀目的，是爲當時以詞「達詩人之旨」的尊體運動找到一個合理的理論依據。在此前提下，研究的出發點不是梳理歌曲的發展史，也不是單純的「詩」「歌」「聲」「律」理論探討，這些不過是作者用來作爲論證其觀點的依據。因此難免存在誤讀史料文獻而牽强附會的情况，這種情况在卷一中尤爲突出。比如『先定音節，乃製詞從之，倒置甚矣』，從王灼的敘述中，這一結論似乎是從『詩言志，歌永言，聲依永，律和聲』中得出的，但這句話在《舜典》中的本來含義與王灼所理解的含義大相徑庭；揚雄『中正則雅』與王灼所論中正之聲亦各指一事（詳書中相關考述）。從卷一來看，王灼的觀點並非得於對古代歌曲的考察，而是對北宋以來的詞學觀點作整理。所謂『復古』，實是創新，不過以『古來有之』爲由證明它的合理性。如王安石對先辭後樂的創作方式早有微辭，稱其爲『永依聲』；又如『詩詞同源』的觀點來源於蘇軾『以詩爲詞』及蘇門諸人詞論。只不過北宋時期這類觀點僅是隻言片語，未成體系，且不爲當時主流認識所接受。王灼通過對北宋以來詞學觀點的系統整理，形成了自己的詞學理論和創作規範，對當時詞壇所起到的積極作用是不容忽視的。今天作爲歷史文獻，對於詞學史、歌曲史、《詩經》史等等學術研究都有很好的參考價值。

楊蔭瀏先生在《中國古代音樂史稿》中對《碧雞漫志》作了評述，稱王灼强調詩在歌曲中的主體作用，視音樂爲從屬於詩的副産物，忽略了音樂所起的作用，認爲王灼對音樂没有足够深入的了解。按，王灼强調詩的主體作用，並非是源於對音樂的了解不够，而是刻意爲之，是時代背景和作者個人復古尚雅的詞學思想所決定的。詞是隋唐曲子文學化的發展，曲子的本質爲『繁聲淫奏』的俗樂，這是王灼極力排斥的。而詞則朝着日益雅化的方向發展，這種一雅一俗的對立，使王灼無法通過以詞『被之管弦』來申述自己的詞學觀點，故而避而不談。全書大别爲理論和曲調考證兩部分，缺少了詞與音樂關係的研究，當緣於此故。王灼之後，雖偶有精通音律的詞家致力於詞樂的雅化，如姜夔、張炎等，但仍難阻止詞樂分離的趨勢。

相對而言，卷二至卷五的曲調考證則非常客觀，對曲調的源流、宮調等方面在徵引大量的史志、筆記小說、詩詞文等史料文獻基礎上，進行詳盡的考證。《四庫全書總目》稱其爲『亦考古者必資也』，這也是後世對這一部分著述最爲看重的原因。

此外還有一點需要注意的是，王灼既排斥作爲俗樂性質的詞樂，卻用了大半的篇幅來作詞樂考證，真實地記錄了詞樂在宋代的使用情況；在其理論中反對淺俗側艷之詞，但在詞樂考證時提及歐陽修所作艷詞《鹽角兒》，卻未作任何褒貶；在其理論中反對『詞尚婉媚』，而其自作詞卻不乏婉媚之作。這類理論與創作實踐之間的矛盾，是由於采用了不同的評價標準造成的，一是立足於儒家詩教傳統而作出的倫理判斷，一是藝術的標準。這恰恰從側面反映出當時詞壇尚雅與從俗並存的真實面貌。

基於該書上述種種特點，本書在文本箋釋的基礎之上，針對不同的問題，采用不同的視角、不同的方法進行研究。或對觀點作正誤辨析，或對名物制度源流作文獻梳理，或對原文記載材料作正誤補闕。在資料上力圖『竭澤而漁』，在文獻考釋上『持之有故，言之成理』。

本書大約始於十幾年前。謝師桃坊先生爲詞學研究專家，曾數次建議箋注《碧雞漫志》，稱徐無聞先生曾謂『世間最難注的兩本書爲《中原音韻》《碧雞漫志》二書』。本書選題意在知難而進，試圖從文獻角度解決《碧雞漫志》的疑難問題。幾經猶豫，終於在二〇〇八年開始動筆，此後七年時間裏，陸續擇取《碧雞漫志》中重要問題作進一步的深入研究，彙成《碧雞漫志札記》《碧雞漫志續札》《碧雞漫志札記續補》《碧雞漫志四札》四篇，包括『聲依永』『中正之聲』『「天落」與「天樂」』『梨園』『法曲』『雲韶樂』『舞築球《六么》』『宋代詞調與大曲』『「宮聲往而不返」與「尾聲無所歸宿」』『二部伎』等數十條，分別發表於《蜀學》第六、七輯，《國學》第一、四集；論文《逍遥樓楣上『類梵字』

的霓裳譜非半字譜》《唐宋羯鼓與腰鼓考辨》二篇發表於《中華文化論壇》。

一書之成，萬千辛苦在其中，謹此感謝各位師友的關心與幫助。書中錯誤在所難免，敬祈讀者賜正。

彭東煥　王映珏

戊戌秋日於塵軒

目録

碧雞漫志箋證卷二……五五

凡例

一、《碧雞漫志》已有多種點校本，版本校勘已較爲完善，故而本書以箋證爲主，不再重複版本校勘方面的工作。

二、原文以《中國古典戲曲論著集成》本、唐圭璋《詞話叢編》修訂本、上海古籍出版社《碧雞漫志》及其他兩種合刊本、岳珍《碧雞漫志校正》四種點校本互校，擇善而從，異文出注。爲行文方便起見，《中國古典戲曲論著集成》本簡稱『戲曲論著集成本』、唐圭璋《詞話叢編》修訂本簡稱『詞話叢編本』、上海古籍出版社《碧雞漫志》及其他兩種合刊本簡稱『上古本』、岳珍《碧雞漫志校正》簡稱『校正本』、《碧雞漫志校正》修訂本簡稱『校正修訂本』。

三、各點校本句讀標點多有出入，擇善而從，因句讀標點產生歧義者出注。錯、漏、衍字出注。

四、原文引用的詩詞典籍以相關的點校本參校，有異文者出注，兩者出入較大則録出原文。

五、原文中人名、地名、書名、樂曲、樂器及其他名物制度均做注釋，若學界有争議或忽略的相關問題，則詳加考證。

六、對於原文的觀點及其所徵引的文獻，詳加辨析考證，以辨是非。相關學術熱點難點問題作延伸性研究且篇幅較長者，作爲附録附於書末。

七、各條條目名稱依《詞話叢編》（修訂本），並加序號，以便讀者閲讀檢索。

碧雞漫志序

乙丑冬，予客寄成都之碧雞坊妙勝院，自夏涉秋，與王和先、張齊望所居甚近，皆有聲妓，日置酒相樂，予亦往來兩家不厭也。嘗作詩云：『王家二瓊芙蕖妖，張家阿倩海棠魄。露香亭前占秋光，紅雲島邊弄春色。滿城錢癡買娉婷，風捲畫樓絲竹聲。誰似兩家喜看客，新翻歌舞勸飛觥。君不見東州鈍漢髮半縞，日日醉踏碧雞三井道。』予每飲歸，不敢徑卧，客舍無與語，因旁緣是日歌曲，出所聞見，仍考歷世習俗，追思平時論說，信筆以記。積百十紙，混群書中，不自收拾。今秋開篋偶得之，殘脱逸散，僅存十七，因次比增廣成五卷，目曰《碧雞漫志》。顧將老矣，方悔少年之非，游心淡泊，成此亦安用？但一時醉墨，未忍焚棄耳。己巳三月既望，覃思齋序。

『顧將老矣』句，『將』，戲曲論著本作『予』，餘本均作『將』，從餘本。

乙丑，南宋高宗紹興十五年乙丑（一一四五）。

碧雞坊，時在成都北門。王灼《頤堂文集》卷二《王氏碧雞園六咏·清室》詩中有『碧雞古名坊，奔騰車馬塵』之句，可見其地處於交通要衝。仇兆鰲注引《梁益記》：『成都之坊，百有二十，第四曰碧雞坊。』陸游《病中久止酒有懷成都海棠之盛》詩：『碧雞坊裏海棠時，彌月兼旬醉不知。』周煇《清波别志》卷上：『（巴蜀）海棠富豔，江浙則無之。成都燕王宫、碧雞坊尤名奇特。』王文才先生《成都城坊考》曾有考述，稱『坊在城北，距官道故居百步。』

蓋碧雞坊一帶，王灼與王、張二氏爲鄰，又有同好，故而素常往還頗多，每置酒相樂。所引詩寫王灼往還二家置酒相樂事。王灼詩《頤堂文集》題作《戲王和先張齊望》。

露香亭，是王氏碧雞園中亭閣。王灼《王氏碧雞園六咏·露香亭》有『我來亭上飲，夜久未忍歸』之句，則王氏所居乃碧雞園。所稱『鈍漢』是王灼自謂。

己巳，南宋高宗紹興十九年己巳（一一四九）。覃思齋，當爲王灼室名别號。

碧雞漫志箋證卷一

一　歌曲所起

或問歌曲所起，曰：天地始分，而人生焉。人莫不有心，此歌曲所以起也。《舜典》曰：『詩言志，歌永言，聲依永，律和聲。』《詩序》曰：『在心爲志，發言爲詩，情動於中而形於言。言之不足，故嗟歎之，嗟歎之不足，故永歌之，永歌之不足，不知手之舞之足之蹈之。』《樂記》曰：『詩言其志，歌咏其聲，舞動其容，三者本於心，然後樂器從之。』故有心則有詩，有詩則有歌，有歌則有聲律，有聲律則有樂歌。永言即詩也，非於詩外求歌也。今先定音節，乃製詞從之，倒置甚矣。

歌曲起於人心之説見《樂記》，云：『凡音之起，由人心生也。人心之動，物使之然也。感於物而動，故形於聲；聲相應，故生變；變生方，謂之音；比音而樂之，及干戚、羽旄，謂之樂。樂者，音之所由生也；其本在人心之感於物也。是故其哀心感者，其聲噍以殺；其樂心感者，其聲嘽以緩；其喜心感者，其聲發以散；其怒心感者，其聲粗以厲；其敬心感者，其聲直以廉；其愛心感者，其聲和以柔；六者非性也，感於物而後動。』『凡音者，生人心者也。情動於中，故形於聲，聲成文謂之音。是故治世之音安以樂，……』『凡音者，生於人心者也。樂者，通倫理者也。是故知聲而不知音者，禽獸是也，知音而不知樂者，衆庶是也，唯君子爲能知樂。』

《舜典》爲《尚書·虞書》中專門記載虞舜事迹的一篇。

《詩序》，即《毛詩序》。毛公（毛亨、毛萇）傳《詩經》，世稱《毛詩》。《毛詩》於《詩》三百篇均有小序，而首篇《關雎》小序後，另有長序一篇，世稱《詩大序》，又稱《毛詩序》。此處所引即出自《詩大序》。

《樂記》，是一部以古代社會學思想爲基礎的音樂美學著作，其作者及成書年代歷來有兩説：一説爲戰國時期孔子再傳弟子公孫尼子所撰；一説爲漢武帝時河間獻王劉德采先秦文獻而作。至今學界亦各執其説，莫衷一是。此處王灼所引文辭句讀略異，原文爲：『詩，言其志也；歌，咏其聲也；舞，動其容也；三者皆本於心，然後樂器從之。』

『永言即詩』云云，是將『歌永言，聲依永』理解爲一種聲辭關係：『聲』『聲律』爲曲調，『聲依永』即是先辭後樂。後文言及宋代倚聲填詞、『倚瑟而歌』、魏世三調歌辭『因管弦金石造歌以被之』皆非古法，即是從先辭後樂的『聲依永』之法的角度而論的。王灼的這種觀點在宋代具有普遍性，如趙德麟《侯鯖録》卷七載王安石言：『古之歌者，皆先有詞，後有聲，故曰「詩言志，歌永言，聲依永，律和聲」。如今先撰腔子，後填詞，却是永依聲也。』《宋史》卷一三〇《樂志》載南宋高宗時國子丞王普上言：『蓋古者既作詩，從而歌之，然後以聲律協和而成曲。自歷代至於本朝，雅樂皆先製樂章而後成譜。崇寧以後，乃先製譜，後命詞，於是詞律不相諧協，且與俗樂無異。乞復用古制。』吴曾《能改齋漫録》：『明皇尤溺於夷音，天下薰然成俗，於時才士始依樂工拍擔之聲，被之以辭。句之長短各隨曲度，而愈失古之聲依永之理也。』《朱子語類》卷七八載朱熹釋『詩言志，聲依永，律和聲』謂：『古人作詩，只是説他心下所存事。説出來，人便將他詩來歌。其聲之清濁長短，各依他詩之語言，却將律來調和其聲。今人却先安排下腔調了，然後做語言去合腔子，豈不是倒了，却是永依聲也。』此外還有另外一種觀點認爲『永言之法』是一字配一音，如《歷代名臣奏議》卷一二八載太常禮院主簿楊傑上言：『惟人稟中和之氣，而有中和之聲，足以權量八音，使無重輕高下洪細長短之失。故古者升歌，貴人聲。八音律吕皆以人聲歌爲度。以一聲歌一言，言雖永，不可以逾其聲。今夫歌者或咏一言而濫及數律，或章句已闋而樂聲未終，茲所謂歌不永言也。伏請節裁煩聲，以一聲歌一言，遵用永言之法。且詩言人志，咏以爲歌，五聲隨歌，故曰依咏，律吕協奏，故曰和聲。先儒云：依人音而製樂，託樂器以寫音，樂本效人，非人效樂。此之謂也。』案所謂『聲依永』，『聲』是指『樂』聲，『永』是指人聲，而非王灼諸人理解的聲辭的配合。詳後。

而士大夫又分詩與樂府作兩科。古詩或名曰樂府，謂詩之可歌也。故樂府中有歌，有謡，有吟，有引，有行，有曲。今人於古樂府，特指爲詩之流，而以詞就音，始名樂府，非古也。

樂府，原爲秦漢宮廷音樂機構。《漢書》所載，『樂府』之名均是作爲音樂機構的名稱，如《禮樂志》第二：『高祖樂楚聲，故《房中樂》楚聲也。孝惠二年使樂府令夏侯寬備其簫管，更名曰《安世樂》。』『至武帝……乃立樂府，采詩夜誦，有趙、代、秦、楚之謳。以李延年爲協律都尉，多舉司馬相如等數十人造爲詩賦，略論律吕，以合八音之調，作十九章之歌。』《藝文志》第一〇：『自孝武立樂府而采歌謡，於是有代趙之謳，秦楚之風，皆感於哀樂，緣事而發，亦可以觀風俗，知薄厚云。』《宣帝紀》：『（本始）四年春正月，詔曰：「蓋聞農者興德之本也，今歲不登，已遣使者振貸困乏。其令太官損膳省宰，樂府減樂人，使歸就農業。」』《張放傳》：『使樂府音監景武强求不得，……而使大奴駿等四十餘人，群黨盛兵弩，白晝入樂府攻射官寺，……』《霍光傳》：『發樂府樂器，引内昌邑樂人，擊鼓歌吹作俳倡。』另一九七六年在秦始皇陵區出土的鈕鐘上有銘文『樂府』，二〇〇〇年在西安秦遺址出土『樂府承印』封泥一枚，説明秦代已有樂府機構，《漢書》所謂武帝『立樂府』，當是指樂府恢復古之『采詩』制度、製作禮樂始於武帝時。

漢代合樂之『詩』稱爲『歌詩』，與不合樂的賦相對。《漢書·藝文志》：『不歌而誦謂之賦。』六朝時期才將『歌詩』稱爲『樂府』，詩、賦、樂府成爲並列的文體。如《文選》分『賦』『詩』『樂府』等幾類，《玉臺新咏》分別有『古詩』和『古樂府』，說明這一時期『詩』和『樂府』均爲獨立的兩種文學體裁了。唐代『樂府』一名或指一種詩體，或用以指代音樂機構，宋代則多將詞體稱爲『樂府』，即王灼所說的『以詞就音，始名樂府』。

『歌』『謠』對稱時有兩層含義：一是《韓詩章句》所云『有章曲曰歌，無章曲曰謠』，即有曲調的爲歌，無曲調的爲謠。章曲，即曲調。《宋書·志序》：『今鼓吹鐃歌，雖有章曲，樂人傳習，口相師祖，所務者聲，不先訓以義。』陳暘《樂書》：『韓詩曰：有章曲曰歌，無章曲曰謠。故釋樂以徒歌謂之謠，則徒擊鼓謂之咢，其無章曲可知矣。』二是《毛傳》所云『曲合樂曰歌，徒歌曰謠』，『歌者，比於琴瑟者也，徒歌曰謠』，則合於琴瑟等樂器的爲歌，不合樂器而歌爲謠。孔穎達注疏《左傳》及《周禮》云：『徒歌謂之謠，言無樂而空歌，其聲逍遥然也。』『襄二十九年季札請觀周樂而云爲之歌齊，爲之歌鄭之等，亦是不依琴瑟而云歌，此皆是徒歌，曰謠，亦得謂之歌，若依琴瑟謂之歌，即毛云曲合樂曰歌是也。』這層含義的『歌』和『謠』都有『章曲』，亦皆可稱之爲歌。『謠』，『其聲逍遥』，大概因無樂器所節，因而具有節奏散漫自由的特點。

『吟』『行』『曲』等術語，鄭樵《通志·樂一》『正聲序論』中略有概括：『主於人之聲者則有行、有曲，散歌謂之行，入樂謂之曲。主於絲竹之音者，則有引、有操、有吟、有弄，各有調以主之。攝其音，謂之調，總其調亦謂之曲。凡歌行雖主人聲，其中調者皆可以被之絲竹，凡引、操、吟、弄雖主絲竹，其有辭者皆可以形之歌咏。蓋主於人者有聲必有辭，主於絲竹者取音而已，不必有辭，其有辭者通可歌也。』

舜命夔教冑子，詩歌聲律，率有次第。又語禹曰：『予欲聞六律、五聲、八音，在治忽，以出納五言。』其君臣《賡歌》《九功》《南風》《卿雲》之歌，必聲律隨具。古者采詩，命太師爲樂章，祭祀、宴射、鄉飲皆用之。故曰：『正得失，動天地，感鬼神，莫近於詩。先王以是經夫婦，成孝敬，厚人倫，美教化，移風俗。』

詩至於動天地、感鬼神、移風俗，何也？正謂播諸樂歌，有此效耳。然中世亦有因管弦金石造歌以被之，若漢文帝使愼夫人鼓瑟，自倚瑟而歌，漢魏作三調歌辭，終非古法。

『予欲聞六律、五聲、八音，在治忽，以出納五言』，出自《尚書・益稷》。『六律』『五聲』『八音』見《周禮・春官》：『大師掌六律、六同以合陰陽之聲。陽聲：黄鍾、大蔟、姑洗、蕤賓、夷則、無射。陰聲：大呂、應鍾、南呂、函鍾、小呂、夾鍾。皆文之以五聲：宮、商、角、徵、羽；皆播之以八音：金、石、土、革、絲、木、匏、竹。教六詩：曰風、曰賦、曰比、曰興、曰雅、曰頌。以六德爲之本，以六律爲之音。』『五言』，《尚書》孔傳謂爲『仁、義、禮、智、信五德之言』。

君臣《賡歌》，爲虞舜時君臣唱和之歌，見《尚書・益稷》：『帝庸作歌，曰：「敕天之命，惟時惟幾。」乃歌曰：「股肱喜哉，元首起哉，百工熙哉。」臯陶拜手稽首，颺言曰：「念哉！率作興事，愼乃憲，欽哉！屢省乃成，欽哉！」乃賡載歌曰：「元首明哉，股肱良哉，庶事康哉！」又歌曰：「元首叢脞哉，股肱惰哉，萬事墮哉！」帝拜曰：「俞，往欽哉！」』

《九功》，即《九歌》，相傳爲禹時樂歌。《左傳・文公七年》：『九功之德，皆可歌也，謂之《九歌》。』《楚辭・離騷》：『奏《九歌》而舞《韶》兮，聊假日以媮樂。』王逸注：『《九歌》，九德之歌，禹樂也。』一説天帝樂名。《山海經・大荒西經》：『開上三嬪於天，得《九辯》與《九歌》以下。』郭璞注：『皆天帝樂名也，開登天而竊以下用也。』後來又用以泛指樂章。《漢書・禮樂志第二・郊祀歌十九章》有云：『千童羅舞成八溢，合好効歡虞泰一。九歌畢奏斐然殊，鳴琴竽瑟會軒朱。』唐張説《唐封泰山樂章・豫和三》：『九歌叙，萬舞翔。』

《南風》，舜時樂歌。《帝王世紀》曰：『舜恭己無爲，歌《南風》之詩。詩曰：南風之時兮，可以阜吾人之財兮；南風之熏兮，可以解吾人之慍兮。』《樂記》和《史記·樂書》：『昔者舜作五弦之琴，以歌《南風》，夔始製樂，以賞諸侯。』

《卿雲》，舜時樂歌。《尚書大傳》載，卿雲現，舜命禹代行天子事，『於時俊乂百工相和而歌《卿雲》。帝乃唱之曰「卿雲爛兮，禮縵縵兮，日月光華，旦復旦兮。」』

古代的采詩制度，見《漢書·藝文志》：『古有采詩之官，王者所以觀風俗，知得失，自考正也。』《漢書·食貨志上》：『孟春之月，群居者將散，行人振木鐸徇於路，以采詩，獻之大師，比其音律，以聞於天子。』案關於周代的采詩制度，已多有學者研究。大概而言，『詩』的來源，一是『列士獻詩』，這類多是徒詩；二是行人采集的民間歌謠，則有聲有辭。《周禮·秋官·大行人》：『九歲屬瞽史，諭書名，聽聲音。』賈誼《新書》：『號呼歌謠聲音不中律，燕樂雅誦逆序，凡此其屬詔工之任也。』表明行人所采之『詩』並非無曲調，而是需要大師審訂整理，《周禮》孫詒讓正義：『詔工，蓋即大師，以其教瞽蒙，故謂之詔工矣。』瞽矇隸屬大師，見《周禮·春官·大師》。合宫商律吕。『比其音律』之『比』，子夏《易》象傳云：『比，輔也，下順從也。』顔師古注《漢書》：『比，和也。』則『比其音律』是民間歌謠『遵從』於宫廷的『音』『律』。『比』與『律平聲』之『平』作用相同，皆是使樂『和』；不同之處在於，『比』是客觀上對照兩個音是否相同，『平』是主觀上調整一個音與另一個音的音高相同。除合律之外，還在於對曲調的整理，禁『淫聲』，去『邪音』，《周禮·春官·大司樂》云：『凡建國，禁其淫聲、過聲、慢聲。』《荀子·王制》云：『修憲命，審詩商，禁淫聲，以時順修，使夷俗邪音不敢亂雅，大師之事也。』宫廷音樂的『樂』『音』『聲』『律』皆有其相應的規則，這也是區別民間音樂的重要標志。『曲合樂曰歌，徒歌曰謡』，『歌』與『謡』的區别亦可視爲宫廷歌曲與民間歌曲的區别。

『正得失』云云出自《詩大序》：『故正得失，動天地，感鬼神，莫近於詩。先王以是經夫婦，成孝敬，厚人倫，美教化，移風俗。故詩有六義焉，一曰風，二曰賦，三曰比，四曰興，五曰雅，六曰頌。上以風化下，下以風刺上，主文而譎諫，言之者無罪，聞之者足以戒，故曰風。至於王道衰，禮義廢，政教失，國異政，家殊俗，而變風變雅作矣。』

『因管弦金石造歌以被之』見《晉書・樂志》：『（吴歌雜曲）凡此諸曲，始皆徒歌，既而被之管弦。又有因絲竹金石，造歌以被之，魏世三調歌辭之類是也。』『魏世三調』即清商曲，詳後。

『倚瑟而歌』見《史記・張釋之傳》：『（文帝）使慎夫人鼓瑟，上自倚瑟而歌。』

案本條全篇均是圍繞『詩言志，歌永言，聲依永，律和聲』來討論歷代詩歌聲律。對《舜典》《毛詩》等文獻的理解，首先是對『樂』『音』『聲』『律』等概念的基本含義的認識。

先秦時期的『樂』，是指『禮樂』之『樂』，而不是一般意義上的音樂。禮樂又分兩個層面，一是作爲治國安民的政治手段，一是作爲德教的手段。在禮樂制度層面，狹義的『樂』專指樂舞，如《樂記》所謂『比音而樂之，及干戚羽旄，謂之樂』，即是這一含義。廣義的『樂』包括禮樂中的歌、樂、舞。如《周禮》中的『樂』，大多爲這一含義。作爲德教的『樂』，則是指合乎『德』的要求的『君子之樂』，包括『先王之樂』『古樂』『雅樂』等名目在内。《樂記》所論『樂』包含了以上兩個方面的内容。但《樂記》所反映的是處於『禮崩樂壞』之後德教盛行的時代，故而强調雅俗的對立，『樂』『音』『聲』也因之具有倫理高下之别。然而『樂』『音』『聲』作爲宫廷禮樂建設中的一組音樂術語，不過是『作樂』的不同階段或步驟。『作樂』首先是製律，其次是定宫商、製樂器、樂歌舞的創作與整理，最後才是音樂的教習和運用。如陳暘《樂書》卷九十六《序樂》云：『故先王作樂，先之以律同，繼之以五聲，成之以八音，終之以六舞。』從《尚書》《周禮》等文獻記載及其諸家注疏可知其大概。如：

《尚書・舜典》：『帝曰：夔！命汝典樂，教胄子。……聲依永，律和聲。』孔安國傳：『聲謂五聲：宫、商、角、徵、羽，律謂六律、六吕。』

《尚書・益稷》：『予欲聞六律、五聲、八音，在治忽，以出納五言，汝聽。』孔安國傳：『言欲以六律和聲、音。』

《周禮・春官》：『以六律、六同、五聲、八音、六舞大合樂。……凡六樂者，文之以五聲，播之以八音。』鄭玄注：『六律，合陽聲者也。六同，合陰聲者也。此十二者以銅爲管，轉而相生……《國語》曰：「律所以立均出度也。古之神瞽考中聲而量之以制，度律均鍾。」言以中聲定律，以律立鍾之均。大合樂者，謂遍作六代之樂。』『（六樂）六者言其均，皆待五聲八音乃成也。』

《周禮・春官》：『大師掌六律六同，以合陰陽之聲。陽聲：黄鍾、大蔟、姑洗、蕤賓、夷則、無射。陰聲：大呂、應鍾、南呂、函鍾、小呂、夾鍾。皆文之以五聲：宫、商、角、徵、羽。皆播之以八音：金、石、土、革、絲、木、匏、竹。教六詩：曰風、曰賦、曰比、曰興、曰雅、曰頌。以六德爲之本，以六律爲之音。』陸德明音義：『五聲以律呂調之，其八音亦使與律呂相應，八音亦合五聲。』賈公彦疏：『大師以吹律爲聲，又使其人作聲而合之，聽人聲與律呂之聲合，謂之爲音。』

《周禮・春官》：『典同掌六律、六同之和，以辨天地、四方、陰陽之聲，以爲樂器。……凡爲樂器，以十有二律爲之數度，以十有二聲爲之齊量。凡和樂，亦如之。』

六同又稱爲六呂。六律、六同合爲十二律，從《周禮》及其注疏即可知，律是以『中聲』爲標準來確定的，製樂器以十二律爲標準來調整大小長短，人聲歌唱亦需合於十二律。『中聲』『律』有多種含義，另詳後文。

『音』，見於《尚書》和《周禮》内多聯繫於樂器，『八音』即八類樂器的分類。孔穎達疏《樂記》云：『音則今之歌曲也。……以樂器次比音之歌曲而樂器播之，並及干戚羽旄，鼓而舞之，乃謂之樂也。』結合賈公彦所釋『以六律爲之音』，可知『音』側重於指器樂。人聲與樂器的律呂相合方能謂之『音』。

『聲』指宮、商、角、徵、羽。每『聲』以黄鍾大吕等爲音高標準，故而黄鍾大吕等又稱爲『聲』，十二律稱爲十二聲。鄭玄注《樂記》：『宫、商、角、徵、羽，雜比曰音，單出曰聲。』『聲』與『音』相對時當作此解，但『聲』與『律』相對時，『聲』的意義則在於聲與聲之間的音程關係，五聲爲一個整體，各聲之間的音程是固定不變的，配合以十二律，每一律皆可爲宫爲商，一組五聲（或七聲）即爲一均。這樣的『聲』雜比才爲『音』。鄭玄所謂『六者言其均』云云，即是從這一角度而言。戰國以後文獻，『音』『聲』則多混用。

宫廷音樂皆是以六律、五聲、八音爲基礎製作而成，故宫廷音樂均被稱爲『樂』。《周禮》中『燕樂』『縵樂』『夷樂』『散樂』等，均是這一含義。春秋戰國時期，雖然儒家强調『德音爲樂』，但宫廷音樂仍然有『女樂』『世俗之樂』『新樂』之稱。宫廷音樂首先是以音樂的標準衡量『樂』，如《尚書》中所載，察『治忽』，首先是審訂六律、五聲、八音。《儀禮》中的『正歌』『無算樂』亦均屬『樂』的範疇。『正歌』是配合儀式的音樂，『無算樂』則是以娱賓客爲目的，但仍在禮樂規範之内。儒家衡量『樂』的標準則是『德』，『德音』的標準爲『雅樂』，而『雅樂』是以『宗周』爲前提，與『鄭聲』相對而提出的，『先王之樂』『古樂』，自然成了『雅樂』的重要内容。後世崇雅往往與復古相聯繫，即源於此。『樂』除了以上的含義之外，還用以代指樂器或用樂器演奏，如《儀禮》『笙入……樂《南陔》』，《樂記》『比音而樂之』，《毛詩》『曲合樂曰歌，徒歌曰謡』，毛公傳《詩·魏風·園有桃》『我歌且謡』。前二例『樂』指用樂器演奏，後一例指樂器。大概是因爲六律五聲皆由樂器來體現，大合樂亦『待五聲八音乃成』之故，正如《漢書》所云：『以律吕和五聲，施之八音，合之成樂。』

其次是『詩』和『歌』的早期含義。據聞一多先生《歌與詩》考察，『詩』的本質是記事，『歌』的本質是抒情，『古代歌所據有的是後世所謂詩的範圍，而古代詩所管領的乃是後世史的疆域。』詩於文字産生以前，憑記憶以口耳相傳，詩之有韻及整齊的句法，都是爲着便於記誦，所以詩有時又稱『誦』。《詩經》有謂『家父作誦』『吉甫作誦』，『作誦』即『作詩』，表明西周時期，『誦』亦是『詩』的重要傳述方式。《周禮・春官》載，瞽矇掌『諷誦詩、世奠系』，便是源於『詩』的記事功能和儀式誦唱史詩的古老傳統。『詩言志，歌永言』，在《尚書》原文的記載中是作爲樂師典樂的內容，『詩』『歌』皆是儀式樂的項目。《周禮》中『詩』有風、賦、比、興、雅、頌六詩，而六詩皆稱爲『歌』。《尚書・舜典》：『帝曰：「夔，命汝典樂，教胄子。直而溫，寬而栗，剛而無虐，簡而無傲。詩言志，歌永言，聲依永，律和聲。八音克諧，無相奪倫，神人以和。」夔曰：「於，予擊石拊石，百獸率舞。」』《周禮・春官》：『（大師）教六詩：曰風，曰賦，曰比，曰興，曰雅，曰頌。以六德爲之本，以六律爲之音。』『（瞽矇）掌九德六詩之歌，以役大師。』這種變化，當與禮樂功能的變化有關。早期的禮樂用於『和神人』，周代的禮樂則用於『以致鬼、神、示，以和邦國，以諧萬民，以安賓客，以說遠人，以作動物』。《周禮・春官・大司樂》禮樂功能的擴展，勢必引起『詩』的功用的擴展，『詩』的內涵自然也隨之而擴展。從『詩』與『歌』的並列，再到『歌』名義下六詩的並列，《周禮》中幾種『詩』的用例，反映的是禮樂制度發展的不同階段『詩』的不同內涵。概而言之，『詩』與『歌』的分合經歷了三個階段：第一階段，『詩』包括聲、言、誦三個要素，『歌』則包括聲、樂兩個要素；第二階段，六詩皆爲『歌』，包括聲和辭兩方面內容；第三階段，詩之辭與詩之樂分離，『詩』專指詩之辭，詩、聲、歌爲依次遞進的關係。王灼所謂『永言即詩』，『詩歌聲律，率有次第』，即是『詩』『歌』發展到第三階段以後的含義。因此，《舜典》所云『聲依永』，決不是王灼理解的先辭後樂。

『聲依永』的本來含義，宋人蘇軾已有詮釋。蘇軾《書傳》在解釋『詩言志，歌永言，聲依永，律和聲』一語時稱：『聲者，樂聲也；永者，人聲也。樂聲升降之節視人聲之所能至，則爲中聲，是謂聲依永。永則無節，無節則不中律，故以律爲之節，是謂律和聲。』明代樂律學家朱載堉在《樂律全書》中亦是從『人聲』與『樂聲』的角度來解釋『聲依永』的，且更爲通俗易明：『詩既成矣，其吟咏之間，必悠揚宛轉有清濁高下之節，然後可聽，是之謂歌永言。今俗樂之唱詞曲，乃其遺法也。當歌之時，欲和之以樂器之聲，其樂聲之清濁高下必與歌聲之清濁高下相應，是之謂聲依永。俗樂唱詞曲之時，或吹竹彈絲與之相應，乃其遺法也。至此則樂已小成矣。若並奏衆音，清濁高下難得齊一，故須用律以齊之，如作黄鍾宫調，則衆音之聲皆用黄鍾爲節，作太簇商調，則衆音之聲皆用太簇爲節，然後清濁高下自齊一而不亂，是之謂律和聲。』《舜典》『詩言志』云云，聯繫其前後文，所講的正是關於儀式中詩、歌、聲、律諧和的問題，『聲依永』體現的是重『人聲』的傳統，而不是『因聲度詞』或『詩而聲之』的問題。『重人聲』表現在兩方面，一是『歌者在上，匏竹在下，貴人聲也』；《禮記·郊特牲》二是製律以『人聲』爲本。如《文心雕龍·聲律》謂『夫音律所始，本於人聲也』。《左傳·昭公元年》『中聲以降，五降之後不容彈矣』，曾侯乙編鐘剛好五個八度，二者正相合，由此亦可證蘇軾釋『中聲』爲『視人聲之所能至』是有依據的。因此可以推斷，律的範圍是以人聲適度的音域來確定的，再考訂音高度量成數值，據相應的數值製成律管作爲定音器，《國語·周語》有云：『古之神瞽考中聲量之以制』，這裏『中聲』是指音高標準。詳本卷『論雅鄭所分』條箋證。用以校正樂器音高，大合樂時使衆器宫調統一。《周禮·春官》：『典同掌六律、六同之和，以辨天地、四方、陰陽之聲，以爲樂器。……凡爲樂器，以十有二律爲之數度，以十有二聲爲之齊量。凡和樂，亦如之。』《説文》段注謂『律者，所以範天下之不一而歸於一』，這是『律』最基本也是最重要的功能。見於先秦兩漢時期的文獻所解釋的『律』，其含義是很明確的，指樂音的音高標準，依律度製成的定音器亦稱爲『律』。如《國語·周語》：『律，所以立均出度。』高誘注《淮南子》：『律，律度也。』蔡邕《月令章句》：『律，帥也，聲之管也。上古聖人始鑄金以爲鐘，以應正月至十二月之聲，乃截竹爲管，謂之律。聲之清濁，以律管長短爲制也。』《後漢書·律曆志》注引『樂律』『音律』『律吕』等名稱相互通用，包括音高標準、十二律體系的構成、音階形式、調式等内容。宋人則往往將『律』『聲律』『音律』等名稱作『曲調』的同義語來使用。如蘇軾《哨遍·爲米折腰》詞序云：『乃取《歸去來》詞，稍加檃括，使就聲律，以遺毅夫，使家僮歌之。』劉克莊跋《劉瀾樂府》：『詞當葉律，使雪兒、春鶯輩可歌，不可以氣爲色。』王灼於後文亦云：『唐中葉雖有古樂府，而播在聲律則尠矣，士大夫作者，不過以詩一體自名耳。』姜夔《長亭怨慢》序云：『予頗喜自製曲，初率意爲長短句，然後協以律。』王灼以宋人的習慣用法來理解早期文獻，自然相去甚遠。先秦文獻中『律』『音律』等名稱絶無『曲調』這一含義。《吕氏春秋》專有『音律』一章，講的是十二律相生之法等内容。宋代詞樂重宫調，如詞調有以『轉調』爲名的，周邦彦的『三犯』『四犯』之曲等，《樂章集》以宫調爲序。宫調一定，『聲』『律』即定，加之宋代采用的是固定調記譜法——譜字與律吕一一對應——有曲調，自然合律。這大概就是宋人將『律』『音律』指代曲調的原因。

二　歌詞之變

古人初不定聲律，因所感發爲歌，而聲律從之，唐、虞三代以來是也，餘波至西漢末始絶。西漢時，今之所謂古樂府者漸興，晉魏爲盛，隋氏取漢以來樂器歌章古調併入清樂，餘波至李唐始絶。唐中葉雖有古樂府，而播在聲律則尠矣，士大夫作者，不過以詩一體自名耳。蓋隋以來今之所謂曲子者漸興，至唐稍盛，今則繁聲淫奏，殆不可數。古歌變爲古樂府，古樂府變爲今曲子，其本一也。後世風俗益不及古，故相懸耳。而世之士大夫亦多不知歌詞之變。

『三代』，戲曲論著本、詞話叢編本、上古本均作『禪代』，校正本作『三代』，依校正本。

『唐虞三代』即上古堯舜禹三代。『唐』即堯。堯先封於陶，後改封於唐，故稱陶唐氏。『虞』，指舜，舜原爲有虞氏部落首領，故稱有虞氏或虞舜。所謂三代之『餘波』，指『因所感發爲歌，而聲律從之』之古法。

西漢時『古樂府』，指『樂府』機構所掌歌曲，已詳前。西漢樂府歌曲，魏晉時入清商樂。

清樂，隋唐前稱清商樂。見於《晉書》所載，曹魏西晉時期，有『清商令』『清商丞』樂官名，『清商』

與『太樂』『總章』『鼓吹』並列，表明這一時期，『清商』爲音樂機構名稱，隸於光禄勳，如《晉書·職官》載：『光禄勳，統……掖庭、清商……』此後見於史志所載，南朝梁、隋代皆有清商署之設。晉室南遷之後，『清商』始作爲音樂名稱，《魏書·樂志》：『初，高祖討淮、漢，世宗定壽春，收其聲伎。江左所傳中原舊曲，《明君》《聖主》《公莫》《白鳩》之屬，及江南吴歌、荆楚四（西）聲，總謂清商。至於殿庭饗宴兼奏之。』隋煬帝時改名爲『清樂』。清樂的音樂組成，《隋書》卷一五《音樂志》有詳述：『清樂其始即清商三調是也，並漢來舊曲，樂器形制，並歌章古辭，與魏三祖所作者，皆被於史籍。屬晉朝遷播，夷羯竊據，其音分散，苻永固平張氏，始於涼州得之。宋武平關中，因而入南，不復存於内地。及平陳後獲之。高祖聽之，善其節奏，曰：「此華夏正聲也。昔因永嘉，流於江外，我受天明命，今復會同。雖賞逐時遷，而古致猶在。可以此爲本，微更損益，去其哀怨，考而補之。以新定律吕，更造樂器。」』隋代的清樂包括了漢魏至南朝歷代宫廷積累下來的俗樂，即《通典》所謂『清樂者，九代之遺聲』。

『唐中葉雖有古樂府』，唐中葉的『古樂府』實是『新樂府』。初盛唐間的樂府詩以樂府舊題擬作爲主，盛唐始有新題樂府，如杜甫的《兵車行》《麗人行》《悲陳陶》《哀江頭》等，『率皆即事名篇，無復依傍』。元稹《樂府古題序》中唐白居易等人的新題樂府明確以『新樂府』爲名，《樂府詩集》卷九〇《新樂府辭》序云：『新樂府者，皆唐世之新歌也。以其辭實樂府，而未常被於聲，故曰新樂府也。』

曲子，是隋唐時期産生的一種新興音樂。『曲子』即小曲，是相對於『大曲』而産生的名稱，其辭樂結合方式主要爲采詩入樂和倚聲填辭兩種。王昆吾《隋唐五代燕樂雜言歌辭研究》對曲子的體制、歌唱以及曲子辭至詞體的流變等問題均有詳細考察，可參閲。

視民間新聲爲『繁聲淫奏』，是宋人的普遍看法。如《夢溪筆談》：『唐人樂學精深，尚有雅律遺法。今之燕樂，古聲多亡，而新聲大率皆無法度。』《補筆談》：『世俗之樂，惟務新聲，豈復有法度，烏足道哉。』《苕溪漁隱叢話》：『近時樂家，多爲新聲，其音譜轉移，類以新奇相勝，故古曲多不存。』《宋史·樂志》：『民間作新聲者甚衆，而教坊不用也。』王灼於本卷多次討論『古法』『古意』，概括而言可包括三個方面：一是『歌曲所起』條討論的先辭後樂的『聲依永』之法；二是因感發而歌，如『歌曲所起』條之『有心則有歌』，本文之『因所感發爲歌』，『漢初古俗猶在』條之吟咏情性；三是以『詩』入歌曲，如『唐絶句定爲歌曲』條所謂『唐時古意亦未全喪，《竹枝》《浪淘沙》《拋繡球》《楊柳枝》，乃詩中絶句，而定爲歌曲。』三者皆是王灼所理解的『詩言志』所包含的『古法』要素。

三　古者歌工樂工皆非庸人

子語魯太師樂，知樂深矣。魯太師者，亦可語此耶？古者歌工、樂工皆非庸人，故摯適齊，干適楚，繚適蔡，缺適秦，方叔入河，武入漢，陽、襄入海，孔子録之。八人中，其一又見於《家語》。孔子學琴於師襄子，襄子曰：『吾雖以擊磬爲官，然能於琴，今子於琴已習』是也。子貢問師乙：『賜宜何歌？』答曰：『愛者宜歌《商》，温良而能斷者宜歌《齊》，寬而静、柔而正者宜歌《頌》，廣大而静、疏達而信者宜歌《大雅》，恭儉而好禮者宜歌《小雅》，正直而静、廉而謙者宜歌《風》。』師乙，賤工也，學識乃至此。又曰：『歌者上如抗，下如墜，曲如折，止如槁木，倨中矩，勾中鈎，纍纍乎端如貫珠。』歌之妙不越此矣。今有過鈞容班教坊者，問曰：『某宜何歌？』必曰：『汝宜唱田中行、曹元寵小令。』

『愛者』，戲曲論著本、詞話叢編本、上古本作『慈愛者』，校正本作『愛者』，從校正本。

孔子與魯國太師講樂見《論語·八佾》：『樂其可知也：始作，翕如也，從之，純如也，皦如也，以成。』魯太師亦可語此，當指後文師乙與子貢講樂。師乙亦爲魯國大師，見賈公彦疏《周禮》：『師乙，乃魯之大師，瞽之無目，知音者也。』

『摯適齊』云云，出自《論語·微子》，王灼所言文辭簡省，原文爲：『大師摯適齊，亞飯干適楚，三飯繚適蔡，四飯缺適秦，鼓方叔入於河，播鞀武入於漢，少師陽、擊磬襄入於海。』

《家語》，又稱《孔子家語》，《漢書·藝文志》著録爲二十七卷，顔師古注稱『非今所有《家語》』，唐宋以後多認爲該書爲三國時王肅僞作，建國後於河北、安徽出土了西漢時竹簡，内容與今本《家語》相近。孔子學琴於師襄見《家語·辨樂解》載：『孔子學琴於師襄子。襄子曰：「吾雖以擊磬爲官，然能於琴，今子於琴已習，可以益矣。」孔子曰：「丘未得其數也。」有間，曰：「已習其數，可以益矣。」孔子曰：「丘未得其志也。」有間，曰：「已習其志，可以益矣。」孔子曰：「丘未得其爲人也。」有間，曰：「孔子有所繆然思焉。」有所睪然，高望而遠眺。曰：「丘迨得其爲人矣。黮而黑，頎然長，曠如望羊，掩有四方，非文王其孰能爲此。」師襄子避席葉拱而對曰：「君子聖人也。」』《韓詩外傳》亦載孔子學琴於師襄，行文略有小異。據清梁玉繩《漢書人表考》考證，《論語》中的『擊磬襄』與《家語》中傳授琴藝於孔子的師襄並非同一人，『擊磬襄』爲魯國樂官，師襄子爲衛國樂官。

子貢爲孔子弟子，姓端木名賜，字子貢，以字行。子貢問歌於師乙見載於《樂記》。

鈞容班即鈞容直，《宋史·樂志》載：『鈞容直，亦軍樂也。太平興國三年，詔籍軍中之善樂者，命曰引龍直。每巡省游幸，則騎導車駕而奏樂，若御樓觀燈賜酺，則載第一山車。端拱二年又選捧日天武拱聖軍曉暢音律者，增多其數，以中使監視，藩臣以樂工上貢者，亦隸之。淳化四年改名鈞容直，取鈞天之義。初用樂工同雲韶部，大中祥符五年因鼓工温用之，請增龜兹部如教坊，其奉天書及四宫觀皆用之。』

教坊之設始於唐代，初唐於禁中置内教坊，掌内廷雅樂。盛唐除内教坊外，另置左右教坊，專掌俗樂，唐憲宗時，内教坊與左右教坊合併爲仗内教坊。宋代教坊自宋初始置至紹興三十一年廢止，均掌燕樂。張影《歷代教坊與演劇》對唐宋教坊制度沿革有詳析，可參閲。

田中行，本書卷二王灼稱『田中行極能寫人意中事，雜以鄙俚……北里狹邪橫行者也』，曹元寵爲『滑稽無賴之魁』，『今少年……十有八九，不學柳耆卿，則學曹元寵』。詳卷二相關討論。

四　漢初古俗猶在

劉、項皆善作歌，西漢諸帝如武、宣類能之。趙王幽死，諸王負罪死，臨絶之音，曲折深迫。廣川王通經，好文辭，爲諸姬作歌尤奇古。而高祖之《戚夫人》、燕王旦之《華容夫人》兩歌，又不在諸王下，蓋漢初古俗猶在也。東京以來，非無作者，大概文采有餘，情性不足。高歡玉壁之役，士卒死者七萬人，慚憤發疾，歸使斛律金作《敕勒歌》。其辭略曰：『山蒼蒼，天茫茫，風吹草低見牛羊。』歡自和之，哀感流涕。金不知書，能發揮自然之妙如此，當時徐、庾輩不能也。吾謂西漢後，獨《敕勒歌》暨韓退之《十琴操》近古。

『華容夫人』，戲曲論著本、詞話叢編本、上古本作『容華夫人』，校正本作『華容夫人』，從校正本。

『情性』，戲曲論著本、詞話叢編本、上古本作『性情』，校正本作『情性』，並有考，從校正本。

項羽作《垓下歌》，《史記·項羽本紀》記載：『項王軍壁垓下，兵少食盡，漢軍及諸侯兵圍之數重。……於是項王乃悲歌忼慨，自爲詩曰：「力拔山兮氣蓋世，時不利兮騅不逝，騅不逝兮可奈何，虞兮虞兮奈若何。」歌數闋，美人和之。』

劉邦作《大風歌》，見《史記·高祖本紀》：『高祖還歸，過沛，留。置酒沛宫，悉召故人父老子弟縱酒，發沛中兒得百二十人，教之歌。酒酣，高祖擊筑自爲歌詩曰：「大風起兮雲飛揚，威加海内兮歸故鄉，安得猛士兮守四方！」令兒皆和習之。高祖乃起舞，慷慨傷懷，泣數行下。』

漢武帝作《李夫人歌》，《漢書·外戚列傳》云：『（李夫人病逝）上愈益相思悲感，爲作詩曰：「是邪，非邪？立而望之，偏何姗姗其來遲！」令樂府諸音家弦歌之。』另《漢書·溝洫志》載漢武帝作《瓠子歌》，《文選》卷四五録有漢武帝《秋風辭》。

趙幽王（？—前一八一），名友，劉邦之子，受誣被吕后幽禁而死，謚爲趙幽王。事見《漢書·高五王傳》，幽王被吕太后圍困於府邸，『趙王餓，乃歌曰：「諸吕用事兮，劉氏微；迫脅王侯兮，彊授我妃。我妃既妒兮，誣我心惡；讒女亂國兮，上曾不寤。我無忠臣兮，何故棄國？自快中野兮，蒼天與直！于嗟不可悔兮，寧早自賊！爲王餓死兮，誰者憐之？吕氏絶理兮，托天報仇！」遂幽死。』

廣川王（？—前七一），名去，漢景帝曾孫，通《易》《論語》《孝經》，好文辭、方技、博弈、倡優。《漢書·景十三王傳》載趙去爲其寵姬修靡夫人、明貞夫人所作歌：『背尊章，嫖以忽，謀屈奇，起自絶。行周流，自生患，諒非望，今誰怨！』『愁莫愁，居無聊。心重結，意不舒。内茀鬱，憂哀積。上不見天，生何益！日崔隤，時不再。願棄軀，死無悔。』

高祖《戚夫人歌》，《史記·留侯世家》載高祖欲立戚夫人子趙王如意而廢太子，後不果，『戚夫人泣，上曰：「爲我楚舞，吾爲若楚歌。」歌曰：「鴻鵠高飛，一舉千里。羽翮已就，横絶四海。横絶四海，當可奈何！雖有矰繳，尚安所施！」歌數闋，戚夫人歔欷流涕。』《漢書·張良傳》同。《樂府詩集·雜歌謡辭》收録該詩題名作《楚歌》。另《漢書·外戚列傳》載『吕后爲皇太后，乃令永巷囚戚夫人，髡鉗衣赭衣，令舂。戚夫人舂且歌曰：「子爲王，母爲虜，終日舂薄暮，常與死爲伍！相離三千里，當誰使告女？」』《樂府詩集》同卷收録戚夫人所歌題名作《戚夫人歌》。

燕王《華容夫人歌》，華容夫人爲漢武帝四子燕王旦之夫人。《漢書·武五子傳》載，昭帝時，燕王謀立事發，『王憂懣，置酒萬載宫，會賓客群臣妃妾坐飲。王自歌曰：「歸空城兮，狗不吠，雞不鳴，横術何廣廣兮，固知國中之無人！」華容夫人起舞曰：「髮紛紛兮置渠，骨藉藉兮亡居。母求死子兮，妻求死夫。裴回兩渠間兮，君子獨安居！」』《樂府詩集·雜歌謡辭》收録二人之歌，燕王所歌題名作《燕王歌》，華容夫人所歌題名作《華容夫人歌》。

高歡（四九六—五四七），北齊高祖，字賀六渾，東魏權臣，北齊王朝奠基人。《北齊書》《北史》均有紀。玉壁之戰，是南北朝時期東魏丞相高歡對西魏發動的戰役，旨在攻取戰略要地玉壁城，進而打開西進的道路，後以失敗告終。『是時西魏言神武中弩，神武聞之，乃勉坐見諸貴，使斛律金作《敕勒歌》，神武自和之，哀感流涕。』見《北史·齊高祖紀》。《敕勒歌》，戲曲論著本校記云：『「山蒼蒼，天茫茫」兩句，它處均作「天蒼蒼，野茫茫」，此處似有錯誤。』見於宋人《樂府詩集》《容齋隨筆》所載，均作『天蒼蒼，野茫茫』。

『徐、庾輩』，當指南朝時期的徐摛、徐陵父子和庾肩吾、庾信父子。四人皆擅長『宫體』詩，『好爲新變，不拘舊體』，（《梁書·徐摛傳》）講究辭藻聲律，風格輕艷綺靡，與王灼所崇尚的古雅大相徑庭。

韓退之名愈（七六八—八二四），字退之，唐代文學家，河南河陽（今河南省孟州市）人，自稱郡望『昌黎』，世稱『韓昌黎』『昌黎先生』。《琴操》十首，《韓昌黎全集》卷一有收録，題下注：『《琴操》凡十有二，公取其十。』十二琴操見徐堅《初學記》卷一六《樂部下》：『《琴操》曰：古琴曲有詩歌五曲……又有十二操，一曰《將歸操》，二曰《猗蘭操》，三曰《龜山操》，四曰《越裳操》，五曰《拘幽操》，六曰《岐山操》，七曰《履霜操》，八曰《朝飛操》，九曰《别鶴操》，十曰《殘形操》，十一曰《水仙操》，十二曰《懷陵操》。』據其注，十二曲爲周文王、孔子、伯牙等所作。韓愈《十琴操》所謂『近古』，實是刻意擬古。如其中有七首擬周公、孔子等古人口吻，以第一人稱寫作；十首體裁風格皆介於騷體、古詩之間。

五　荊軻易水歌

荊軻入秦，燕太子丹及賓客送至易水之上，高漸離擊筑，軻和而歌，爲變徵之聲，士皆涕淚。又前爲歌曰：『風蕭蕭兮易水寒，壯士一去兮不復還。』復爲羽聲慷慨，士皆瞋目，髮上指冠。軻本非聲律得名，乃能變徵換羽於立談間，而當時左右聽者，亦不憒憒也。今人苦心造成一新聲，便作幾許大知音矣。

燕太子丹，見《燕太子傳》《玉函山房輯佚書續編·史編總類》據逸《琱玉集》十二所輯載：『燕丹，六國時燕太子也，而質於秦。秦王遇之無禮，丹乃求歸。秦王曰：「烏頭白，馬生角，當聽子歸。」太子仰天而歎，烏爲頭白，馬爲生角。秦王大驚，始遣丹歸。丹乃募得荊軻以刺秦王，不達。秦王大興兵衆，遂滅燕國。竟煞燕丹也。』

荊軻入秦餞於易水事見於《史記·刺客列傳》，較王灼所述爲詳：『太子及賓客知其事者，皆白衣冠以送之。至易水之上，既祖，取道，高漸離擊筑，荊軻和而歌，爲變徵之聲，士皆垂淚涕泣。又前而歌曰：「風蕭蕭兮易水寒，壯士一去兮不復還！」復爲羽聲忼慨，士皆瞋目，髮盡上指冠，於是荊軻就車而去，終已不顧。』荊軻刺秦之事，自《史記》之後不少文獻都有記載，文辭大同而小異，或爲當時流傳互異，作者各據所聞而録之。『高漸離擊筑，荊軻和而歌』，《文選》卷二八作『高漸離擊筑，荊軻歌，宋如意和曰：風蕭蕭兮易水寒……』，易水歌爲宋如意所歌。宋如意又作宋意，《淮南子·泰族訓》『高漸離、宋意爲擊築』，《劉子》『荊軻如秦，宋意擊筑歌於易水之上』，陶淵明《咏荊軻》『漸離擊悲筑，宋意唱高聲』，《太平御覽》卷四八三引《燕丹子》『宋意脉勇之人，怒而面青』。

易水，《元和郡縣圖志・易州》：（河北道）『禹貢冀州之域，虞及周爲并州地，春秋時屬燕晉，戰國時屬燕趙，秦置三十六郡，以爲上谷郡，漢分置涿郡，今州則漢涿郡故安縣之地，隋開皇元年改爲易州，因州南十三里易水爲名。』『易水，一名故安河，出縣西寬中谷。《周官》曰：「并州，其浸淶、易。」燕太子丹送荆軻易水之上，即此水也。』

高漸離，見《史記・刺客列傳》：『荆軻既至燕，愛燕之狗屠及善擊筑者高漸離。荆軻嗜酒，日與狗屠及高漸離飲於燕市，酒酣以往，高漸離擊筑，荆軻和而歌於市中，相樂也，已而相泣，旁若無人者。』

筑，或作『築』。《説文解字》：『築，以竹曲，五弦之樂也。』《漢書・高帝紀》注：『鄧展曰：筑，音竹。應劭曰：狀似琴而大頭安弦，以竹擊之，故名曰筑。師古曰：筑，形似瑟而細頸也。』陳暘《樂書》卷一四六載其形制極詳：『築之爲器，大抵類箏，其頸細，其肩圓，以竹鼓之，如擊琴。然又有形如頌琴，施十三弦，身長四尺二寸，頸長三寸，圍四寸五分，首長廣七寸五分，闊六寸五分。品聲按柱，左手振之，右手以竹尺擊之，隨調應律焉。高漸離擊之於燕，漢高祖擊之於沛，而戚夫人亦善焉。至唐置於雅部，長四尺五寸，折九尺之半爲法，是不知特世俗之樂，非雅頌之音也。聖朝沿襲唐制，設柱同箏法，第一弦黄鍾正聲，第十二弦黄鍾清聲。箏以指彈，築以筯擊，大同小異，其按習並依鍾律，彈擊之法，降之俗部可也。』

『爲變徵之聲』，『復爲羽聲』，爲變徵調轉羽調。周代已有七聲音階和旋宫轉調的運用，如《周禮・春官・大司樂》載：『乃奏姑洗，歌南吕……奏夷則，歌小吕……』『凡樂，圜鍾爲宫，黄鍾爲角，大蔟爲徵，姑洗爲羽……凡樂，函鍾爲宫，大蔟爲角，姑洗爲徵，南吕爲羽，……』。《通典》謂『自殷以前，但有五音，此二者，自周以來加文、武二音，謂之七聲。五聲爲正，二聲爲變。變者，和也。』

六　古音古辭亡缺

或問：元次山補伏羲至商十代樂歌，皮襲美補九夏歌，是否？曰：名與義存，二子補之無害。或有其名而無其義，有其義而名不可强訓，吾未保二子之全得也。次山曰：『嗚呼！樂聲自太古始，百世之後，盡亡古音；樂歌自太古始，百世之後，遂亡古辭。』次山知之晚也。孔子之時，三皇五帝樂歌已不及見，在齊聞《韶》，至三月不知肉味。戰國秦火，古器與音辭亡缺無遺。

元次山名結（約七一九—約七七二），字次山，洛陽人，後遷魯山，天寶十二載進士及第，安禄山反，曾率族人避難猗玗洞（今湖北大冶境内），因號猗玗子，有《元次山文集》傳世，《新唐書》卷一四三有傳。元結《補樂歌十首序》云：『自伏羲至於殷，凡十代，樂歌有其名亡其辭。考之傳記，義或存焉，故采其名義以補之，凡十九章，各引其義以序之，命曰《補樂歌》。』所作補樂歌十首十九章，《網罟》二章、《豐年》二章、《雲門》二章、《九淵》一章、《五莖》一章、《六英》二章、《咸池》二章、《大韶》二章、《大夏》三章、《大濩》二章。《樂府詩集》卷九六具録之。

皮襲美名日休（約八三八—約八八三），字襲美，一字逸少，復州竟陵（今湖北襄陽）人，曾居住在鹿門山，自號鹿門子，又號間氣布衣、醉吟先生、醉士等，有《皮子文藪》傳世。皮日休《九夏歌九篇序》稱：『《周禮》曰：「鍾師掌金奏，凡樂事以鍾鼓奏《九夏》，《王夏》《肆夏》《昭夏》《納夏》《章夏》《齊夏》《族夏》《祴夏》《驁夏》。」鄭思農云：「夏，大也，樂之大歌有九。」杜子春云：「王出入奏《王夏》，尸出入奏《肆夏》，牲出入奏《昭夏》，四方賓來奏《納夏》，臣有功奏《章夏》，夫人祭奏《章夏》，族人侍奏《族夏》，客醉而出奏《祴夏》，公同入奏《驁夏》。」鄭康成云：「九夏皆詩篇名，頌之類也。此歌之大者，載在樂章，樂崩亦從而亡。祴與陔同。」皮日休曰：「九夏亡者，吾能頌之。」乃作《補九夏歌》。』所作《補九夏歌》計二十二章，《王夏》四章、《肆夏》二章、《昭夏》二章、《納夏》四章、《章夏》四章、《齊夏》一章、《族夏》二章、《祴夏》一章、《驁夏》二章。《樂府詩集》卷九六具録之。

三皇五帝各代樂舞，見諸文獻多有異稱，楊蔭瀏《中國音樂史綱》有整理，如表：

作者	樂舞名稱	異名
伏羲	扶來	立本
神農	扶持	下謀
黄帝	咸池	雲門大卷
少皞	大淵	
顓頊	六莖	五莖、承雲
帝嚳	五英	六英
唐堯	大章	大卷
	咸池	大咸
虞舜	大韶	韶、簫韶、大磬、九招
夏禹	大夏	夏、夏籥、六佾、六列、六英
商湯	大濩	濩、護、晨露

周代入六舞者有黄帝《雲門大卷》、唐堯《大咸》、虞舜《大磬》、夏禹《大夏》、商湯《大濩》，以及周武王

所作《大武》，見《周禮・春官・大司樂》載：『以樂舞教國子，舞《雲門大卷》《大咸》《大磬》《大夏》《大濩》《大武》。』鄭玄注：『此周所存六代之樂，黄帝曰《雲門大卷》，黄帝能成名萬物，以明民共財，言其德如雲之所出，民得以有族類；《大咸》《咸池》，堯樂也，堯能殫均刑法以儀民，言其德無所不施；《大磬》，舜樂也，言其德能紹堯之道也；《大夏》，禹樂也，禹治水傅土，言其德能大中國也；《大濩》，湯樂也，湯以寬治民而除其邪，言其德能使天下得其所也；《大武》，武王樂也，武王伐紂以除其害，言其德能成武功。』

《論語・述而》：『子在齊，聞《韶》，三月不知肉味，曰：「不圖爲樂之至於此也。」』《論語・八佾》：『子謂《韶》，盡美矣，又盡善矣；謂《武》，盡美矣，未盡善也。』《韶》爲虞舜樂舞，《武》爲周武王樂舞。

案孔子時代，『先王之樂』並非不存，而是『禮崩樂壞』，以致『鄭聲亂雅』。《論語・八佾》：『季氏八佾舞於庭，是可忍也，孰不可忍也。』季氏爲卿大夫，僭用天子八佾之制。孔子『自衛反魯，然後樂正，雅頌各得其所』，所正者，在於樂序。《樂記》載魏文侯『聽古樂，則唯恐臥，聽鄭衛之音，則不知倦』，表明戰國時期『古樂』亦存。秦代，六舞之《韶》《武》入廟樂。如《通典》謂：『秦始皇平天下，六代廟樂惟《韶》《武》存焉。二十六年，改周《大武》曰《五行》。』漢初亦沿襲秦代樂舞，見《漢書・禮樂志》載：『漢興，樂家有制氏，以雅樂聲律世世在太樂官，但能紀其鏗鎗鼓舞，而不能言其義。高祖時，叔孫通因秦樂人制宗廟樂。』漢代時『雅樂』指周及周前的音樂，即『先王之樂』『古樂』。樂官所傳僅是其樂舞，而不知其所表達的含義。『古樂』的意義在於『可以語，可以道古』，見《樂記・魏文侯》子夏論古樂與新樂之別。

七　自漢至唐所存之曲

漢時雅鄭參用，而鄭爲多。魏平荆州，獲漢雅樂，古曲音辭存者四：曰《鹿鳴》《騶虞》《伐檀》《文王》。而左延年之徒以新聲被寵，復改易音辭，止存《鹿鳴》一曲，晉初亦除之。又漢代短簫鐃歌樂曲，三國時存者，有《朱鷺》《艾如張》《上之回》《戰城南》《巫山高》《將進酒》之類，凡二十二曲。魏、吳稱號，始各改其十二曲。晉興，又盡改之，獨《玄雲》《釣竿》二曲名存而已。漢代鼙舞，三國時存者，有《殿前生桂樹》等五曲，其辭則亡。漢代胡角《摩訶兜勒》一曲，張騫得自西域，李延年因之，更造新聲二十八解，魏晉時亦亡。晉以來新曲頗衆，隋初盡歸清樂。至唐武后時，舊曲存者，如《白雪》《公莫舞》《巴渝》《白紵》《子夜》《團扇》《懊儂》《石城》《莫愁》《楊叛兒》《烏夜啼》《玉樹後庭花》等，止六十三曲。唐中葉，聲辭存者，又止三十七，有聲無辭者七，今不復見。唐歌曲比前世益多，聲行於今、辭見於今者，皆十之三四，世代差近爾。大抵先世樂府，有其名者尚多，其義存者十之三，其始辭存者十不得一，若其音則無傳，勢使然也。

『左延年』，戲曲論著本、詞話叢編本、上古本作『李延年』，校正本作『左延年』。戲曲論著本校記云：『此處所説的「李延年」，當是「左延年」——見《晉書·杜夔傳》。』詞話叢編本『李』字下注：『應作「左」。』

左延年，曹丕時宫廷樂官，《晉書》卷二二《樂上》載：『（杜夔）遠詳經籍，近采故事，考會古樂，始設軒懸鍾磬。而黄初中柴玉、左延年之徒，復以新聲被寵，改其聲韵。』《魏志·杜夔傳》載：『司律中郎將自左延年等，雖妙於音，咸善鄭聲，其好古存正莫及夔。』

『漢時雅鄭參用，而鄭爲多』，是就宫廷禮樂而言。《漢書·禮樂志》皆有明確記載：『樂家有制氏，以雅樂聲律世世在太樂官，但能紀其鏗鎗鼓舞，而不能言其義。高祖時，叔孫通因秦樂人制宗廟樂。』宗廟樂舞《文始》，『本舜《招》舞也，高祖六年更名曰《文始》』，《五行》舞，『本周樂也，秦始皇二十六年更名曰《五行》』。『是時，河間獻王有雅材，亦以爲治道非禮樂不成，因獻所集雅樂。天子下大樂官，常存肄之，歲時以備數，然不常御，常御及郊廟皆非雅聲。……今漢郊廟詩歌，未有祖宗之事，八音調均，又不協於鍾律，而內有掖庭材人，外有上林樂府，皆以鄭聲施於朝廷。』『是時，鄭聲尤甚。黄門名倡丙彊、景武之屬富顯於世，貴戚五侯定陵富平外戚之家淫侈過度，至與人主争女樂。』《晉書·樂志》載：『漢自東京大亂，絶無金石之樂，樂章亡缺，不可復知。及魏武平荆州，獲漢雅樂郎河南杜夔，能識舊法，以爲軍謀祭酒，使創定雅樂。時又有散騎侍郎鄧静、尹商善訓雅樂，歌師尹胡能歌宗廟郊祀之曲，舞師馮肅、服養曉知先代諸舞，夔悉總領之。遠詳經籍，近采故事，考會古樂，始設軒懸鍾磬。』

《鹿鳴》爲《詩經·大雅》，《騶虞》爲《詩經·召南》，《伐檀》爲《詩經·魏風》，《文王》爲《詩經·大雅》，東漢時《鹿鳴》用於食舉樂，曹魏時左延年改諸曲並更名用於朝享。見《宋書·樂志》載：『章帝元和二年，宗廟樂故事，食舉有《鹿鳴》……魏雅樂四曲，一曰《鹿鳴》，後改曰《於赫》，咏武帝。二曰《騶虞》，後改曰《巍巍》，咏文帝。三曰《伐檀》，後省除。四曰《文王》，後改曰《洋洋》，咏明帝。《騶虞》《伐檀》《文王》並左延年改其聲。……《鹿鳴》本以宴樂爲體，無當於朝享，往時之失也。』

短簫鐃歌，東漢『漢樂四品』之一，蔡邕《禮樂志》云：『短簫鐃歌，軍樂。蓋《周官》所謂「王師大獻則令凱樂，軍大獻則令凱歌」也。』《晉書·樂志》列漢代短簫鐃歌二十二曲。漢後的鐃歌，統名鼓吹曲。魏晉六朝的鼓吹曲，其曲辭大都是模仿漢代的短簫鐃歌而作，曲調也似乎都是尚襲漢以來之舊，名稱各代都有更改，曲數互有不同。《樂府詩集》卷一六《鼓吹曲辭一》録漢鐃歌古辭十八首：《朱鷺》《思悲翁》《艾如張》《上之回》《擁離》《戰城南》《巫山高》《上陵》《將進酒》《君馬黄》《芳樹》《有所思》《雉子班》《聖人出》《上邪》《臨高臺》《遠如期》《石留》等。《宋書·樂志》：『漢鼓吹鐃歌十八篇。按《古今樂録》，皆聲辭艷相雜，不復可分。』《晉書·樂志》：『漢時有短簫鐃歌之樂，其曲有《朱鷺》等曲，列於鼓吹，多序戰陣之事。』《韓詩外傳》引孔穎達語：『楚威王時，有朱鷺合沓飛翔而來舞，舊鼓吹《朱鷺曲》是也。』楊慎《藝苑言》：『漢初有朱鷺之瑞，故以形飾鼓，又以朱鷺名曲。』

鞞舞，見《晉書·樂下》載：『鞞舞，未詳所起，然漢代已施於燕享矣。傅毅、張衡所賦，皆其事也。舊曲有五篇：一、《關東有賢女》，二、《章和二年中》，三、《樂久長》，四、《四方皇》，五、《殿前生桂樹》，其辭並亡。曹植《鞞舞詩序》云：「故漢靈帝西園鼓吹有李堅者，能鞞舞。」』《宋書·樂志》亦僅列其目。

《摩訶兜勒》，《晉書·樂下》：『胡角者，本以應胡笳之聲，後漸用之橫吹，有雙角，即胡樂也。張博望入西域，傳其法於西京，惟得《摩訶兜勒》一曲。李延年因胡曲更造新聲二十八解，乘輿以爲武樂。後漢以給邊將，和帝時，萬人將軍得用之。魏晉以來，二十八解不復具存，用者有《黃鵠》《隴頭》《出關》《入關》《出塞》《入塞》《折楊柳》《黃覃子》《赤之楊》《望行人》十曲。』李延年，漢武帝時宫廷樂人，知音律，善歌舞。曾爲司馬相如等數十人所撰詩詞配曲，作《郊祀歌》十九章。又作《新聲二十八解》。後主持樂府，深得武帝寵愛。

漢以來歌曲於唐的留存情況，《通典》卷一四六『清樂』條有詳載：『先遭梁、陳亡亂，而所存蓋尠。隋室以來，日益淪缺。大唐武太后之時，猶六十三曲。今其辭存者有：《白雪》《公莫》《巴渝》《明君》《明之君》《鐸舞》《白鳩》《白紵》《子夜》《吴聲四時歌》《前溪》《阿子歡聞》《團扇》《懊憹》《長史變》《督護》《讀曲》《烏夜啼》《石城》《莫愁》《襄陽》《棲烏夜飛》《估客》《楊叛》《雅歌》《驍壺》《常林歡》《三洲采桑》《春江花月夜》《玉樹後庭花》《堂堂》《泛龍舟》等共三十二曲。《明之君》《雅歌》各二首，《四時歌》四首，合三十七曲。又七曲有聲無辭：《上林》《鳳雛》《平調》《清調》《瑟調》《平折》《命嘯》，通前爲四十四曲存焉。……自長安以後，朝廷不重古曲，工伎轉缺，能合於管弦者，唯《明君》《楊叛》《驍壺》《春歌》《秋歌》《白雪》《堂堂》《春江花夜月》等八曲。舊樂章多或數百言，武太后時《明君》尚能四十言，今所傳二十六言，就中訛失，與吴音轉遠。劉貺以爲宜取吴人使之傳習。開元中，有歌工李郎子。郎子北人，聲調已失，云學於俞才生。才生，江都人也。自郎子亡後，清樂之歌闕焉。……唯彈琴家猶傳楚、漢舊聲及清調、琴調，蔡邕《五弄》《楚調四弄調》，謂之「九弄」，雅聲獨存。非朝廷郊廟所用，故不載。』諸曲源流並有詳述，不具録，詳《通典·雜歌曲》。

八 晉以來歌曲

石崇以《明君曲》教其妾緑珠，曰：『我本漢家子，將適單于庭。昔爲匣中玉，今爲糞土英。』緑珠亦自作《懊憹歌》曰：『絲布澀難縫。』桓伊侍孝武飲讌，撫弦而歌《怨詩》曰：『爲君既不易，爲臣良獨難。忠信事不顯，乃有見疑患。周旦佐文武，金縢功不刊。推心輔王政，二叔反流言。』熊甫見王敦委任錢鳳，將有異圖，進説不納，因告歸。臨與敦别，歌曰：『徂風飆起蓋山陵，氛霧蔽日玉石焚。往事既去可長歎，念别惆悵會復難。』陳安死，隴上歌之曰：『隴上壯士有陳安，軀幹雖小腹中寬，愛養將士同心肝。驌驄父馬鐵鍛鞍。七尺大刀奮如湍，丈八蛇矛左右盤，十蕩十決無當前。戰始三交失蛇矛，棄我驌驄竄巖幽，爲我外援而懸頭。西流之水東流河，一去不還奈子何。』劉曜聞而悲傷，命樂府歌之。晉以來歌曲見於史者，蓋如是耳。

『糞土英』，戲曲論著本、詞話叢編本、上古本作『糞上英』，校正本作『糞土英』，並有考，傳世諸本及歷代文獻所録均有異同，權從校正本。

『桓伊』，戲曲論著本、詞話叢編本、上古本作『亢伊』，校正本作『桓伊』。『亢』爲王灼避北宋欽宗『趙桓』諱而改，校正修訂本據以改作『元伊』。

『陳安死，隴上歌之』句斷句，戲曲論著本、詞話叢編本、上古本作『陳安死隴上，歌之』，校正本作『陳安死，隴上歌之』，從校正本。

『父馬』，戲曲論著本、詞話叢編本、上古本作『文馬』，校正本作『父馬』，並有考，從校正本。

石崇（二四九—三〇〇），字季倫，渤海南皮（今河北南皮東北）人，西晉開國元勳石苞之子，其生平事迹附載《晉書·石苞傳》。緑珠，見《晉書·石苞傳》謂『崇有妓曰緑珠，美而艷，善吹笛』，杜佑《通典·樂》、宋樂史《緑珠傳》又云其善舞。石崇所作《明君曲》，《文選》卷二七、《玉臺新咏》卷二等均有收録，原辭爲五言三十句，文中所引僅爲其中的四句。

《明君》《懊憹歌》見《通典·樂》『歌』條：『《明君》，漢曲也。漢元帝時，匈奴單于入朝，詔以待詔王嫱配之，即昭君也。及將去，入辭，光彩射人，悚動左右，天子悔焉。漢人憐其遠嫁，爲作此歌。晉石崇妓緑珠善舞，以此曲教之，而製新歌曰：「我本漢家子，將適單于庭。昔爲匣中玉，今爲糞土英。」晉文王諱昭，故晉人謂之《明君》。』『《懊憹歌》，石崇緑珠所作「絲布澀難縫」一曲而已。及東晉隆安初，人間訛謡之曲云：「春草可攬結，女兒可攬擷」，齊高帝謂之《中朝歌》。』

桓伊，東晉人，字叔夏，『有武幹，標格簡率』，生平事迹附載《晉書·桓宣傳》。桓伊歌怨詩事載《晉書·桓宣傳》：『（伊）善音樂，盡一時之妙，爲江左第一。有蔡邕柯亭笛，常自吹之。……帝召伊飲讌，安侍坐。帝命伊吹笛，伊神色無迕，即吹爲一弄，……既吹笛，伊便撫箏而歌《怨詩》曰：「爲君既不易……」聲節慷慨，俯仰可觀。』所歌《怨詩》爲曹植《怨歌行》前半部分。

王敦（二六六—三二四），字處仲，琅邪臨沂（今山東臨沂北）人，爲東晉丞相王導的堂兄，曾與王導一同協助司馬睿建立東晉政權，成爲當時權臣，《晉書》卷九八有傳。本文所引事見《晉書·王敦傳》：『初，敦參軍能甫見敦委任鳳，將有異圖，因酒酣謂敦曰：「開國承家，小人勿用，佞幸在位，鮮不敗業。」敦作色曰：「小人阿誰？」甫無懼容，因此告歸。臨與敦別，因歌曰：「徂風飆起蓋山陵，氛霧蔽日玉石焚。往事既去可長歎，念別惆悵復會難。」敦知其諷己而不納。』

陳安（？—三二三），西晉末期至十六國前期將領、割據勢力。永昌元年，陳安攻打成漢，攻克汧城。隴上氐族、羌族部落都歸附陳安，陳安擁兵十多萬，自稱大都督、大將軍，雍凉秦梁四州州牧、凉王。太寧元年，被前趙軍擊敗並斬首。《隴上歌》見《晉書・載記・劉曜》載：『曜親征陳安，圍安於隴城……已敗，南走陝中。曜使將軍平先、丘中伯率勁騎追安。頻戰敗之，俘斬四百餘級。安與壯士十餘騎於陝中格戰，安左手奮七尺大刀，右手執丈八蛇矛，近交則刀矛俱發，輒害五六；遠則雙帶服，左右馳射而走。平先亦壯健絕人，勇捷如飛，與安搏戰，三交，奪其蛇矛而退。……斬安於澗曲。曜大悅。安善於撫接，吉凶夷險與衆同之，及其死，隴上歌之曰：「隴上壯士有陳安……」曜聞而嘉傷，命樂府歌之。』《樂府詩集・雜歌謠辭》録之爲《隴上歌》。

九　唐絕句定爲歌曲

唐時古意亦未全喪，《竹枝》《浪淘沙》《拋毬樂》《楊柳枝》，乃詩中絕句，而定爲歌曲。故李太白《清平調》詞三章皆絕句。元、白諸詩，亦爲知音者協律作歌。白樂天守杭，元微之贈云：『休遣玲瓏唱我詩，我詩多是別君辭。』自注云：『樂人高玲瓏能歌，歌予數十詩。』樂天亦《醉戲諸妓》云：『席上爭飛使君酒，歌中多唱舍人詩。』又《聞歌妓唱前郡守嚴郎中詩》云：『已留舊政布中和，又付新詩與艷歌。』元微之《見人咏韓舍人新律詩戲贈》云：『輕新便妓唱，凝妙入僧禪。』沈亞之送人序云：『故友李賀，善撰南北朝樂府古詞，其所賦尤多怨鬱悽艷之句，誠以蓋古排今，使爲詞者莫得偶矣。惜乎其終亦不備聲歌弦唱。』然唐史稱：李賀樂府數十篇，雲韶諸工皆合之弦管。又稱：李益詩名與賀相埒，每一篇成，樂工爭以賂求取之，被聲歌供奉天子。又稱：元微之詩，往往播樂府。舊史亦稱：武元衡工五言詩，好事者傳之，往往被於管弦。

『善撰南北朝樂府古詞，其所賦尤多怨鬱悽艷之句』句，『古詞』，校正本作『故詞』，『句』，校正本作『巧』，從餘本。

『惜乎其終亦不備聲歌弦唱』句，『終』，戲曲論著本、詞話叢編本作『中』，上古本、校正本作『終』，依上古本、校正本。

『埒』，戲曲論著本、上古本作『捋』，詞話叢編本、校正本作『埒』，從詞話叢編本、校正本。

所謂『唐時古意』，即以唐人采詩入歌。案唐代的曲子歌唱有采詩入樂和倚聲填辭兩種配辭方式，即李清照所說『樂府聲詩並重』。任半塘《唐聲詩》、王小盾《隋唐五代燕樂雜言歌辭研究》有細緻深入的考察，可參閱。

《竹枝》，《樂府詩集·近代曲辭》顧況《竹枝》序云：『《竹枝》本出於巴渝。唐貞元中，劉禹錫在沅湘，以俚歌鄙陋，乃依騷人《九歌》作《竹枝》新辭九章，教里中兒歌之，由是盛於貞元、元和之間。禹錫曰：「《竹枝》，巴歈也。巴兒聯歌，吹短笛，擊鼓以赴節。歌者揚袂睢舞，其音協黃鐘羽。末如吳聲，含思宛轉，有淇濮之艷焉。」』《樂府詩集》録中晚唐詩人《竹枝》辭二十二首，均爲七言四句。《尊前集》所録皇甫松《竹枝》二首則爲七言二句，每句有兩和聲。如其中一首：『檳榔花發（竹枝）鷓鴣啼（女兒），雄飛烟瘴（竹枝）雌亦飛（女兒）。』二首體式同。另敦煌辭有《竹枝子》，爲雜言。

《浪淘沙》，盛唐教坊曲，見載於《教坊記》『曲名』内，今所存傳辭仍以白居易、劉禹錫等人之作爲最早，《樂府詩集·近代曲辭》收録劉白及皇甫松三人辭作十七首，均爲七言四句。

《抛毬樂》，盛唐教坊曲，見載於《教坊記》『曲名』中，中唐以後用作抛打曲。唐代傳詞有齊雜言二體。敦煌曲子辭二首，一首爲七言六句，任半塘考定爲盛唐辭；一首爲雜言，七七七七五七體式，兩首顯然爲同一曲調增減字句而成。《尊前集》收載劉禹錫、皇甫松各二首。劉禹錫二首爲五言六句，皇甫松二首五言六句爲主體，第二句後加一叠句。

《楊柳枝》，詳卷五『楊柳枝』條。

李太白名白（七〇一—七六二），字太白，號青蓮居士，綿州昌隆縣（今四川省江油市）人，盛唐詩人，後人譽爲『詩仙』，與杜甫並稱爲『李杜』。兩唐書有傳。李白《清平調》詞七言四句，共三首，其一云：『雲想衣裳花想容，春風拂檻露華濃。若非群玉山頭見，會向瑶臺月下逢。』其二云：『一枝紅艷露凝香，雲雨巫山枉斷腸。借問漢宫誰得似，可憐飛燕倚新妝。』其三云：『名花傾國兩相歡，常得君王帶笑看。解釋春風無限恨，沉香亭北倚欄杆。』另參見卷五『清平樂』條。

元微之名稹（七七九—八三一），字微之，中唐著名詩人，與白居易齊名，並稱『元白』。兩唐書有傳。元稹『休遣玲瓏唱我詩』見《全唐詩》卷四一七《重贈》，『高玲瓏』作『商玲瓏』。《元稹集》校記謂傳世諸本互有異文。

白樂天名居易（七七二—八四六），字樂天，號醉吟先生、香山居士，中唐著名詩人，與元稹酬咏，號『元白』，與劉禹錫酬咏，號『劉白』。兩唐書有傳。白居易《醉戲諸妓》《聞歌妓唱嚴郎中詩因以絶句寄之》二詩俱見《全唐詩》卷四四六。

元稹《見人咏韓舍人新律詩因有戲贈》，見《全唐詩》卷四〇七。

沈亞之（七八一—八三一），字下賢，吳興（今浙江湖州）人，工詩善文，有《沈下賢集》十二卷，『沈亞之送人序』即是書卷九《序詩送李膠秀才》。序有云：『余故友李賀，善擇南北朝樂府故詞，其所賦不多，怨鬱悽艷之功，誠以蓋古排今，使爲詞者莫得偶矣，惜乎其終亦不備聲弦唱。』

李賀（約七九一—約八一七），字長吉，唐代河南福昌（今河南洛陽宜陽縣）人，中唐詩人，有『詩鬼』之稱，兩唐書有傳。《新唐書·李賀傳》：『辭尚奇詭，所得皆驚邁，絶去翰墨畦徑，當時無能效者。樂府數十篇，雲韶諸工皆合之弦管。』雲韶，唐代宮廷音樂機構，詳卷三『霓裳羽衣曲』箋證。

李益（約七五八—約八三〇），字君虞，隴西姑臧（今甘肅武威）人，唐代詩人，兩唐書有傳。《新唐書·李益傳》：『李益，故宰相揆族子，於詩尤所長。貞元末，名與宗人賀相埒。每一篇成，樂工爭以賂求取之，被聲歌，供奉天子。』

《新唐書·元稹傳》：『稹尤長於詩，與居易名相埒，天下傳諷，號元和體，往往播樂府。』

武元衡（七五八—八一五），字伯蒼，緱氏（今河南偃師東南）人，武則天曾侄孫，兩唐書有傳。《舊唐書·武元衡傳》稱：『元衡工五言詩，好事者傳之，往往被於管弦。』

又舊説：開元中，詩人王昌齡、高適、王之渙詣旗亭飲。梨園伶官亦招妓聚燕，三人私約曰：『我輩擅詩名，未定甲乙，試觀諸伶謳詩分優劣。』一伶唱昌齡二絶句云：『寒雨連江夜入吳，平明送客楚帆孤。洛陽親友如相問，一片冰心在玉壺。』『奉帚平明金殿開，强將團扇共徘徊。玉顔不及寒鴉色，猶帶昭陽日影來。』一伶唱適絶句云：『開篋淚沾臆，見君前日書。夜臺何寂寞，猶是子雲居。』之渙曰：『佳妓所唱，如非我詩，終身不敢與子爭衡。不然，子等列拜床下。』須臾，妓唱：『黄沙遠上白雲間，一片孤城萬仞山。羌笛何須怨楊柳，春風不度玉門關。』之渙揶揄二子曰：『田舍奴，我豈妄哉！』以此知李唐伶伎取當時名士詩句入歌曲，蓋常俗也。蜀王衍召嘉王宗壽飲宣華苑，命宮人李玉簫歌衍所撰宮詞云：『輝輝赫赫浮五雲，宣華池上月華春。月華如水映宮殿，有酒不醉真癡人。』五代猶有此風，今亡矣。近世有取陶淵明《歸去來》、李太白《把酒問月》、李長吉《將進酒》、大蘇公赤壁前後賦協入聲律，此暗合其美耳。

『黄沙遠上白雲間』句，『沙』，戲曲論著本、詞話叢編本、上古本作『河』，校正本作『沙』。據校正本及《唐詩紀事》『王之涣』條王仲鏞校記所云，歷代文獻互異。案該詩描寫塞外景象，以『沙』字爲妥。

三人旗亭賭唱事最早見載於唐薛用弱《集異記》『王涣之』條，較之王灼所述極詳，辭繁不具録。其中『之涣』均作『涣之』，昌齡詩『楚帆』作『楚山』。歌妓所唱王昌齡詩爲《芙蓉樓送辛漸》和《長信秋詞五首》之一，見《全唐詩》卷一四三；高適詩爲《哭單父梁九少府》前四句，見《全唐詩》卷二一二；王之涣詩爲《出塞》，見《全唐詩》卷一八，另見《全唐詩》卷二五三題爲《凉州詞》，大概此詩歌入《凉州曲》之故。

王昌齡（六九八—七五七），字少伯，河東晉陽（今山西太原）人，一説京兆長安人（今西安）人，盛唐著名邊塞詩人，與高適、王之涣齊名，有文集六卷，今編詩四卷。

高適（約七〇四—約七六五），字達夫、仲武，渤海郡（今河北景縣）人，後遷居宋州宋城（今河南商丘睢陽），唐代著名的邊塞詩人，曾任刑部侍郎、散騎常侍、渤海縣侯，世稱高常侍，其詩筆力雄健，氣勢奔放，與岑參並稱『高岑』，後人又把高適、岑參、王昌齡、王之涣合稱『邊塞四詩人』，有《高常侍集》等傳世。

王之涣（六八八—七四二），字季凌，絳州（今山西新絳縣）人，盛唐著名詩人，以善於描寫邊塞風光著稱，今存詩僅有六首。

梨園，唐代宫廷音樂機構，創立於初唐，專掌俗樂。『梨園』之名源於禁苑之梨園，其機構亦置於禁苑梨園内。太常寺俗樂機構又借『梨園』之名命爲『梨園新院』。開元二年選坐部伎樂工組成梨園法部，『置院近於禁苑之梨園』，梨園爲其機構所處之地，亦是法部樂工聚居和日常習樂之所。與宫中宜春北院、太常寺別教院分別部居，各處一所。中唐德宗『詔罷梨園伶使及官冗食三百餘人，留者隸太常』。所罷梨園當是禁苑之梨園。宫中宜春北院爲女弟子，不可能入太常寺；禁苑梨園原由太常寺樂工組成，此時『留者隸太常』只能是針對禁苑的梨園樂工。因此德宗罷梨園後，法曲弟子仍有兩部：太常寺別教院、宫中的法曲弟子則隸屬於宣徽院。文宗開成三年改別教院之法部爲仙韶院。附録《梨園考》有詳考，可參閲。

宫人歌王衍《宫詞》事見張唐英《蜀檮杌》卷上。王衍生平詳卷二『唐末五代樂章可喜』條。

蘇軾櫽括陶淵明《歸去來》詞入《哨遍》，見《東坡樂府·哨遍》序：『陶淵明賦《歸去來》，有其詞而無其聲。余既治東坡，築雪堂於上，人人俱笑其陋，獨鄱陽董毅夫過而悦之，有卜鄰之意。乃取《歸去來》詞，稍加櫽括，使就聲律，以遺毅夫，使家僮歌之，時相從於東坡。釋耒而和之，扣牛角而爲之節，不亦樂乎。』其餘李太白《把酒問月》等『協入聲律』者則未見記録。

一〇　元微之分詩與樂府作兩科

元微之序《樂府古題》云：『操、引、謡、謳、歌、曲、詞、調八名，起於郊祭、軍賓、吉凶、苦樂之際。在音聲者，因聲以度詞，審調以節唱，句度短長之數，聲韻平上之差，莫不由之準度。而又別其在琴瑟者爲操、引，采民甿者爲謳、謡，備曲度者總謂之歌、曲、詞、調。斯皆由樂以定詞，非選詞以配樂也。詩、行、咏、吟、題、怨、歎、章、篇九名，皆屬事而作，雖題號不同，而悉謂之爲詩可也。後之審樂者，往往采取其詞度爲歌曲，蓋選詞以配樂，非由樂以定詞也。』微之分詩與樂府作兩科，固不知事始，又不知後世俗變。凡十七名皆詩也，詩即可歌，可被之管弦也。元以八名者近樂府，故謂由樂以定詞；九名者本諸詩，故謂選詞以配樂。今樂府古題具在，當時或由樂定詞，或選詞配樂，初無常法。習俗之變，安能齊一。

『句度短長之數』句，『短長』，戲曲論著本、詞話叢編本、上古本作『長短』，從校正本。

元稹序《樂府古題》見《元稹集》卷二三，爲元稹和劉猛、李余古題樂府詩所作的序，原文爲：『《詩》訖於周，《離騷》訖於楚，是後詩之流爲二十四名：賦、頌、銘、贊、文、誄、箴、詩、行、咏、吟、題、怨、歎、章、篇、操、引、謡、謳、歌、曲、詞、調，皆詩人六義之餘，而作者之旨。由操而下八名，皆起於郊祭、軍賓、吉凶、苦樂之際。在音聲者，因聲以度詞，審調以節唱。句度短長之數，聲韻平上之差，莫不由之准度。而又别其在琴瑟者爲操、引。采民甿者爲謳、謡，備曲度者，總得謂之歌、曲、詞、調，斯皆由樂以定詞，非選調以配樂也。由詩而下九名，皆屬事而作，雖題號不同，而悉謂之爲詩可也。後之審樂者，往往采取其詞，度爲歌曲，蓋選詞以配樂，非由樂以定詞也。而纂撰者，由詩而下十七名，盡編爲《樂録》。』

王灼是從『古俗』的角度而論，周代有行人采詩和列士獻詩；漢代『孝武立樂府而采歌謡，於是有代趙之謳，秦楚之風』，又有『司馬相如等數十人造爲詩賦，略論律吕，以合八音之調』，司馬相如等人所爲徒詩，再譜曲；魏晉時有『始皆徒歌，既而被之管弦』，又有『因絲竹金石，造歌以被之』，已詳前。元稹所論反映的則是唐代『時俗』。王小盾《隋唐五代燕樂雜言歌辭研究・謡歌》對唐代歌謡操弄諸體已有詳細考察，可參閱。

一一　古人善歌得名不擇男女

古人善歌得名，不擇男女。戰國時，男有秦青、薛談、王豹、綿駒、瓠梁，女有韓娥。

秦青、薛談二人爲秦國善歌者，韓娥爲韓國善歌者。見《列子·湯問》載：『薛譚學謳於秦青，未窮青之技，自謂盡之；遂辭歸。秦青弗止，餞於郊衢，撫節悲歌，聲振林木，響遏行雲。薛譚乃謝求反，終身不敢言歸。秦青顧謂其友曰：「昔韓娥東之齊，匱糧，過雍門，鬻歌假食。既去而餘音繞梁欐，三日不絶，左右以其人弗去。過逆旅，逆旅人辱之。韓娥因曼聲哀哭，一里老幼悲愁，垂涕相對，三日不食。遽而追之，娥還，復爲曼聲長歌。一里老幼喜躍抃舞，弗能自禁，忘向之悲也。乃厚賂發之。故雍門之人至今善歌哭，放娥之遺聲。」』張湛注：『（秦青、薛談）二人並秦國之善歌者』，『（韓娥）韓國善歌者也』。

王豹爲衛國善歌者，綿駒爲齊國善歌者。見《孟子·告子》載：『昔者王豹處於淇，而河西善謳。綿駒處於高唐，而齊右善謳。』趙岐注：『王豹，衛之善謳者。……綿駒，善歌者也。高唐，齊西邑，綿駒處之，故曰齊右善歌。』

瓠梁，古之善鼓琴瑟者，又稱瓠巴、狐梁。見《三國志·蜀書》卷一二《郤正傳》載『瓠梁託弦以流聲』，裴松之注：『《淮南子》曰：瓠巴鼓瑟而鱏魚聽之。又曰：瓠梁之歌可隨也，而以歌者不可爲也。』《淮南子·齊俗訓》作『狐梁之歌可隨也，其所以歌者，不可爲也。』『瓠巴鼓瑟』最早見載於《列子·湯問》：『瓠巴鼓琴而鳥舞魚躍。』張湛注：『瓠巴，古善鼓琴人也。』《荀子·勸學篇第一》亦謂：『昔者瓠巴鼓瑟而流魚出聽。』楊倞注：『瓠巴，古之善鼓瑟者，不知何代人也。』

韓娥。《列子・湯問》：『秦青顧謂其友曰：「昔韓娥東之齊，匱糧，過雍門，鬻歌假食。既去而餘音繞梁欐，三日不絶，左右以其人弗去。過逆旅，逆旅人辱之。韓娥因曼聲哀哭，一里老幼悲愁，垂涕相對，三日不食。遽而追之，娥還，復爲曼聲長歌。一里老幼喜躍抃舞，弗能自禁，忘向之悲也。乃厚賂發之。故雍門之人至今善歌哭，放娥之遺聲。」』《樂府雜録》：『歌者樂之聲也，……古之能者，即有韓娥、李延年、莫愁。』《通典》：『又有韓娥，東之齊，至雍門，匱糧，乃鬻歌假食，既而去，餘響繞梁，三日不絶，左右謂其人不去也。又過逆旅，逆旅人辱之，韓娥因曼聲哀哭，一里老幼悲愁，垂涕相對，三日不食。遽而追之，韓娥還，復爲曼聲長歌，衆皆喜躍抃舞，不能自禁，遺向之悲也。乃厚賂遺之。故雍門之善歌哭，効韓娥之遺聲也。』

漢高祖《大風歌》，教沛中兒歌之。武帝用事甘泉、圜丘，使童男女七十人歌。漢以來，男有虞公、李延年、朱顧仙、朱子尚、吴安泰、韓法秀，女有麗娟、莫愁、孫瑣、陳左、宋容華、王金珠。

『虞公』，戲曲論著本、詞話叢編本、上古本作『虞公發』，校正本作『虞公』，其校記謂現存諸本均有『發』字，『發』爲衍字。

『朱子尚』，戲曲論著本、詞話叢編本、上古本作『未子尚』，校正本作『朱子尚』，其校記謂現存諸本均作『未子尚』，歷代擅歌者無未子尚其人。

『韓法秀』，戲曲論著本、詞話叢編本、上古本作『韓發秀』，校正本作『韓法秀』，從校正本。

《大風歌》見《史記・高祖本紀》載：『高祖還歸，過沛，留。置酒沛宫，悉召故人父老子弟縱酒，發沛中兒得百二十人，教之歌。酒酣，高祖擊筑，自爲歌詩曰：「大風起兮雲飛揚，威加海内兮歸故鄉，安得猛士兮守四方！」令兒皆和習之。高祖乃起舞，慷慨傷懷，泣數行下。』

『童男女七十人歌』，見《史記・樂書》載：『漢家常以正月上辛祠太一甘泉，以昏時夜祠，到明而終。常有流星經於祠壇上。使僮男僮女七十人俱歌。春歌《青陽》，夏歌《朱明》，秋歌《西暤》，冬歌《玄冥》。』

虞公，西漢善雅歌者。見《宋書·樂志》載：『前漢有虞公者，善哥，能令梁上塵起。』《藝文類聚》卷四三《樂部三》引劉向《别録》曰：『漢興以來，善雅歌者，魯人虞公發聲清哀，蓋動梁塵。』

李延年，中山人，西漢武帝時宫廷樂人，以善歌舞被寵，知音律，能爲『新聲變曲』，曾任協律都尉。《漢書》有傳。

宋容華、朱顧仙、朱子尚、吴安泰、王金珠、韓法秀，均見載於《通典·樂五》『歌』條善歌者中：『時有宋容華者，清徹好聲，善唱此曲（《旦歌》），當時稱妙。自晉以來不復傳，遂絶。齊有朱顧仙，善聲讀曲。齊武朱子尚又善歌，二人遂俱蒙厚賚。梁有吴安泰，善歌，後爲樂令，精解聲律。初改西曲《别江南》《上雲樂》。内人王金珠善歌吴聲西曲，又製《江南歌》，當時妙絶。令斯宣達選樂府少年好手進内習學。吴弟，安泰之子，又善歌。次有韓法秀，又能妙歌吴聲讀曲等，古今獨絶。』

麗娟，漢武帝時宫人，善歌，出自郭憲《洞冥記》。《洞冥記》卷四：『漢武帝所幸宫人，名曰麗娟，年始十四，玉膚柔軟，吹氣勝蘭。不欲衣纓拂，恐體痕也。每歌，李延年和之。於芝生殿旁，唱迴風之曲，庭中花皆翻落。置麗娟於明離之帳，恐塵垢污其體。帝常以衣帶縛麗娟之袂，閉於重幕之中，恐隨風而去也。』

莫愁，南朝石城人，善歌，而有《莫愁樂》。《通典·樂》『歌』條：『《莫愁樂》者，出於石城樂。石城女子名莫愁，善歌謡，且《石城樂》中有「忘愁」聲，故歌云：「莫愁在何處，莫愁石城西。艇子打兩槳，催送莫愁來。」』該曲入清商曲，唐時亦存，詳前『自漢至唐所存之曲』條。梁武帝《河中之水歌》所咏之莫愁爲洛陽女，與石城莫愁非同一人。參見卷二《古人使王昌莫愁事》條。

陳左，魏晉時人，善清歌。見《晉書·樂下》：『案魏晉之世，有孫氏善弘舊曲，宋識善擊節唱和，陳左善清歌，……』

唐時男有陳不謙、謙子意奴、高玲瓏、長孫元忠、侯貴昌、韋青、李龜年、米嘉榮、李袞、何戡、田順郎、何滿、郝三寶、李可及、柳恭，女有穆氏、方等、念奴、張紅紅、張好好、金谷里葉、永新娘、御史娘、柳青娘、謝阿蠻、胡二姊、寵姐、盛小叢、樊素、唐有態、李山奴、任智方四女、洞雲。

『李可及』，諸本均作『黎可及』，戲曲論著本校注云：『「黎可及」，應是「李可及」——見《盧氏雜說》及《杜陽雜編》。』校正修訂本據以改爲『李可及』。

『金谷里葉、永新娘』，上古本作『金谷里、葉永新娘』，誤，詳後。『任智方四女』，上古本作『任智、方四女』，誤，詳後。

『胡二姊』，諸本均作『胡二姉』。案歷代擅歌者無胡二姉其人，胡二姊，原爲宫伎，後爲白秀才家伎，善歌《何滿子》，見《琵琶録》。《琵琶録》見於諸本，《紺珠集》本作『胡二子』，《類說》本作『胡二姐』，《說郛》百卷本作『胡二娣』，王灼於本書《何滿子》條引《樂府雜録》作『胡二子』，今本《樂府雜録》脫簡。綜合諸本，此處當以『胡二姊』爲確，『姉』爲形近致訛。

『寵姐』，諸本均作『寵妲』。案歷代擅歌者無寵妲其人，寵姐，盛唐時寧王憲之寵伎。見《開元天寶遺事》『隔障歌』條：『寧王宫有樂妓寵姐者，美姿色，善謳唱。每宴外客，其諸妓女盡在目前，惟寵姐客莫能見。飲及半酣，詞客李太白恃醉戲曰：「白久聞王有寵姐善歌，今酒殽醉飽，公厭倦，王何吝此女示於衆？」王笑謂左右曰：「設七寶花障召寵姐於障，後歌之。」白起謝曰：「雖不許見面，聞其聲亦幸矣。」』唐宋筆記小說亦多引述此事。『妲』爲形近致訛。

陳不謙、其子意奴、米嘉榮、何戡、田順郎、御史娘、柳青娘，見於《盧氏雜記》及《樂府雜録》所列善歌者名中。《詩話總龜》卷四二『樂府門』云：『《搢紳脞説》載《盧氏雜記》曰：「歌曲之妙，其來久矣。國樂有米嘉榮、何戡、田順郎，婦人有永新娘、御史娘、柳青娘、張紅娘，皆一時之妙也。」』《樂府雜録》云：『貞元中，有田順郎，曾爲宫中御史娘子；元和、長慶以來，有李貞信、米嘉榮、何戡、陳意奴。』劉禹錫有詩贈米嘉榮、何戡、田順郎，見《全唐詩》卷三六五《與歌者米嘉榮》《與歌者何戡》《與歌童田順郎》三詩。

高玲瓏，長慶間杭州官妓，善歌舞、箜篌。見白居易《霓裳羽衣歌》：『玲瓏箜篌謝好筝，陳寵觱栗沈平笙。清弦脆管纖纖手，教得霓裳一曲成。』注云：『自玲瓏以下，皆杭之妓名。』元稹《重贈》：『休遣玲瓏唱我詩，我詩多是别君詞。明朝又向江頭别，月落潮平是去時。』詩題自注：『樂人高玲瓏能歌，歌予數十詩。』《唐語林》卷二載：『白居易長慶二年以中書舍人爲杭州刺史。……日以詩酒寄興。官妓高玲瓏、謝好好，巧於應對，善歌舞。』

侯貴昌，初唐時將軍；長孫元忠，開元時宫廷歌工，二人皆善北歌。見《通典·樂六》『四方樂』條載：『隋鼓吹有《白浄王太子曲》，與北歌校之，其音皆異。大唐開元中，歌工長孫元忠之祖受業於侯將軍貴昌，并州人也，亦代習北歌。貞觀中，有詔令貴昌以其聲教樂府。元忠之家代相傳如此，雖譯者亦不能通知其詞，蓋年歲久遠，失其真矣。』

韋青與張紅紅。韋青，盛唐士人，官至金吾將軍，善歌，『自傳其藝』於張紅紅。張紅紅因擅記曲入宜春院，後封爲才人，卒贈昭儀。見《樂府雜録》『歌』條載：『明皇朝有韋青，本是士人，嘗有詩：「三代主綸誥，一身能唱歌。青官至金吾將軍。』『大曆中，有才人張紅紅者，本與其父歌於衢路，丐食過將軍韋青所居，青於街牖中，聞其歌者喉音寥亮，仍有美色，即納爲姬。其父舍於後户，優給之。乃自傳其藝，潁悟絶倫。常有樂工自撰一曲，即古曲《長命西河女》也，加減其節奏，頗有新聲，未進間，先印可於青。青潛令紅紅於屏風後聽之。紅乃以小豆數合記其節拍。樂工歌罷，青因入問紅如何，云已得矣。青出紿云：「某有女弟子，久曾唱此，非新曲也。」即令隔屏風歌之，一聲不失。樂工大驚異，遂請相見，歎伏不已。再云：「此曲先有一聲不穩，今已正矣。」尋達上聽，翌日召入宜春院，寵澤隆異，宫中號爲「記曲娘子」，尋爲才人。一日，内使奏韋青卒，上告紅紅，乃於上前嗚咽奏云：「妾本風塵丐者，一旦老父死有所歸，致身入内，皆自韋青，妾不忍忘其恩。」乃一慟而絶。上嘉歎之，久之即贈昭儀也。』

李龜年，盛唐時宫廷樂工，善歌、製曲、打羯鼓，安史之亂後流落於江南。《明皇雜録》卷下載：『唐開元中，樂工李龜年兄弟三人皆有才學盛名。彭年善舞，鶴年、龜年能歌，尤妙製《渭州》，特承顧遇。於東都大起第宅，僭侈之制，逾於公侯。』《唐語林》卷五記李氏兄弟三人事略異：『李龜年、彭年、鶴年弟兄三人，開元中皆有才學盛名。鶴年能歌詞，尤妙製《渭州》，彭年善舞，龜年善打羯鼓。明皇問：「卿打多少杖？」對曰：「臣打五千杖訖。」上曰：「汝殊未，我打却三豎櫃也。」後數年，又聞打一豎櫃，因賜一拂枝杖羯鼓棬。』又明彭大翼《山堂肆考》卷一六〇『王維笑』條：『開元中李龜年製《胡渭州》曲云：「楊柳千尋色，桃花一苑春。風吹入簾裏，唯有惹衣香。」王維笑其不工，自是龜年製曲，必請維爲之。』《明皇雜録》及《唐詩紀事》均載李龜年於安史之亂中奔於江潭，曾唱王維『紅豆生南國』。杜甫亦有《江南逢李龜年》詩。

李衮，又稱李八郎，盛唐時人，『能歌擅天下』。見《唐國史補》卷下載：『李衮善歌於江外，名動京師。崔昭入朝，密載而至，乃邀賓客，請第一部樂及京邑之名倡，以爲盛會。昭言有表弟，請登末座。令衮弊衣而出，滿座笑之。少頃命酒，昭曰：「請表弟歌。」座中又笑。及喉轉一聲，樂人皆大驚曰：「是李八郎也。」羅拜之。』又見李清照《詞論》載：『開元、天寶間，有李八郎者，能歌擅天下。時新及第進士開宴曲江。榜中一名士先召李，使易服隱名姓，衣冠故敝……及轉喉發聲，歌一曲，衆皆泣下。』

何滿，又稱何滿子，盛唐時歌者，因罪獲刑，製《何滿子》曲以贖死，元稹、白居易均有詩歌咏此事。詳卷四《何滿子》條。錢易《南部新書》辛卷謂何滿子爲『蜀之樂工』，任半塘以爲非。《唐聲詩》引馮承鈞

《何滿子考》，因《舊唐書》卷九三《王晙傳》載，開元四年請徙降胡，有『西域編氓，散在青徐之右』語，因謂『滄州地距青徐不遠，胡人占籍其地，亦事之常。』則何滿子爲胡人。見任半塘《唐聲詩·格調·何滿子》『雜考』。

方等、郝三寶，皆善歌《行天》。見《通典·樂五》『歌』條載：『大唐貞觀中，有尚書侯貴和，妾名麗音，特善唱《行天》，清暢舒雅，含嚼姿態，有喉牙吐納之異。後改號方等。女亦傳其母伎。方等卒後，有郝三寶亦善歌《行天》。有人引三寶歌之，諸女隔簾聽之，發聲便笑。三寶初不知，怒曰：「亦堪女郎終身倣效，何忽嗤笑。」女曰：「上客所爲，殊有乖越，請一聽之。」始發一聲，三寶便拜伏曰：「真方等聲也，誠遠所不及也。」』

李可及，唐懿宗時宫廷伶官，以善歌能自度曲被寵，授威衛將軍，僖宗即位，被逐，死於嶺表。事迹附載於兩唐書《曹確傳》。

柳恭、金谷里葉，見載於沈亞之《歌者葉記》：『至唐貞元元年，洛陽金谷里有女子葉，學歌於柳恭之下。初與其曹十餘人居，獨葉歌無等。後爲成都率家妓，及率死，復來長安中。而轂下聲家聞其能，咸與會唱。次至葉當引弄，及舉音則，則弦工吹師皆失職自廢。既罷，聲黨相謂約慎語，無令人得聞知。是時博陵大家子崔莒，賢而自患其室饒，乃曰：「吾緑組初秩，寧宜厚畜以自封耶。」遂大置賓客，門下縱樂，與之遨游，極費無有所惜。他日，莒宴賓堂上，樂屬因言曰：「有新聲葉者，歌無倫，請延之。」即乘小車詣莒，莒且酣，爲一擲目作樂，乃合韻奏《緑腰》，俱矚葉曰：「幸終聲。」葉起與歌一解，一坐盡眙。是日歸莒。莒沉浮長安數十年，葉之價益露。然以莒能善人，而優曹亦歸之，故卒得不貢聲禁中。葉爲人潔峭自處，雖諧者百態争笑於前，未嘗換色。』

穆氏，貞元時宫廷歌伎。見劉禹錫《聽舊宫中樂人穆氏唱歌》：『曾隨織女渡天河，記得雲間第一歌。休唱貞元供奉曲，當時朝士已無多。』

念奴，天寶中名倡，元稹《連昌宫詞》『偷得新翻數般曲』句自注云：『念奴，天寶中名倡，善歌。每歲樓下酺宴，累日之後，萬衆喧隘，嚴安之、韋黃裳輩辟易不能禁，衆樂爲之罷奏。玄宗遣高力士大呼於樓上曰：欲遣念奴唱歌，邠二十五郎吹小管逐，看人能聽否？未嘗不悄然奉詔，其爲當時所重也如此。然而玄宗不欲奪俠游之盛，未嘗置在宮禁。或歲幸湯泉，時巡東洛，有司潛遣從行而已。』《開元天寶遺事》『眼色媚人』條載：『念奴者，有姿色，善歌唱，未嘗一日離帝左右。每執板當席，顧眄左右。帝謂妃子曰：「此女妖麗，眼色媚人。」每囀聲歌喉，則聲出於朝霞之上，雖鐘鼓笙竽嘈雜，而莫能遏。宮妓中帝之鍾愛也。』

張好好，中唐官伎。見載於杜牧《張好好詩》及序。《張好好詩序》有云：『牧太和三年佐故吏部沈公江西幕，好好年十三，始以善歌來樂籍中，後一歲公移鎮宣城，復置好好於宣城籍中，後二歲爲沈著作述師以雙鬟納之，後二歲於洛陽東城重睹好好，感舊傷懷，故題詩贈之。』

永新，盛唐時宜春院歌伎，善變新聲。見《樂府雜録》『歌』條載：『開元中，内人有許和子者，本吉州永新縣樂家女也。開元末選入宮，即以永新名之，籍於宜春院。既美且慧，善歌，能變新聲，韓娥、延年殁後千餘載，曠無其人，至永新始繼其能。遇高秋朗月，臺殿清虚，喉囀一聲，響傳九陌。明皇嘗獨召李謨吹曲逐其歌。曲終管裂，其妙如此。又一日賜大酺於勤政樓，觀者數千萬衆，諠譁聚語，莫得魚龍百戲之音。上怒，欲罷宴。中官高力士奏請命永新出樓歌一曲，必可止諠。上從之。永新乃撩鬢舉袂，直奏曼聲，至是廣場寂寂若無一人，喜者聞之氣勇，愁者聞之腸絶。洎漁陽之亂，六宮星散，永新爲一士人所得。韋青避地廣陵，因月夜憑闌於小河之上，忽聞舟中奏《水調》者，曰：「此永新歌也。」乃登舟與永新對泣久之。青始亦晦其事。後士人卒，與其母之京師，竟殁於風塵。及卒謂其母曰：「阿母錢樹子倒矣。」』

謝阿蠻，盛唐宮廷舞伎。《明皇雜録・補遺》：『新豐市有女伶曰謝阿蠻，善舞《凌波曲》。《楊太真外傳》卷上：『時新豐初進女伶謝阿蠻，善舞。』

盛小叢，晚唐梨園供奉南不嫌女甥，曾於餞崔元範宴上歌衆人詩，事見《雲谿友議》卷上《餞歌序》：『李尚書訥夜登越城樓，聞歌曰：「雁門山上雁初飛。」其聲激切，召至。曰：「去籍之妓盛小叢也。」曰：「汝歌何善乎？」曰：「小叢是梨園供奉南不嫌女甥也。所唱之音，乃不嫌之授也。今色將衰，歌當廢矣。」時察院崔侍御元範，自府幕而拜，即赴闕庭，李公連夕餞崔君於鏡湖光候亭。屢命小叢歌餞，在座各爲一絶句贈送之。亞相爲首倡矣，……楊、封、盧、高數篇，亦其次也。聽盛小叢歌送崔侍御浙東廉使。李訥：「繡衣奔命去情多，南國佳人斂翠蛾。曾向教坊聽國樂，爲君重唱盛叢歌。」奉和亞台御史崔元範：「羊公留宴峴山亭，洛浦高歌五夜情。獨向柏臺爲老吏，可憐林木響餘聲。」團練判官楊知至：「燕趙能歌有幾人，落花迴雪似含嚬。聲隨御史西歸去，誰伴文翁怨九春。」觀察判官封彦冲：「蓮府才爲緑水賓，忽乘駿馬入咸秦。爲君唱作西河調，日暮偏傷去住人。」』

樊素，白居易家伎，善歌《楊柳枝》而聞名洛下。見白居易《不能忘情吟序》：『樂天既老又病風，乃録家事，會經費，去長物。妓有樊素者，年二十餘，綽綽有歌舞態，善唱《楊枝》，人多以曲名名之，由是名聞洛下。』《本事詩》：『白尚書姬人樊素善歌，妓人小蠻善舞。嘗爲詩曰：「櫻桃樊素口，楊柳小蠻腰。」年既高邁，而小蠻方豐艷，因爲《楊柳枝》詞以託意。』

任智方四女，盛唐教坊歌伎。見《教坊記》載：『任智方四女善歌，其中二姑子吐納悽惋，收斂渾淪；三姑子容止閑和，意不在歌。四兒發聲遒潤，如從容中來。』

洞雲，五代前蜀歌伎。見載於《鑑誡録》卷六『布燮朝』條：『南蠻所都之地號曰「長和國」，呼宰相爲「布燮」。王蜀後主乾德中，南蠻遣布燮段義宗、判官贊衛、姚岭等爲使入蜀。義宗不欲朝拜，遂禿削爲僧，號曰「大長和國元銜崇聖等賜紫沙門銀鉢」。既而届蜀，群臣議奏：「僧有佛法，宜令禮拜。」義宗於是失節焉。至於議論，敷奏道理，一歌一咏，捷應如流。有《題大慈寺芍藥》云……又《題判官贊衛有聽歌妓洞雲詩》略云：「嵇叔夜，嵇叔夜，鼓琴飲酒無閑暇。若使當時聞此歌，拋擲廣陵渾不藉。劉伯倫，劉伯倫，虚生浪死過青春。一飲一顛獨自醉，無人爲爾下梁塵。」……自有唐蠻子朝覲，……無不繕寫《洞雲歌行》者也。』

今人獨重女音，不復問能否。而士大夫所作歌詞，亦尚婉媚，古意盡矣。政和間，李方叔在陽翟，有携善謳老翁過之者。方叔戲作《品令》云：『唱歌須是玉人，檀口皓齒冰膚。意傳心事，語嬌聲顫，字如貫珠。老翁雖是解歌，無奈雪鬢霜鬚。大家且道，是伊模樣，怎如念奴。』方叔固是沉於習俗，而語嬌聲顫，那得字如貫珠，不思甚矣。

『唱歌須是玉人』句，『唱歌』，校正本作『歌唱』，從餘本。

李廌，字方叔，北宋『蘇門六君子』之一，參見卷二『各家詞短長』條。

案，『重女音』，唐代以來即有此風尚，尤其中唐以後，大量的『飲妓』『酒妓』活躍於文人飲宴，成爲文人著辭興盛的重要媒介。王小盾《唐代酒令藝術》於此已有細緻深入的考察，可參閱。入宋以後的文人詞承襲花間遺風，『輕新便妓唱』，仍是其創作的首要目的，後雖經蘇軾『以詩爲詞』的改革，詞逐漸脱離俚俗，走上雅化的道路，但仍以適於妓歌的婉約風格爲其本色，正如劉克莊《翁應星樂府序》所説：『長短句當使雪兒囀春鶯輩可歌，方是本色。』東坡豪放詞並非不能歌，而在於只合於『關西大漢，銅琵琶，鐵綽板』歌之，『要非本色』。參見卷二各條相關討論。另謝桃坊先生《宋詞演唱考略》一文對宋詞的演唱有深入的微觀考察，可參閱。

一二　論雅鄭所分

或問雅鄭所分。曰：『中正則雅，多哇則鄭。』至論也。何謂中正？凡陰陽之氣，有中有正，故音樂有正聲，有中聲。二十四氣，歲一周天，而統以十二律。中正之聲，正聲得正氣，中聲得中氣，則可用。中正用則平氣應，故曰：中正以平之。若乃得正氣而用中律，得中氣而用正律，律有短長，氣有盛衰，太過不及之弊起矣。自揚子雲之後，惟魏漢津曉此。

『中正則雅，多哇則鄭』，出自揚雄《法言·吾子》：『或問：交五聲、十二律也，或鄭或雅，何也？曰：中正則雅，多哇則鄭。請問本。曰：黄鍾以生之，中正以平之，確乎鄭、衛不能入也。』

中正之聲與中正之氣的關係見《宋史·樂志》載劉昺《樂書》『八論』：『魏漢津以太極元氣，函三爲一，九寸之律，三數退藏，故八寸七分爲中聲。正聲得正氣則用之，中聲得中氣則用之。宫架環列，以應十二辰；中正之聲，以應二十四氣；加四清聲，以應二十八宿。氣不頓進，八音乃諧。若立春在歲元之後，則迎其氣而用之，餘悉隨氣用律，使無過不及之差，則所以感召陰陽之和，其法不亦密乎？』同卷載劉昺《樂書》『十二律應二十四氣圖』之旨意：『二十四氣差之毫釐，則或先天而太過，或後天而不及。在律爲聲，在曆爲氣。若氣方得節，乃用中聲；氣已及中，猶用正律。』

魏漢津，北宋皇祐、崇寧間人，因知音獲薦，其樂律理論見於《宋史·樂志》，大體而言有三點：一是以帝指爲律度；二是黄鍾九寸得正聲之律十二，黄鍾八寸七分得中聲之律十二，以應二十四氣，加四清聲，共二十八聲，以合二十八宿；三是正聲得正氣則用之，中聲得中氣則用之。大晟樂即是據其理論而製作。《宋史》卷一二六《樂一》謂：『……於是蔡京主魏漢律之説，破先儒累黍之非，用夏禹以身爲度之文，以帝指爲律度，鑄帝鼐、景鍾。樂成，賜名大晟，謂之雅樂，頒之天下，播之教坊，故崇寧以來有魏漢津樂。』《宋史·方技下》有傳。

周天，即天之一周。一周天約三百六十度，太陽日行一度，太陽繞周天行一周爲一年。《禮記·月令》唐孔穎達疏：『星既左轉，日則右行，亦三百六十五日四分日之一至舊星之處。即以一日之行而爲一度計，二十八宿一周天，凡三百六十五度四分度之一，是天之一周之數也。』

二十四氣，即二十四節氣，分爲十二節、十二中氣。立春、驚蟄、清明、立夏、芒種、小暑、立秋、白露、寒露、立冬、大雪、小寒爲十二節，雨水、春分、穀雨、小滿、夏至、大暑、處暑、秋分、霜降、小雪、冬至、大寒爲十二中氣。《素問·六節藏象論》謂『五日謂之候，三候謂之氣，六氣謂之時，四時謂之歲』，《淮南子·天文訓》謂『日行一度，十五日爲一節，以生二十四時之變。斗指子，則冬至，音比黄鍾。加十五日指癸，則小寒，音比應鍾』云云，則十五日爲一氣。節與中氣依次相間排列，一年共二十四個節氣。見《逸周書·時則》《禮記·月令》《淮南子·天文》《漢書·律曆志》等。

古代確定節氣的方法，除了立表測影外，還以律管候氣以正時。如《禮記·月令》鄭玄注云：『律，候氣之管也。』《史記·太史公自序》：『律居陰而治陽，曆居陽而治陰，律曆更相治，間不容飄忽。』《史記·律書》：『王者制事立法，物度軌則，壹稟於六律，六律爲萬事根本焉。』『建律運曆造日度，可據而度也。』《漢書·律曆志上》：『故黄鍾紀元氣之謂律。律，法也，莫不取法焉。』顔師古注：『律得風氣而成聲，風和乃律調也。』『風氣正則十二月之氣各應其律，不失其序』等等論述，無不體現了律氣相應的思想。在月令曆法中以十二律紀十二月陰陽之氣的變化，反之在禮樂中則依月用律、依氣用律以應陰陽之氣，如《周禮》所云：『大師掌六律、六同以合陰陽之聲。……典同掌六律、六同之和，以辨天地、四方、陰陽之聲，以爲樂器。』後世亦多因之，《後漢書·肅宗孝章帝紀》：『（建初五年）冬，始行月令迎氣樂。』《後漢書·孝順孝冲孝質帝紀》：『（陽嘉元年）冬十月庚午，行禮辟雍，奏應鍾始復黄鍾，作樂器隨月律。』《魏書·臨淮王傳》：『臣今據《周禮》……依十二月爲十二宫，各準辰次，當位懸設，月聲既備，隨用擊奏。』《唐會要》卷三二《雅樂上》：『（大唐雅樂）以十二月律各順其月，旋向爲宫。』《宋史·樂志》：『設十二鎛鐘、特磬於編架内，各依月律。』最早完整記録二十四節氣與十二律的是《淮南子·天文訓》：

斗指子，則冬至，音比黃鍾。加十五日指癸，則小寒，音比應鍾。加十五日指丑，則大寒，音比無射。加十五日指報德之維，則越陰在地，故曰距日冬至四十六日而立春，陽氣凍解，音比南吕。加十五日指寅，則雨水，音比夷則。加十五日指甲，則雷驚蟄，音比林鍾。加十五日指卯中繩，故曰春分則雷行，音比蕤賓。加十五日指乙，則清明風至，音比仲吕。加十五日指辰，則穀雨，音比姑洗。加十五日指常羊之維，則春分盡，故曰有四十五日而立夏，大風濟，音比夾鍾。加十五日指巳，則小滿，音比太蔟。加十五日指丙，則芒種，音比大吕。加十五日指午，則陽氣極，故曰有四十六日而夏至，音比黃鍾。加十五指丁，則小暑，音比大吕。加十五日指未，則大暑，音比太蔟。加十五日指背陽之維，則夏分盡，故曰有四十六日而立秋，涼風至，音比夾鍾。加十五日指申，則處暑，音比姑洗。加十五日指庚，則白露降，音比仲吕。加十五日指酉中繩，故曰秋分雷戒，蟄蟲北鄉，音比蕤賓。加十五日指辛，則寒露，音比林鍾。加十五日指戌，則霜降，音比夷則。加十五日指蹄通之維，則秋分盡，故曰有四十六日而立冬，草木畢死，音比南吕。加十五日指亥，則小雪，音比無射。加十五日指壬，則大雪，音比應鍾。

案，『正聲』指正律之聲，正律是相對於低八度的倍律、高八度的半律而言，或相對於變律而言（詳後）；在樂論中正聲指雅正之聲，是與奸聲、鄭聲等概念相對而言。

『中聲』，宋前有兩種含義，一是以人聲適度的音域爲『中聲』，已詳前文。二是高低大小適中，合於律度之聲爲『中聲』。從《國語》《吕氏春秋》中對『適』『和』『平』『律』的詮釋可知其一二。

《國語·周語下》：『夫政象樂，樂從和，和從平。聲以和樂，律以平聲。金石以動之，絲竹以行之，詩以道之，歌以咏之，匏以宣之，瓦以贊之，革木以節之。物得其常曰樂極，極之所集曰聲，聲應相保曰和，細大不踰曰平。如是，而鑄之金，磨之石，繫之絲木，越之匏竹，節之鼓而行之，以遂八風。於是乎氣無滯陰，亦無散陽，陰陽序次，風雨時至，嘉生繁祉，人民龢利，物備而樂成，上下不罷，故曰樂正。今細過其主妨於正，用物過度妨於財，正害財匱妨於樂。細抑大陵，不容於耳，非和也。聽聲越遠，非平也。』『律所以立均出度也。古之神瞽考中聲而量之以制，度律均鍾，百官軌儀……』

《吕氏春秋》卷五：『聲出於和，和出於適。先王定樂，由此而生。』『夫音亦有適，太巨則志蕩，以蕩聽巨則耳不容，不容則橫塞，橫塞則振。太小則志嫌，以嫌聽小則耳不充，不充則不詹，不詹則窕。……故太巨、太小、太清、太濁皆非適。何謂適？衷，音之適也。何謂衷？大不出鈞，重不過石，小大輕重之衷也。黄鍾之宫，音之本也，清濁之衷也。衷也者，適也，以適聽適則和矣。樂無太，和者是也。』

『衷音』爲『適』，『適音』爲『和』。『適』爲高低大小適中，而高低大小首先遵從人的聽覺感知，符合聽覺的審美要求，然後以『律』爲準度。『律以平聲』『細大不逾曰平』，所謂『平』，《國語·鄭語》有謂『以它平它謂之和』，從聲律的角度而言，即是以『律』爲標準調節『聲』，使『聲』高低合於律度。『中正以平之』，意即以『中正』爲準度來調節『聲』。『古之神瞽考中聲而量之以制』就很容易理解了，其意是指通過音樂聽力異常靈敏的神瞽辨别和諧之聲，將音高量化、物化，如律準律管之類。用以製造樂器、校準音高。正如《周禮·春官》所謂『凡爲樂器，以十有二律爲之數度，以十有二聲爲之齊量。』那麽對於揚雄所言，陳暘《樂書》卷九六的解釋則較爲恰當：『有正聲焉，有間聲焉，故其聲正直和雅合於律吕，謂之正聲，此雅頌之音，古樂之發也。其聲間雜繁促不協律吕，謂之間聲，此鄭衛之音，俗樂之發也。雅頌之音理而民正，鄭衛之曲動而心淫，然則如之何而可不過乎？黄鍾以生之，中正以平之，確乎鄭衛不能入也。』揚雄是從聲律關係來評判雅俗的，合於律度則雅，反之則鄭。

『中正』，實是以『中』爲正。中正思想在儒家論説中尤爲明確，如《論語·堯曰》：『天之曆數在爾躬，允執其中。』《中庸》：『喜怒哀樂之未發，謂之中，發而中節，謂之和。中也者，天下之大本也；和也者，天下之達道也。致中和，天地位焉，萬物育焉。』《説苑》：『奏中聲爲中節，故君子執中以爲本。』這些論説所强調的『中』，皆具有以『中』爲正的内涵。中國古代很早便有四方五位、八方九宫的意識，無論是四方、八方還是九宮，『中』皆居於中心，而中心之地，『天地之所合也，四時之所交也，風雨之所會也，陰陽之所和也，然則百物阜安，乃建王國焉，制其畿方千里而封樹之。』漢賈誼《新書・屬遠》亦謂『古者天子地方千里，中之而爲都』，居中而治方能致和，後世以中原政權爲正統的思想便源於此。這一思想反映在樂律學中，便産生了以黄鍾爲律本，宮爲音主，宮爲君等觀念，成爲樂律學的理論基礎。如《漢書・律曆志上》：『（黄帝）制十二筩以聽鳳之鳴。其雄鳴爲六，雌鳴亦六，比黄鍾之宮，而皆可以生之，是爲律本。』《國語・周語下》：『夫六，中之色也，故名之曰黄鍾。』『夫宮，音之主也。』《史記・樂書》：『（琴）弦大者爲宮，而居中央，君也。』案：非指宮弦居七弦之中，而是宮屬土，土於五行居中。

綜合以上的考察，揚雄所説的『中正』與王灼所理解的『中正』顯然不是相同的概念。在宋前『正聲』和『中聲』從未作爲一對並列的概念來使用，以黄鍾九寸爲正聲，黄鍾八寸七分爲中聲，將『中正之聲』分爲正聲和中聲始於宋代，正如蔡攸上書反對魏漢津中正理論時所説的『考閲前古，初無中、正兩樂』。宋代中聲和正聲的律學依據在於三分損益生律法以九寸黄鍾爲始發律，損益十一次所生成的第一組八度内的十二律爲正律。但回生黄鍾時，僅得八寸八分有餘，比始發律九寸黄鍾少約一分，若以此相生下去，每次回生黄鍾時均會少一分有餘，京房六十律便是據此生至六十律。宋代的八寸七分黄鍾，即相當於京房六十律中的『丙盛』，也就是以九寸黄鍾爲始發律，生兩組十二律後所回到的黄鍾律。京房六十律中，九寸黄鍾與大吕之間有五律：色育約八寸九分，執始約八寸八分、丙盛約八寸七分、分動約八寸六分、質末約八寸五分。見《後漢書・律曆上》。宋代就是以八寸七分黄鍾所生成的十二律爲中聲。

從《淮南子・天文訓》所載可知節氣應陽律，中氣應陰吕，而節氣、中氣與正聲、中聲如何配屬則首見於宋人的争論，如前文所録《宋史》中的兩種觀點：『正聲得正氣則用之，中聲得中氣則用之』；『若氣方得節，乃用中聲；氣已及中，猶用正律。』從王灼的語意來看，『正聲得正氣，中聲得中氣』，『得正氣而用中律，得中氣而用正律』，所謂『正氣』與『中氣』當是二十四氣中的『節氣』與『中氣』。或許爲與正聲和中聲對應而稱之爲正氣和中氣。

東坡曰：『樂之所以不能致氣召和如古者，不得中聲故也。樂不得中聲者，氣不當律也。』東坡知有中聲，蓋見孔子及伶州鳩之言，恨未知正聲耳。近梓潼雍嗣侯者，作《正笙訣》《琴數》《還相爲宫解》《律吕逆順相生圖》，大概謂知音在識律，審律在習數。故師曠之聰，不以六律不能正五音，諸譜以律通不過者，率皆淫哇之聲。嗣侯自言得律吕真數，著説甚詳，而不及中正。

『《正笙訣》《琴數》《還相爲宫解》《律吕逆順相生圖》』句，諸本斷句互有異同，戲曲論著本與上古本爲『正笙訣、琴數還相爲宫解、律吕逆順相生圖』，詞話叢編本與校正本爲『作正笙訣琴數，還相爲宫，解律吕逆順相生圖』。案『正笙訣』，《説文解字》釋『訣』曰『法也』。宋代以後以『訣』命名的著述頗多，其内容皆是講述相關方法、訣竅、要義，可爲實踐作指導之用。如宋劉仲甫《棋訣》，述弈棋技巧心得；宋崔嘉彦《脈訣》，將繁雜晦澀的脈學義理歸納總結爲通俗易明的歌訣，便於學者習誦；宋樓昉《崇古文訣》，選録歷代古文並加以評點，『繁簡得中，尤有裨於学者』，而爲『世所傳誦』。《四庫全書總目·崇古文訣》《正笙訣》當亦不外如此。笙，歷代都是宫廷禮樂中重要的樂器，《周禮》中專有『笙師』一職，掌教笙竽等樂器，其笙爲十三簧笙。至唐宋時期，其形制及名稱已極繁雜，陳暘《樂書》所輯録的僅宋代宫廷的笙就有大笙、和笙、巢笙、義管笙、瓢笙等種類，有大小不同，十二管、十七管、十九管、二十三管等多種形制，所應律吕亦有所不同，然『要皆非古制』『非先王之制也』。所謂『正笙訣』，當是考其『先王之制』，正其律吕，復歸其雅正。『琴數』，以『數』爲稱的名目或著述，如『梅花易數』『易數象數』『術數』等等，多與天數、氣數相關。其次又作『算術』解，如『九數』。『九數』即九種算術之法，詳後。琴與『數』相關聯的有形制、布徽法、弦法與律法等。如此，『琴數』與

『正笙訣』各爲一事，『琴數還相爲宮』其義亦不通，況宋人於琴只論調弦法，而不論旋宮法，如朱熹《琴辯》云：『陳淳言，琴只可彈黄鍾一均，而不可旋相爲宮。此説猶可至。』不同的宮調都是通過緊慢諸弦而得。『還相爲宮』，又作『旋相爲宮』。十二律每律依次爲宮，其餘商角徵羽等各音亦依次推移，此即爲旋相爲宮。見於《宋史·樂志》所載，宋人對於旋宮之法所涉及的相關問題始終爭論不斷。『嗣侯自言得律吕真數』，或自認其所解旋宮之法有獨到之處。宋代律吕相生有左旋（逆旋）與右旋（順旋）之爭，『律吕逆順相生圖』當即因此而作的圖譜。

東坡所言見其《書傳》卷四《虞書·益稷第五》，『氣不當律』爲『器不當律』。蘇軾所論爲樂器與律的關係，並非王灼所説的氣與律的關係，同樣『中聲』亦非王灼所説的中正之聲的『中聲』，而是指合於律度之聲，正是前文陳暘所説的與『間聲』相對的『正聲』，而非王灼所説的與正聲並列的『中聲』，結合蘇軾整段文字便可一目瞭然。其云：『樂工所以不能致氣召物如古者，以不得中聲故爾。樂不得中聲者，器不當律也，器不當律，則與擿植鼓盆無異，何名爲樂乎。使律能當律，則致氣召物，雖常人能之，蓋見於古今之傳多矣，而況於夔乎。』

孔子、伶州鳩論中聲見《家語》和《國語》。《家語·辯樂解》：『夫先王之製音也，奏中聲以爲節。』《國語·周語下》記載，周景王鑄無射鍾，問樂律於伶州鳩，其回答『樂從和，和從平』，『律所以立均出度也』云云，成爲後世研究樂律學的重要文獻。

雍嗣侯，生平事迹不詳，其《正笙訣》《琴數》等亦不傳。

師曠，春秋時晉國樂師。目盲，精於審音調律。《孟子·離婁上》：『師曠之聰，不以六律，不能正五音。』

『習數』，這裏『數』指算術。六藝之『數』，《周禮》謂之『九數』，鄭玄注云：『九數：方田、粟米、差分、少廣、商功、均輸、方程、贏不足、旁要。今有重差、夕桀、句股也。』賈公彦疏云：『九數者，方田以下皆依

《九章算術》而言，云「今有重差、句股也」者，此漢法增之。』據史志中所載，律呂都是通過推算而確定的。正如東漢蔡邕《月令章句》所云：『古之爲鐘律者，以耳齊其聲，後人不能，則假數以正其度，度數正則音亦正矣。鐘以斤、兩、尺、寸、中容受升斗之數爲法，律亦以寸、分、大、小、長、短爲數。故曰：黄鐘之管九寸，孔徑三分，圍九分，其餘皆稍大小圍數增減以度量者，可以文載口傳，與衆共知，然不如耳決之明也。』

全篇所論雅俗之分，僅是從律學尤其是宋人争議的聲氣配屬問題來議論的。然而從先秦産生雅俗觀念以來，樂律（包括音域範圍及律度）、樂器（包括種類及形制）、音樂的來源、歌辭的内容與形式、音樂風格等均有雅俗之辨。

一三　歌曲拍節乃自然之度數

或曰：古人因事作歌，輸寫一時之意，意盡則止，故歌無定句；因其喜怒哀樂，聲則不同，故句無定聲。今音節皆有轄束，而一字一拍，不敢輒增損，何與古相戾歟？予曰：皆是也。今人固不及古，而本之情性，稽之度數，古今所尚，各因其所重。昔堯民亦擊壤歌，先儒爲搏拊之説，亦曰所以節樂。樂之有拍，非唐虞創始，實自然之度數也。故明皇使黄幡綽寫拍板譜，幡綽畫一耳於紙以進，曰：『拍從耳出。』牛僧孺亦謂拍爲樂句。嘉祐間，汴都三歲小兒在母懷飲乳，聞曲皆撚手指作拍，應之不差。雖然，古今所尚，治體風俗，各因其所重，不獨歌樂也。古人豈無度數，今人豈無性情，用之各有輕重，但今不及古耳。今所行曲拍，使古人復生，恐未能易。

『輸寫一時之意』句，『輸』，詞話叢編本作『抒』，從餘本。『本之情性，稽之度數』句，『情性』，戲曲論著本、詞話叢編本、上古本作『性情』，校正本作『情性』。

《擊壤歌》，《樂府詩集》卷八三《擊壤歌》序引《帝王世紀》云：『帝堯之世，天下大和，百姓無事。有八九十老人擊壤而歌。』歌曰：『日出而作，日入而息。鑿井而飲，耕田而食。帝何力於我哉。』

搏拊之説見《尚書・益稷》：『戛擊鳴球，搏拊琴瑟以咏，祖考來格。』

黄幡綽寫拍板譜事見《樂府雜録》『拍板』條：『拍板本無譜，明皇遣黄幡綽造譜，乃於紙上畫兩耳以進，上問其故，對：「但有耳道，則無失節奏也。」』黄幡綽，玄宗時優伶，供俸宫廷，常假戲謔，警悟其主。任半塘譽其爲『才藝品德爲盛唐第一優人』。《唐戲弄》録其相關傳説十二則，優語十四條。拍板，見《通典・樂四》載：『拍板，長闊如手，重十餘枚，以韋連之，擊以代抃。』下注云：『抃，擊其節也。情發於中，手抃足蹈。抃者，因其聲以節舞。龜兹伎人彈指爲歌舞之節，亦抃之意也。』

『拍板』爲『樂句』之説見五代王定保《唐摭言》卷七載：『奇章公始舉進士，致琴書於灞滻間，先以所業謁韓文公、皇甫員外。……二公披卷，卷首有《説樂》一章，未閲其詞，遽曰：「斯高文，且以拍板爲什麽？」對曰：「謂之樂句。」』張炎《詞源・拍眼》：『衆部樂中用拍板名曰齊樂，又曰樂句，即此論也。』

都下小兒撚指應拍見江休復《江鄰幾雜志》載：『都下一小兒才三歲，無有難曲，按皆中節。都市觀者如堵，教坊伶人皆稱其妙。在母懷食乳，撚手指應節，蓋宿習也。』

碧雞漫志箋證卷二

一四　唐末五代樂章可喜

唐末五代，文章之陋極矣，獨樂章可喜，雖乏高韻，而一種奇巧，各自立格，不相沿襲。在士大夫猶有可言，若昭宗『野烟生碧樹，陌上行人去』，豈非作者？諸國僭主中，李重光、王衍、孟昶、霸主錢俶，習於富貴，以歌酒自娱。而莊宗同父興代北，生長戎馬間，百戰之餘，亦造語有思致。國初平一宇内，法度禮樂，寖復全盛，而士大夫樂章頓衰於前日，此尤可怪。

『莊宗同父興代北』句，『父』，詞話叢編本作『文』，餘本均作『父』。諸點校本皆以知不足齋本爲底本，其原文即作『父』，詞話叢編本或爲排版之誤。

陳善《捫虱新話》下集卷二『唐末小詞』條：『唐末詩格卑陋，而小詞最爲奇絶，今世人盡力追之，有不能及者。予故嘗以唐《花間集》，當爲長短句之宗。』

宋陳振孫《直齋書録解題》卷二一『歌詞類』：『此近世倚聲填詞之祖也。詩至晚唐五季氣格卑陋，千人一律，而長短句獨精巧高麗，後世莫及。此事之不可曉者。』

陸游《跋後山居士長短句》：『唐末，詩益卑，而樂府詞高古工妙，庶幾漢魏。』

楊慎《詞品》卷二『五代僭主能辭』條：『五代僭僞十國之主，蜀之王衍、孟昶，南唐之李璟、李煜，吴越之錢俶，皆能文，而小詞尤工。如王衍之「月明如水浸宫殿」，元人用之爲傳奇曲子。孟昶之《洞仙歌》，東坡極稱之。錢俶「金鳳欲飛遭掣搦，情脈脈，行即玉樓雲雨隔」，爲宋藝祖所賞，惜不見其全篇。』

李煜（九三七—九七八），南唐後主，原名李從嘉，字重光。《新五代史·前唐世家》謂李煜『性驕侈，好聲色，又喜浮圖，爲高談，不恤政事』。但作爲詞人，則受到後世極大的推崇，王世貞《藝苑卮言》：『花間猶傷促碎，至南唐李王父子而妙矣。』徐釚《詞苑叢談》：『男中李後主，女中李易安，極是當行本色。』王國維《人間詞話》：『詞至李後主而眼界始大，感慨遂深，遂變伶工之詞而爲士大夫之詞。』

昭宗詞詳後『唐昭宗詞』條。

王衍（八九九—九二六），前蜀後主，字化源。《新五代史·前蜀世家》稱王衍『頗知學問，能爲浮艷之辭』。存詩五首、詞二首於《全唐詩》，集艷詩二百篇爲《烟花集》，並爲之序，《直齋書録解題》《文獻通考》等均有著録。《詞林紀事》卷二引《北夢瑣言》所載：『蜀主（衍）裹小巾，其尖如錐。宫妓多衣道服，簪蓮花冠，施脂夾粉，名曰醉妝。自製《醉妝詞》云云。』《五國故事》卷上載王衍幸青城山，『衍自製《甘州曲》辭，親與宫人唱之曰：「畫羅裙，能結束，稱腰身，柳眉桃臉不勝春。薄媚足精神，可惜許淪落在風塵。」宫人皆應聲而和之。』

孟昶（九一九—九六五），後蜀後主，初名仁贊，字保元。王奕清《御選歷代詩餘》卷一〇一謂：『後主孟昶，……性好學，嘗集《古今韻會》五百卷，亦工樂府。』今存詩（詞）一首，即『冰肌玉骨清無汗，水殿風來暗香滿。簾開明月獨窺人，欹枕釵横雲鬢亂。起來瓊户寂無聲，時見疎星渡河漢。屈指西風幾時來，只恐流年暗中换。』見載於楊繪《時賢本事曲子集》『孟蜀後主』條：『錢塘有一老尼，能誦後主詩首章兩句，後人爲足其意以填此詞。余嘗見一士人誦全篇云（辭如前，略）。』《全蜀藝文志》及《詞綜》録爲詞，題《玉樓春》；《全唐詩》卷八録爲詩，題《避暑摩訶池上作》，卷八八九録爲詞，題《木蘭花》，並注云：『蘇軾《洞仙歌》即隱括此詞』。東坡《洞仙歌》『凉肌玉骨』序記此詞本事云：『余七歲時，見眉州老尼，姓朱，忘其名，年九十餘。自言嘗隨其師入蜀主孟昶宮中。一日，大熱，蜀主與花蕊夫人夜納凉摩訶池上，作一詞，朱具能記之。今四十年，朱已死久矣，人無知此詞者，但記其首兩句。暇日尋味，豈《洞仙歌令》乎！乃爲足之云。』蘇詞序及楊繪所記，後世諸家詩話詞話亦多有引録。

錢俶（九二九—九八八），吴越後主，初名弘俶，字文德，《宋詩紀事》卷八六稱其『有詩數百首，號《政本集》』，今存詩一首於《宋詩紀事》《全唐詩》。陳師道《後山詩話》載：『吴越後王來朝，太祖爲置宴，出內妓彈琵琶。王獻詞曰：「金風欲飛遭掣搦。情脈脈。看取玉樓雲雨隔。」太祖起，拊其背曰：「誓不殺錢王。」』

後唐莊宗，名李存勖（八八五—九二六），神武川之新城（今山西雁門）人。唐末河東節度使、晉王李克用的長子。九〇八年繼晉國王位，之後經過多年的南征北戰，九二三年四月在魏州（今河北大名府）稱帝，國號『唐』，史稱後唐，是爲後唐莊宗。同年十二月滅後梁，實現了對中國北方的大部統一。《舊五代史·莊宗紀》注引《五代史補》：『初，莊宗爲公子時，雅好音律，又能自撰曲子詞。其後凡用軍，前後隊伍皆以所撰詞授之，使揭聲而唱，謂之「御製」。』《新五代史·唐本紀》：『（莊宗）及長，善騎射，膽勇過人，稍習《春秋》，通大義，尤喜音聲歌舞俳優之戲。』存詞四首，載《尊前集》。

代北，唐方鎮名。唐置代州都督府，中和年間，置代北節度使，亦稱雁門節度使，治代州，即今山西代縣一帶。

案晚唐五代作詞風氣極盛，而在北宋初很長一段時間，詞的創作則較爲沉寂，僅王禹偁、丁謂、楊億、錢惟演等人偶爾爲之。這一時期，强調文學『言志』『載道』的政教功能，而反對『緣情而綺靡』的花間詞風，以至將南唐後主李煜之詞視爲亡國之音。如蔡絛《西清詩話》載：『藝祖云：「李煜若以作詩工夫治國事，豈爲吾虜也。」』因此宋初七十餘年間，文學創作以詩文爲主，加之君王的喜好和提倡，君臣間的御製奉和、臣僚間的酬答唱和成爲一代風氣。如葉夢得《石林燕語》卷八載：『太宗當天下無事，留意藝文，而琴棋亦皆造極品。時從臣應制賦詩，皆用險韻，往往不能成篇；而賜兩制棋勢，亦多莫究所以，故不得已，則相率上表乞免和，訴不曉而已。』《續資治通鑑長編》卷二五載雍熙元年，太宗『召宰相近臣賞花於後苑。上曰：「春風暄和，萬物暢茂，四方無事，朕以天下之樂爲樂，宜令侍從詞臣各賦詩。」賞花賦詩自此始。』次年春，太宗又『召宰相參知政事，樞密三司使，翰林樞密直學士，尚書省四品，兩省五品以上，三館學士，宴於後苑；賞花釣魚，張樂賜飲，命群臣賦詩習射，自是每歲皆然。』真宗朝，龍圖閣待制李虛己應詔編群臣所和御製詩爲《明良集》，有五百卷之多。當時風氣由此可見一斑。直至晏殊，這種狀況才有所改變。晏殊是入宋以來大量作詞的第一個文人，而後張先、歐陽修、柳永等，作者繼起。但這一階段，詩莊詞媚仍是文學創作的重要指導思想。至蘇軾『以詩爲詞』，始開一代風氣，成爲詞體創作發展史上的重要轉折點，從而使之走上探索緣情而不綺靡的道路。

一五　唐昭宗詞

唐昭宗以李茂貞之故，欲幸太原，至渭北，韓建迎奉歸華州。上鬱鬱不樂，時登城西齊雲樓眺望，製《菩薩蠻》曲曰：『登樓遥望秦宫殿，茫茫只見雙飛燕。渭水一條流，千山與萬丘。　野烟生碧樹，陌上行人去。安得有英雄，迎歸大内中。』又曰：『飄飄且在三峰下，秋風往往堪沾灑。腸斷憶仙宫，朦朧烟霧中。　思夢時時睡，不語長如醉。早晚是歸期，穹蒼知不知？』

『李茂貞』，『貞』字原作『正』，諸本均作『貞』。據戲曲論著本、詞話叢編本注，『正』爲宋人避諱改。校正修訂本又改回『正』字。

唐昭宗李曄（八六七—九〇四），原名傑，又名敏，八八九—九〇四年在位。

李茂貞、韓建皆爲唐末藩鎮，多次率兵犯京。《新五代史》皆有傳。《新五代史·韓建傳》載：『乾寧三年，李茂貞復犯京師，昭宗將奔太原，次渭北，建遣子允請幸華州。昭宗又欲如鄜州，建追及昭宗於富平，泣曰：「藩臣倔强，非止茂貞，若舍近畿而巡極塞，乘輿渡河，不可復矣！」昭宗亦泣，遂幸華州。是時，天子孤弱……昭宗登齊雲樓，西北顧望京師，作《菩薩蠻》辭三章以思歸，其卒章曰：「野烟生碧樹，陌上行人去。……」酒酣，與從臣悲歌泣下，建與諸王皆屬和之。』沈括《夢溪筆談》卷五：『《新五代史》書唐昭宗幸華州，登齊雲樓，西北顧望京師，作《菩薩蠻》辭三章，其卒章曰：「野烟生碧樹，陌上行人去。安得有英雄，迎歸大内中。」今此辭墨本猶在陝州一佛寺中，紙札甚草草。予頃年過陝，曾一見之，後人題跋多，盈巨軸矣。』昭宗《菩薩蠻》詞今存兩首，載《全唐詩》卷八八九，與王灼所引略同，第一首末句注云：『一作何處是英雄，迎儂歸故宫。』第二首『飄颻』作『飄飄』。

《菩薩蠻》曲調源流詳卷五《菩薩蠻》條。

一六　各家詞短長

王荆公長短句不多，合繩墨處，自雍容奇特。晏元獻公、歐陽文忠公，風流蘊藉，一時莫及，而温潤秀潔，亦無其比。東坡先生以文章餘事作詩，溢而作詞曲，高處出神入天，平處尚臨鏡笑春，不顧儕輩。或曰：長短句中詩也。爲此論者，乃是遭柳永野狐涎之毒。詩與樂府同出，豈當分異？若從柳氏家法，正自不得不分異耳。

『正自不得不分異耳』，校正本同，戲曲論著本、詞話叢編本、上古本作『正自不分異耳』，戲曲論著本校記云：『此句似應作「正自分異耳」。』從校正本。

王荊公名安石（一〇二一—一〇八六），字介甫，號半山，自號臨川先生，晚年封荊國公，世稱臨川先生，又稱王荊公，撫州臨川人，唐宋八大家之一，北宋丞相、新黨領袖。傳世文集有《王臨川集》《臨川集拾遺》等。《宋史》卷三二七有傳。歐陽修《贈王介甫》詩稱贊王安石：『翰林風月三千首，吏部文章二百年。老去自憐心尚在，後來誰與子爭先。』王安石的詞，今僅存二十餘首，雖不以詞名家，但其作品『瘦削雅素，一洗五代舊習』，劉熙載《藝概·詞曲概》蘇軾戲稱其爲『野狐精』。《御選歷代詩餘》卷一一四引《古今詞話》：『「金陵懷古」，諸公寄調《桂枝香》者三十餘家，惟王介甫爲絕唱。東坡見之，歎曰：「此老乃野狐精也。」』

晏元獻公名殊（九九一—一〇五五），字同叔，撫州臨川文港鄉人，封臨淄公，謚元獻，世稱晏元獻。晏殊身处要職，樂於獎掖後進，如范仲淹、韓琦、歐陽修等，皆出其門。《宋史》卷三一一有傳。晏殊以詞著於文壇，尤擅小令，有《珠玉詞》一百三十餘首，風格含蓄婉麗，多表現詩酒生活和悠閑情致，頗受南唐馮延巳的影響，劉攽《中山詩話》稱『晏元獻尤喜江南馮延巳歌詞，其所自作，亦不減延巳。』《藝概·詞概》稱『馮延巳詞，晏同叔得其俊，歐陽永叔得其深。』但因其生當承平之世，因而其詞多帶『富貴氣』，『風調閑雅』。《青箱雜記》謂：『晏元獻公雖起田里，而文章富貴，出於天然。』《詩人玉屑》卷二〇引《復齋漫録》謂『晏元獻不蹈襲人語，而風調閑雅。』

歐陽文忠公名修（一〇〇七—一〇七二），字永叔，自號醉翁，晚年號六一居士，吉州永豐人，謚文忠，世稱歐陽文忠公。北宋時期政治家、文學家、史學家和詩人，詩、詞、散文均爲一時之冠，蘇軾《居士集叙》謂其『論大道似韓愈，論事似陸贄，記事似司馬遷，詩賦似李白。此非余言也，天下之言也。』《蘇東坡全集·前集》卷二十四其詞作亦如晏殊承襲晚唐五代詞風，『小詞亦無愧唐人《花間集》』，羅大經《鶴林玉露》卷二『多有與《花間》《陽春》相混者』，陳振孫《直齋書録解題·六一詞》可見與南唐花間詞的共通之處。與晏殊多用唐五代舊調不同，歐陽修存詞二百多首中，用調六十八，其中五十餘調爲宋代新聲。

蘇軾（一〇三七—一一〇一），字子瞻，又字和仲，號東坡居士，世稱蘇東坡，眉州眉山人，謚文忠。蘇軾詩、詞、散文、書、畫等均有極高的造詣，『唐宋八大家』之一，有《東坡七集》《東坡易傳》《東坡樂府》等傳世。《宋史》卷三三八有傳。

謂蘇詞爲『長短句中詩』，出自李清照《詞論》：『至晏元獻、歐陽永叔、蘇子瞻，學際天人，作爲小歌詞，直如酌蠡水於大海，然皆句讀不葺之詩爾，又往往不協音律者，何邪？』另詳後文『坡詞指出向上一路』條。

『詩與樂府同出』，此觀點肇自蘇軾『以詩爲詞』及蘇門諸人詞論。如《答陳季常三首》：『又惠新詞，句句警拔，此詩人之雄，非小詞也。』《蘇東坡全集·續集》卷五《祭張子野文》：『微詞宛轉，蓋詩之裔。』《蘇東坡全集·前集》卷三十五黄庭堅《跋秦少游踏莎行》：『少游……語意極似劉夢得楚蜀間詩也。』《山谷别集》卷一二《小山詞序》：『晏叔原……及獨嬉弄於樂府之餘，而寓以詩人句法。』張耒《賀方回樂府序》則進一步將『詞』與詩文相提並論，皆爲『滿心而發，肆口而成』之文章，稱方回詞『盛麗如游金張之堂，而妖冶如攬嬙施之祛，幽潔如屈宋，悲壯如蘇李』。明確提出『詩詞同源』觀點則在南宋以後，如王灼所稱『詩與樂府同出』，另如胡寅《酒邊詞序》所云：『詞曲者，古樂府之末造也。古樂府者，詩之旁流也。詩出於《離騷》《楚辭》，而騷辭者，變風變雅之怨而迫、哀而傷者也。其發乎情則同，而止乎禮義則異。名曰曲，以其曲盡人情耳。』王炎《雙溪詩餘自序》亦云：『古詩自風雅以降，漢魏間乃有樂府，而曲居其一。今之長短句，蓋樂府曲之苗裔也。』

柳永（約九八四—約一〇五三），原名三變，字景莊，後改名柳永，字耆卿，因排行第七，又稱柳七，福建崇安人，晚年方及第，以屯田員外郎致仕，故又稱之爲『柳屯田』，有《樂章集》傳世。餘詳後文『樂章集淺近卑俗』條。

晁無咎、黄魯直皆學東坡，韻製得七八。黄晚年閑放於狹邪，故有少疏蕩處。後來學東坡者，葉少藴、蒲大受亦得六七，其才力比晁、黄差劣。蘇在庭、石耆翁入東坡之門矣，短氣跼步，不能進也。趙德麟、李方叔皆東坡客，其氣味殊不近，趙婉而李俊，各有所長，晚年皆荒醉汝、潁、京、洛間，時時出滑稽語。

晁無咎名補之（一〇五三—一一一〇），字無咎，號歸來子，濟州巨野（今屬山東）人，『蘇門四學士』之一，《宋史》卷四四四有傳。其詞主導風格豪邁清曠，與蘇詞一脈相承，正如《四庫全書總目》卷一九八《晁無咎詞》提要所云：『其詞神姿高秀，與軾可肩隨。』然亦有大量傷春惜別、風格婉約的詞，與柳詞相近。

黄魯直名庭堅（一〇四五—一一〇五），字魯直，號山谷道人，晚號涪翁，洪州分寧（今江西修水縣）人，北宋著名文學家、書法家，爲江西詩派開山之祖，『蘇門四學士』之一，與蘇軾齊名，世稱『蘇黄』。『黄晚年閑放於狹邪』，當爲黄庭堅『早年』之事。黄庭堅少年時期的詞多有纖穠俚俗者，與柳詞相近。其《小山集序》稱：『余少時間作樂府，以使酒玩世，道人法秀獨罪余以筆墨勸淫，於我法中，當下犁舌之獄。』與蘇軾交游後詞風大變，『以詩爲詞』，風格沉鬱曠達，近於蘇詞。

葉少藴名夢得（一〇七七—一一四八），字少藴，蘇州吴縣人，晚年隱居湖州弁山玲瓏山石林，號石林居士，《宋史》卷四四五有傳。有《石林燕語》《石林詞》《石林詩話》《避暑録話》《春秋考》等著作傳世。葉夢得爲北宋末南宋初期重要的作家，其詞體創作亦以南渡爲界，前期承襲花間，後期則學蘇詞，《四庫全書總目》一九八《石林詞》提要稱『其詞婉麗，有温李之風。晚歲落其華而實之，能於簡淡中時出雄傑，合處不減靖節、東坡』。

蒲大受名瀛，字大受，號漫叟，四川閬中人，生卒年不詳，主要生活在宋徽宗、高宗年間，著有《蒲氏漫齋録》，今佚，《成都文類》録其詩十首，其詞作不存。

蘇在庭，又作蘇在廷，名元老，字在廷，眉山人，蘇軾從孫，生卒年不詳，卒年四十七。宋王偁《東都事略》卷一一六《文藝傳》九九載：『蘇元老，字在廷，軾從孫也。幼孤，力學善屬文。軾謫居海上，數以書往來，軾善其爲學有功，其季叔祖轍頗愛獎之，黄庭堅亦見而奇之曰：「此蘇氏之秀也。」舉進士，調廣都簿，徙漢州教授，除西京國子博士，通判彭州。……言者謂元老，蘇軾從孫，且曰元祐邪，説不宜位朝廷。罷爲提點明道宫。……未幾而卒，年四十七。』宋王明清《揮麈録・餘話》亦載：『蘇在廷元老，東坡先生之從孫，自幼即卓然，東坡許之。元符末入太學，東坡已渡海。每與其書，委曲詳盡。宣和中，歷館職、郎曹、奉常。言者論其宗元祐學術，罷爲宫觀。』《宋史・藝文志》著録《文集》三十二卷，《直齋書録解題》《文獻通考》等著録《九峰集》四十卷。

石耆翁，蜀人，生平事迹不詳，存詞二首，《全宋詞》據黄大輿《梅苑》輯出。

趙德麟名令畤（一〇六一—一一三四），初字景貺，蘇軾爲之改字德麟，自號聊復翁。太祖次子燕王德昭玄孫，著有《侯鯖録》《聊復集》。《聊復集》今不存，有趙萬里輯本。從其存詞來看，皆爲傷春懷人一類的題材，構思精巧，風格清麗婉轉，與蘇詞全然不同。

李方叔名廌（一〇五九—一一〇九），字方叔，號德隅齋，又號齊南先生、太華逸民，華州（今陝西華縣）人，『蘇門六君子』之一。著有《師友談記》《濟南集》。《濟南集》已散佚，《全宋詞》自《永乐大典》辑詞四首。其詩雄健奇麗，詞則細膩清疏，講求韻致。

賀方回、周美成、晏叔原、僧仲殊各盡其才力，自成一家。賀、周語意精新，用心甚苦。毛澤民、黄載萬次之。叔原如金陵王謝子弟，秀氣勝韻，得之天然，將不可學。仲殊次之，殊之贍，晏反不逮也。張子野、秦少游俊逸精妙。少游屢困京洛，故疏蕩之風不除。

賀方回名鑄（一〇五二—一一二五），字方回，號慶湖遺老，衛州（今河南衛輝）人，宋太祖孝惠皇后族孫，能詩文，尤擅詞，張耒《賀方回樂府序》：『余友賀方回，博學業文，而樂府之詞高絶一世。』《宋史》卷四四三有傳。現存詞二百餘首，風格多樣，兼豪放、婉約二派之長，張耒《賀方回樂府序》稱其詞『盛麗如游金張之堂，而妖冶如攬嬙施之袪，幽絜如屈宋，悲壯如蘇李』。

周美成名邦彦（一〇五六—一一二一），字美成，自號清真居士，錢塘（今浙江杭州）人，《宋史》卷四四四有傳，有《清真集》傳世。周邦彦精通音律，多創新調，講究格律，錘煉字句，善於化用前人成句，爲後來格律派詞人所宗。張炎《詞源》：『美成詞只當看他渾成處，采唐詩融化如自己者，乃其所長，惜乎意趣却不高遠。』沈義父《樂府指迷》稱：『凡作詞，當以清真爲主。蓋清真最爲知音，且無一點市井氣，下字運意，皆有法度，往往自唐宋諸賢詩句中來。』

晏叔原名幾道（一〇三〇？—一一〇六？），字叔原，號小山，晏殊之子，性孤傲，北宋重要的婉約派詞人，與其父合稱『二晏』。有《小山詞》，存二百五十餘首。黄庭堅《小山集序》稱其詞『寓以詩人句法，清壯頓挫，能動摇人』。

仲殊，生卒年不詳，俗姓張，名揮，字師利，安州（今湖北安陸）人，曾舉進士，後出家爲僧，與蘇軾交游唱酬。詞風奇麗清婉，有《寶月集》。《雲齋廣録》卷三『僧仲殊』條：『世傳仲殊清才麗藻，雅能綴屬小辭，每一闋出，人争傳玩。』

毛澤民名滂（一〇六〇—約一一二四），字澤民，號東堂，江山（今屬浙江）人，有《東堂集》十卷。《直齋書録解題》載：『滂爲杭州法曹，以樂府詞有佳句受知於東坡，遂有名。』其詞風多樣，兼具婉約、豪放二派，

《四庫全書總目提要》譽之爲『情韻特勝』。

黄載萬名大輿（約一〇九五—約一一六〇），字載萬，自號岷山耦耕，蜀人。有詞集《樂府廣變風》，今不傳，所存詞僅《虞美人》一首和《更漏子》殘句，皆見於王灼本書，《全宋詞》據以收録。曾於己酉冬輯録唐以來詩人咏梅詞數百首爲《梅苑》十卷，詳後『梅苑』條。

張子野名先（九九〇—一〇七八），字子野，烏程（今浙江湖州）人，北宋時期著名的詞人，曾任安陸縣知縣，因此人稱『張安陸』。曾與梅堯臣、歐陽修、蘇軾等游。善作慢詞，與柳永齊名，造語工巧，曾因三處善用『影』字，世稱張三影。著有《安陸集》，存詞一百八十餘首。

秦少游名觀（一〇四九—一一〇〇），早年字太虛，後改字少游，别號邗溝居士、淮海居士，江蘇高郵人，『蘇門四學士』之一。善詩詞文，尤以詞名世，有《淮海集》四十卷，《後集》六卷，《淮海詞》。其詞雖多兒女情長之作，然能清麗淡雅。晚年仕途坎坷，其詞漸多淒清之境，氣格極高，與蘇詞相近。張炎《詞源》卷下：『秦少游詞，體製淡雅，氣骨不衰，清麗中不斷意脈，咀嚼無滓，久而知味。』劉熙載《藝概》卷四：『秦少游詞得花間、尊前遺韻，却能自出清新。東坡詞雄姿逸氣，高軼古人，且稱少游爲詞手。山谷傾倒於少游《千秋歲》詞「落紅萬點愁如海」之句，至不敢和。要其他詞之妙，似此者豈少哉！』王灼謂少游詞『疏蕩之風不除』，當指其早期作品與柳詞相近者。《高齋詩話》載：『少游自會稽入都見東坡，東坡曰：「不意别後，公學柳七作詞耶。」少游曰：「某雖無學，亦不如是。」東坡曰：「銷魂當此際，非柳七語乎？」』

陳無己所作數十首，號曰《語業》，妙處如其詩，但用意太深，有時僻澀。陳去非、徐師川、蘇養直、吕居仁、韓子蒼、朱希真、陳子高、洪覺範，佳處亦各如其詩。

陳無己名師道（一〇五三—一一〇一），字履常，一字無己，號後山居士，彭城（今江蘇徐州）人，『蘇門六君子』之一，江西詩派重要作家，陸游《跋後山居士長短句》稱『陳無己詩妙天下，以其餘作辭，宜其工矣。顧乃不然，殆未易曉也。』本卷末論陳無己詞亦謂其『喜作莊語，其弊生硬』。有《後山集》，《宋史》卷四四四有傳。《語業》，即《後山詞》。《四庫全書總目》卷二〇〇《後山詞》提要云：『宋陳師道撰。師道有《後山叢談》，已著録，其詩餘一卷已附載集中。考陳振孫《書録解題》載《後山詞》一卷，《宋史·藝文志》則稱爲《語業》一卷，而魏衍作師道《集記》但及叢談理究，不及其詞，知宋時本集外別行也。』

陳去非名與義（一〇九〇—一一三八），字去非，號簡齋，洛陽人，兩宋之交著名詩人，有《簡齋集》《無住詞》，《宋史》卷二〇四有傳。其詞作不多，今僅存十餘首，《花庵詞選》稱其詞『語意超絶，識者謂其可摩坡仙之壘也。』

徐師川名俯（一〇七五—一一四一），字師川，自號東湖居士，原籍洪州分寧（江西修水縣）人，後遷居德興天門村。徐禧之子，黄庭堅之甥，有《東湖集》，不傳，《全宋詞》録其詞十七首，《宋史》卷三七二有傳。徐俯早年即以詩名世，爲江西詩派重要作家，詞則未受世人所重，論者極少。從其存詞來看，風格平實淡雅，情感表達含蓄内斂，然仍注重遣辭煉意，兼有晚期的詩風及早期詩的工巧，所謂『佳處如詩』大約指此。

蘇養直名庠（一〇六五—一一四七），字養直，初因病目，自號眚翁。丹陽（今屬江蘇）人，工詩詞，格調清新空靈。高宗紹興年間，蘇庠與徐俯同被徵召，獨不赴，隱逸以終。《直齋書録解題》著録《後湖集》十卷、《後湖詞》一卷，《宋史·藝文志》著録《蘇庠集》三十卷，均佚。《全宋詞》收録其詞二十六首。

吕居仁名本中（一〇八四—一一四五），原名大中，字居仁，世稱東萊先生，壽州（今安徽壽縣）人，早年作《江西詩社宗派圖》，其詩頗受黄庭堅、陳師道瘦硬風格的影響，故後來亦將之納入江西詩派。詞以婉麗見長，時人曾季貍《艇齋詩話》稱其詞『渾然天成，不減唐花間之作』。後人輯有《紫微詞》。

韓子蒼名駒（一〇八〇—一一三五），字子蒼，號牟陽，陵陽仙井（治今四川仁壽）人，江西詩派詩人，詩論家。文學創作以詩爲主，注重錘字煉句，有《陵陽集》四卷傳世，《全宋詞》收詞一首及二殘句。

朱希真名敦儒（一〇八一—一一五九），字希真，號岩壑，洛陽人，故又稱伊水老人、洛川先生。《宋史》本傳稱其『志行高潔，雖爲布衣而有朝野之望。』宋人汪莘《方壺詩餘自序》評其詞：『多塵外之想，雖雜以微塵，而其清氣自不可没。』

陳子高名克（一〇八一—一一三七），字子高，臨海人，侨寓金陵，自號赤城居士。有《天台集》《赤城詞》，不傳，《全宋詞》及《補輯》録其詞五十五首。陳振孫《直齋書録解題》稱其『詞格頗高麗，晏周之流亞也』。清李慈銘《越縵堂讀書記》論贊其詞『在北宋諸家中，可與永叔、子野抗衡一代，雖所傳不多，吾浙稱此事者，莫之先矣』。

洪覺範名惠洪（一〇七〇—一一二八），字覺範，北宋詩僧，自號寂音尊者，後易名德洪，俗姓喻（一作姓彭），江西宜豐人。著《冷齋夜話》《天廚禁臠》等，詞多艷語，有輯本《石門長短句》，《全宋詞》録其詞二十一首。

王輔道、履道善作一種俊語，其失在輕浮。輔道誇捷敏，故或有不縝密。李漢老富麗而韻平平。舒信道、李元膺，思致妍密，要是波瀾小。謝無逸字字求工，不敢輒下一語，如刻削通草人，都無筋骨，要是力不足。然則獨無逸乎？曰：類多有之，此最著者爾。宗室中，明發、伯山久從汝洛名士游，下筆有逸韻，雖未能一一盡奇，比國賢、聖褒則過之。王逐客才豪，其新麗處與輕狂處皆足驚人。

王輔道名寀（一〇七八—一一一八？），字輔道，一字道輔，號南陔，江州德安（今屬江西）人，好道術，爲林靈素所陷，棄市，年四十一。有《南陔集》一卷，已佚，《全宋詞》收録其詞十二首。《宋史》卷三二八有傳。王明清《揮麈録·後録》卷三謂其『少豪邁，有父風，輕財喜士，賓客多歸之』，『善議論，工詞翰』。《能改齋漫録》卷十七『王輔道詞』條稱其詞『歌之使人有遺世之意』。

王履道名安中（一〇七五—一一三四），字履道，陽曲（今屬山西）人，善詩文，《宋史》本傳稱『安中爲文豐潤敏拔，尤工四六之製』。今傳詩文集《初寮集》七卷和詞集《初寮詞》。

李漢老名邴（一〇八五—一一四六），字漢老，號龍龕居士，濟州任城（今山東濟寧）人，有《草堂集》一百卷，不傳，《全宋詞》録其詞十二首。《宋史》有傳。

舒信道名亶（一〇四一—一一〇三），字信道，號懶堂，慈溪（今屬浙江）人，《宋史》卷三二九有傳。今存趙萬里輯《舒學士詞》一卷，存五十首。其詞注重整體布局，立意新奇，語言平實而又不失意趣，曾季貍《艇齋詩話》亦稱其詞『甚有思致』。

李元膺，東平（今屬山東）人，生平未詳，爲哲宗、徽宗時人。《全宋詞》録其詞九首。其詞擅於寓情於景，詞意深婉而遺韻悠長。

謝無逸名逸（一〇六八—一一一三），字無逸，號溪堂，臨川（今屬江西撫州）人，屢舉不第，以詩文自誤，有《溪堂詞》一卷傳世。其詞均爲小令，毛晉《溪堂詞跋》稱其『輕倩可人』，《四庫全書總目》更譽其『語意清麗，良非虚美，其他作亦極煅煉之工』。

趙士暕，字明發，漢王元佐玄孫。元符元年，賜進士出身。《全宋詞》收其詞作四首。

趙子崧，字伯山，自號鑒堂居士，燕王德昭五世孫，崇寧二年進士。《全宋詞》收其詞作四首。

國賢、聖褒，二人生平不詳。

北宋文人號『逐客』者有二：一是王仲甫，字明之，號逐客，華陽人，生卒年不詳；二是王觀（一〇三五—一一〇〇），字通叟，如皋人。據吴曾《能改齋漫録》卷十七載：『王觀學士嘗應制撰《清平樂》詞云：「黄金殿裹，燭影雙龍戲。勸得官家真個醉，進酒猶呼萬歲。　折旋舞徹伊州，君恩與整搔頭。一夜御前宣住，六宫多少人愁。」高太后以爲褻瀆神宗，翌日罷職，世遂有「逐客」之號。』案最早記此詞本事的爲王觀同時代人曾季貍，其《艇齋詩話》載：『又有一人詞云：「黄金殿裏，燭影雙龍戲。……」此詞極佳，或云王觀詞也。』然南宋以後便將二『逐客』混淆，如陳鵠《西塘集耆舊續聞》將應制作《清平樂》之事繫於王仲甫，黄昇《花庵詞選》録此詞於王觀名下，明陳耀文《花草粹編》録此詞於王仲甫名下，《全宋詞》則於二人名下兩録該詞，至今學界尚無定論。然觀二人詞作，王觀他詞不乏佳作，黄昇極爲推重，謂『（王觀）著有《冠柳集》，序者稱其高於柳詞，故曰《冠柳》。至於《踏青》一詞，又不獨冠柳詞之上也』。《踏青》即《慶清朝慢》『調雨爲酥，催冰做水，東君分付春還』一闋，另如《卜算子》『水是眼波横，山是眉峰聚』，其『新麗處』即可見一斑。王仲甫之詞雖與王觀詞風格相近，然無可『驚人』之處。故王灼此處所云『王逐客』，當指王觀無疑。

沈公述、李景元、孔方平、處度叔侄、晁次膺、万俟雅言，皆有佳句，就中雅言又絶出。然六人者，源流從柳氏來，病於無韻。雅言初自集分兩體，曰雅詞，曰側艷，目之曰《勝萱麗藻》。後召試入官，以側艷體無賴太甚，削去之。再編成集，分五體：曰應制、曰風月脂粉、曰雪月風花、曰脂粉才情、曰雜類。周美成目之曰《大聲》。次膺亦間作側艷。田不伐才思與雅言抗行，不聞有側艷。田中行極能寫人意中事，雜以鄙俚，曲盡要妙，當在万俟雅言之右，然莊語輒不佳。嘗執一扇，書句其上云：『玉蝴蝶戀花心動。』語人曰：『此聯三曲名也，有能對者，吾下拜。』北里狹邪間横行者也。宗室温之次之。

沈公述名唐，字公述，韓琦門客，嘗官大名府簽判，後改辟簽判渭州。《全宋詞》收其詞四首。
李景元名甲，字景元，華亭（今上海）人，工畫，曾得米芾稱許。詞作不多，《樂府雅詞》存九首。
孔方平名夷（一〇八六—一一六〇），字方平，自號滍皋漁父，隱名魯逸仲，汝州龍興（今屬河南寶豐）人。

終生不求仕進，唯以詩酒自娱，《花庵詞選》《草堂詩餘》《花草粹編》均録其詞。《花庵詞選》贊其『詞意婉麗，似万俟雅言』。處度名孔榘，字處度，孔夷之侄，二人齊名當時。《全宋詞》收其詞作二首。

晁次膺名端禮（一〇四六—一一一三），字次膺，開德府清豐縣（今屬河南）人，因其父葬於濟州任城（今山東濟寧），遂爲任城人。一説徙家彭門（今江蘇徐州）。其詞約有三類：一爲應制之作，這與他曾充任大晟府製撰有關；一爲尊前花間之作，淺近鄙俗，近柳詞；一爲寫景抒懷之作，亦有佳篇。如其代表作《緑頭鴨》『晚雲收』一闋，《苕溪漁隱叢話》謂其『殊清婉』，可比東坡《水調歌頭》。詞集《閑適集》，已佚。今傳《閑齋琴趣外篇》六卷，存百餘首。

万俟雅言，名咏，字雅言，號詞隱。崇寧中，爲大晟樂府製撰。《大聲集》，《直齋書録解題》著録爲五卷，並云『周美成、田不伐皆爲作序』。其後散佚，有今人輯本。其存詞多和雅諧婉之作，與周詞相類，其艷詞不存。黄升《花庵詞選》稱譽其詞：『雅言之詞，詞之聖者也。發妙音於律吕之中，運巧思於斧鑿之外，平而工，和而雅，比諸刻琢句意而求精麗者，遠矣。』

田不伐名爲，字不伐，善弹琵琶，曾任大晟府典樂、樂令。有今人趙萬里輯本《芊嘔集》，《全宋詞》收其詞六首。

長短句中作滑稽無賴語，起於至和，嘉祐之前，猶未盛也。熙、豐、元祐間，兖州張山人以詼諧獨步京師，時出一兩解。澤州孔三傳者，首創諸宫調古傳，士大夫皆能誦之。元祐間，王齊叟彦齡，政和間，曹組元寵皆能文，每出長短句，膾炙人口。彦齡以滑稽語譟河朔，組潦倒無成，作《紅窗迥》及雜曲數百解，聞者絶倒，滑稽無賴之魁也，夤緣遭遇，官至防禦使。同時有張袞臣者，組之流，亦供奉禁中，號『曲子張觀察』。其後祖述者益衆，嫚戲汙賤，古所未有。組之子知閤門事勳，字公顯，亦能文。嘗以家集刻板，欲蓋父之惡。近有旨下揚州，毀其板云。

『夤緣』，上古本作『寅緣』，餘本均作『夤緣』，從餘本。

至和（一〇五四—一〇五五），北宋仁宗年號。

嘉祐（一〇五六—一〇六三），北宋仁宗年號。

『熙、豐』，即北宋神宗年號熙寧（一〇六八—一〇七七）、元豐（一〇七八—一〇八五）。

元祐（一〇八六—一〇九三），北宋哲宗年號。

兖州，古九州之一，《尚書·禹貢》載：『濟、河維兖州。』其地約爲今山東、河南、河北三省相臨之域。後世凡行州縣制均有兖州，治所屢有變遷。澤州，春秋時晉國之地，後魏始置建州，隋改爲澤州，唐代屢次廢置，宋仍爲澤州。

張山人，《東京夢華録》卷五『京瓦伎藝』條有『張山人「説諢話」』，陶宗儀《輟耕録》稱『説諢話』爲『唱諢』，則『説諢話』當是一種説唱技藝。

孔三傳，《都城勝紀》『瓦舍衆伎』條：『諸宫調，本京師孔三傳編撰傳奇靈怪入曲説唱。』《東京夢華録》卷五載有『孔三傳《耍秀才諸宫調》』，則《耍秀才諸宫調》當是孔三傳的諸宫調作品之一。《夢粱録》卷二十記載了諸宫調表演的基本方式：『説唱諸宫調，昨汴京有孔三傳編成傳奇靈怪入曲説唱。今杭城有女流熊保保及後輩女童皆效此説唱，亦精於上鼓板，無二也。蓋嘌唱爲引子，四句就入者謂之下影帶，無影帶名爲散呼，若不上鼓面，止敲盞兒，謂之打拍。』

王齊叟，字彦齡，詳『王彦齡夫婦詞』條。

曹組，字元寵，宣和三年進士，有《箕潁集》二十卷，不傳，《全宋詞》録其詞三十七首。

張衮臣，除王灼於此處所載，餘皆不詳。

曹勳（一〇九八—一一七四），字公顯，一字世績，號松隱，潁昌陽翟（今河南禹縣）人，曹組之子，北宋末南宋初政治家和文學家，《宋史》卷三七九有傳。著有《松隱集》《北狩見聞録》等，詞集有《松隱樂府》。

一七　樂章集淺近卑俗

柳耆卿《樂章集》，世多愛賞，其實該洽，序事閑暇，有首有尾，亦間出佳語，又能擇聲律諧美者用之。惟是淺近卑俗，自成一體，不知書者尤好之。予嘗以比都下富兒，雖脱村野，而聲態可憎。

『其實該洽』，校正本同，戲曲論著本、詞話叢編本、上古本無『其實』二字，從校正本。

柳永詞集《樂章集》，陳振孫《直齋書録解題》、馬端臨《文獻通考》著録爲九卷，今薛瑞生校注本爲三卷、『續添曲子』一卷和『輯佚』一卷，共收録二百一十六首。

王灼對柳詞的議論雖是立足於崇雅抑俗而發，但基本上道出了柳詞的幾個重要特點。《樂章集》『變舊聲作新聲』，尤以民間新聲爲多，衆體皆備，有令、慢、引、近，有減字、攤破、犯調等，其中以長調慢詞爲多，占了三分之二；以賦爲詞，層層鋪展，一氣貫穿，渾然一體；善於叙事寫景，即事而發，由景而入，事以景係，情以景見；平白如話，多用俚語俗語，即王灼所説的『淺近卑俗』，劉熙載《藝概》並以之比於白居易。王灼於前文相對於『詩與樂府同出』而提出的『柳氏家法』，則應是僅指後者。

柳永從以詞名世開始，其詞便受到極大的關注，品評褒貶不斷。究其原因，與其所處的時代有關。柳永『大得聲稱於世』時，正處於北宋詩文革新運動時期，晏殊、歐陽修等人以餘事作詞，承花間『詩客曲子辭』遺風，講究風調閑雅、風流藴藉，以助娱賓遣興。葉夢得《避暑話録》卷上載，晏殊每宴『亦必以歌樂相佐』，《樂府雅詞》歐陽修《采桑子》序稱其爲『聊佐清歡』之作，《小山詞序》稱『每得一解，即以草授諸兒，吾三人持酒聽之，爲一笑樂而已。』黄庭堅序《小山詞》也自稱『余少時間作樂府，以使酒玩世』，均表明其作詞不過爲游戲而已。《避暑話録》卷上載晏殊『未嘗一日不燕飲……亦必以歌樂相佐』，宴畢，遣歌樂，『乃具筆札，相與賦詩，率以爲常。』可見當時詩與詞界劃分明。而柳永『忍把浮名，换了淺斟低唱』，『日與儇子縱游娼館酒樓間』，《苕溪漁隱叢話》後集卷三九引《藝苑雌黄》采擇民間俗歌俚調填詞作歌，其聽衆不外市井小民、販夫走卒，即王灼所説的『不知書者尤好之』。與晏、歐諸人的游戲態度完全不同，柳永一生致力於詞的創作，柳詞遭人鄙薄實不在於其是雅是俗，晏殊亦作『婦人語』，歐、蘇於尊前、花間亦嘗作浮艷之詞。而在於柳永『謬其用心』。宋謝維新《古今合璧事類備要》載范鎮與柳永同年，『愛其才美，聞作樂章，歎曰：謬其用心。』待聽唱柳詞復歎曰：『仁廟四十二年太平，吾身爲史官二十年，不能贊述，而耆卿能形容盡之。』柳詞在當時不僅不知書者好之，知書者亦好之，如陳師道《後山詩話》所載：『柳三變游東都南北二巷，作新樂府，骫骳從俗，天下咏之，遂傳禁中，仁宗頗好其詞，每對，必使侍從歌之再三。』黄裳《書樂章集後》：『予觀柳氏文章，喜其能道嘉祐中太平氣象，如觀杜甫詩，典雅文華，無所不有。』《演山集》卷三五再者王灼對柳詞的深惡痛絶，亦是由當時的時代背景所决定的。南宋初期，詞的創作沿着蘇軾開闢的『以詩爲詞』的詩化道路發展，而强調復古復雅。王灼於本書卷一卷二多以『古法』『古意』『古雅』爲標準品評歷代樂曲歌辭，可見王灼是『古雅』派忠實的奉行者，對於以俗詞而享盛名的柳永，自然首當其冲成爲其批判的對象。

前輩云：『《離騷》寂寞千年後，《戚氏》淒凉一曲終。』《戚氏》，柳所作也。柳何敢知世間有《離騷》？惟賀方回、周美成時時得之。賀《六州歌頭》《望湘人》《吴音子》諸曲，周《大酺》《蘭陵王》

諸曲最奇崛。或謂深勁乏韻，此遭柳氏野狐涎吐不出者也。歌曲自唐虞三代以前，秦漢以後皆有，造語險易，則無定法。今必以『斜陽芳草』『淡烟細雨』繩墨後來作者，愚甚矣。故曰：不知書者，尤好耆卿。

『《離騷》寂寞千年後，《戚氏》淒凉一曲終』一詩未詳出處。

柳永《戚氏》即『晚秋天，一霎微雨灑庭軒』一闋，柳永創調，《樂章集》入中吕調。此調極長，全詞三段二百十二字，僅次於南宋吴文英《鶯啼序》二百四十字。宋人作此調者極少，僅有蘇軾『玉龜山』一闋，句讀押韻與柳詞略異。

賀鑄《六州歌頭》即『少年俠氣』一闋。《六州》爲唐大曲，見唐袁郊《甘澤謡》記貞元間許雲封吹《六州遍》，既云『遍』，則已爲大曲。宋人詞調，有《六州》《六州歌頭》。『歌頭』爲大曲排遍，然宋人僅取單遍入詞。

賀鑄《望湘人》即『厭鶯聲到枕』一闋。《望湘人》曲調源流不詳，該調宋人詞作亦僅賀鑄一首。

賀鑄《吴音子》即『别酒初銷』一闋。《吴音子》又名《擁鼻吟》，該曲源流不詳。『吴音子』即『吴聲西曲』之『吴聲』，該曲當屬吴聲。『擁鼻吟』典出《晉書》卷七九《謝安傳》：『安少有盛名，時多愛慕。……安本能爲洛下書生咏，有鼻疾，故其音濁，名流愛其咏而弗能及，或手掩鼻以斅之。』唐宋詩詞多用此典。

周邦彦《大酺》即『對宿烟收』一闋。《大酺樂》，唐教坊曲，見載於《教坊記》『曲名』内，《樂府詩集》卷八十《大酺樂》序引《樂苑》曰：『《大酺樂》，商調曲，唐張文收造。』《清真集》入越調，即宋代無射商。

周邦彦《蘭陵王》即『柳陰直』一闋。該曲調源流詳卷四《蘭陵王》條。《清真集》入越調。

案明王世貞《藝苑卮言》『評周柳詞』條：『美成能作景語，不能作情語，能入麗字，不能入雅字，以故價微劣於柳。』可見高下優劣當辨證的看待。

一八　東坡指出向上一路

長短句雖至本朝盛，而前人自立與真情衰矣。東坡先生非心醉於音律者，偶爾作歌，指出向上一路，新天下耳目，弄筆者始知自振。今少年妄謂東坡移詩律作長短句，十有八九不學柳耆卿，則學曹元寵。雖可笑，亦毋用笑也。

所謂『長短句雖至本朝盛，而前人自立與真情衰矣』，是指蘇軾之前的北宋諸家不知自振，以游戲的態度對待詞的創作。王灼推崇蘇軾『以詩爲詞』以及李清照貶斥蘇詞爲『句讀不葺之詩』，均是從『尊體』的角度而發的。

蘇軾是繼歐陽修之後新的文學思想的代表人物和文壇領袖，主張『文理自然，姿態横生。』《蘇東坡全集·續集》卷十一《與謝民師推官書》强調文章要有感而發，《蘇東坡全集·前集》卷二十四《南行前集叙》：『山川之秀美，風俗之樸陋，賢人君子之遺迹，與凡耳目之所接者，雜然有觸於中，而發於咏歎。』蘇軾將詩文的創作宗旨運用於詞的創作實踐中，『無意不可入，無事不可言』，《藝概·詞曲概》突破了『詞爲艷科』的藩籬，打破了『詩莊詞媚』的界綫，並將詩的創作手法與體例等皆納入詞體，使之走上了與詩相抗衡的發展道路，而成爲一種獨立的文體。

一九　歐詞集自作者三之一

歐陽永叔所集歌詞，自作者三之一耳。其間他人數章，群小因指爲永叔，起曖昧之謗。

歐陽修詞集及傳説歐陽修『盜甥』事，謝桃坊先生《歐陽修詞集考》《歐陽修獄事考》二文有詳考，收入先生所著《詞學辨》和《宋詞辨》，可參閲。

二〇 小山詞

晏叔原歌詞初號《樂府補亡》。自序曰：『往與二三忘名之士浮沉酒中，病世之歌詞不足以析酲解愠，試續南部諸賢作五七字語，期以自娱。不皆叙所懷，亦兼寫一時杯酒間聞見及同游者意中事。嘗思感物之情，古今不異。竊謂篇中之意，昔人定已不遺，第今無傳耳，故今所製，通以《補亡》名之。始時沈十二廉叔、陳十君龍家有蓮、鴻、蘋、雲，工以清謳娱客。每得一解，即以草授諸兒，吾三人聽之，爲一笑樂。』其大指如此。叔原於悲歡合離，寫衆作之所不能，而嫌於夸。故云『昔人定已不遺，第今無傳』。蓮、鴻、蘋、雲，皆篇中數見，而世多不知爲兩家歌兒也。其後目爲《小山集》，黄魯直序之云：『嬉弄於樂府之餘，寓以詩人句法，清壯頓挫，能動摇人心。』又云：『狹邪之大雅，豪士之鼓吹，其合者《高唐》《洛神》之流，其下者不減《桃葉》《團扇》。』『若乃妙年美士，近知酒色之娱；苦節臞儒，晚悟裙裾之樂。鼓之舞之，使宴安酖毒而不悔，則叔原之罪也哉。』叔原年未至乞身，退居京城賜第，不踐諸貴之門。蔡京重九、冬至日遣客求長短句，欣然兩爲作《鷓鴣天》：『九日悲秋不到心，鳳城歌管有新音。風彫碧柳愁眉淡，露染黄花笑靨深。　初過雁，已聞砧，綺羅叢裏勝登臨。須教月户纖纖玉，細捧霞觴灩灩金。』『曉日迎長歲歲同，太平簫鼓間歌鐘。雲高未有前村雪，梅小初開昨夜風。　羅幕翠，錦筵紅，釵頭羅勝寫宜冬。從今屈指春期近，莫使金鐏對月空。』竟無一語及蔡者。

晏幾道生平已詳前，其詞集自序云：『《補亡》一編，補樂府之亡也。叔原往者浮沉酒中，病世之歌詞不足以析酲解愠，試續南部諸賢緒餘，作五七字語，期以自娱，不獨叙其所懷，兼寫一時杯酒間聞見，所同游者意中事。嘗思感物之情，古今不易，竊以謂篇中之意，昔人所不遺，第於今無傳爾，故今所製，通以《補亡》名之。始時沈十二廉叔、陳十君龍家有蓮、鴻、蘋、雲，品清謳娛客。每得一解，即以草授諸兒，吾三人持酒聽之，爲一笑樂而已。而君龍疾廢卧家，廉叔下世，昔之狂篇醉句，遂與兩家歌兒酒使，俱流轉於人間，自爾郵傳滋多，積有竄易。七月己巳，爲高平公綴緝成編，追惟往昔過從飲酒之人，或壠木已長，或病不偶。考其篇中所記悲歡合離之事，如幻如電，如昨夢前塵，但能掩卷憮然，感光陰之易遷，歎境緣之無實也。』

蓮、鴻、蘋、雲四伎見於《小山詞》如『記得小蘋初見』『小蓮風韻出瑶池』『雲鴻相約處』『手撚香箋憶小蓮』『説與小雲新恨，也低眉』等等。

黄魯直即黄庭堅，已詳前。黄庭堅序《小山詞》：『晏叔原，臨淄公之暮子也。磊隗權奇，疏於顧忌，文章翰墨，自立規摹。常欲軒輊人，而不受世之輕重。諸公雖稱愛之，而又以小謹望之，遂陸沉於下位。平生潛心六藝，玩思百家，持論甚高，未嘗以沽世。余嘗怪而問焉，曰：「我盤跚勃窣，猶獲罪於諸公。憤而吐之，是唾人面也。」乃獨嬉弄於樂府之餘，而寓以詩人句法。清壯頓挫，能動摇人心。士大夫傳之，以爲有臨淄之風耳，罕能味其言也。余嘗論叔原固人英也，其癡亦自絶人。愛叔原者皆愠而問其目，曰：仕宦連蹇，而不能一傍貴人之門，是一癡也；論文自有體，不肯一作新進士語，此又一癡也；費資千百萬，家人寒饑，而面有孺子之色，此又一癡也；人百負之而不恨，己信人，終不疑其欺己，此又一癡也。乃共以爲然。雖若此，至其樂府，可謂狹邪之大雅，豪士之鼓吹，其合者《高唐》《洛神》之流，其下者豈減《桃葉》《團扇》哉。余少時間作樂府，以使酒玩世，道人法秀獨罪余以筆墨勸淫，於我法中當下犂舌之獄，特未見叔原之作耶。雖然彼富貴得意，室有倩盼慧女，而主人好文，必當市致千金，家求善本，曰獨不得與叔原同時耶！若乃妙年美士，近知酒色之虞，苦節臞儒，晚悟裙裾之樂，鼓之舞之，使宴安酖毒而不悔，是則叔原之罪也哉。』宋玉《高唐賦》、曹植《洛神賦》均爲辭賦名篇。《古今樂録》：『《桃葉歌》者，晉王子敬所作也。桃葉，子敬妾名，緣於篤愛，所以歌之。』《桃葉》《團扇》爲東晉王獻之與小妾桃葉唱和之歌。《藝文類聚》卷四三《樂部三》載：『晉王獻之情人桃葉歌曰：「桃葉復桃葉，桃葉連桃根，相憐兩樂事，獨使我纏綿。桃葉復桃葉，渡江不用楫，但渡無所苦，我自楫迎汝。」桃葉答王團扇歌曰：「七寶畫團扇，粲爛明月光。與郎却暄暑，相憶莫相忘。青青林中竹，可作白團扇。動摇郎玉手，因風托方便。團扇復向誰，侍許自障面。憔悴無復理，羞與郎相見。」』

蔡京（一〇四七—一一二六），字元長，興化仙游人，北宋權相之一、書法家。《宋史》卷四七二有傳。

晏幾道二首《鷓鴣天》均載於《小山詞》。《詞品》『辭名多取詩句』條：『《鷓鴣天》取鄭嵎「春游雞鹿塞，家在鷓鴣天」。』《詞谱・鷓鴣天》：『《樂章集》注正平調，《太和正音譜》注大石調，蔣氏《九宫譜目》入仙吕引子。趙令畤詞名《思越人》，李元膺詞名《思佳客》，賀鑄詞有「翦刻朝霞釘露盤」句，名《翦朝霞》，韓淲詞有「只唱驪歌一叠休」句，名《驪歌一叠》，盧祖皋詞有「人醉梅花卧未醒」句，名《醉梅花》。』

二一　周賀詞語意精新

江南某氏者解音律，時時度曲。周美成與有瓜葛，每得一解，即爲製詞，故周集中多新聲。賀方回初在錢塘，作《青玉案》，魯直喜之，賦絶句云：『解道江南斷腸句，只今惟有賀方回。』賀集中如《青玉案》者甚衆。大抵二公卓然自立，不肯浪下筆，予故謂語意精新，用心甚苦。

『周集中多新聲』，《片玉集》所用八十七調中，沿用唐五代舊調僅占四分之一，其餘都是宋代始見調。又尤善於舊調變新聲，如《詞源》所説：『迄於崇寧，立大晟府，命周美成諸人討論古音，審定古調，淪落之後，少得存者。由此八十四調之聲稍傳。而美成諸人又復增演慢曲引近，或移宫换羽，爲三犯、四犯之曲，按月律爲之，其曲遂繁。』

賀方回《青玉案》即『凌波不過横塘路』一闋，因末有云『一川烟草，滿城風絮。梅子黄時雨』，而有『賀梅子』之稱。《竹坡詩話》：『賀方回嘗作《青玉案》詞，有「梅子黄時雨」之句，人皆服其工，士大夫謂之「賀梅子」。』錢塘，即杭州。横塘，蘇州、南京西南皆有横塘，亦有將杭州稱爲横塘。賀鑄此詞在大觀三年辭官居蘇州時作，則所言『横塘』當在蘇州，而非錢塘。

黄庭堅詩本事見《詩話總龜》卷九載：『賀方回初作《青玉案》詞，遂知名，其間有云「彩筆新題斷腸句」。後山谷有詩云：「少游醉卧古藤下，誰作詩歌送一杯。解道江南斷腸句，只今惟有賀方回。」蓋載《青玉案》事。』該詩見《山谷集》卷一一，題《寄賀方回》，其中『誰作詩歌送一杯』句作『誰與愁眉唱一杯』。

周賀二人詞所謂『精新』，表現在講究字句的錘煉，善於化用前人成句，注重詞句的韻律美。

二二 梅苑

吾友黄載萬歌詞號《樂府廣變風》，學富才贍，意深思遠，直與唐名輩相角逐，又輔以高明之韻，未易求也。吾每對之歎息，誦東坡先生語曰：『彼嘗從事於此，然後知其難，不知者以爲苟然而已。』夏幾道序之曰：

『惜乎語妙而多傷，思窮而氣不舒，賦才如此，反嗇其壽，無乃情文之兆歟。』載萬所居齋前，梅花一株甚盛，因録唐以來詞人才士之作凡數百首，爲齋居之玩，命曰《梅苑》。其序引云：『呈妍月夕，奪霜雪之鮮；吐臭風晨，聚椒蘭之酷。情涯殆絶，鑒賞斯在，莫不抽毫擘彩，比聲裁句。召楚雲使興歌，命燕玉以按節。粧臺之篇，賓筵之章，可得而述焉。』《樂府廣變風》有賦梅花數曲，亦自奇特。

黄載萬《樂府廣變風》，歷代書目未見著録。夏幾道亦不詳何人。《梅苑序》有云：『己酉之冬，予抱疾山陽，三徑掃迹。所居齋前更植梅一株，晦朔未逾，略已粲然。於是録唐以來詞人才士之作以爲齋居之翫，目之曰梅苑。』則是書編於高宗建炎三年，所録皆咏梅之作，起於唐代，止於南宋初。南宋周煇《清波雜志》卷一〇稱《梅苑》有三十卷，後世僅存十卷。

蘇軾之語見《蘇東坡全集・前集》卷二十三《書鮮于子駿楚詞後》：『彼必嘗從事於此，而後知其難且工，其不學者以爲苟然而已。』

二三　蘭畹曲會

《蘭畹曲會》，孔寧極先生之子方平所集。序引稱無爲、莫知非，其自作者稱魯逸仲，皆方平隱名，如子虚、烏有、亡是之類。孔平日自號滍皋漁父，與侄處度齊名，李方叔詩酒侣也。

孔旼，字寧極，孔子四十六代孫，《宋史》列傳第二一六《隱逸上》載：『隱居汝州龍興縣龍山之滍陽城。性孤潔，喜讀書。有田數百畝，賦税常爲鄉里先。遇歲饑，分所餘賙不足者，未嘗計有無。聞人之善若出於己，動止必依禮法。環所居百餘里，人皆愛慕之，見旼於路，輒斂衽以避。葬其父，廬墓三年，卧破棺中，日食米一溢。壁間生紫芝數十本。州以行義聞，賜粟帛，又給復其家。近臣列薦，授秘書省校書郎致仕。居數年，召爲國子監直講，辭不赴，即遷光禄寺丞。頃之，起知龍興縣，復辭。卒，贈太常丞。』

孔方平已詳前。《花庵詞選》《草堂詩餘》《花草粹編》等詞選録其詞均題作魯逸仲。

《蘭畹曲會》，又名《蘭畹曲令》《蘭畹集》，孔方平編集，收唐末宋初諸家詞，至少有五卷。是書約於元代散佚，近人周咏先輯《蘭畹集》一卷，共十六首。見施蟄存《歷代詞選集叙録·蘭畹曲會》梁啓超《記蘭畹集》對該書編纂年代等有考辨：

讀《歐陽文忠公近體樂府》卷三第十葉《千秋歲》調下注云：『《蘭畹》作張子野詞。』第十八葉《水調歌頭》下注云：『此詞載《蘭畹集》第五卷。』歐公樂府刻成於慶元二年，知《蘭畹》必在其前，惟未審爲何代何人所編。繼讀《南唐二主詞》《搗練子令》下注云：『出《蘭畹曲令》』，當即《蘭畹集》。《二主詞》王静庵已考定爲紹興末年輯本，則《蘭畹》又當在其前矣。繼又讀《碧雞漫志》卷二云：『《蘭畹曲會》，孔寧極先生之子方子所集，孔自號滏皋漁父，與侄處度齊名，李方叔詩酒侣也。』知其書本名《曲會》，會即集也。後人用通俗之稱改作集，又省去曲字耳。王静庵謂《二主詞》注作『曲令』，義較『曲會』爲長，非也。曲即令，復舉不詞。北宋無詞名，凡詞皆稱曲子，或者稱曲。曲會猶言詞集耳。編者孔方平與李方叔爲友，蓋元祐間人。此書之成，或當先於《尊前集》，與楊元素之《時賢本事曲子集》，時代略同。楊集專收北宋時賢，此集蓋兼及唐五代。不限年代之詞家總集，當以此爲首矣。《花間集》亦斷代。據歐集注則至少有五卷，卷帙不爲不富，慶元時尚存，而此後藏家無復著録，蓋佚於宋元之際矣。……《歷代詩餘》附録《詞話》引玉茗堂《選花間集序》有『逮及花間、蘭畹、香奩、金荃，作者日盛』語，則湯若士知有此書，是否明末猶存，不可知矣。

處度、李方叔已詳前。

二四　大晟樂府得人

崇寧間建大晟樂府，周美成作提舉官，而製撰官又有七。万俟咏雅言，元祐詩賦科老手也，三舍法行，不復進取，放意歌酒，自稱大梁詞隱。每出一章，信宿喧傳都下。政和初召試補官，置大晟樂府製撰之職。新廣八十四調，患譜弗傳，雅言請以盛德大業及祥瑞事迹製詞實譜。有旨依月用律，月進一曲，自此新譜稍傳。時田爲不伐亦供職大樂，衆謂樂府得人云。

大晟府爲北宋晚期徽宋時設立的音樂機構，《宋史》記載頗詳：

《宋史》卷一二《徽宗紀》載，崇寧四年八月，『徽宗設大晟樂府名大晟，置府建官。』

《宋史》卷一二六《樂一》：『徽宗銳意製作，以文太平，於是蔡京主魏漢津之説，破先儒累黍之非，用夏禹以身爲度之文，以帝指爲律度，鑄帝鼎、景鍾。樂成，賜名大晟，謂之雅樂，頒之天下，播之教坊……』

《宋史》卷一二九《樂四》：『帝御崇政殿，親按宴樂，召侍從以上侍立。詔曰：「大晟之樂已薦之郊廟，而未施於宴饗。比詔有司，以大晟樂播之教坊，試於殿庭……」』

《宋史》卷一四二《樂十七》：『政和三年五月，詔：「比以大晟樂播之教坊，嘉與天下共之，可以所進樂頒之天下。」八月，尚書省言：「大晟府宴樂已撥歸教坊，所有諸府從來習學之人，元降指揮令就大晟府教習，今當並就教坊習學。」從之。』

《宋史》卷一六四《職官四》『大晟府』條：『以大司樂爲長，典樂爲貳。次曰大樂令，秩比丞。次曰主簿、協律郎。又有按協聲律、製撰文字、運譜等官，以京朝官、選人或白衣士人通樂律者爲之。……國朝禮、樂掌於奉常。崇寧初，置局議大樂；樂成，置府建官以司之，禮、樂始分爲二。宣和二年，詔以大晟府近歲添置冗濫徼幸，並罷，不復再置。』

可知大晟府置於崇寧四年，宣和二年即廢止，存續時間僅十五年。期間太常寺、大晟府、教坊分掌禮、雅樂、燕樂。

周邦彦『提舉大晟府』，《文獻通考》《宋史》等多有記載。

製撰官可考者有五：

江漢（朝宗）、晁端禮（次膺）。見《鐵圍山叢談》卷二：『政和初有江漢朝宗者，亦有聲獻魯公……命之以官，爲大晟府製撰，使遇祥瑞，時時作爲歌曲焉。晁次膺者……遂入大晟，亦爲製撰。』

曹棐。見《玉海》卷一〇五：『政和二年八月二十八日，曹棐撰徵調《舜韶》新曲，命爲大晟府製撰。』

葛庶幾。見許翰《襄陵文集》卷一《太學生充大晟府製撰葛庶幾補迪功郎制》：『爾以太學諸生，業文游藝，隸職樂府，詞采可觀。既閲歲時，當蒙差録。登于初秩，往勵修能。可。』

万俟咏。《建炎以來繫年要録》卷三四：『通直郎万俟咏者，工小詞，嘗爲大晟府製撰得官。』

餘二人無考。大晟府製撰並非實職官，以『京朝官、選人或白衣士人通樂律者』兼任。如葛庶幾以太學生充任大晟府製撰而補迪功郎、万俟咏皆因爲大晟府製撰而得通直郎。

田爲供職大晟府爲典樂，《宋史》卷一二九載：『蔡攸方提舉大晟府，不喜他人預樂。有士人田爲者，善琵琶，無行，攸乃奏爲大晟府典樂。』

八十四調，是指十二律與五聲二變通過旋宫轉調而構成八十四個調。八十四調最早見載於《隋書》。《隋書》卷一四《音樂志》載：『譯遂因其所捻琵琶，弦柱相引爲均，推演其聲，更立七均。合成十二，以應十二律。律有七音，音立一調，故成七調十二律，合八十四調，旋轉相交，盡皆和合。』《隋書·萬寶常傳》：『寶常奉詔，遂造諸樂器，其聲率下鄭譯調二律。並撰樂譜六十四卷，具論八音旋相爲宫之法，改弦移柱之變。爲八十四調，一百四十四律，變化終於一千八百聲。』其後兩唐書、《宋史》以及文人筆記小説亦多有相關記述。大體而言，八十四調有兩種推演方法，一種是十二律依次旋宫構成十二宫（均），每宫七調，共八十四調；另一種是一律有七調，十二律則有八十四調。

依月用律，即十二月與十二律相配，各月所行典禮用樂即用該月之律，『器隨月律。是爲十二律必須次第爲宫，而商角徵羽以類從之』，《魏書·樂志》依月用律源於以律候氣的古老傳統，已詳卷一『中正則雅』箋證。較早完整記録月律配屬的典籍有《吕氏春秋》《禮記》《逸周書》等書。據諸書製『十二月律配屬表』如次：

十二月	十二律	五音
一	太簇	角
二	夾鍾	角
三	姑洗	角
四	中吕	徵
五	蕤賓	徵
六	林鍾	徵
中	黄鍾	宫
七	夷則	商
八	南吕	商
九	無射	商
十	應鍾	羽
十一	黄鍾	羽
十二	大吕	羽

二五　易安居士詞

易安居士，京東路提刑李格非文叔之女，建康守趙明誠德甫之妻。自少年便有詩名，才力華贍，逼近前輩，在士大夫中已不多得，若本朝婦人，當推詞采第一。趙死，再嫁某氏，訟而離之，晚節流蕩無歸。作長短句，能曲折盡人意，輕巧尖新，姿態百出，閭巷荒淫之語，肆意落筆，自古搢紳之家能文婦女，未見如此無顧籍也。

『顧籍』，詞話叢編本作『顧忌』，從餘本。

李清照（一〇八四—一一五五），號易安居士，齊州章丘（今山東章丘）人，有《漱玉集》傳世。其父李格非，字文叔，濟南人，工詞章，官至禮部員外郎，提點京東刑獄。《宋史》卷四四四有傳。其夫趙明誠（一〇八一—一一二九），字德甫（或德父），密州諸城（今山東諸城）人，宋徽宗崇寧年間宰相趙挺之第三子。著名金石學家、文物收藏鑒賞大家及古文字研究家。關於李清照再嫁事，宋人多有記載，元代開始即有人爲其『辨誣』，至今仍聚訟不已，尚難定論。

『閭巷荒淫之語，肆意落筆』，王灼未曾舉例，不知李清照詞中何爲『荒淫之語』。宋代以來，評論李清照詞的極多，大多贊賞有加，如『易安居士文妙，非止雄於一代才媛，直洗南渡後諸儒腐氣，上返魏晉也。』毛晉《漱玉詞》跋『易安以詞擅長，揮灑俊逸，亦能琢煉。……詞家少有，庶幾蘇辛之亞。』吳灝《歷代名媛詩詞》等。對於李清照詞的用詞煉句，亦多使用『俊』『奇』『新』『無斧鑿痕』之類的評語。張炎《詞源》談及易安詞《永遇樂》『不如向簾兒底下』時謂『此詞亦自不惡，而以俚詞於坐花醉月之際，似乎擊缶韶外，良可歎也。』不過嫌其俚詞登不了大雅之堂而已。以俗詞口語入詞，自然平實而又能感人至深，原是李清照詞的一個重要特點，不似柳詞『詞語塵下』，亦不顧『登大雅之堂』，自成一體，即如楊慎《詞品》所言：『煉句精巧則易，平淡入妙者難。山谷所謂以故爲新，以俗爲雅者，易安先得之矣。』

陳後主游宴，使女學士狎客賦詩相贈答，采其尤艷麗者被以新聲，不過『璧月夜夜滿，瓊樹朝朝新』等語。李戡嘗痛元白詩纖艷不逞，非莊士雅人，多爲其破壞，流於民間，子父女母，交口教授，淫言媟語，冬寒夏熱，入人肌骨，不可除去。二公集尚存可考也。元與白書，自謂近世婦人，暈淡眉目，綰約頭鬢，衣服修廣之度，及匹配色澤，尤劇怪艷，因爲艷詩百餘首。今集中不載。元《會真詩》，白《夢游春》詩，所謂纖艷不逞，淫言媟語，止此耳。温飛卿號多作側辭艷曲，其甚者『合歡桃核終堪恨，里許元來別有人』『玲瓏骰子安紅豆，入骨相思知不知』，亦止此耳。今之士大夫學曹組諸人鄙穢歌詞，則爲艷麗如陳之女學士狎客，爲纖艷不逞、淫言媟語如元白，爲側詞艷曲如温飛卿，皆不敢也。其風至閨房婦女，夸張筆墨，無所羞畏，殆不可使李戡見也。

『及匹配色澤』句，『及匹』二字，諸點校本所用底本知不足齋本原空一格，上古本依舊空一格，詞話叢編本添作『匀』字，戲曲論著本據元稹集原文補作『及匹』二字，其校記云：『此處原刻本缺一字，今據《元氏長慶集》卷三十《叙詩寄樂天書》，此處實缺「及匹」二字，今補入。』天一閣本作『及疋』，『疋』『匹』相通，校正本據以補『及匹』二字。從戲曲論著本、校正本。

陳後主事見《南史·後妃列傳》云：『後主每引賓客，對貴妃等游宴，則使諸貴人及女學士與狎客共賦新詩，互相贈答。采其尤艷麗者，以爲曲調，被以新聲。選宫女有容色者以千百數，令習而歌之，分部叠進，持以相樂。其曲有《玉樹後庭花》《臨春樂》等。其略云：「璧月夜夜滿，瓊樹朝朝新。」大抵所歸，皆美張貴妃、孔貴嬪之容色。』

李戡之語及其生平等見杜牧《樊川文集》卷九《唐故平盧軍節度巡官隴西李府君墓志銘》載：『君諱戡，字定臣，七代祖渤海王奉慈；……每有小功喪，訖制不食肉飲酒，語言行止，皆有法度。』『所著文數百篇，外於仁義，不一關筆。嘗曰：「詩者可以歌，可以流於竹，鼓於絲，婦人小兒，皆欲諷誦，國俗薄厚，扇之於詩，如風之疾速。嘗痛自元和已來有元、白詩者，纖艷不逞，非莊士雅人，多爲其所破壞。流於民間，疏於屏壁，子父女母，交口教授，淫言媟語，冬寒夏熱，入人肌骨，不可除去。吾無位，不得用法以治之。欲使後代知有發憤者，因集國朝已來類於古詩得若干首，編爲三卷，目爲《唐詩》，爲序以導其志。』

元稹有《古艷詩二首》，載於《元稹集·外集》卷一，不知是否爲李戡所痛恨者。

元稹《會真詩三十韻》載元氏《鶯鶯傳》中，見《外集》卷六。

《白居易集》卷一四有《和夢游春詩一百韻》，乃與元稹唱和之作。其詩前小序稱：『微之既到江陵，又以《夢游春》詩七十韻寄予……』元稹《夢游春七十韻》載《外集》卷一。又其小序殘句，存於《外集》卷八。

《舊唐書》卷一九〇《温庭筠傳》稱其『能逐弦吹之音，爲側艷之詞。』文中所引二詩爲温庭筠與裴諴於飲宴上所作《新添聲楊柳枝》詞，見唐范攄《雲谿友議》卷下『温裴黜』條。温庭筠《新添聲楊柳枝》之一：『一曲深紅蒙曲塵，天生舊物不如新。合歡桃核終堪恨，里許元來別有人。』之二：『井底點燈深燭伊，共郎長行莫圍旗。玲瓏骰子安紅豆，入骨相思知不知。』

二六　六人賦木犀

向伯恭用《滿庭芳》曲賦木犀，約陳去非、朱希真、蘇養直同賦，『月窟蟠根，雲巖分種』者是也。然三人皆用《清平樂》和之。去非云：『黄杉相倚，翠葆層層底。八月江南風日美，弄影山腰水尾。　楚人未識孤妍，《離騷》遺恨千年。無住庵中新事，一枝喚起幽禪。』希真云：『人閑花少，菊小芙蓉老。冷淡仙人偏得道，買定西風一笑。　前身元是江梅，黄姑點破冰肌。只有暗香猶在，飽參清似南枝。』養直云：『斷崖流水，香度青林底。元配騷人蘭與芷，不數春風桃李。　淮南叢桂小山，詩翁合得躋攀。

身到十洲三島，心游萬壑千巖。』後伯恭再賦木犀，亦寄《清平樂》贈韓璜叔夏云：『吴頭楚尾，踏破芒鞋底。萬壑千巖秋色裏，不奈惱人風味。　如今老我薌林，世間百不關心。獨喜愛香韓壽，能來同醉花陰。』韓和云：『秋光如水，釀作鵝黄蟻。散入千巖佳樹裏，惟許修門人醉。　輕鈿重上風鬟，不禁月冷霜寒。步障深沉歸去，依然愁滿江山。』初，劉原父亦於《清平樂》賦木犀云：『小山叢桂，最有留人意。拂葉攀花無限思，雨濕濃香滿袂。　別來過了秋光，翠簾昨夜新霜。多少月宫閑地，姮娥借與微芳。』同一花一曲，賦者六人，必有第其高下者。

『最有留人意』句，『留人』，詞話叢編本、校正本同，戲曲論著本、上古本、校正修訂本作『人留』，從詞話叢編本、校正本。

向子湮（一〇八五—一一五二），字伯恭，號薌林居士，臨江（今江西清江縣）人，有《酒邊詞》二卷。白敦仁先生《陳與義集校箋·無住詞校箋》注文稱：『按伯恭《滿庭芳》詞，見酒邊詞卷上，編在「江南新詞」中。題下小序云：「巖桂風韻高古，平生心醉其間。昔轉漕淮南，嘗手植堂下，薌林此花爲多，戲作是詞，當邀徐師川諸公同賦。」』

陳去非即陳與義，朱希真即朱敦儒，蘇養直即蘇庠，已詳前。

韓璜，字叔夏，生卒年不詳，河南開封人，宋高宗建炎四年賜進士出身，歷任守右司諫、廣南西路轉運判官、提點刑獄等職，其生平事迹於《建炎以來繫年要録》内多有記載。《全宋詞》收其詞一首，即本文所録《清平樂》詞。

劉敞（一〇一九—一〇六八），字原父，一作原甫，臨江新喻（今屬江西）人，與梅堯臣、歐陽修交往甚密。其學識淵博，歐陽修《集賢院學士劉公墓志銘》稱其『自六經百氏古今傳記，下至天文、地理、卜醫、數術、浮圖、老莊之說，無所不通；其爲文章尤敏贍』，與弟劉攽合稱爲北宋二劉，著有《公是集》。《宋史》卷三一九有傳。《全宋詞》録其詞二首。

《夷堅三志》『清平樂六詞』條亦載此本事，並云：『晦叔謂同一花一曲，賦者六人，必有第其高下者，予以爲皆佳句云。』

《滿庭芳》，唐代曲子，然唐代作者極少，今僅存吕巖一首，見《全唐詩》卷九百。宋代該調諸體詳見《詞譜·滿庭芳》：『此調有平韻、仄韻兩體。平韻者，周邦彦詞名《鎖陽臺》；葛立方詞有「要看黄昏庭院，横斜映霜月朦朧」句，名《滿庭霜》；晁補之詞有「堪與瀟湘暮雨，圖上畫扁舟」句，名《瀟湘夜雨》；韓淲詞有「甘棠遺愛，留與話桐鄉」句，名《話桐鄉》；吴文英詞因蘇軾詞有「江南好，千鐘美酒，一曲滿庭芳」句名《江南好》；張埜詞名《滿庭花》。《太平樂府》注中吕宫，高拭詞注中吕調，仄韻者，《樂府雅詞》名《轉調滿庭芳》。』

《清平樂》，盛唐教坊曲，唐宋多有作者。參見卷五『清平樂』條。

二七　紫姑神詞

正宫《白苧》曲賦雪者，世傳紫姑神作。寫至『追昔，燕然畫角，寶鑰珊瑚，是時丞相，虚作銀城換得』。或問出處，答云：『天上文字，汝那得知。』末後句『又恐東君，暗遣花神，先到南國。昨夜江梅，漏泄春消息』，殊可喜也。予舊同僚郝宗文，嘗春初請紫姑神，既降，自稱蓬萊仙人玉英，書《浪淘沙》曲云：『塞上早春時，暖律猶微，柳舒金綫拂回堤。料得江鄉應更好，開盡梅溪。　晝漏漸遲遲，愁損仙肌。幾回無語斂雙眉。凭遍欄干十二曲，日下樓西。』

此條原接於上條之末，戲曲論著本、上古本從之，詞話叢編本據知不足齋本注『「正宮」下別是一條』，校正本從詞話叢編本。

『愁損仙肌』句，『肌』，戲曲論著本、上古本作『機』，詞話叢編本作『肌』。據校正本校記，現存諸本均作『機』，詞話叢編本當係理校，校正本從之。

《夷堅三志》『紫姑白苧』條亦載此事：『《白苧詞》傳者至少，其正宮一闋，世以爲紫姑神所作也。方寫至「追昔，燕然畫角，寶鑰珊瑚，是時丞相，虛作銀城換得。」或問出何，書史答曰：「天上文字，汝那得知！」末句云：「東君暗遣花神，先到南國。昨夜江梅，漏泄春消息。」殊爲騷雅。蜀人郝完父以春初邀請，既降，自稱蓬萊仙人玉英，書《浪淘沙》詞云：（與本文所引同，略）。亦冲澹有思致。』

正宮，唐宋宮調俗稱，唐以太簇宮爲正宮，宋以黄鍾宮爲正宮。詳卷三《凉州》條箋證。

『白苧』又作『白紵』，原爲清商舊曲，唐代武后時曲辭存者即有《白紵》一曲。《舊唐書》卷二九謂：『《白紵》，沈約云：紵本吴地所出，疑是吴舞也。梁帝又令約改其辭，其《四時白紵》之歌，約集所載是也。今中原有《白紵曲》，辭旨與此全殊。』

紫姑，中國古代傳説中的厠神。梁宗懔《荆楚歲時記》：『（正月十五日）其夕，迎紫姑以卜將來蠶桑，並占衆事。』唐代此風俗已傳入中原，如李商隱《正月十五夜聞京有燈恨不得觀》詩有『身閑不睹中興事，羞逐鄉人賽紫姑』。至宋代此風極盛，不獨正月十五，平日隨時可請，如《夢溪筆談》卷二一『異事』載：『舊俗正月望夜迎厠神，謂之紫姑。亦不必正月，常時皆可召。』宋人筆記亦多有記請紫姑神作詩詞之事。

郝宗文，生平事迹不詳。

《浪淘沙》，爲盛唐教坊曲，見載於《教坊記》『曲名』內，中唐以後始有傳詞，有齊雜言二體，宋代均爲雜言，有令慢二體。

文中所引紫姑《白苧》、蓬萊仙人玉英《浪淘沙》，《全宋詞》收入『人依託神仙鬼怪詞』內。

二八　沈公述詞

沈公述爲韓魏公之客，魏公在中山，門人多有賜環之望。沈秋日作《霜葉飛》詞云：『謾贏得相思甚了，東君早作歸來計。便莫惜丹青手，重與芳菲，萬紅千翠。』爲魏公發也。

沈唐，字公述，韓琦門客，嘗官大名府簽判，後改辟簽判渭州。

韓魏公，即韓琦（一〇〇八—一〇七五），字稚圭，自號贛叟，相州安陽（今屬河南）人，北宋政治家、名將，天聖進士，初授將作監丞，歷樞密直學士、陝西經略安撫副使、陝西四路經略安撫招討使。與范仲淹共同防禦西夏，名重一時，時稱『韓范』。嘉祐元年，任樞密使，三年，拜同中書門下平章事，英宗嗣位，拜右僕射，封魏國公，神宗立，拜司空兼侍中，出知相州、大名府等地，熙寧八年卒，年六十八，謚忠獻。《宋史》卷三一二有傳。著有《安陽集》五十卷，《全宋詞》録其詞四首。

中山，堯帝封唐國之地，戰國時屬中山國，秦置中山郡，唐置定州，其所轄唐縣即堯之封地。

賜環之望：指放逐之臣，遇赦召還。《荀子·大略》：『絶人以玦，反絶以環。』楊倞注：『古者臣有罪待放於境，三年不敢去，與之環則還，與之玦則絶，皆所以見意也。』韓琦於慶曆五年被貶出知揚州，慶曆七年改知定州，整頓軍紀，『又倣古三陣法，日月訓齊之，由是中山兵精勁冠河朔』。《宋史·韓琦傳》所謂『魏公在中山』，即指韓琦被貶出知定州這一時期。至和二年因病改知相州，直至嘉祐元年方還朝拜樞密使。

沈唐《霜葉飛》全詞見唐圭璋《宋詞紀事》引《樂府雅詞拾遺》下：『霜林凋晚，危樓迥，登樓無限秋思。望中閑想，洞庭波面，亂紅初墜。更蕭索、風吹渭水。長安飛舞千門裏。變景催芳謝，唯有蘭衰暮叢，菊殘餘蕊。　回念花滿華堂，美人一去，鎮掩香閨經歲。又觀珠露，碎點蒼苔，敗梧飄砌。漫贏得相思淚眼，東君早作歸來計。便莫惜丹青手，重與芳菲，萬紅千翠。』

《霜葉飛》，周邦彦創調，見《片玉集》。因周詞有『素娥青女鬥嬋娟』句，又名《鬥嬋娟》。

二九　賀方回石州慢

賀方回《石州慢》，予舊見其稿，『風色收寒，雲影弄晴』改作『薄雨收寒，斜照弄晴』。又『冰垂玉筯，向午滴瀝簷楹，泥融消盡牆陰雪』改作『烟横水際，映帶幾點歸鴻，東風消盡龍沙雪』。

賀鑄《石州慢》全詞爲：『薄雨初寒，斜照弄晴，春意空闊。長亭柳色才黄，遠客一枝先折。烟横水際，映帶幾點歸鴉，東風消盡龍沙雪。還記出關來，恰而今時節。　將發。畫樓芳酒，紅淚清歌，頓成輕别。已是經年，杳杳音塵都絶。欲知方寸，共有幾許清愁，芭蕉不展丁香結。枉望斷天涯，兩厭厭風月。』該詞《花草粹編》《詞綜》《詞譜》《全宋詞》等均有收録，或題《石州慢》，或題《石州引》，或題《柳色黄》。第一句『薄雨初寒』或作『薄雨催寒』，王灼所録爲『薄雨收寒』，未見於他書。吴曾《能改齋漫録》卷一六『賀方回石州引詞』條記該詞本事：『賀方回眷一妓，别久，妓寄詩云：「獨倚危欄淚滿襟，小園春色懶追尋。深恩縱似丁香結，難展芭蕉一寸心。」賀得詩，初叙分别之景色，後用所寄詩成《石州引》云：「薄雨初寒，……」

《石州》，唐羯鼓曲，《羯鼓録》入太簇角，宋代入教坊大曲，《宋史·樂志》載教坊大曲越調有《石州》，詞調有《石州慢》，亦稱《石州引》。《詞譜·石州慢》謂：『賀鑄詞有「長亭柳色才黄」句，名《柳色黄》，謝懋詞名《石州引》。』

三〇　宇文叔通詞

宇文叔通久留虜中不得歸，立春日作《迎春樂》曲云：『寳幡彩勝堆金縷。雙燕釵頭舞。人間要識春來處，天際雁，江邊樹。　故國鶯花又誰主，念憔悴，幾年羈旅。把酒祝東風，吹取人歸去。』

『虜中』，戲曲論著本、詞話叢編本、上古本作『金國』，校正本作『虜中』，並有考，從校正本。

宇文叔通名虚中（一〇七九—一一四六），字叔通，别號龍溪，成都華陽人，南宋高宗建炎二年出使金國被留，仕金爲翰林承旨，升禮部尚書，後被誣以謀反罪處死。《宋史》卷三七一、《金史》卷七九有傳。宇文虚中的文學創作以詩歌爲主，今存詞僅《迎春樂》《念奴嬌》兩首，入唐圭璋《全金元詞》，詩集不傳，今存詩五十餘首，收入《中州集》和《全金詩》。

《迎春樂》始見於柳永《樂章集》。雙調五十二字，前段四句四仄韻，後段四句三仄韻，《詞譜》録該調七體。

三一　周美成點絳唇

周美成初在姑蘇，與營妓岳七楚雲者游甚久。後歸自京師，首訪之，則已從人矣。明日飲於太守蔡巒子高坐中，見其妹，作《點絳唇》曲寄之云：『遼鶴西歸，故鄉多少傷心事。短書不寄，魚浪空千里。　憑仗桃根，説與相思意。愁何際，舊時衣袂，猶有東風淚。』

周邦彦《點絳唇》詞載於《清真集》卷下，題或作『寄妓』『寄楚雲』，諸本頗多異文。該詞本事又見《夷堅三志》『周美成楚雲詞』條：『周美成頃在姑蘇，其謍妓岳楚雲者，追游甚久。後從京師歸，過蘇省訪之，則已從人數年矣。明日，飲於太守蔡巒子高坐上，因見其妹，作《點絳唇》詞寄之云：「遼鶴西歸，（詞與王灼所引字句完全相同，略）。」楚雲覽之，爲之累日感泣。』《花草稡編》《本事詞》《詞綜》《詞苑叢談》等亦有轉録。王國維所輯《清真先生遺事》録此條，且云：『案《吴郡志》，自元豐至宣和，蘇州太守並無蔡巒其人，僅崇寧間有蔡渭耳。渭故相蔡確之子，後改名懋，與巒字不類，義亦與子高之字不相應。以他書所記先生事觀之，則此説疑亦附會也。』

《點絳唇》，始見於南唐馮延巳《陽春集》，楊慎《詞品》『辭名多取詩句』條謂：『《點絳唇》取梁江淹詩「白雪凝瓊貌，明珠點絳唇」以爲名。』宋代此調調名多有異稱，見《詞譜·點絳唇》：『宋王禹偁詞名《點櫻桃》；王十朋詞名《十八香》；張輯詞有『邀月過南浦』句，名《南浦月》；又有『遥隔沙頭雨』句，名《沙頭雨》；韓淲詞有『更約尋瑶草』句，名《尋瑶草》。』

三二　何文縝詞

何文縝在館閣時，飲一貴人家，侍兒惠柔者解帕子爲贈，約牡丹開再集。何甚屬意，歸作《虞美人》曲，曲中隱其姓名云：『分香帕子揉藍膩，欲去殷勤惠。重來直待牡丹時。只恐花知，知後故開遲。　别來看盡閑桃李，日日欄杆倚。催花無計問東風，夢作一雙蝴蝶遶芳叢。』何書此曲與趙咏道，自言其張本云。

何文縝名㮚（一〇八九—一一二七），字文縝，仙井（今四川仁壽）人，《宋史》卷三五三有傳。

此詞本事又見《夷堅三志》『惠柔侍兒』條：『何文縝丞相初登科，在館閣，飲於宗戚一貴人家，侍兒惠柔者，麗黠人也，慕公風標，密解手帕子爲贈，且約牡丹開時再集。何亦甚關抱，既歸，賦《虞美人》一曲，隱其小名，以寓惓惓結戀之意云：「分香帕子揉藍膩，欲去殷勤惠。重來約在牡丹時。只恐花枝，相妒故開遲。　別來看盡閑桃李，日日欄杆倚。催花無計問東風，夢作一雙蝴蝶繞芳叢。」』《花草粹編》《詞苑叢談》等亦有轉録。

《虞美人》，唐教坊曲，敦煌寫卷伯三九九四有《虞美人》詞一首，任半塘判爲聯章，且爲該調最早之體。《詞譜·虞美人》云：『元高拭詞注南呂調。《樂府雅詞》名《虞美人令》；周紫芝詞有「只恐怕寒，難近玉壺冰」句，名《玉壺冰》；張炎詞賦柳兒，因名《憶柳曲》；王行詞取李煜「恰似一江春水向東流」句，名《一江春水》。』另參見卷四《虞美人》條。

趙咏道，未詳其人。南宋中期理學家陸九淵弟子有趙師雍、趙咏道兄弟，咏道開禧元年登進士第時，何文縝已逝七十餘年，顯然此『咏道』非彼『咏道』。

三三　王彥齡夫婦詞

王齊叟彥齡，元祐副樞巖叟之弟，任俠得聲。初官太原，作《望江南》數十曲嘲府縣同僚，遂併及帥。帥怒甚，因衆人謁，面責彥齡：『何敢爾！豈恃兄貴，謂吾不能劾治耶？』彥齡執手板頓首帥前曰：『居下位，只恐被人譏。昨日只吟《青玉案》，幾時曾作《望江南》？試問馬都監。』帥不覺失笑，衆亦匿笑去。今《别素質》曲『此事憑誰知證，有樓前明月，窗外花影』者，彦齡作也。娶舒氏，亦有詞翰。婦翁武選，彦齡事之素不謹。因醉酒嫚罵，翁不能堪，取女歸，竟至離絶。舒在父家，一日行池上，懷其夫，作《點絳唇》曲云：『獨自臨流，興來時把欄干凭。舊愁新恨，耗却來時興。　　鷺散魚潛，烟斂風初定。波心静，照人如鏡，少個年時影。』

『任俠得聲』句，『俠』字，諸本均作『俊』，校正修訂本作『俠』。

王齊叟，見於宋范公偁《過庭録》所載：『王齊叟彦齡，霖弟也。有絶才，九流無所不能。宣和間，上愛琵琶，博選工妙處樂府。彦齡往視工者彈撥，因默問一二，工失措，再拜就學焉。能袒裼舞長曲，左右周旋如神，睹者失色。又以蹴踘馳天下名。嘗畫梅影圖，形影毫釐不差，萬荷圖狀極纖細，生意各殊，識者奇寶之。以五行自推年止三十九，果如其言，臨終有禪頌云：「醉魂今夜不須尋，請看武陵溪上月。」』

王巖叟（一〇四四—一〇九四），字彦霖，北宋大臣，官至中書舍人、樞密院直學士，工書法，正書遒勁渾厚。著有《易詩春秋傳》《韓魏公别録》。傳世墨迹有《秋暑帖》《與知府安撫左丞資政札》等。《宋史》卷三四二有傳。

《夷堅三志》『王彦齡舒氏詞』條所載較之本文爲詳：『舊傳一官士在官，愛唱《望江南》詞，而爲上官所責者，不得其姓名。今知爲王齊叟字彦齡，元祐樞密彦霖之弟也，任俠有聲。初官太原，作此詞數十曲嘲郡縣僚佐，遂併及府帥，帥怒甚，因群吏入謁，而數折之云：「君今恃爾兄，謂吾不能治爾邪！」彦齡斂板頓首謝，且請其過。帥告之，復趨進倚聲微吟白曰：「居下位，只恐被人譏。昨日但吟《青玉案》，幾時曾作《望江南》？」下句不屬，回顧適見兵官，乃曰：「請問馬都監。」帥不覺失笑，衆亦匿笑而退。今世所傳《别素質》一闋云：

「此事憑誰知證，有樓前明月，窗外花影」者，其所作也。嘗鼎一臠，恨不多見。娶舒氏女，亦工篇翰。而婦翁出武列，事之素不謹，常醉酒嫚罵，翁不能堪，取女歸，竟至離絶。而夫婦之好元無乖張，女在父家，一日行池上，懷其夫而作《點絳唇》曲云：「獨自臨流……」後更適他族，彦齡訖浮沉不顯。』

王彦齡『居下位』云云，《全宋詞》録爲《望江南》詞，『《望江南》數十曲』及《別素質》詞均不傳。《花草粹編》録舒氏《點絳唇》題爲《池上有懷》。

《望江南》曲調源流詳卷五『望江南』條箋證。

手板，亦作『手版』，即笏。古時大臣朝見時，用以指畫或記事的狹長板子。《宋書・禮志》：『笏者，有事則書之……手板，則古笏矣。』

《青玉案》，楊慎《詞品》『辭名多取詩句』條謂『《青玉案》則取《四愁詩》語』，即漢張衡《四愁詩》有云：『美人贈我錦繡段，何以報之青玉案。』李煜『梵宮百尺同雲護』爲此調最早之作，入宋後作者甚多，《詞譜》以賀鑄詞『凌波不過横塘路』，蘇軾詞『三年枕上吴中路』等爲正體。

《別素質》，據《詞譜・憶瑶姬》載：『此調有仄韻平韻兩體。仄韻者，始自曹組，一名《別素質》；平韻者，始自万俟咏，一名《別瑶姬慢》。』

三四　莫少虛詞

《水調歌頭》：『瑶草一何碧，春入武陵溪。溪上桃花無數，花上有黄鸝。』世傳爲魯直。予建炎初見石耆翁，言此莫少虛作也。莫此詞本始，耆翁能道其詳。予嘗見莫《浣溪沙》曲：『寶釧緗裙上玉梯，雲重應恨翠樓低。愁同芳草兩萋萋。』又云：『歸夢悠颺見未真，繡衾恰有暗香薰。五更分得楚臺春。』造語頗工。晚年心醉富貴，不復事文筆。

『世傳爲魯直，予建炎初見石耆翁』句，戲曲論著本、上古本作『世傳爲魯直。於建炎初見石耆翁』，詞話叢編本、校正本作『世傳爲魯直於建炎初見石耆翁』，校正修訂本據别本改『於』作「予」，從校正修訂本。

莫少虚名將（一〇八〇—一一四八），字少虚，豫章分寧（今江西修水）人，宋代名臣。以父蔭入仕，歷任太府寺丞、徽猷閣待制京畿都轉運使、工部侍郎名誉禮部尚書兼侍讀奉使、工部尚書任京西宣諭使、敷文閣學士知明州提舉、江州太平觀、福州和廣州知府，《全宋詞》存詞十三首。

《夷堅三志》『莫少虚詞』條與本文基本相同，『水調歌頭』作『水調歌』，並稱爲莫少虚壯年詞。

《水調歌頭》『瑶草一何碧』歷代詞集均收録於黄庭堅名下，如《花庵詞選》卷四、《草堂詩餘》卷三、《花草稡編》卷一八等，《草堂詩餘》與《花草稡編》題爲『春行』，《全宋詞》入『存目詞』，亦是對王灼所言存疑。《花草稡編》所録全詞爲：『瑶草一何碧，春入武陵溪。溪上桃花無數，花上有黄鸝。我欲穿花尋路，直入白雲深處，浩氣展虹霓。只恐花深裏，紅露濕人衣。　坐白石，欹玉枕，拂金徽。謫仙何處，無人伴我白螺盃。我爲靈芝仙草，不爲朱唇丹臉，長嘯亦何爲。醉舞下山去，明月逐人歸。』

《水調歌頭》當爲《水調》大曲排遍，但宋人所作多爲隻曲，少有作排遍者。另參見卷四《水調》條。

石耆翁，蜀人，生平事迹不詳，存詞二首，《全宋詞》據黄大輿《梅苑》輯出。

莫少虚的兩首《浣溪沙》詞作，僅見於此，《全宋詞》即據《碧雞漫志》輯出。

《浣溪沙》詞，唐宋多有作者，有齊言、雜言，平韻、仄韻諸體，調名亦多異稱，《詞譜·浣溪沙》録五體，敦煌曲子辭二首與《詞譜》諸體不同，爲兩段七言六句，每段末加三言句，見任二北《敦煌曲校録》。

三五　古人使王昌莫愁事

古書亡逸固多，存於世者，亦恨不盡見。李義山絶句云：『本來銀漢是紅牆，隔得盧家白玉堂。誰與王昌報消息，盡知三十六鴛鴦。』而唐人使王昌事尤數，世多不曉。古樂府中可互見，然亦不詳也。一曰：『相逢狹路間，道隘不容車。如何兩少年，挾轂問君家。君家誠易知，易知復難忘。黄金爲君門，白玉爲君堂。堂上置樽酒，使作邯鄲倡。中庭生桂樹，華燈何煌煌。兄弟兩三人，中子爲侍郎。五日一來歸，道上自生光。黄金絡馬頭，觀者滿路傍。入門時左顧，但見雙鴛鴦。鴛鴦七十二，羅列自成行。』一曰：『河中之水向東流，洛陽女兒名莫愁。莫愁十三能織綺，十四采桑南陌頭。十五嫁爲盧家婦，十六生兒字阿侯。盧家蘭室桂爲梁，中有鬱金蘇合香。頭上金釵十二行，足下絲履五文章。珊瑚桂鏡爛生光，平頭奴子提履箱。人生富貴何所望，恨不嫁與東家王。』以三章互考之，即知樂府前篇所謂『白玉堂』與『鴛鴦七十二』乃盧家。然義山稱三十六者，三十六雙即七十二也。又知樂府後篇所謂『東家王』，即王昌也。

李商隱（約八一三—約八五八），字義山，號玉谿生，滎陽（今河南鄭州滎陽）人。因處於牛李黨争的夾縫之中，一生很不得志。工詩，與杜牧合稱『小李杜』，與温庭筠合稱『温李』。因詩文與同時期的段成式、温庭筠風格相近，且三人都在家族裏排行第十六，故並稱爲『三十六體』。作品收録爲《李義山詩集》。兩唐書有傳。

此處所引李商隱詩見《全唐詩》卷五三九《代應》。『代應』乃應和其《追代盧家人嘲堂内》一首：『道却横波字，人前莫謾羞。只應同楚水，長短入淮流。』

『相逢狹路間』爲漢樂府詩《相逢行》。『河中之水向東流』爲《河中之水歌》，《玉臺新咏》《藝文類聚》均作無名氏作，《樂府詩集·雜歌謡辭》題爲梁武帝（蕭衍）作。

王昌，唐前有同名者二人：一是東漢王莽時期人，《後漢書》卷四二有傳；一是魏晉時人，《襄陽耆舊傳》有傳。見明閻若璩《潛邱札記》卷六：『樂府：人生富貴何所望，恨不早嫁東家王。唐人詩：十五嫁王昌，王昌且在墻東住。當另一王昌，風流艷美人也。必非《襄陽耆舊傳》之王昌。傳云：王昌，字公伯，爲東平相散騎常侍，早卒，婦任城王曹子文女。』

唐宋詩詞所咏之『莫愁』，一典出《河中之歌》，二典出清商舊曲《莫愁》，見《舊唐書》卷二九載：『《莫愁樂》，出於石城樂。石城有女子，名莫愁，善歌謡，石城樂和中復有莫愁聲，故歌云：莫愁在何處，莫愁石城西，艇子打兩槳，催送莫愁來。』如李商隱《莫愁》：『若是石城無艇子，莫愁還自有愁時。』李商隱《馬嵬》：『如何四紀爲天子，不及盧家有莫愁。』宋人亦多謂樂府有兩莫愁。

余少年時戲作《清平樂》曲贈妓盧姓者云：『盧家白玉爲堂，於飛多少鴛鴦。縱使東墻隔斷，莫愁應念王昌。』黄載萬亦有《更漏子》曲云：『憐宋玉，許王昌。東西鄰短墻。』予每戲謂人曰：『載萬似曾經界兩家來。』蓋宋玉《好色賦》稱東鄰之子，即宋玉爲西鄰也。東家王，即東鄰也。載萬用事如此之工。世徒知石城有莫愁，不知洛陽亦有之。前輩言樂府兩莫愁，正謂此也。又韓致光詩：『何必苦勞魂與夢，王昌祇在此墻東。』業唱歌者，沈亞之目爲聲家，又曰聲黨，又曰貢聲中禁。李義山云：『王昌且在墻東住，未必金堂得免嫌。』又云：『欲入盧家白玉堂，新春催破舞衣裳。』《對雪》云：『又入盧家妒玉堂。』

王灼詞見《頤堂詞》，題注『妓訴狀立廳下』，全詞爲：『墜紅飄絮，收拾春歸去。長恨春歸無覓處，心事顧誰分付。　盧家小苑回塘，於飛多少鴛鴦。縱使東牆隔斷，莫愁應念王昌。』《清平樂》曲調詳卷五『清平樂』條。

黄載萬《更漏子》全詞佚，僅於此存三句。

宋玉，又名子淵，戰國時楚國鄢郢（今湖北襄樊宜城）人，擅辭賦，爲屈原之後辭賦家，或曰是屈原弟子，後人多以『屈宋』並稱。《漢書·藝文志》著録宋玉賦十六篇，今多亡佚。流傳作品有《九辨》《風賦》《高唐賦》《登徒子好色賦》等。宋玉《登徒子好色賦》有『東家有女』云云。

韓致光即韓偓。韓偓（約八四二—約九二三），晚唐五代詩人，字致光，號致堯，晚年又號玉山樵人。十歲時即席賦詩贈李商隱，李商隱贊其『雛鳳清於老鳳聲』，有《玉山樵人集》傳世。《新唐書》卷一八三有傳。文中所引韓偓詩見《全唐詩》卷六八三《晝寢》：『碧桐陰盡隔簾櫳，扇拂金鵝玉簟烘。撲粉更添香體滑，解衣唯見下裳紅。煩襟乍觸冰壺冷，倦枕徐欹寶髻松。何必苦勞魂與夢，王昌只在此牆東。』

沈亞之生平已詳卷一。《沈下賢集》卷五《歌者葉記》載：『轂下聲家聞其能，咸與會唱。次至葉，當引弄。及舉音，則弦工吹師皆失執自廢。既罷，聲黨相謂約慎語，無令人得聞知。……卒不得貢聲中禁。』

文中所引李商隱詩分别見《全唐詩》卷五四〇《楚宫二首》之二：『月姊曾逢下彩蟾，傾城消息隔重簾。已聞佩響知腰細，更辨弦聲覺指纖。暮雨自歸山悄悄，秋河不動夜厭厭。王昌且在牆東住，未必金堂得免嫌。』《全唐詩》卷五三九《春日》：『欲入盧家白玉堂，新春催破舞衣裳。蝶銜花蕊蜂銜粉，共助青樓一日忙。』《對雪二首》之二：『旋撲珠簾過粉牆，輕於柳絮重於霜。已隨江令夸瓊樹，又入盧家妒玉堂。侵夜可能争桂魄，妨寒應欲試梅妝。關河凍合東西路，腸斷斑騅送陸郎。』

三六　陳無己浣溪沙

陳無己作《浣溪沙》曲云：『暮葉朝花種種陳，三秋作意問詩人。安排雲雨要新清。　隨意且須追去馬，輕衫從使著行塵。晚窗誰念一愁新。』本是『安排雲雨要清新』，以末後句『新』字韻，遂倒作『新清』。世言無己喜作莊語，其弊生硬是也。詞中暗帶『陳三』『念一』兩名，亦有時不莊語乎。

陳無己生平已詳前。《本事詞》卷上載：『世言陳無己每好作莊語，然嘗有《浣溪紗》云：「暮葉朝花種種陳，三秋作意問詩人。安排雲雨要新清。　隨意且須追去馬，輕衫從使著行塵，晚窗誰念一枝新？」此詞贈妓作，「陳三」，無己自謂；「念一」，妓名。想偶亦不作莊語耳。』

碧雞漫志箋證卷三

三七　霓裳羽衣曲

《霓裳羽衣曲》，説者多異。予斷之曰：西凉創作，明皇潤色，又爲易美名。其他飾以神怪者，皆不足信也。唐史云：『河西節度使楊敬忠獻，凡十二遍。』白樂天和元微之《霓裳羽衣曲歌》云：『由來能事各有主，楊氏創聲君造譜。』自注云：『開元中，西凉節度使楊敬述造。』鄭愚《津陽門詩》注亦稱西凉府都督楊敬述進。予又考唐史《突厥傳》，開元間，凉州都督楊敬述爲暾欲谷所敗，白衣檢校凉州事。樂天、鄭愚之説是也。

『楊敬忠』，戲曲論著本、詞話叢編本、上古本作『楊敬述』，校正本作『楊敬忠』。《新唐書》卷二二《禮樂志十二》謂『河西節度使楊敬忠獻《霓裳羽衣曲》十二遍』，故從校正本。

『暾欲谷』，詞話叢編本、戲曲論著本、上古本等作『暾煌谷』，戲曲論著本校記云：『「暾煌谷」，據《新唐書·突厥傳》作暾欲谷。』校正本作『暾欲谷』，從校正本。

『唐史』即《新唐書》。本書録自『唐史』『新史』『史』的資料，多出自《新唐書》。此處《新唐書》這條資料有兩處錯誤，其一『楊敬忠』應爲『楊敬述』，校正本有考；其二《霓裳羽衣曲》非十二遍，詳後專論《霓裳曲》的遍數。

白居易《霓裳羽衣曲歌》載《全唐詩》卷四四四，題名作《霓裳羽衣（一有舞字）歌》，題注『和微之』，詩注『西凉節度使』作『西凉府節度』。

鄭愚《津陽門詩》載《全唐詩》卷五六七，詩注中謂楊敬述進曲事爲『宸聰聽覽未終曲，却到人間迷是非』句後注：『葉法善引上入月宫，時秋已深，上苦淒冷，不能久留。歸，於天半尚聞仙樂。及上歸，且記憶其半，遂於笛中寫之。會西凉都督楊敬述進《婆羅門曲》，與其聲調相符，遂以月中所聞爲之散序，用敬述所進曲作其腔，而名《霓裳羽衣曲》。』

《舊唐書》卷八、卷一九四，《新唐書》卷五、卷二一五等有記楊敬述凉州都督事。案西凉，本爲五胡十六國之一，東晉時凉州李暠所建。李暠自稱凉公，都酒泉，史稱西凉，爲北凉王沮渠蒙遜所滅。唐時西凉指凉州。武德二年置凉州總管府，七年，改爲都督府，咸亨元年，爲大都督府。邊防重地之都督則加旌節，謂之節度使。楊敬述稱都督，又稱節度使即此之故。

劉夢得詩云：『開元天子萬事足，惟惜當年光景促。三鄉陌上望仙山，歸作《霓裳羽衣曲》。仙心從此在瑶池，三清八景相追隨。天上忽乘白雲去，世間空有秋風詞。』李肱《霓裳羽衣曲》詩云：『開元太平時，萬國賀豐歲。梨園進舊曲，玉座流新製。鳳管迭參差，霞裳競搖曳。』

『李肱』，詞話叢編本、戲曲集成本、上古本作『李祐』，校正本作『李肱』，從校正本。李肱，生卒年不詳。《全唐詩》『李肱』條下云：『李肱，開成二年第一人及第，官齊岳二牧。詩一首。』

劉夢得名禹錫（七七二—八四二），字夢得，中唐著名詩人，兩唐書有傳。詩見《楊太真外傳》卷上載：『《霓裳羽衣曲》者，是玄宗登三鄉驛，望女几山所作也。故劉禹錫《伏睹玄宗皇帝望女几山詩，小臣斐然有感》詩有云：「開元天子萬事足……」』《全唐詩》卷三五六有録，題名《三鄉驛樓伏睹玄宗望女几山詩，小臣斐然有感》。『當年』，《全唐詩》作『當時』。女儿山，在河南宜陽縣。《元和郡縣圖志》卷五『福昌縣』案武德元年改宜陽縣爲福昌縣云：『女儿山，在縣西南三十四里。』

李肱詩見《全唐詩》卷五四二，題名《省試霓裳羽衣曲》，應即李肱科考詩題。王灼所引爲該詩前六句，並略有出入：『豐歲』作『豐年』，『進舊曲』作『獻舊曲』，『迭』作『遞』，『霞裳』作『霞衣』。案詩中所言『鳳管』即小篳篥。陳暘《樂書》卷一三〇：『（篳篥）大者九孔，以篳篥名之；小者六孔，以鳳管名之。』篳篥，一作觱篥、悲篥、必篥等。本胡樂器，大約在西漢時即已傳入中原。林謙三《東亞樂器考》有詳考。篳篥於唐宋極爲盛行，廣泛用於各類音樂品種中。由於與管、笳等樂器相互借鑒，形成多種體制，名稱亦極爲繁雜。見於唐宋文獻記載的就有篳篥、大篳篥、小篳篥、桃皮篳篥、雙篳篥、銀字篳篥、啞篳篥等等，陳暘《樂書》考之較詳。《樂書》卷一三〇：『篳篥，一名悲篥，一名笳管，羌胡龜茲之樂也。以竹爲首，以蘆爲首，狀類胡笳而九竅，所法者角音而已。……後世樂家者流，以其旋宮轉器以應律管，因譜其音爲衆器之首，至今鼓吹教坊用之以爲頭管。』又『大者九竅，以篳篥名之；小者六竅，以鳳管名之。』又『今教坊所用前七孔後六孔，以五凡工尺上一四六勾合十字譜之。』又『唐九部，夷樂有漆篳篥焉』。又有『銀字篳篥』。『桃皮捲而吹之，古謂之管，本亦謂之桃皮篳篥，其聲應簫笳，橫吹之。南蠻高麗之樂也。今鼓吹部其器亦存焉。』諸多形制、名稱的篳篥中，《東亞樂器考》謂『九孔的龜茲篳篥，爲此器的中樞』。

元微之《法曲》詩云：『明皇度曲多新態，宛轉浸淫易沉著。赤白桃李取花名，霓裳羽衣號天落。』劉詩謂明皇望女儿山，持志求仙，故退作此曲。當時詩今無傳，疑是西涼獻曲之後，明皇三鄉眺望，發興求仙，因以名曲。『忽乘白雲去，空有秋風詞』，譏其無成也。李詩謂明皇厭梨園舊曲，故有此新製。元詩謂明皇作此曲多新態，霓裳羽衣非人間服，故號天落。然元指爲法曲，而樂天亦云：『法曲法曲歌霓裳，政和世理音洋洋，開元之人樂且康。』又知其爲法曲一類也。

兩處『天落』，詞話叢編本、戲曲論著本、上古本作『天樂』，校正本作『天落』。據岳珍考察，元稹原詩亦作『天落』，《元氏長慶集》傳世諸本無異文。王灼所理解的『霓裳羽衣』爲從天而降的衣服，故兩處均應爲『天落』。案敦煌歌辭《望月婆羅門》有『水精宮裏樂轟轟』句，『樂』原作『落』。任半塘《敦煌歌辭總編》校記謂唐代以『落』代『樂』例頗多。如『五台什四落轟轟』『往依極落之宮』等，『落』均是『樂』之訛。元稹原詩作『天落』，當屬任先生所説的唐人以『落』代『樂』的情況。然此處王灼對元稹詩理解有誤。結合元詩前後文來看，『明皇度曲多新態，宛轉浸淫易沉著。赤白桃李取花名，霓裳羽衣號天落。雅弄雖云已變亂，夷音未得相參錯。……火鳳聲沉多咽絶，春鶯囀罷長蕭索』，均言明皇所度之曲。《赤白桃李花》《火鳳》《春鶯囀》等爲玄宗時法曲，《霓裳羽衣曲》更爲法曲之首。詩文中的『霓裳羽衣』亦必指樂曲。『赤白桃李花』與『霓裳羽衣曲』相對，『花名』與『天樂』相對，也才符合行文邏輯。《霓裳羽衣曲》曾用作道教儀式音樂，據《混元聖紀》卷八記載：開元二十九年，玄宗『制《霓裳羽衣曲》《紫微八卦舞》，薦獻太清宮』。而道教齋醮儀式音樂本稱『天樂』，《天皇至道太清玉册》下卷『天樂儀仗章』和『三清天樂章』中記載，道教上等樂爲『三清天樂』，爲『黄帝祀三清之樂也』，『凡升壇朝真謁帝則用之，其行道誦經祇用常日之仙樂』。因此將《霓裳羽衣曲》喻作『天樂』，當屬名符其實。宋代太常寺就設有專管天樂祭器的職官，見《宋史·職官志》『太常寺』條載：『本寺天樂祭器庫專知官一人、庫子二人。』『天樂』是指道教儀式樂無疑。宋代道教遠不如佛教興盛，但宮廷却專有宮觀職官與道教儀式音樂，這與道教於宋代宮廷的特殊地位有關。李唐天子以李老君爲聖祖，大倡道教。趙宋天子爲表明皇權天授，亦生造了一位趙姓道教天神爲聖祖，大修宮觀，並以重臣兼任職官。北宋後期及南宋，幾乎每一個官員都曾任過宮觀官，朱熹就曾多次任職宮觀。汪聖鐸先生《宋朝禮與道教》有詳考，可參閱。文載《國際宋代文化研討會論文集》。那麽，無論元詩此處原本作『落』或『樂』，均應作『樂曲』之『樂』解，以及『霓裳羽衣』爲樂曲而非衣服，都是應當明確的。《漫志》傳世諸本多作『天樂』，應是據元稹詩意臆改所致，與王灼本意不符。

元稹詩見《全唐詩》卷四一九《和李校書新題樂府十二首·法曲》，『浸』作『侵』。『赤白桃李』，即《赤白桃李花》，玄宗時法曲。李益《聽唱赤白桃李花》詩云：『赤白桃李花，先皇在時曲。欲向西宫唱，西宫宫樹緑。』《唐會要》卷三三載天寶十三載太樂署供奉曲名内亦列有《赤白桃李花》，入林鍾角。又《樂府詩集·新樂府辭》之《法曲》下云：『……法曲起於唐，謂之法部。其曲之妙者，其《破陣樂》《一戎大定樂》《長生樂》《赤白桃李花》……』或云此曲爲高祖時樂曲。《通志》卷四〇九云：『《赤白桃李花》亦曰《桃李》。唐高祖時歌。』或因玄宗將此曲改制而入法曲，與《霓裳》齊名，故元稹認爲是玄宗所作。

『忽乘白雲去，空有秋風詞』，爲劉禹錫《三鄉驛樓伏睹玄宗望女几山詩，小臣斐然有感》詩末二句，原句爲七言，前文已引。

白居易詩載《全唐詩》卷四二六《法曲》。

文獻史料中稱《霓裳》爲法曲的記録頗多，除文中所引元白詩外，另如顧況《聽劉安唱歌》：『即今法曲無人唱，已逐霓裳飛上天。』王建《舊宫人》：『霓裳法曲渾抛却，獨自花間掃玉階。』白居易《和微之霓裳羽衣歌》注云：『凡法曲之初，衆樂不齊，惟金、石、絲、竹，次序發聲。《霓裳》序初，亦復如此。』《樂府詩集·法曲》下舉法曲名亦有《霓裳》一曲等等。《霓裳》爲法曲可確定無疑。今所存的數百盛唐曲名中，《霓裳》一曲最爲世人所重。從王灼於本文所引録的詩家之諷咏，史家之記録，小説家將該曲附會於各種神怪之説，均可窺一斑。『法曲』這一概念始於隋文帝，『法』是『標準』『規範』的意思。文帝爲强調『華夏正聲』，以清樂爲法曲，視其爲衆樂之標準。入唐以後，統治者一反文帝華夏獨尊的心態，對外族人民及其文化均采取了前所未有的包容態度。唐太宗就明確地説過『自古皆貴中華，賤夷狄，朕獨愛之如一』，這種華夷兼重的觀念，便決定了初唐時清樂的地位。因此在初唐時期，清樂不可能再被視爲宫廷音樂的標準，這就是法曲於初唐銷聲匿迹的根本原因所在。唐太宗以華夷兼融的《燕樂》爲十部伎之首部，其餘『清樂』與諸胡部樂並列，這正充分體現了唐太宗華夷一家的觀念。至盛唐，玄宗則更進一步打破了清樂與各胡部樂之間的界限，將華夷各樂部完全融入坐立二部樂之中，並從制度上加以確立。玄宗以華夷融合的新俗樂作爲新的標準，遂産生了盛唐法曲。隋與盛唐『法曲』這一概念，不是音樂品種名，更不是音樂體裁名。它是宫廷音樂的一個『標準』，在它名下集合了一批可代表這個標準的曲目，以作爲宫廷音樂的範本。因此，法曲的實際存在時間僅隋文帝和唐玄宗這兩個時期，後世不過因盛唐法曲的盛名而沿稱『法曲』，沿用盛唐法曲的曲目而已。如宋教坊法曲，在觀念上繼承了隋代法曲，而音樂體制上却繼承了盛唐法曲，此時的『法曲』已完全失去了作爲『燕樂標準』的這一意義，不過是作爲音樂品種名而已。在此基礎上，又演變成了詞調體裁名。附録《法曲考》一文對法曲的沿革、性質、音樂風格等有詳細考證，可參閲。

夫西涼既獻此曲，而三人者又謂明皇製作，予以是知爲西涼創作，明皇潤色者也。杜佑《理道要訣》云：『天寶十三載七月改諸樂名，中使輔璆琳宣進止，令於太常寺刊石。』内黄鍾商《婆羅門曲》改爲《霓裳羽衣曲》。《津陽門詩》注：『葉法善引明皇入月宫，聞樂歸，笛寫其半。會西涼都督楊敬述進《婆羅門》，聲調脗合。遂以月中所聞爲散序，敬述所進爲其腔，製《霓裳羽衣》。』月宫事荒誕，惟西涼進《婆羅門》曲，明皇潤色，又爲易美名，最明白無疑。

『進止』，詞話叢編本、戲曲集成本、上古本作『進旨』，並注云：『「旨」一作「止」。』校正本作『進止』，並有考。從校正本。

杜佑（七三五—八一二），唐中葉宰相，史學家，著有《通典》二百卷、《理道要訣》十卷、《管氏指略》二卷、《賓佐記》一卷。兩唐書有傳。《理道要訣》，今佚，《新唐書·藝文志》《宋史·藝文志》《遂初堂書目》等有著録。《文獻通考》卷二一四《經籍考》稱該書『凡三十三篇，皆設問答之辭，末二卷記古今異制，蓋於《通典》中撮要以便人主觀覽。』其所載太常寺刊石之諸樂名保存於《唐會要》内。本書卷三至卷五引録《理道要訣》的内容有九條，並見於《唐會要》。天寶十三載太樂署供奉曲名及改諸樂名載於《唐會要》卷三三，其中黄鍾商一調有『《婆羅門》改爲《霓裳羽衣》』。

《津陽門詩注》已詳前。結合白居易《霓裳羽衣歌》詩及注所述，《霓裳》大曲的曲式結構分散序、中序、破三大部分，每一部分又有若干個樂段。散序爲玄宗所作，中序和破的部分爲楊敬述所進之《婆羅門曲》。『西凉進《婆羅門》曲，明皇潤色，又爲易美名』，今人多從此説。任半塘《教坊記箋訂》及《唐戲弄》則認爲法曲《霓裳羽衣曲》與《婆羅門》改名後的《霓裳羽衣曲》爲同曲異名。其依據有二，一、《婆羅門》是佛曲，其服飾爲緋袍錫杖，是佛教胡僧戲裝，屬外來樂曲，而法曲《霓裳曲》是道曲，其服飾爲道家仙女舞服，屬華聲。二、宫調不同。

案前文論法曲中已極明確，法曲兼采華夷，非單純的華聲或胡聲。單就《霓裳》曲而言，白居易《法曲歌》詩序中謂『法曲雖失雅音，蓋諸夏之聲也。』而其詩中却云：『法曲合夷歌，夷聲邪亂華聲和。……一從胡曲相參錯，不辨興衰與哀樂……』這恰恰説明《霓裳》等法曲是『華夷相侵』的。《霓裳》曲又是最爲典型的實例：以華聲爲散序，以胡聲爲『腔』。白居易謂法曲爲『諸夏之聲』，不過是其主張，正因事實與此相違，才需正華聲。

至於佛曲作道曲，天寶十三載太樂署改諸樂名中便不乏其例：如《龜兹佛曲》改爲《金華洞真》，《舍佛兒胡歌》改爲《欽明引》，《摩醯娑婆》改爲《仙雲升》等等，均是直接將佛曲改作道曲。胡漢音樂融合，佛曲用作道曲，道曲入燕樂、俗樂等，玄宗這一系列的音樂主張，在《霓裳》一曲中均得到了集中體現。因此，《霓裳》一曲並不存在華聲與胡聲、佛曲與道曲之别。

教坊曲中有小曲《望月婆羅門》、大曲《霓裳》，羯鼓曲有《婆羅門》。敦煌存《望月婆羅門》辭四首，任半塘《敦煌歌辭總編》校記中謂望月爲衆婆羅門之一項功課，而辭中有云『自從親向月中游，隨佛逍遥登上界……千秋似萬秋……』，開元十七年起，玄宗生日定爲千秋節，天寶二年又改名爲天長節，説明該辭産生於開元時期，又與玄宗月宫而作《霓裳》的傳説相合。則可見出《望月婆羅門》與《婆羅門》，《婆羅門》與《霓裳》的關係。結合《津陽門詩》注，則《霓裳》與《婆羅門》爲整體與局部的關係，《婆羅門》與《望月婆羅門》亦如此。因此，在天寶十三載《婆羅門》改名爲《霓裳羽衣》之前，該曲的整體與局部均以三曲三名同時存在，天寶十三載以後才統稱爲《霓裳》了。

該曲的宫調見於記載的有二：羯鼓曲《婆羅門》入太簇商，太樂署供奉曲之《婆羅門》爲黄鍾商。這是移調所至，據本書所載，《凉州》入七個宫調，《伊州》入七個商調，《六么》入四個羽調等，均是由移調所至。在唐代移調手法非常盛行，但有關文獻未明確其移調之規則。林謙三在《隋唐燕樂調研究》中提到，在日本凡同調式間移調稱爲『渡物』，這種『渡物』是以行於有二律、五律、七律上下之關係的同性二調内移調。並以《唐會要》所載樂曲驗證，大多符合這種規律。其中商調中越調與大食調可移調。詳林謙三《隋唐燕樂調研究》附論之五『述《唐會要》天寶樂曲』。亦是説『黄鍾商』與『太簇商』互用，是當時慣用的一種移調手法。《近事會元》卷四亦云：『大食越調，聲相近，唯高一均，是二調俱可行之。』大食調即太簇商，越調即黄鍾商。

綜之，唐代《霓裳》一曲曾以三曲三名二調並存於世，而『三曲』是整體與局部的關係，並非不同的幾首樂曲。其中又存在功能用途的不同，其配器、舞蹈、表演程式等或有所不同，然對於樂曲本身而言，不過是不同的表演方式而已。《霓裳》初爲佛曲，經玄宗改制而入道曲，又入教坊大曲，又入法曲。《霓裳》一曲集諸多身份於一身，然並不矛盾。佛曲與道曲，是因其用途。在唐代佛曲用作道曲，是援佛入道在音樂上的反映，《唐會要》載太樂署改諸樂曲名中衆多佛曲名改作道曲名即是此例；而大曲則是因其音樂體制上具有大曲的曲式結構；又因其爲華夷融合的典範之作而入法曲。佛曲、道曲、大曲、法曲是從不同的角度而給予的名稱。

《異人録》云：『開元六年，上皇與申天師中秋夜同游月中，見一大宫府，牓曰：「廣寒清虚之府」。兵衛守門，不得入。天師引上皇躍超烟霧中，下視玉城，仙人、道士乘雲駕鶴往來其間，素娥十餘人，舞笑於廣庭大桂樹下，樂音嘈雜清麗。上皇歸，編律成音，製《霓裳羽衣曲》。』《逸史》云：『羅公遠中秋侍明皇宫中翫月，以拄杖向空擲之，化爲銀橋，與帝升橋，寒氣侵人，遂至月宫。女仙數百，素練霓衣，舞於廣庭。上問曲名，曰《霓裳羽衣》。上記其音，歸作《霓裳羽衣曲》。』《鹿革事類》云：『八月望夜，葉法善與明皇游月宫，聆月中天樂，問曲名，曰《紫雲回》。默記其聲，歸傳之，名曰《霓裳羽衣》。』此三家者，皆志明皇游月宫，其一申天師同游，初不得曲名。其一羅公遠同游，得今曲名。其一葉法善同游，得《紫雲回》曲名易之。雖大同小異，要皆荒誕無可稽據。

『得《紫雲回》曲名易之』句斷句，校正本作『得《紫雲回》曲名，歸易之』，從餘本。『稽據』，戲曲論著本二字斷開，將『據』字移入下句，顯然語意不通。

《異人録》，撰人不詳，未見著録，《類説》卷一二收録該書二十五條。另有宋代吴淑所撰《江淮異人録》一書，《崇文總目》《文獻通考》《宋史》等著録爲三卷。文淵閣四庫全書本《江淮異人録》中『耿先生』『玉花驄』『種牡丹』等内容見於《山堂肆考》《格致鏡原》《苕溪漁隱叢話後集》等書所引，均稱出自《異人録》。《類説》本《異人録》與四庫本《江淮異人録》亦有很多相同内容。則《異人録》應即是《江淮異人録》。王灼所引與《類説》本《異人録》『明皇游月宫』條文辭出入較大：

開元六年，上皇與申天師道士游都客，中秋夜，同游月中。過一大門，在玉光中見一大宫府，榜曰『廣寒清虚之府』。守門兵衛甚嚴，三人皆止其下不得入。天師引上皇躍身起，烟霧中下視玉城嵯峩，下若萬里琉璃之田，仙人道士乘雲駕鶴往來其間。尋步向前，覺翠色冷光，相射目眩，極寒不可進。下見素娥十餘人，皓衣乘白鸞，笑舞於廣庭大桂樹下，樂音嘈雜清麗，上皇歸，編律成音，製《霓裳羽衣舞曲》。

《逸史》，唐盧肇撰。盧肇（八一八—八八二），字子發，唐相李德裕的得意門生，以文翰知名。《逸史》共三卷，原書今佚，書中部分内容散見於《太平廣記》《類説》《紺珠集》《詩話總龜》及其他宋人筆記中，共有八十餘條。本文所引資料見《類説》本《逸史》『明皇游月宫』條，與王灼所引出入較大：

羅公遠中秋侍明皇宫中翫月，曰：『陛下要至月宫否？』以拄杖向空擲之，化爲銀橋，與帝升橋，寒氣侵人，遂至大城，曰：『此月宫也。』見女仙數百，素練寛衣，舞於廣庭。上問曲名。曰：『霓裳羽衣也。』上記其音調，歸作《霓裳羽衣曲》。

《鹿革事類》，宋人蔡蕃編撰，今佚。《郡齋讀書志》《文獻通考》《宋史》等著録爲三十卷。《郡齋讀書志》卷一三謂該書『節《太平廣記》事實成一編，曰《事類》；詩文成一編，曰《文類》。蔡蕃晉如所撰。晉如博學，通音律，能屬文，與十父相友善。』《太平廣記》卷二〇四『唐玄宗』條記玄宗夢游月宫得《紫雲回》事，稱出自《開天傳信記》。則本文所引《鹿革事類》之文，當出自《開天傳信記》。

杜牧之《華清宫》詩：『月聞仙曲調，霓作舞衣裳。』詩家搜奇入句，非决然信之也。又有甚者，《開元傳信記》云：『帝夢游月宫，聞樂聲，記其曲，名《紫雲回》。』《楊妃外傳》云：『上夢仙子十餘輩，各執樂器，御雲而下。一人曰：此曲《神仙紫雲回》，今授陛下。』《明皇雜録》及《仙傳拾遺》云：『明皇用葉法善術，上元夜自上陽宫往西凉州觀燈，以鐵如意質酒而還，遣使取之，不誣。』《幽怪録》云：『開元正月望夜，帝欲與葉天師觀廣陵，俄虹橋起殿前，師奏：「請行，但無回顧。」帝步上，高力士、樂官數十從，頃之，到廣陵。士女仰望，曰：「仙人現。」師請令樂官奏《霓裳羽衣》一曲，乃回。後廣陵奏：「上元夜仙人乘雲西來，臨孝感寺，奏《霓裳羽衣曲》而去。」上大悦。』唐人喜言開元、天寶事，而荒誕相凌奪如此，將使誰信之？予以是知其他飾以神怪者，皆不足信也。

杜牧之，名杜牧（八〇三—八五三），字牧之，號樊川，京兆萬年（今陜西長安）人，杜佑之孫。晚唐詩人、散文家，號爲『小杜』。文中所引詩見《全唐詩》卷五二一《華清宫三十韻》。

《開元傳信記》，又作《開天傳信記》，唐鄭綮撰。鄭綮（？—八九九），字藴武，滎陽人，兩唐書有傳。《開天傳信記》記開元、天寶故事，凡三十二條。《開元傳信記》載玄宗得《紫雲回》曲較之本文所引極詳：

上嘗坐朝，以手指上下按其腹。退朝，高力士進曰：『陛下向來數以手指按其腹，豈非聖體小不安耶？』上曰：『非也。吾昨夜夢游月宫，諸仙娱予以上清之樂，寥亮清越，殆非人間所聞也。酣醉久之，合奏諸樂以送吾歸。其曲悽楚動人，杳杳在耳。吾回，以玉笛尋之，盡得之矣。坐朝之際，慮忽遺忘，故懷玉笛，時以手指上下尋，非不安。』力士再拜賀曰：『非常之事也。願陛下爲臣一奏之。』其聲寥寥然，不可名言也。力士又再拜，且請其名。上笑言：『此曲名《紫雲回》。』遂載於樂章。今太常刻石在焉。

既云『今太常刻石在焉』，則玄宗時確有《紫雲回》一曲，與《霓裳羽衣》當各爲一曲。《唐會要》所録太常諸樂曲名則無此曲。

《楊妃外傳》，宋樂史撰。樂史（九三〇—一〇〇七），字子正，北宋撫州宜黄（今屬江西）人。傳奇作家、地理學家、史學家。著作頗豐，《宋史·藝文志》著録十餘種。《楊妃外傳》又稱《楊太真外傳》，宋代即有此二稱，今點校本多稱《楊太真外傳》。該書係摭采《明皇雜録》《開天傳信記》《安禄山事迹》《長恨歌傳》等唐人相關著述稍加排比潤飾而成。《楊太真外傳》卷上叙玄宗夢游月宮得《紫雲回》的經過較本文爲詳：『上嘗夢十仙子，乃製《紫雲回》（玄宗嘗夢仙子十餘輩，御卿雲而下，各執樂器懸奏之。曲度清越，真仙府之音。有一仙人曰：「此《神仙紫雲回》。今傳授陛下，爲正始之音。」上喜而傳受。寤後，餘響猶在。旦，命玉笛習之，盡得其節奏也）。』

《明皇雜録》，唐鄭處誨撰。鄭處誨，字延美，生平事迹見載於《舊唐書》卷一五八『鄭餘慶傳附鄭處誨傳』。《明皇雜録》，見於《舊唐書》『鄭處誨傳』，稱『處誨……撰次《明皇雜録》三篇行於世』，《崇文總目》《新唐書·藝文志》《郡齋讀書志》等則著録爲二卷，《郡齋讀書志》又稱『唐鄭處誨撰，記孝明時雜事，《別録》一卷，題「補闕」，所載十二事』。則《明皇雜録》原本當爲三卷，至宋已多有散佚。今中華書局『歷代史料筆記叢刊』本分爲正文二卷、補遺、逸文、輯佚四部分，爲歷代多次輯佚而成。本文所引資料見《明皇雜録·逸文》：『玄宗夢仙子十餘輩，御卿雲而下，各執樂器懸奏之。曲度清越。一仙人曰：「此《神仙紫雲回》。今傳授陛下，爲正始之音。」上覺，命玉笛習之，盡得其曲。』

《仙傳拾遺》，唐杜光庭撰。杜光庭（八五〇—九三三），字聖賓（又作賓聖），號東瀛子，晚唐著名道教學者，相關著述亦頗豐。其中《仙傳拾遺》四十卷，《崇文總目》《宋史·藝文志》等均有著録，今已不存。《太平廣記·神仙》『葉法善』條記葉法善引明皇西凉觀燈、游月宮聞《紫雲回》等事，稱出自《仙傳拾遺》和《集異記》。

《幽怪録》，又名《玄怪録》，唐牛僧孺撰。牛僧孺（七七九—八四七），字思黯。唐穆宗、唐文宗時宰相，《新唐書》有傳。《四庫全書總目提要》云：『朱國楨《涌幢小品》，曰：牛僧孺撰《玄怪録》，楊用修改爲

《幽怪録》。因世廟時重玄字，用修不敢不避。其實一書，非刻之誤也。然《宋史·藝文志》載李德裕《幽怪録》十四卷，則此名爲復矣。《唐志》作十卷，今止一卷，殆鈔合而成，非其舊本。晁公武《讀書志》云，僧孺爲宰相，有聞於世，而著此等書。周秦行紀之謗，蓋有以致之也。末附唐李復言《續録》一卷。考《唐志》及《館閣書目》皆作五卷，《通考》則作十卷，云分仙術、感應一門。今僅殘篇數頁，並不成卷矣。然志怪之書，無關風教，其完否亦不必深考也。』今本《玄怪録》僅存四卷，『補遺』一卷，文中所引見《玄怪録》卷三『開元明皇幸廣陵』條載：

開元十八年正月望夕，帝謂葉仙師曰：『四方之盛，陳於此夕，師知何處極麗？』對曰：『燈燭華麗，百戲陳設，士女争妍，粉黛相染，天下無逾於廣陵矣。』帝曰：『何術可使吾一觀之？』師曰：『侍御皆可，何獨陛下乎。』俄而虹橋起於殿前，板閣架虚楯若畫。師奏：『橋成，請行，但無回顧而已。』於是帝步而上之，太真及侍臣高力士、黄翻綽、樂官數十人從行，步步漸高，若造雲中。俄頃之間，已到廣陵矣。月色如晝，街陌繩直，寺觀陳設之盛，燈火之光，照灼台殿。士女華麗，若行化焉，而皆仰望曰：「仙人現於五色雲中。」乃蹈舞而拜，闐溢里巷。帝大悦焉，乃曰：『此真廣陵也？』師曰：『請敕樂官奏《霓裳羽衣》一曲，後可驗矣。』於是作樂雲中，瞻聽之人，紛紜相蹈。曲終，帝意將回，有頃之間，已到闕矣。帝極喜。人或謂仙師幻術造微，暫炫耳目。久之未决。後數旬，廣陵奏云：『正月十五日三更，有仙人乘彩雲自西來，臨孝感寺道場上，高數十丈。久之，又奏《霓裳羽衣》一曲，曲終西去。官僚士女，無不具瞻。斯蓋陛下孝誠感通，玄德昭著，名應仙籙，道冠帝圖。不然，何以初元朝禮之晨而慶雲現，小臣賤修之地而仙樂陳。則垂衣裳者徒聞帝德，歌南風者才洽人心，豈與盛朝同日而語哉！』上覽表，大悦，方信師之不妄也。

王建詩云：『弟子歌中留一色，聽風聽水作霓裳。』歐陽永叔《詩話》以不曉『聽風聽水』爲恨。蔡絛

《詩話》云：『出唐人《西域記》。龜兹國王與臣庶知樂者，於大山間聽風水聲，均節成音。後翻入中國，如《伊州》《甘州》《凉州》皆自龜兹致。此説近之，但不及《霓裳》。』予謂《凉州》定從西凉來，若《伊》與《甘》，自龜兹致，而龜兹聽風水造諸曲，皆未可知。王建全章，餘亦未見。但『弟子歌中留一色』，恐是指梨園弟子，則何豫於龜兹？置之勿論可也。

王建詩見《全唐詩》卷三〇一《霓裳詞》，『歌』作『部』。王建（約七六七—約八三〇），字仲初，潁川（今河南許昌）人。唐代詩人，工樂府，與張籍齊名。宫詞百首，尤傳誦人口。《全唐詩》卷三〇一收録《霓裳詞》十首：

弟子部中留一色，聽風聽水作霓裳。散聲未足重來授，直到床前見上皇。
中管五弦初半曲，遥教合上隔簾聽。一聲聲向天頭落，效得仙人夜唱經。
自直梨園得出稀，更番上曲不教歸。一時跪拜霓裳徹，立地階前賜紫衣。
旋翻新譜聲初足，除却梨園未教人。宣與書家分手寫，中官走馬賜功臣。
伴教霓裳有貴妃，從初直到曲成時。日長耳裏聞聲熟，拍數分毫錯總知。
弦索摐摐隔彩雲，五更初發一山聞。武皇自送西王母，新换霓裳月色裙。
敕賜宫人澡浴回，遥看美女院門開。一山星月霓裳動，好字先從殿裏來。
傳呼法部按霓裳，新得承恩别作行。應是貴妃樓上看，内人舁出彩羅箱。
朝元閣上山風起，夜聽霓裳玉露寒。宫女月中更替立，黄金梯滑並行難。
知向華清年月滿，山頭山底種長生。去時留下霓裳曲，總是離宫别館聲。

案詩中所言『色』，指樂器或樂部種類。如《楊太真外傳》：『詔選梨園弟子中尤者，得樂十六色。』宋吴自牧《夢粱録》:『旧教坊有篳篥部、大鼓部、拍板部。色有歌板色、琵琶色、箏色、方响色、笙色、龍笛色、头管色、舞旋色、雜剧色、參軍等色。但色有色長、部有部頭。』

『歐陽永叔《詩話》』即《六一詩話》。其云:『王建《霓裳詞》云:「弟子部中留一色,聽風聽水作霓裳。」《霓裳曲》今教坊尚能作其聲,其舞則廢而不傳矣。人間又有《望瀛州》《獻仙音》二曲,云此其遺聲也。《霓裳曲》前世傳記論説頗詳,不知「聽風聽水」爲何事也。白樂天有《霓裳歌》甚詳,亦無風水之説。第記之或有遺亡者耳。』

蔡絛,字約之,號百衲居士,仙游(今屬福建)人,蔡京次子。著有《西清詩話》三卷、《鐵圍山叢談》六卷。『蔡絛《詩話》』即《西清詩話》,其卷上載:『歐陽公論王建《霓裳詞》:「弟子部中留一色,聽風聽水作霓裳」,以不曉聽風聽水爲恨。唐人《西域記》云:「龜兹國王與臣庶知樂者,於大山間聽風水聲,均節成音,後翻入中國,如《伊州》《凉州》《甘州》,皆自龜兹至也。」此説近之,但不及《霓裳》耳。鄭愚《津陽門詩》注:「葉法善引明皇入月宫,聞樂歸,留寫其半,會西凉府進《婆羅門曲》,聲調相同,乃合二者,製《霓裳羽衣》。」則知《霓裳》亦來自西域云。』案『唐人《西域記》』應是唐代僧人圓照所撰《悟空入竺記》。該書原是圓照所撰写的《大唐貞元新譯十力等經記》,《大正藏》編入《游方記抄》單獨成篇,題名作《悟空入竺記》。《悟空入竺記》記述了盛、中唐間僧人悟空赴罽賓取經求法的經過,並詳細記録了各地寺廟。其中關於耶婆瑟雞寺即提到『滴水成音』之事:『安西境内有前踐山,前踐寺復有耶婆瑟雞山,此山有水滴溜成音,每歲一時采以爲曲,故有耶婆瑟雞寺。』北宋贊寧撰《宋高僧傳》内亦有大致相同的記載。王建詩『聽風聽水』之説當即典出於此。

按唐史及唐人諸集、諸家小説,楊太真進見之日,奏此曲導之。妃亦善此舞,帝嘗以趙飛燕身輕,成帝爲置七寶避風臺事戲妃，曰：『爾則任吹多少。』妃曰：『《霓裳》一曲，足掩前古。』而宮妓佩七寶瓔珞舞此曲，曲終珠翠可掃。故詩人云：『貴妃宛轉侍君側，體弱不勝珠翠繁。冬雪飄颻錦袍暖，春風蕩漾霓裳翻。』又云：『天閣沈沈夜未央，碧雲仙曲舞霓裳。一聲玉笛向空盡，月滿驪山宮漏長。』又云：『霓裳一曲千峰上，舞破中原始下來。』又云：『漁陽鼙鼓動地來，驚破霓裳羽衣曲。』又云：『世人莫重霓裳曲，曾致干戈是此中。』又云：『雲雨馬嵬分散後，驪宮無復聽霓裳。』又云：『霓裳滿天月，粉骨幾春風。』

『天閣沈沈夜未央』句，『天』，戲曲論著本、詞話叢編本、上古本作『朱』，校正本作『天』，從校正本。

冊封楊妃與導舞《霓裳》等事均見《楊太真外傳》卷上載：『天寶四載七月……是月，於鳳凰園冊太真宮女道士楊氏爲貴妃，半後服用。進見之日，奏《霓裳羽衣曲》。』『上又宴諸王於木蘭殿，時木蘭花發，皇情不悅。妃醉中舞《霓裳羽衣》一曲，天顏大悅，方知回雪流風，可以回天轉地。』『上在百花院便殿，因覽《漢成帝內傳》，時妃子後至，以手整上衣領，曰：「看何文書？」上笑曰：「莫問。知則又殢人。」覓去，乃是「漢成帝獲飛燕，身輕欲不勝風。恐其飄翥，帝爲造水晶盤，令宮人掌之而歌舞。又制七寶避風臺，間以諸香安於上，恐其四肢不禁」也。上又曰：「爾則任吹多少。」蓋妃微有肌也，故上有此語戲妃。妃曰：「《霓裳羽衣》一曲，可掩前古。」』

成帝爲趙飛燕築七寶避風臺事見《飛燕遺事》載：『帝嘗以三秋閑日，與飛燕戲於太液池。……於波上，每輕風時至，飛燕殆欲隨風入水。帝以翠纓結飛燕之裙。常怨曰：「妾微賤，何復得預纓裾之游。」今太液池尚有避風臺，即飛燕結裙之處。』

宮妓舞《霓裳》事見鄭嵎《津陽門詩》『馬知舞徹下牀榻，人惜曲終更羽衣』句下注云：『上始以誕聖日爲千秋節，必於勤政樓下，使華夷縱觀。……又令宮妓梳九騎仙髻，衣孔雀翠衣，佩七寶瓔珞，爲霓裳羽衣之類。曲終，珠翠可掃。』

『貴妃宛轉侍君側』詩見《全唐詩》卷四三五白居易《江南遇天寶樂叟》。

『天閣沈沈夜未央』詩見《全唐詩》卷五一一張祜《華清宫四首》之二。

『霓裳一曲千峰上』詩見《全唐詩》卷五二一杜牧《過華清宫絶句三首》之二。

『漁陽鼙鼓動地來，驚破霓裳羽衣曲』見《全唐詩》卷四三五白居易《長恨歌》。

『世人莫重霓裳曲』見《全唐詩》卷二八三李益《過馬嵬二首》之一。

『雲雨馬嵬分散後，驪宫無復聽霓裳』見唐人小説《周秦行記》記秀才於科考落第歸途中，夜尋民宅借宿，遇漢文帝母薄太后，晚與王昭君、戚夫人、楊太真等人飲宴賦詩。文中所引爲楊太真詩：『金釵墮地別君王，紅淚流珠滿御床。雲雨馬嵬分散後，驪宫不復舞霓裳。』《萬首唐人絶句》卷六六收録衆人所賦詩，題名爲《薄太后廟七首》。

『霓裳滿天月，粉骨幾春風』見《詩話總龜》卷四八『奇怪門』：『彭城劉景直，雍熙間游華清宫，因題詩於門屏間云：「天子多情寵太真，六宫專幸掌中身。漁陽鼓動長安破，從此香肌委路塵。」是夜夢明皇召去論當時事，妃子索景直有所贈，立作詩曰：「玉刻水中龍，雲牌揭故宫。霓裳滿天月，粉骨幾春風。眉勢從山盡，裙腰芳草空。共知千古事，淒恨與誰同。」』

帝爲太上皇，就養南宫，遷於西宫，梨園弟子玉琯發音，聞此曲一聲，則天顔不怡，左右歔欷。其後憲宗時，每大宴，間作此舞。文宗時，詔太常卿馮定，采開元雅樂，製雲韶雅樂及《霓裳羽衣曲》。是時四方大都邑及士大夫家，已多按習。而文宗乃令馮定製舞曲者，疑曲存而舞節非舊，故就加整頓焉。

梨園弟子玉琯歌《霓裳》事見陳鴻《長恨歌傳》：『既而玄宗狩成都，肅宗受禪靈武。明年大兇歸元，大駕還都。尊玄宗爲太上皇，就養南宮。自南宮遷於西内。時移事去，樂盡悲來。每至春之日，冬之夜，池蓮夏開，宮槐秋落。梨園弟子，玉琯發音，聞《霓裳羽衣》一聲，則天顔不怡，左右歔欷。』『玄宗狩成都』指安史之亂，玄宗避禍入蜀。南宮，即興慶宮，稱南内。西宮，即太極宮，稱西内。見《雍録》卷三『唐宮總説』：『唐都城中有三大内：……太極在西，故名西内。大明在東，故名東内。別有興慶宮者，亦在都城東南角，人主亦於此出政，故又號南内也。』

文宗時『馮定采開元雅樂，製雲韶雅樂及《霓裳羽衣曲》』事，見《新唐書》卷二二《禮樂志》所載：『文宗好雅樂，詔太常卿馮定采開元雅樂製《雲韶法曲》及《霓裳羽衣舞曲》。《雲韶樂》有玉磬四簴，琴、瑟、筑、簫、篪、籥、跋膝、笙、竽皆一，登歌四人，分立堂上下，童子五人，繡衣執金蓮花以導，舞者三百人，階下設錦筵，遇内宴乃奏。謂大臣曰：「笙磬同音，沉吟忘味，不圖爲樂至於斯也。」自是臣下功高者，輒賜之。樂成，改法曲爲仙韶曲。』

案王灼所稱『雲韶雅樂』，《新唐書》作『雲韶法曲』。因《新唐書》的這一稱法，後世研究者大多認爲雲韶樂即法曲，如任半塘先生《唐戲弄·梨園考》謂『盛唐法曲已改稱仙韶曲或雲韶樂』，此後學者多因之。唯岸邊成雄先生《唐代音樂史的研究》據《長安志》與《唐兩京城坊考》所載，留意到仙韶院與雲韶院不在同處，《兩京城坊考》『大明宮』條云：『仙韶院……不知其處。』岸邊先生據此認爲仙韶院在大明宮。但仙韶院既『不知其處』，又何以能證明仙韶院在大明宮呢？《兩京城坊考》沿襲《長安志》《雍録》的觀點，認爲玄宗時法曲弟子出自内教坊，故將仙韶院置於大明宮内。而事實上仙韶院在太常寺，雲韶院在宮内，《樂府雜録》有明載。如此亦可證明仙韶院與雲韶院不在同處。另任半塘先生《唐戲弄·梨園考》認爲仙韶院由宣徽院改名而來，亦誤。指出『雲韶院非法曲之教習府，爲雲韶樂教習之處』，惜其未作進一步深考。筆者謹據有關文獻史料的零星記載，對雲韶樂的沿革情況試作梳理。

首先，《新唐書》的這段記載是將先後發生的幾個事件籠統地概括爲一事，因簡省而出現疏漏。相關的幾個事件在《舊唐書》中均有明確記載：

其一，太常卿王涯製訂雲韶樂。見載於《舊唐書》卷一六九《王涯傳》：『大和三年正月，（王涯）入爲太常卿。文宗以樂府之音，鄭衛太甚，欲聞古樂，命涯詢於舊工，取開元時雅樂，選樂童按之，名曰《雲韶樂》。樂曲成，涯與太常丞李廓、少府監庾承憲押樂工獻於梨園亭，帝按之於會昌殿。上悦，賜涯等錦彩。』

其二，雲韶樂曲的教習。見載於《舊唐書》卷二八《音樂志》：『大和八年十月，宣太常寺，準雲韶樂舊用人數，令於本寺閱習進來者。至開成元年十月，教成。三年，武德司奉宣索《雲韶樂縣圖》二軸進之。』

其三，太常少卿馮定對法曲的改造。見載於《舊唐書》卷一六八《馮宿傳附弟定傳》：『大和九年八月，（馮定）爲太常少卿。文宗每聽樂，鄙鄭、衛聲，詔奉常習開元中《霓裳羽衣舞》，以雲韶樂和之。舞曲成，定總樂工閱於庭，定立於其間。』

其四，改法曲爲仙韶曲。見載於《舊唐書》卷一七《文宗紀》：『（開成三年三月）改法曲爲仙韶曲，仍以伶官所處爲仙韶院。』

采開元雅樂制訂雲韶樂的是王涯，而非馮定。對照《樂府雜録》所載的『雅樂部』與『雲韶樂』，雲韶樂與雅樂的體制完全相同，只是規模要小得多。王灼稱之爲『雲韶雅樂』是恰當的。六年後馮定方才對法曲進行改造，其緣起亦是因文宗好雅樂、鄙鄭衛。故馮定亦效法王涯，采用體制類於雅樂的雲韶樂爲《霓裳羽衣舞》伴奏。四年後，文宗將法曲改名爲仙韶曲，梨園別教院之法部改名爲仙韶院。

『雲韶』作爲音樂機構之名最早見載於《舊唐書・職官志》：『内教坊，武德已來，置於禁中，以按習雅樂，以中官人充使。則天改爲雲韶府，神龍復爲教坊。』《新唐書》同。又宋敏求《唐大詔令集》卷八一載開元十二年正月『内出雲韶舞敕』曰：『朕聞舞者所以節八音而行八風，豈徒夸詡時代，曜耳目而已也。自立雲韶内府，百有餘年，都不出於九重。今欲陳於百姓，冀與公卿同樂。』從武德初到開元十二年，正好『百有餘年』，可知此時的雲韶内府是承初唐内教坊而來，盛唐因『教坊』專用作俗樂機構之名，因而内教坊以武則天時的雲韶爲稱。據《教坊記》記載，盛唐宫内有雲韶宫人；陳暘《樂書》論及盛唐樂舞、樂工時亦多次提到雲韶院。陳暘《樂書》卷一八三：『明皇雄侈，立部增至八舞，坐部增至六舞，宜春、雲韶宫中之樂及蹀馬大象之屬，尚不在其數。』卷一八八：『唐全盛時，内外教坊近及二千員，梨園三百員，宜春、雲韶諸院及掖庭之伎，不關其數』。説明盛唐時宫内有雲韶院。那麽初唐的内教坊與盛唐的雲韶院是同一機構，職能亦相同，掌後宫禮樂，工伎皆由宫女擔任。左漢林《唐代的内教坊及相關問題考論》（載《渤海大學學報》二〇〇七年第一期）考察了唐代由皇后參加的禮儀活動中，其樂舞均是由女性樂工擔任。但其認爲内教坊兼掌雅樂和俗樂，則是混淆了初唐内教坊和盛唐内教坊。中唐以後，雲韶樂、雲韶院之名亦屢見於記載。如《舊唐書·李賀傳》『李賀，……其樂府詞數十篇，至於雲韶樂工，無不諷誦』、文宗時的雲韶樂、《樂府雜録》謂『宫中有雲韶院』等等，説明雲韶樂從初唐至晚唐始終存續未斷。

宫中的雲韶樂自然掌於雲韶院。《册府元龜》卷二載：『開成元年十月，慶成節宴於延英殿，太常進雲韶樂。宰臣及翰林學士赴宴。』表明太常寺亦有雲韶樂，陳暘《樂書》卷一八八叙述雲韶樂體制後又云『宫中别有雲韶院』，亦是相對於太常寺雲韶樂而言。太常寺雲韶樂的設立時間不詳，《樂府詩集》卷七九載：『又有梨園、别教院法歌樂十一曲，雲韶樂二十曲。肅、代以降，亦有因造。』分析其語意，雲韶樂二十曲是『肅代』以前的樂曲，則盛唐時可能已在太常寺設立了雲韶樂部，並且與法曲（『法歌樂』當是法曲之誤）同掌於别教院。大和、開成間所製雲韶樂可能主要是爲增設樂懸，因此前的雲韶樂是無樂懸的。如《新唐書》卷一五《禮樂志》載：『皇后歲祀一，……前享二日，太樂令設宫縣之樂於壇南内壝之内，諸女工各位於縣後。』後宫禮樂仍由太樂令設樂懸，説明雲韶樂是無樂懸的。

《新唐書》稱馮定製『雲韶法曲』，是因馮定用雲韶樂演奏法曲之故，但這一稱法是不恰當的。雲韶樂與法曲，從盛唐開始至晚唐皆分屬不同的樂部或機構，始終未曾合二爲一。宫中雲韶樂始終掌於雲韶院，而法曲在盛唐掌於宜春北院，德宗以後改隸宣徽院。於太常寺則可能均是掌於別教院，但法曲與雲韶樂是並列的兩個音樂品種。《樂府雜録》所載中晚唐樂部組織中，『雲韶樂』爲獨立的一個條目，而法曲則在雅樂條中説明的。宋代宮廷樂部中亦分别有法曲部與雲韶樂部。文宗時的法曲雖采用雲韶樂來演奏，但這只表明此時法曲的樂器組成爲雲韶樂，而並不是法曲改爲了雲韶樂。正如二部伎樂多用龜茲樂，但二部伎與龜茲樂部却各爲獨立的樂部是同樣的道理。

玄宗時期的《霓裳》舞容已有多種體制，《楊太真外傳》記載了楊貴妃的獨舞。楊貴妃曾寫過一首《贈張雲容》詩，原題解『雲容妃侍兒，善爲霓裳舞，妃從幸繡嶺宮時，贈此詩。』張雲容的《霓裳》舞亦爲獨舞。鄭愚根據曾在宮中侍侯過唐明皇的老藝人回憶，寫下《津陽門詩》，詩注謂『曲終，珠翠可掃』，其必爲群舞。馮定所製《霓裳》舞，其體制又有所不同，則完全有可能。然文宗好雅樂而鄙鄭衛，詔馮定采開元雅樂重製《霓裳舞》，則是以雅易俗，而不在於舞容的異同。

李後主作《昭惠后誄》云：『《霓裳羽衣曲》，綿兹喪亂，世罕聞者。獲其舊譜，殘缺頗甚。暇日與后詳定，去彼淫繁，定其缺墜。』蓋唐末始不全。《蜀檮杌》稱：『三月上巳，王衍宴怡神亭，衍自執板唱《霓裳羽衣》《後庭花》《思越人》曲。』決非開元全章。《洞微志》稱：『五代時，齊州章丘北村任六郎，愛讀道書，好湯餅，得犯天麥毒疾，多唱異曲。八月望夜，待月私第，六郎執板大謳一曲，有水鳥野雀數百集其舍屋傾聽。自道曰：「此即昔人《霓裳羽衣》者。」衆請於何得，笑而不答。』既得之邪疾，使此聲果傳，亦未足信。

『傾聽。自道曰』句的斷句，詞話叢編本、上古本作『傾聽，自適曰』，戲曲論著本作『傾聽自適。曰』，校正本作『傾聽。自道曰』，從校正本。

文中《昭惠后誄》引文後，詞話叢編本、戲曲論著本、上古本均有注：『按：馬令《南唐書・昭惠后傳》載後主誄云：「霓裳舊曲，韜音淪世。失味齊音，猶傷孔氏。故國遺聲，忍乎湮墜。我稽其美，爾揚其秘。程度餘律，重新雅製」云云。灼所引，似是誄後注文，今失傳云。』案《昭惠后誄》載於馬令《南唐書》卷六《女憲傳第一・昭惠后》，誄文確無王灼所引文字，其傳中載昭惠后整理《霓裳》舊譜與王灼所説情形不同：『唐之盛時，《霓裳羽衣》最爲大曲，罹亂，瞽師曠職，其音遂絶。後主獨得其譜，樂工曹生亦善琵琶，按譜，粗得其聲，而未盡善也。后輒變易訛謬，頗去洼淫繁手，新音清越可聽。』是後主得譜，樂工按譜，昭惠后整理。

《蜀檮杌》，宋張唐英撰。張唐英（一〇二九—一〇七一），字次功，自號黄松子，蜀州新津人，丞相商英之兄。著有《宋名臣傳》《蜀檮杌》等。熙寧中官至殿中侍御史，事迹附載《宋史》卷三五一《張商英傳》。《蜀檮杌》爲前、後蜀兩朝八十來年史實之記録，可謂兩蜀專史現存之唯一著作。本文所引見《蜀檮杌》卷上：『（乾德）五年三月上巳，宴怡神亭。婦女雜坐，夜分而罷。衍自執板唱《霓裳羽衣》及《後庭花》《思越人》曲。』

《洞微志》，北宋錢易撰。錢易，字希白，北宋臨安（今杭州）人，《宋史》卷三一七有傳。《洞微志》，《郡齋讀書志》稱該書『述記唐以來譎詭事』。《郡齋讀書志》《文獻通考・經籍考》著録爲十卷，《直齋書録題解》《宋史・藝文志》著録爲三卷。《洞微志》今佚，《紺珠集》《説郛》以及散見於他書的存有數十條，皆無本文所引内容。

按明皇改《婆羅門》爲《霓裳羽衣》，屬黄鍾商，云時號越調，即今之越調是也。白樂天《嵩陽觀夜奏霓裳》詩云：『開元遺曲自淒凉，况近秋天調是商。』又知其爲黄鍾商無疑。歐陽永叔云：『人間有《瀛府》《獻仙音》二曲，此其遺聲。」《瀛府》屬黃鍾宮，《獻仙音》屬小石調，了不相干。永叔知《霓裳羽衣》爲法曲，而《瀛府》《獻仙音》爲法曲中遺聲，今合兩個宮調作《霓裳羽衣》一曲遺聲，亦太疏矣。《筆談》云：『蒲中逍遥樓楣上，有唐人横書，類梵字，相傳是《霓裳譜》，字訓不通，莫知是非。或謂今燕部有《獻仙音》曲，乃其遺聲。然《霓裳》本謂之道調法曲，《獻仙音》乃小石調爾。』又《嘉祐雜志》云：『同州樂工翻河中黄幡綽《霓裳》譜，鈞容樂工任守澄以爲非是，別依法曲造成。教坊伶人花日新見之，題其後云：「法曲雖精，莫近《望瀛》。」』予謂《筆談》知《獻仙音》非是，乃指爲道調法曲，則無所著見。獨《理道要訣》所載，係當時朝旨，可信不誣。《雜志》謂同州樂工翻河中黄幡綽譜，雖不載何宮調，安知非逍遥樓楣上横書耶？今並任守澄譜皆不傳。

『然《霓裳》本謂之道調法曲』句，『道調法曲』，戲曲論著本、詞話叢編本、上古本作『道調曲』。校正本校記稱傳世諸本均無『法』字，校正本據《夢溪筆談》添『法』字，作『道調法曲』。

『任守澄』，校正本校記謂傳世諸本一作『程士守』，一作『士守程』。戲曲論著本、詞話叢編本、上古本據知不足齋本作『程士守』，校正本據陳暘《樂書》有謂『鈞容班頭任守澄』云云改爲『任守澄』。

『予謂《筆談》知《獻仙音》非是』，戲曲論著本、詞話叢編本、上古本『音』作『曲』，校正本作『音』，從校正本。

黄鍾商，唐代時號越調，見《唐會要》卷三三『諸樂』條載：『黄鍾商，時號越調。』宋代的越調對應的律調爲無射商，而黄鍾商時號大石調，見張炎《詞源・十二律吕》八十四調表。案唐宋宮調有律調名和時號名。『時號』又稱『俗名』『俗呼』。唐宋的律調名存在二律之差，而時號的絶對音高未變，故而同一時號名所對應的唐宋律調名不同。

白居易《嵩陽觀夜奏霓裳》見《全唐詩》卷四五〇。

歐陽永叔即歐陽修，所引資料見於《六一詩話》。『瀛府』作『望瀛州』。《望瀛洲》又稱《望瀛》《瀛府》。敦煌曲中有《瑩富》一曲，任半塘《敦煌曲初探》認爲可能即是《瀛府》的前稱。

《筆談》即宋沈括《夢溪筆談》。沈括（一〇三一—一〇九五），字存中，號夢溪丈人。《宋史》有傳。《夢溪筆談》包括《筆談》《補筆談》《續筆談》三部分。文中所引資料見《夢溪筆談》卷五『樂律一』所載。『道調曲』作『道調法曲』。案：蒲中即蒲州。北周置蒲州，唐宋改爲河中府。燕部，指掌燕樂的樂部。北宋燕樂主要掌於教坊。《筆談》亦數次提及『今教坊燕樂』『本朝燕部樂』云云。梵字，即梵字譜。今多以此『類梵字』者爲工尺譜或半字譜。筆者通過考察唐宋工尺譜的發展脈絡，可確定唐宋工尺譜與半字譜均不『類梵字』。逍遥樓楣上『類梵字』的《霓裳譜》可能確爲『類梵字』的龜兹譜，則有待進一步考察。

《嘉祐雜志》，宋江休復撰。江休復（一〇〇五—一〇六〇），字鄰幾，河南開封陳留人。《宋史》卷四四三有傳。《嘉祐雜志》，又名《江鄰幾雜志》。《文獻通考》著録《江鄰幾雜志》稱：『皇朝江休復撰。休復，歐陽永叔之執友，其所紀精博，絶人遠甚。鄰幾其字也。又名《嘉祐雜志》。』本文所引資料《嘉祐雜志》失載。同州，《元和郡縣圖志》二『同州』：『《禹貢》云：「漆沮既從，灃水攸同。」言二水至此同流入渭，城居其地，故曰同州。』地在今陝西大荔縣。黄幡綽，玄宗時優伶，供奉宫廷，常假戲謔，警悟其主。任半塘譽其爲『才藝品德爲盛唐第一優人』。《唐戲弄》録其相關傳説十二則，優語十四條。花日新，北宋教坊樂工，曾爲教坊正部頭、教坊副使，精通音律，能爲新聲，並曾對教坊樂律進行改造，宋人著述多記其事。

案《望瀛》《獻仙音》二曲未見於唐代文獻，而宋人多有記述。如陳暘《樂書》卷一八八：『太宗《破陣樂》、高宗《一戎大定樂》、武后《長生樂》、明皇《赤白桃李花》，皆法曲尤妙者。其餘如《霓裳羽衣》《望瀛》《獻仙音》……』蔡絛《鐵圍山叢談》：『唐開元時，有《望瀛》法曲者。』《樂府詩集》卷九六元稹

《法曲》詩序云：『按法曲起於唐，謂之法部，其曲之妙者有，……《望瀛》《霓裳羽衣》《獻仙音》……』等等。則《望瀛》《獻仙音》與《霓裳羽衣曲》一樣，同爲盛唐法曲。《宋史》卷一四二《樂志》『教坊』條載：『法曲部，其曲二，一曰道調宮《望瀛》，二曰小石調《獻仙音》。』《筆談》卷五謂『今樂部中有三調樂，品皆短小，其聲噍殺，唯道調小石法曲用之。』這兩條資料所述内容可互爲補充，《筆談》所謂『唯道調小石法曲』當是《宋史》中所説的道調《望瀛》和小石調《獻仙音》，則二曲爲『三調樂』。『其聲噍殺』，『比他樂特爲煩數』，正是清樂經玄宗改造後所具備的特徵。因此，《望瀛》《獻仙音》爲清樂曲，其産生年代當在盛唐前，盛唐時入法曲。

據《宋史》中的記載，《望瀛》入道調宮，《獻仙音》入小石調，王灼謂《瀛府》屬黄鍾宮，實亦是道調宮。唐代道調宮爲林鍾宮，宋代則爲仲吕宮。蔡絛《鐵圍山叢談》卷二：『唐開元時，有若《望瀛》法曲者傳於今，實黄鍾之宮。夫黄鍾之宮調，是黄鍾宮之均韻。可爾奏之，乃么用中吕，視黄鍾則爲徵。既無徵調之正，乃獨於黄鍾宮調間用中吕管，方得見徵音之意而已。』從蔡絛的敘述來看，所謂黄鍾宮，是仲吕爲宮，用仲吕均。這實際上仍然是仲吕宮，即宋代的道調宮。《獻仙音》入小石調，爲唐林鍾商，宋中吕商。

宋代《霓裳曲》《望瀛》《獻仙音》同時存於北宋教坊，三者各爲一曲可確定無疑。葛立方《韻語陽秋》卷一五載：『今世所傳《望瀛》亦十二遍。散序無拍，曲終亦長引聲。若樂奏《望瀛》，亦可仿佛其遺意也。』據此説明宋時《望瀛》是十二遍，歐陽修主修的《新唐書》中亦認爲《霓裳》是十二遍，曲終皆長引一聲，二者體制極其相似。《獻仙音》則不詳，或與《霓裳曲》亦有諸多相似之處。歐陽修所謂『遺聲』，應指二曲保留了《霓裳》的某些特點而已，與葛立方所謂『仿佛其遺意』同義。『遺聲』一詞的用法多指某個樂曲於後世的留存。如《史記・樂書》：『故《商》者，五帝之遺聲也，商人志之，故謂之《商》；《齊》者，三代之遺聲也，齊人志之，故謂之《齊》。』《宋書・樂志》：『故雍門之人善哥哭，效韓娥之遺聲。』《宋史・樂志》：『六笙間歌《魚麗》《南有嘉魚》《南山有臺》。六笙詩本無辭，其遺聲亦不復傳矣。』均是針對具體某個樂曲的流傳而言。王灼所理解的『遺聲』亦是此意，故而反對歐陽修的說法。

本段文字主要從宮調考查《霓裳曲》的源流，否定宋人關於《望瀛》《獻仙音》爲《霓裳》遺聲的說法。從沈括與王灼的語意來看，均是將『道調法曲』之『道調』理解爲宮調名。對此今人有不同的看法，邱瓊蓀、羅蔗園均有專文討論這一問題。

邱瓊蓀《燕樂探微》中《道調法曲非道調宮法曲辨》一文考察了『道調』一詞的多種含義：『道調』『道曲』最初是用來祭祀老子的樂曲名，繼將祭祀老子的樂曲統稱爲『道調』『道曲』，又因這類樂曲多用林鍾宮，故將林鍾宮俗稱爲道調。即是說，『道調』一名有三種用法，一爲樂曲名，一爲樂類名，一名宮調名。而《霓裳》是商調，道調是宮調。因此『道調法曲』之『道調』應指《霓裳》曾用作祭祀老子的道曲，而不是指宮調。

夏承燾《姜白石詞編年箋校》所附《承教録》載羅蔗園對《霓裳中序第一》的考述，其中對『道調法曲』有另一種解釋。其云：『……蓋沈氏所記，明云然霓裳本謂之道調法曲，今獻仙音乃小石調耳，未知孰是？足見沈氏所見所聞，必有所本，並非誤記。惟沈於宮調尚有一間未達，故未知其孰是而已。根據以上論證，予謂霓裳羽衣曲在開元中初爲黃鍾商之越調，屬七商中之第一運之無射宮，其對宮則爲道調宮。用商聲則爲小石調，屬七商中之第五運。越調、小石子母調，一正一反，故可相犯。霓裳本之法曲，小石原屬道調，故謂之道調法曲者，略其調名而舉其本宮耳。……』即是說，『道調法曲』之『道調』確是宮調名，但非『道調宮』，而是同宮的『林鍾商』。

依據羅氏的思路，也可這樣解釋：『道調宮』是林鍾宮，同均的商調爲林鍾商即小石調，與黃鍾商相差七律，符合林謙三『渡物』的移調手法，黃鍾商、林鍾商、太簇商三調皆可互犯。雖然在唐代文獻上《霓裳》有黃鍾商和太簇商而無林鍾商的記載，然在樂工實踐中完全可能用到林鍾商或其他調。羅文中説樂工是『略其調名而舉其本宫』，那麽『道調法曲』正是指『道調宫法曲』。沈括、王灼皆是將『道調法曲』理解爲宫調名。又姜夔《霓裳中序第一》序中云：『又於樂工故書中得商調霓裳曲十八闋，皆虚譜無辭。按沈氏樂律「霓裳道調」，此乃商調；……』同樣是將『道調法曲』理解爲宫調名，可見，『道調法曲』在當時或確有此説。然不過是樂工間約定俗成的稱謂，沈括不明就裏，而將之求證於樂理，故難知其所以然。

以《霓裳》在宋代的情形來看，如任守澄『别依法曲造成』，後文的般涉調《拂霓裳》，以及王平的夷則商《霓裳曲》『與白氏歌注大異』，皆是假託『霓裳』之名而新創的，其宫調有商調也有羽調。由此或可推斷，在宋代可能確有一種新製的道調宫《霓裳曲》，此道調宫《霓裳》或正如歐陽修所言的與黃鍾宫《瀛府》、小石調《獻仙音》二曲確有關聯。

樂天和元微之《霓裳羽衣曲歌》云：『磬簫筝笛遞相攙，擊擫彈吹聲邐迤。』注云：『凡法曲之初，衆樂不齊，惟金石絲竹次第發聲，《霓裳》序初亦復如此。』又云：『散序六奏未動衣，陽臺宿雲慵不飛。中序擘騞初入拍，秋竹竿裂春冰拆。』注云：『散序六遍無拍，故不舞。中序始有拍，亦名拍序。』又云：『繁音急節十二遍，跳珠撼玉何鏗錚。翔鸞舞了却收翅，唳鶴曲終長引聲。』注云：『《霓裳》十二遍而曲終。凡曲將終，皆聲拍促速，惟《霓裳》之末，長引一聲。』《筆談》云：『《霓裳曲》凡十二叠，前六叠無拍，至第七叠方謂之叠遍，自此始有拍而舞。』《筆談》，沈存中撰。沈指《霓裳羽衣》爲道調法曲，則是未嘗見舊譜。今所云豈亦得之樂天乎？

『《霓裳》十二遍而曲終』，白居易該詩注傳世諸本於此處有異文，一作『《霓裳破》凡十二遍而終』，如上海古籍出版社影揚州詩局《全唐詩》，一作『《霓裳曲》十二遍而終』，如中華書局一九七九年版《白居易集》。

《筆談》『十二疊』，胡道静《新校正夢溪筆談》卷一七『書畫』二八二條作『十三疊』，未云所校勘諸本有異文。

另外見於唐宋文獻中有關《霓裳》遍數不同的記載有周密《齊東野語》卷一〇『混成集』條云：『《霓裳》一曲共三十六段。』姜夔所得《霓裳》譜爲十八遍，以及王灼後文提到的王平譜十一段。

楊蔭瀏《霓裳羽衣曲考》對《霓裳》大曲的遍數作了詳細的考察分析，認爲周密三十六段説較爲可信，即散序有六段，中序十八段，破十二段。學界亦多從此説。王國維《唐宋大曲考》認爲周密謂『三十六段』，即十八遍。以二段爲一遍，不知何據。從後文王灼所列舉王平譜『十一段』的遍數正好十一遍，則『段』即『遍』。『遍』『疊』『段』同義。秦序《霓裳羽衣曲的段數及變遷》一文則另有一説，認爲白詩原注應是《霓裳曲》有十二遍，而不是該曲之『破』有十二遍。十二遍包括中序和破兩部分，唐人是以十二遍來概括全曲的，散序六遍並不計入全曲總遍數。該文載《中國音樂學》一九九三年第一期

案『十二遍』究竟是指全曲還是單指破的遍數，結合白居易詩句來看即可明確。『散序六奏未動衣』『中序擘騞初入拍』『繁音急節十二遍』。散序無拍，中序緩拍，『繁音急節』是『破』的典型特點，『十二遍』只能是『破』的遍數，不包括無拍的散序和緩拍的中序的遍數。無論散序六遍是否計入總遍數，全曲的遍數應是破十二遍加中序若干遍，因此楊蔭瀏先生的觀點是最合理的，白詩注也當以《全唐詩》爲確。

白居易詩所描述的是憲宗時宫廷表演《霓裳》的情形，白詩中云：『我昔元和侍憲皇，曾陪内宴宴昭陽。』前文王灼亦有云：『其後憲宗時，每大宴，間作此舞。』應與盛唐體制最爲接近。對於王平譜，王灼認爲與白詩注大異，决非唐曲。姜夔所見譜十八遍，散序僅兩遍，亦顯然非盛唐原貌。

世有般涉調《拂霓裳》曲，因石曼卿取作傳踏，述開元、天寶舊事。曼卿云：『本是月宮之音，翻作人間之曲。』近夔帥曾端伯增損其辭爲勾遣隊口號，亦云開、寶遺音。蓋二公不知此曲自屬黃鍾商，而《拂霓裳》則般涉調也。

般涉調，唐爲太簇羽，宋爲黃鍾羽。《唐會要》：『太簇羽，時號般涉調。』《詞源》八十四調表：黃鍾羽，俗名般涉調。《拂霓裳》見載於《教坊記》『曲名』中，任半塘認爲：『或因《霓裳》舞内參用拂舞而得名。』若此，《拂霓裳》應爲《霓裳》舞蹈段落的摘遍。

石曼卿名延年（九九四—一〇四一），字曼卿，祖籍幽州（今河北涿縣），後遷宋州宋城（今河南商丘）。與歐陽修、蘇舜欽等交誼甚厚。善詩，工書法。爲人豪放不羈，宋人筆記多載其事。

曾慥，北宋末、南宋初人。字端伯，號至游居士，晉江（今屬福建）人。官至尚書郎，值寶文閣。著述頗豐，有《集神仙傳》十二卷，《道樞》四十二卷，《類説》五十卷，《樂府雅詞》三卷，《宋百家詩選》五十卷，《通鑑補遺》一百篇。

傳踏，一作轉踏。曾慥《樂府雅詞》卷上收錄有鄭僅《調笑轉踏》一套，其體式是以一首詩和一首《調笑令》爲一個單元，重復數次，每一單元叙述一個古代女子的故事，前後有勾遣隊辭。同卷另收錄了無名氏《調笑集句》、晁補之《調笑》，與《調笑轉踏》體式相同，當同爲轉踏辭。此外洪适《盤洲樂章·番禺調笑》，毛滂《東堂詞·調笑》，與鄭僅《調笑轉踏》體式亦完全相同，當同樣爲轉踏辭無疑。這幾例轉踏辭前後都有勾隊辭和遣隊辭，説明是配合隊舞表演的歌舞辭。王灼於本書末卷《菩薩蠻》條謂『舞隊不過如近世傳踏之類』，即指此。參見卷五隊舞與轉踏箋證。

宣和初，普州守山東人王平，詞學華贍，自言得夷則商《霓裳羽衣》譜，取陳鴻、白樂天《長恨歌傳》，並樂天《寄元微之霓裳羽衣曲歌》，又雜取唐人小詩長句及明皇、太真事，終以微之《連昌宮詞》，補綴成曲，刻板流傳。曲十一段，起第四遍，第五遍、第六遍、正攧、入破、虛催、衮、實催、衮、歇拍、殺衮，音律節奏，與白氏歌注大異。則知唐曲今世決不復見，亦可恨也。又唐史稱：客有以按樂圖示王維者，無題識。維徐曰：『此《霓裳》第三叠最初拍也。』客未然，引工按曲，乃信。予嘗笑之，《霓裳》第一至第六叠無拍者，皆散序故也。類音家所行大品，安得有拍？樂圖必作舞女，而《霓裳》散序六叠以無拍，故不舞。又畫師於樂器上，或吹或彈，止能畫一個字，諸曲皆有此一字，豈獨《霓裳》？唐孔緯拜官教坊，優伶求利市，緯呼使前，索其笛，指竅問曰：『何者是《浣溪沙》孔籠子？』諸伶大笑。此與畫圖上定曲名何異？

『普州』，戲曲論著本、詞話叢編本、上古本作『普府』，篇末并有注：『普府作普州。』校正本作『普州』，從校正本。普州，今四川安岳縣。周武帝始置普州，治安岳縣，宋先後属梓州路、潼川府路。

宣和（一一一九—一一二五），北宋徽宗年號。

王平生平事迹不詳。夷則商，《伊州》條謂『林鍾商，今夷則商』，即此調，宋代又徑稱爲『商調』。《詞源》八十四調表：夷則商，俗名商調。

『陳鴻、白樂天《長恨歌傳》』，即陳鴻《長恨歌傳》，爲文；白居易《長恨歌》，爲詩。元稹《連昌宮詞》見《全唐詩》卷四一九。

『第四遍』『第五遍』『催』『衮』等爲唐大曲的曲遍名。有序性，是唐大曲的重要特徵。各個曲遍不是簡單的拼合，而是按一定的秩序組合成一個有機整體，這種順序具有不可逆性，故大曲辭常標以『第一』『第二』的順序號，這也是判定大曲辭的重要依據。今存於敦煌歌辭和《樂府詩集》中的十套大曲辭幾乎都標明了第號。這種有序性在音樂上則表現爲曲拍節奏的變化具有規律性。比如《霓裳》大曲散序、中序、破的結構，即明確反映了曲調從無拍到緩拍再到快拍的發展規律。具體到每一個曲遍又有繁複多樣的節拍節奏的變化，攧、催、衮等便是根據各樂段不同的節拍節奏的特點而規定的名稱。本卷《凉州》内王灼列舉了大曲的基本結構形式：散序、靸、排遍、攧、正攧、入破、虚催、實催、衮遍、歇拍、殺衮。散序是大曲的第一部分，無拍，節奏散慢。靸，節拍遲緩，是散序過渡到中序的段落。排遍，即中序，節奏固定的慢板，又稱拍序。攧、正攧，節奏過渡到略快。入破，散板。虚催，由散板入節奏。實催，節奏過渡到更快。衮遍，分前衮、中衮。張炎《詞源》卷下『拍眼』有云：『前衮中衮，六字一拍，要停聲待拍，取氣輕巧。煞衮則三字一拍，蓋其曲將終也。至曲尾數句，使聲字悠揚，有不忍絶響之意，以餘音繞梁爲佳。』表明了它們的差異亦在於拍之緩急。歇拍，節奏慢下來，再至快節奏的殺衮結束全曲。從入破到殺衮爲破的部分。王平譜破的部分結構完整，散序、中序則簡省較多。這應當屬於王灼所説的『後世就大曲製詞者，類從簡省，而管弦家又不肯從首至尾吹彈』的情况。然而王平譜『音律節奏與白詩歌注大異』，則亦是新製。

王維按圖識樂之事最早見載於唐李肇所撰《國史補》卷上，《新唐書》卷二〇二、《舊唐書·王維傳》亦載此事。『最初拍』作『第一拍』，其他文辭亦略有異。宋代以後文獻多有轉録。

孔緯，字化文，魯曲阜人，宣尼之裔。官至宰相，封魯國公，贈太尉。《舊唐書》卷一七九有傳。『浣溪沙孔籠子』事見唐劉訥言《諧噱録》，所載較王灼所言爲詳：『唐宰相孔緯，嘗拜官教坊，伶人繼至求利市。有石野豬獨行先到，有所賜，乃謂曰：「宅中甚闕，不得厚致，若見諸野豬，幸勿言也。」復有一伶至，乃索其笛，指竅問曰：「何者是浣溪沙孔子？」伶大笑之。』《北夢瑣言》亦載其事。

案關於唐以後《霓裳曲》傳譜的記載頗多，除王灼本文所録的昭惠后譜、逍遥樓譜、河中府黄幡綽譜以及王平譜等，皆失傳。又有《混成集》載《霓裳》譜三十六段，《齊東野語》卷一〇『混成集』云：『《混成集》，修内司所刊本，巨帙百餘。古今歌詞之譜，靡不備具。只大曲一類凡數百解，他可知矣，然有譜無詞者居半。《霓裳》一曲共三十六段。嘗聞紫霞翁云，幼日隨其祖郡王曲宴禁中，太后令内人歌之，凡用三十人，每番十人，奏音極高妙。翁一日自品象管作數聲，真有駐雲落木之意，要非人間曲也。』《混成集》於明代散佚，其譜亦不傳。姜夔於《白石道人歌》卷三《霓裳中序第一》序中云：『丙午於樂工故書中得商調《霓裳》十八闋，皆虚譜無辭。樂天詩云散序六闋，此特兩闋，未知孰是？作中序一闋傳於世。』方成培《香研居詞麈》卷三『王平羽衣譜』條謂白石詞屬商調，疑即王平譜之遺。然白石譜有十八遍，與十一遍的王平譜不合。今唯一得見的《霓裳》譜便是經姜夔之手而流傳後世的《霓裳中序第一》，此僅爲《霓裳》大曲中序的第一遍。又陳寅恪《元白詩箋證稿·長恨歌》箋證云：『今日本樂曲有「清海波」據云即《霓裳》散序之遺音，未知然否也。』

三八 凉州曲

《凉州曲》，唐史及《傳載》稱：天寶樂曲皆以邊地爲名，若《凉州》《伊州》《甘州》之類，曲遍聲繁，名入破。又詔道調法曲與胡部新聲合作。明年，安禄山反，凉、伊、甘皆陷土蕃。

『凉、伊、甘皆陷土蕃』，戲曲論著本同，詞話叢編本、上古本、校正本將『土蕃』移入後文作『土蕃史』，詞話叢編本又將『土』改作『吐』，從戲曲論著本。案《新唐書》明稱伊、甘、凉陷於『土蕃』，且校正本亦考證唐宋並無《土蕃史》一書。後文『史及《開元傳信記》』中的『史』，是指《新唐書》。王灼於本書稱《新唐書》爲『新史』『唐史』，或僅稱爲『史』。校正修訂本改作『凉、伊、甘皆陷土蕃』。該條資料見《新唐書》卷二二《禮樂志》，云：『開元二十四年，升胡部於堂上。而天寶樂曲，皆以邊地名，若《凉州》《伊州》《甘州》之類。後又詔道調、法曲與胡部新聲合作。明年，安禄山反，凉州、伊州、甘州皆陷吐蕃。』

《傳載》，又稱《大唐傳載》，撰人不詳，《崇文總目》《新唐書》著録爲一卷。《四庫全書總目》曰：『所録唐公卿事迹言論頗詳，多爲史所采用，間及於詼諧談謔及朝野雜事，亦往往與他説部相出入。』《大唐傳載》與《新唐書》略異：『天寶中，樂章名以邊地爲名，若《凉州》《甘州》《伊州》之類是焉。其曲遍繁聲名入破。後其地盡爲西番所没。其破兆矣。』

『詔道調法曲與胡部新聲合作』一説最早見於元稹《立部伎》詩注云：『太常丞宋沇傳漢中舊説云：玄宗雖雅好度曲，然而未嘗使蕃漢雜奏，天寶十三載，始詔道調法曲與胡部新聲合作，識者異之。明年，安禄山叛。』『開元二十四年，升胡部於堂上』，除《新唐書》外不見它載。

《凉州》《伊州》《甘州》均爲盛唐大曲，見載於《教坊記》『大曲名』中。『入破』爲『中序』進入『破』的過渡段落。白居易《卧聽法曲霓裳》詩謂『宛轉柔聲入破時』，説明『入破』爲節奏舒緩的段落。但《傳載》稱『入破』爲『曲遍聲繁』，則是將『入破』當作整個『破』了。曹勳《法曲》的『入破』有四遍，前爲『攧』，後爲『煞』，即是將『破』稱作『入破』。

案『胡樂』與『胡部』是兩個不同的概念。在唐人以至後世的用法中，胡樂往往泛指四夷樂，『胡部』『龜兹部』等外族音樂均包括在内。而作爲唐代宫廷的樂部，『胡部』是一個獨立的樂部，《樂府雜録》所列樂部中『龜兹部』『胡部』即是兩個並列的樂部。但元稹《立部伎》詩則將『胡部』等同爲『胡樂』，而泛指與華聲相對立的外族音樂。安史之亂後，唐人就把『胡人亂華』歸罪於『胡樂亂華』，而强烈反對胡樂。其中以元白《立部伎》《法曲》《胡旋女》等詩最爲典型。元白均是從『聲與政通』的儒家禮樂思想出發，强調音樂的政教功能。宋人更進一步主張『削去繁聲，革人破之名』。陳暘《樂書》卷一六四馬端臨《文獻通考》針對此類證應之說已有辯駁：『然成周之時，未嘗不以夷樂參用於祭享之間也。迹明皇所以召釁稔禍者，自有其故，豈皆「人破」「合奏」致之乎。』白居易反對胡樂，然在他的詩文中有大量關於胡俗樂的生動描寫；宋人主張『削去繁聲，革「人破」之名』，然以邊地爲名的《伊州》《甘州》《涼州》等曲至宋仍廣爲流傳，『亡國之音』的《玉樹後庭花》至南宋亦存；宋人非但未廢除『破』之名，恰恰尤重『曲破』等例，足以說明文人士大夫的音樂主張往往與音樂實踐是相背離的。

史及《開元傳信記》亦云，西涼州獻此曲，寧王憲曰：『音始於宮，散於商，成於角徵羽。斯曲也，宮離而不屬，商亂而加暴，君卑逼下，臣僭犯上，臣恐一日有播遷之禍。』及安史之亂，世頗思憲審音。

『成於角徵羽』句，『徵』，戲曲論著本、上古本作『祉』，詞話叢編本、校正本作『徵』。戲曲論著本校記云：『「祉」應作「徵」，避諱改。』詞話叢編本注：『原避諱作祉。』校正本考查北宋仁宗趙禎諱字有『徵』，以『祉』代『徵』，當爲宋本原貌。校正修訂本據以改作『祉』。

《開天傳信記》與《新唐書·寧王憲傳》所載寧王審音事，以《開天傳信記》所記爲最詳：

西涼州習好音樂，製新曲曰《涼州》，開元中列上獻。上召諸王便殿同觀。曲終，諸王賀，舞蹈稱善，獨寧王不拜。上顧問之，寧王進曰：『此曲雖嘉，臣有聞焉：夫音者，始於宮，散於商，成於角、徵、羽，莫不根柢囊橐於宮、商也。斯曲也，宮離而少徵，商亂而加暴。臣聞宮，君也；商，臣也。宮不勝則君勢卑，商有餘則臣事僭。卑則逼下，僭則犯上。發於忽微，形於音聲，播於歌咏，見之於人事。臣恐一日有播越之禍，悖逼之患，莫不兆於斯曲也。』上聞之默然。及安史作亂，華夏鼎沸，所以見寧王審音之妙也。

案將五音比附君臣民事物，最早見於《樂記》：『宮爲君，商爲臣，角爲民，徵爲事，羽爲物。五者不亂，則無沾滯之音矣。宮亂則荒，其君驕；商亂則陂，其臣壞；角亂則憂，其民怨；徵亂則哀，其事勤；羽亂則危，其則匱。五者皆亂，迭相陵，謂之慢。如此則國之滅亡無日矣。』

何爲『亂』，説者各異。《國語·周語》下：『伶州鳩曰：「大不逾宮，細不過羽。夫宮，音之主也，第以及羽。」細大不逾曰平，故曰樂正。今細過其主，妨於正，細抑大凌，不容於耳，非和也，聽聲越遠，非平也。』『細、大』指清濁，音低爲濁，音高爲清。《史記索隱》云：『聲重爲尊，故爲君。』因此宮音必爲最濁，商、角、徵、羽不得濁於宮，則『樂正』，反之則『亂』。如宮清商濁、商清角濁等情况，被視爲凌犯。與此觀念相應的又有黄鍾律亦必最濁，如《漢書·律曆志》：『黄鍾不爲他律役。』《隋書·音樂志》：『黄鍾者，以象人君之德』等，以『黄鍾』『宮音』爲尊，成爲歷代樂律學的重要指導思想。隋文帝時雅樂只用黄鍾一宮，《隋書》卷一五《音樂志》：『牛弘遂因鄭譯之舊，又請依古五聲六律，旋相爲宮。……高祖猶憶妥言，注弘奏下，不許作旋宮之樂，但作黄鍾一宮而已。』就是這種觀念的極端反映。寧王謂《凉州曲》『商亂』，則又屬另一情况，『宮不勝則君體卑，商有餘則臣事僭』，其意是指『宮離』『商亂』不過是由於宮音少而商音多，商音多於宮音亦昭示臣下僭越於君王之上。

而《楊妃外傳》乃謂上皇居南内，夜與妃侍者紅桃歌妃所製《凉州詞》，上因廣其曲，今流傳者益加。《明皇雜録》亦云：『上初自巴蜀回，夜來乘月登樓，命妃侍者紅桃歌《凉州》，即妃所製。上親御玉笛爲倚曲，曲罷，無不感泣。因廣其曲，傳於人間。』予謂皆非也。《凉州》在天寶時已盛行，上皇巴蜀回，居南内，乃肅宗時，那得始廣此曲？或曰：因妃所製詞而廣其曲者，亦詞也，則『流傳者益加』，豈亦詞乎？舊史及諸家小説謂妃善舞，邃曉音律，不稱善製詞。今妃《外傳》及《明皇雜録》所云，夸誕無實，獨帝御玉笛爲《倚樓曲》，因廣之，流傳人間，似可信，但非《凉州》耳。

『倚曲』與『倚樓曲』，戲曲論著本、詞話叢編本、上古本均作『倚樓曲』，校正本均作『倚曲』。詳後文考辨。

『謂妃善舞』，校正本據別本於『舞』前增『歌』字。

本文所引《楊太真外傳》《明皇雜録》，較之原文極爲簡省。《楊太真外傳》載：

上皇既居南内，夜闌，登勤政樓，憑欄南望，烟月滿目。……其後，上復與妃侍者紅桃在焉。歌《凉州》之詞，貴妃所製也。上親御玉笛，爲之倚曲。曲罷相視，無不掩泣。上因廣其曲。今《凉州》流傳者益加焉。

該條資料見於《明皇雜録》，爲後世補輯，字句略異。《明皇雜録·補遺》：

唐玄宗自蜀回，夜闌登勤政樓，憑欄南望，烟雲滿目，……其夜，上復與乘月登樓，唯力士及貴妃侍者紅桃在焉。遂命歌《凉州詞》，貴妃所製。上親御玉笛爲之倚曲。曲罷相睹，無不掩泣。上因廣其曲，今《凉州》傳於人間者，益加怨切焉。』

案《明皇雜録》謂玄宗『倚曲』，見於他書的記載，於此處恰恰有異文。如《太平御覽》卷五七三《明皇雜録》作『倚曲』，《詩話總龜》卷二五引《明皇雜録》作『倚樓曲』，《山堂肆考》卷一六一『倚樓曲』條作『倚樓曲』，説明從宋代開始即有『倚曲』與『倚樓曲』兩種記載。

從本文的語義來看，王灼否定玄宗所『倚』之曲爲《凉州》，顯然是將『倚曲』理解爲『製曲』。玄宗製《凉州》當然不合史實，故有後文的判斷：玄宗所製必爲他曲而非《凉州》。若『倚曲』作『《倚樓曲》』，則玄宗所製爲《倚樓曲》，當然非《凉州》，王灼又何須云『但非《凉州》耳』。因此這裏當作『倚曲』，以岳珍《校正》本爲確。唯岳珍認爲『倚曲，即伴奏』，『是管樂伴奏的專門術語』。此解釋有欠妥當。

『倚曲』之例見於唐人的記載另有《松窗雜録》：

開元中，……遂命龜年持金花牋宣賜翰林學士李白，進《清平調》詞三章。白欣承詔旨，猶苦宿酲未解，因援筆賦之。……龜年遽以詞進，上命梨園弟子約略調撫絲竹，遂促龜年以歌。太真妃持頗梨七寶盃，酌西凉州蒲萄酒，笑領，意甚厚。上因調玉笛以倚曲，每曲遍將换，則遲其聲以媚之。太真飲罷，飾繡巾重拜上意。龜年常話於五王，獨憶以歌得自勝者，無出於此，抑亦一時之極致耳。上自是顧李翰林尤異於他學士。

先有李白進詞，次有梨園弟子撫絲竹、李龜年歌，楊妃『笑領，意甚厚』，然後才有『上因調玉笛以倚曲』，楊妃『重拜上意』。李龜年唱歌、玄宗『倚曲』，是依次進行的，各爲一事。玄宗『倚曲』决非爲李龜年伴奏，這是可以肯定的。文中述李龜年歌極簡，而述玄宗『倚曲』則極詳。因此玄宗『倚曲』當非純粹就舊曲重新演奏一遍，而是製新曲或將舊曲改編。《松窗雜録》後文又謂李白該辭『以歌得自勝者無出於此』，『上自是顧李翰林尤異於他學士』，説明玄宗極爲欣賞白辭。因此，這裏『倚曲』爲據白辭製新曲的可能性極大。紅桃歌妃所製《凉州詞》，玄宗爲之『倚曲』；因激賞白辭，玄宗亦爲之『倚曲』。兩例均是因某詞而『倚曲』，説明『倚曲』是指依辭製曲，與王灼所理解的『倚曲』含義相同。

在唐代『倚曲』還有一種用法。《新唐書》卷一八一《曹確傳》：『可及爲帝造曲，曰《歎百年》。……倚曲作辭，哀思裴回，聞者皆涕下。』這裏『倚曲』的含義極爲明確：指依曲調製辭。《説文》釋『倚』云：『倚，依也。』唐宋時期稱依曲調製辭爲『倚曲』『倚聲』，即是使用這一含義。《漢書·張釋之傳》云，文帝『使慎夫人鼓瑟，上自倚瑟而歌』。顔師古注云：『倚瑟，即今之以歌合曲也。』亦是從辭樂結合這一角度來解釋的。『以歌合曲』，即是由樂以定辭。在唐代由樂定辭有兩種方式，一爲依曲調填辭，即上所言『倚曲』『倚聲』，又稱著辭；二爲采詩入樂。這兩種方式均是先有曲後有辭，主客有别。

總之，在唐人的用法中，『倚曲』兼有依曲製辭和依辭製曲兩種含義。這兩種『倚曲』的方式表現在唱歌上皆是歌樂的完全配合，實際産生的效果確爲在樂器伴奏下歌唱。然『倚曲』『倚聲』是因辭樂結合的方式而得名，與以何種樂器伴奏毫無關係。

其次，『獨帝御玉笛爲《倚樓曲》』之『倚樓曲』，從文中的語意來看，則當作『倚樓曲』。『獨帝御玉笛爲《倚樓曲》，因廣之，流傳人間，似可信，但非《涼州》耳。』如此語意方通。後世傳抄者或因此處的『倚樓曲』，亦將前文引《雜録》中的『倚曲』改作『倚樓曲』。《唐聲詩·格調》將『倚樓曲』列入《涼州》别稱。

關於楊妃的音樂技藝，唐宋史料已多有記載。如《楊太真外傳》載：『上又宴諸王於木蘭殿，時木蘭花發，皇情不悦。妃醉中舞《霓裳羽衣》一曲，天顔大悦。』又如本書《霓裳羽衣曲》内妃自稱『霓裳一曲，足掩千古』。《開天傳信記》《楊太真外傳》載楊妃善擊磬，其技極高，『雖太常、梨園之伎莫能及之』。楊妃又善琵琶，《明皇雜録》載：『諸王貴主洎虢國以下，競爲貴妃琵琶弟子。』至於楊妃是否善作辭或曾製作過辭，則有争議。《全唐詩》卷五録楊貴妃《贈張雲容舞》詩一首，注云：『雲容，妃侍兒，善爲《霓裳舞》。妃從幸繡嶺宫時贈此詩。』《唐聲詩·格調》録此詩爲《阿那曲》，並認爲該詩爲唐人假託之作。其依據乃是《太平廣記》引《傳載》記楊妃贈張雲容詩事後又謂張曾向申天師乞藥，服之可死而不壞。張死百年後遇薛昭，入棺而合，遂活。案此事雖荒誕離奇，然很難作爲否定楊妃贈詩的依據。正如玄宗製《霓裳曲》，亦多附會於神仙鬼怪之事，然幸有其他史料可證，而不致掩蓋其真相。又《唐聲詩·格調》謂丁福保所編《升庵詩話》中《春詞》下注云：『一作楊妃舞曲。』因此楊妃寫詩作辭確非孤證。至於工拙，則與該題無關。況且《明皇雜録》爲唐人記唐事，必定均有所依據。不能僅憑揣測就加以否定。同樣，明皇所倚之曲，亦應信其即爲《涼州》。《明皇雜録》謂『今《涼州》傳於人間者，益加怨切焉』，《楊妃外傳》謂《涼州》『今流傳者益加』，均是相對於此前之《涼州》而言，則明皇對原曲必有所加工，即王灼所稱的《倚樓曲》。

唐史又云：其聲本宫調。今《涼州》見於世者凡七宫曲，曰黄鍾宫、道調宫、無射宫、中吕宫、南吕宫、仙呂宮、高宮。不知西涼所獻何宮也。然七曲中，知其三是唐曲：黄鍾、道調、高宮者是也。《脞説》云：『《西涼州》本在正宮，貞元初，康崑崙翻入琵琶玉宸宮調，初進在玉宸殿，故以命名，合衆樂即黄鍾也。』予謂黄鍾即俗呼正宮，崑崙豈能捨正宮外，别製黄鍾《涼州》乎？因玉宸殿奏琵琶，就易美名，此樂工夸大之常態，而《脞説》便謂翻入琵琶玉宸宮調。新史雖取其説，止云康崑崙寓其聲於琵琶，奏於玉宸殿，因號玉宸宮調，合諸樂則用黄鍾宮。得之矣。

『凡七宮曲，曰黄鍾宮』句，上古本斷句作『凡七，宮曲曰黄鍾宮』，誤。

『新史』，即《新唐書》。《新唐書》卷二二《禮樂志》載：『《涼州曲》，本西涼所獻也，其聲本宮調，有大遍、小遍。貞元初，樂工康崑崙寓其聲於琵琶，奏於玉宸殿，因號《玉宸宮調》，合諸樂，則用黄鍾宮。』此條材料當本於《樂府雜録》所載：『涼府所進，本在正宮調大遍、小遍。至貞元初，康崑崙翻入琵琶玉宸宮調。初進曲在玉宸殿，故有此名。合諸樂即黄鍾宮調也。』

《脞説》，原書今佚。《宋史》《文獻通考》等均著録張君房《搢紳脞説》二十卷。本書卷五《清平樂》條稱『張君房《脞説》』云云，則《脞説》應即《搢紳脞説》。今存佚文見於《類説》本有二十餘條，《紺珠集》有七條，其餘散見於其他詩話筆記中，《碧雞漫志》即引録了《脞説》九條。

案王灼謂黄鍾宮即俗呼正宮，是宋代情形。在唐代，正宮與黄鍾宮是不同的兩個調。《樂府雜録》『去聲宮七調』云：『第一運正宮……第七運黄鍾宮。』正宮與黄鍾宮爲七宮調中並列的兩個調。唐代以太簇宮爲正宮，宋代以黄鍾宮爲正宮，林謙三《隋唐燕樂調研究》中有《黄鍾宮與正宮》一節專門討論這一問題，並認爲唐代以太簇宮爲正宮，是受印度、龜兹樂調影響的結果。此説是否確實暫且不論，但唐代以太簇宮爲正宮、宋代以黄鍾宮爲正宮，唐宋律調名有二律之差，是實際存在的情况。

唐代的二十八調中正宮與黃鍾宮是並列的兩個調，實際上宋代亦是如此。如《新唐書・禮樂志》所列七宮爲正宮、高宮、中呂宮、道調宮、南呂宮、仙呂宮、黃鍾宮。見於沈括《補筆談》與《宋史・樂志》所列七宮是相同的。說明宋代正宮與黃鍾宮同樣爲並列的兩個調。《涼州》大曲在宋代亦分別入正宮、黃鍾宮。《宋史・樂志》載北宋教坊四十大曲中，正宮、道調宮、仙呂宮、黃鍾宮均有《涼州》。這與宋代以黃鍾宮爲正宮是否矛盾？這種情況實是由於在宋人的記述中，「黃鍾宮」一名有時是作爲律呂名，有時是作爲時號名。如《宋史・律曆志》謂「黃鍾之宮……爲正宮調」，《補筆談》謂「黃鍾宮今爲正宮」等，「黃鍾宮」是律呂名；同時《宋史・樂志》又云：「宴樂諸宮調多不正，如以無射爲黃鍾宮，以夾鍾爲中呂宮，以夷則爲仙呂宮之類」，《補筆談》亦謂「無射宮今爲黃鍾宮」，這裏的「黃鍾宮」是作爲無射宮的俗名在使用。張炎《詞源》八十四調表則更爲明確：無射宮，俗名黃鍾宮。見左表可一目瞭然：

唐律	黃鍾	太簇	夾鍾	仲呂	林鍾	南呂	無射
宋律	無射	黃鍾	大呂	夾鍾	仲呂	林鍾	夷則
唐七宮	黃鍾宮	太簇宮 正宮	夾鍾宮 高宮	中呂宮	林鍾宮 道調	南呂宮	無射宮 仙呂宮
宋七宮	無射宮 黃鍾宮	黃鍾宮 正宮	大呂宮 高宮	夾鍾宮 中呂宮	中呂宮 道調	林鍾宮 南呂宮	夷則宮 仙呂宮

王灼謂該曲唐代有黃鍾、道調、高宮三調，那麼應再加上正宮，共有四調。玉宸宮爲四調之一，或爲他調，則不詳。從王灼的語意來看，是認《脞說》所云玉宸宮即黃鍾宮，而黃鍾宮又即正宮，康崑崙不過易其美名而

已，故有此議論。

張祜詩云：『春風南內百花時，道調涼州急遍吹。揭手便拈金椀舞，上皇驚笑悖拏兒。』又《幽閑鼓吹》云：『元載子伯和勢傾中外，福州觀察使寄樂妓數十人，使者半歲不得通。窺伺門下，有琵琶康崑崙出入，乃厚遺求通。伯和一試，盡付崑崙。段和上者，自製道調《涼州》，崑崙求譜不許，以樂之半爲贈，乃傳。』據張祜詩，上皇時已有此曲，而《幽閑鼓吹》謂段師自製，未知孰是。

『《幽閑鼓吹》謂段師自製』句，『謂』，詞話叢編本爲『爲』。

張祜詩見《全唐詩》卷五一一《悖拏兒舞》，『涼州』作『梁州』。道調，又稱道調宮、道宮。《唐會要》：『林鍾宮，時號道調。』《詞源》八十四調表：仲呂宮，俗名道宮。

《幽閑鼓吹》，唐張固撰。張固，生卒年不詳。《新唐書》《郡齋讀書志》《直齋書錄解題》均著錄張固《幽閑鼓吹》一卷。文中所引見《幽閑鼓吹》載：『元載子伯和，勢傾中外，福州觀察使寄樂妓十人，既至，半載不得送。使者窺伺門下，出入頻者，有琵琶康崑崙最熟，厚遺求通，即送妓。伯和一試奏，盡以遺之。先有段和尚，善琵琶，自製《西梁州》，崑崙求之不與，至是以樂之半贈之，乃傳焉。道調《梁州》是也。』段和尚，即段善本，與康崑崙同爲中唐時期著名琵琶手。《樂府雜錄》載二人長安街市鬥樂及段傳技於康崑崙等事。段善本有弟子數十人，技藝高超且姓名見於著錄者，除康崑崙外，另有李管兒。元稹《琵琶歌》謂『段師弟子數十人，李家管兒稱上足』，詩中詳細描述了管兒的琵琶技藝及坎坷經歷。詩詳本卷《六么》條。

案王灼『未知孰是』的疑惑，是指『道調《涼州》』而言。張祜詩中描繪的是盛唐時的『道調《涼州》』，中唐段善本又自製『道調《涼州》』，二者其實並不矛盾，關鍵在『自製』之『製』一字的理解上。在唐代『製』有『創作』與『改編』兩種用法。如『玄宗又製新曲四十餘，又製新樂譜』。這裏『製』是『創作』的意思。《新唐書》謂詔馮定『采開元雅樂，製雲韶法曲和霓裳羽衣舞曲』。這裏『製』則是『改編』的意思。與樂曲製作有關的度曲、作曲等詞亦復如此。段善本的道調《凉州》稱『自製』，即是指改編。張祜詩中謂『道調凉州急遍吹』，盛唐的道調《凉州》是由一種管樂吹奏的，段善本改爲琵琶曲，這中間不僅存在樂器譜式的轉换，還有演奏技法的轉换，實爲一種再創作。其旋律亦應有所加工，較之原曲頗有令人耳目一新之感，故有《新凉州》之稱。《樂府詩集》卷七九《凉州》序引《幽閑鼓吹》又謂段善本的道調《梁州》『亦謂之《新凉州》云』。《西梁州》大概爲《新凉州》之訛。對於康崑崙求譜，則又在於該曲在技法上的創新。琵琶在唐代是最爲重要的樂器之一，尤盛於民間。見載於史料詩詞中的琵琶手亦最多，如曹妙達、賀懷智、雷海青、段善本、李管兒、康崑崙、曹綱等。《樂府雜録》謂：『曹綱善運撥，若風雨而不事扣弦；興奴長於攏撚，下撥稍軟。時人謂曹綱有右手，興奴有左手。』可見，各個琵琶手皆有其所長，那麽同一首樂曲於不同的琵琶手演奏，其技法必定不同，往往會於自己擅長的一面着意渲染。康崑崙雖號稱貞元『琵琶第一手』，而段善本則又遠在康崑崙之上。見《樂府雜録》載二人於街市鬥樂事。段自製的道調《凉州》較之康崑崙的玉宸宫調《凉州》，其技法必大有不同，故康崑崙以『樂之半』换取樂譜，按譜斟酌演練方成。

白樂天《秋夜聽高調凉州》詩云：『樓上金風聲漸緊，月中銀字韻初調。促張弦柱吹高管，一曲凉州人沉寥。』大吕宫，俗呼高宫，其商爲高大石，其羽爲高般涉。所謂高調，乃高宫也。史及《脞説》又云：『《凉州》有大遍、小遍。』非也。凡大曲有散序、靸、排遍、攧、正攧、入破、虚催、實催、衮遍、歇拍、殺衮，始成一曲，此謂大遍。而《凉州》排遍，予曾見一本有二十四段。後世就大曲製詞者，類從簡省，而管弦家又不肯從首至尾吹彈，甚者學不能盡。元微之詩云：『逡巡大遍梁州徹。』又云：『梁州大遍最豪嘈。』史及《脞説》謂有大遍、小遍，其誤識此乎？

『史及《脞說》謂大遍小遍，其誤識此乎』句，戲曲論著本、詞話叢編本、上古本皆無『史』字，校正本據別本補。『誤』，戲曲論著本作『悞』，詞話叢編本、上古本、校正本作『誤』，校正修訂本作『悞』。

『排遍』，詞話叢編本斷開作『排、遍』，誤。

白居易《秋夜聽高調涼州》見《全唐詩》卷四五四。

銀字，即中管，又稱倍四。《新唐書》卷二二《禮樂志》：『倍四本屬清樂，形類雅音，而曲出於胡部。復有銀字之名，中管之格，皆前代應律之器也。』《舊唐書》卷二九《音樂志》中記『中管』云：『笛，漢武帝工丘仲所造也。其元出於羌中。短笛，脩尺有咫。長笛、短笛之間，謂之中管。』

『大呂宮，俗呼高宮，其商爲高大石，其羽爲高般涉』，這是宋調，見《詞源》。唐高宮爲夾鍾宮，高大石爲夾鍾商，高般涉爲夾鍾羽。

散序、靸、排遍、攧、入破等曲遍名的含義已詳前。關於大遍，沈括《筆談》卷五『樂律』八八條亦有解釋：『所謂「大遍」者，有序、引、歌、䬃、嗺、哨、催、攧、衮、破、行、中腔、踏歌之類，凡數十解，每解有數疊者。裁截用之，則謂之「摘遍」。今人大曲，皆是裁用，悉非「大遍」也。』則所謂大遍，是指大曲全遍，無所簡省，小遍是相對於大遍而言的，即『裁截用之』的摘遍。據元稹詩、《樂府雜録》《新唐書》及《脞說》所載，則《涼州》在唐代確有『大遍』『小遍』之分。《樂府雜録》『胡部』條有云：『涼府所進，本在正宮調大遍、小遍。』唐代教坊大曲與其摘遍即小曲同時並存，此例在唐代是很普遍的。如《采桑》與《采桑子》，《千秋樂》與《千秋子》，《柘枝》與《柘枝引》等，均是大曲與其摘遍體同時並存。大曲在民間則更多是以摘遍體單行。唐大曲是由歌、樂、舞組合而形成的一種多曲段的音樂體裁，在宫廷中多由龐大的樂隊聯合演奏，每支大曲的演出時間亦應不短，正如白詩云：『出郭已行十五里，唯消一曲慢霓裳。』在民間受條件限制往往僅選取大曲中的一遍或數遍由一種樂器獨奏或伴奏。如『六么水調家家唱』，所唱的必定是《六么》《水調》中的歌曲部分；『先彈霓裳後六么』，若連續彈奏兩支大曲全遍似乎不太可能，則亦是大曲的摘遍。唐代另一種大遍、小遍並存還因另一種情況所致，就是采取雜曲加工而成大曲，而最初的雜曲仍單獨行世。所謂《凉州》『本在正宫調有大遍、小遍』，即應屬此種情況。

元稹詩見《全唐詩》卷四一九《連昌宫詞》與卷四二一《琵琶歌》。《梁州》即《凉州》。洪邁《容齋隨筆》卷一四：『今樂府所傳大曲，皆出於唐，……《凉州》今轉爲《梁州》，唐人已多誤用，其實從西凉府來也。』程大昌《演繁露》卷七亦謂『《凉州》後遂訛爲《梁州》』。二者作爲地名實爲二地，梁州在今陝西，凉州在今甘肅。作爲曲名，則《梁州》即《凉州》，在唐代便已混用。入宋更多以《梁州》代《凉州》。如黄庭堅《清平樂》：『日日梁州薄媚，年年金菊茱萸。』晁補之《半百花》：『臨風看舞梁州。』晏幾道、歐陽修等有《梁州令》，《詞譜》謂『《梁州令》，唐教坊曲名』等等。

三九　伊州

《伊州》見於世者凡七商曲：大石調、高大石調、雙調、小石調、歇指調、林鍾商、越調，第不知天寶所製七商中何調耳。王建《宫詞》云：『側商調裏唱伊州。』林鍾商，今夷則商也，管色譜以凡字殺。若側商，即借尺字殺。

『凡七商曲：』，詞話叢編本、上古本斷句作『凡七：商曲』，誤。

『林鍾商，今夷則商』，非林鍾律上時號小石調的林鍾商，而是無射律上的林鍾商，宋則在夷則律上，屬仙呂宮。

王建《宮詞》見《全唐詩》卷三〇二《宮詞一百首》之五十六。

管色，吹管系統一類樂器的統稱。如簫、笛、尺八等。管色譜爲音位譜，張炎《詞源》記有『管色應指字譜』十三個譜字，其譜字與孔位是一一對應的。

殺，即殺聲，也叫煞聲。『煞』字有收束、停止的意思。殺聲，是指音樂中曲調最後的落音，也即某調音階的主音就是某調的殺聲，又稱『住字』『結聲』。音樂曲調的起音和結音均應落在調首音上，這就是宋人所强調的『起調畢曲』之法。如《宋史》卷一三一《樂志》有謂『黄鍾宫至夾鍾羽，並用黄鍾起調、黄鍾畢曲；大吕宫至姑洗羽，並用大吕起調、大吕畢曲；太簇宫至仲吕羽，並用太簇起調、太簇畢曲』云云。《朱子語類》卷九二『樂』説得更明白：『大凡壓入音律，只以首尾二字，章首一字是某調，章尾即以某調終之。』可見『起調畢曲』之聲與今調式的主音功能約略相同。以姜夔《白石道人歌曲》中的《暗香》《疏影》《揚州慢》等曲旁譜驗之，不僅合符『起調畢曲』的規範，而且調式明確。如《暗香》，仙吕宫當以『工』字住。宋代以『合』字配黄鍾，『四』字配太簇，『姑洗』配『一』字等等。仙吕宫爲夷則宫，配『下工』，白石歌曲旁譜均作『工』。旁譜第一樂句與曲尾落音均在『工』字上，中間的樂句則落在三度音『六』『合』字上。《揚州慢》，中吕宫當以『一』字住，中吕宫爲夾鍾宫，配『下一』，旁譜均作『一』。其旁譜第一樂句與曲尾落音均在『一』字上，中間的樂句則落在三度、六度音『尺』『合』字上。從這裏可以看出，所謂『起調』，是指第一個樂句的落音，『畢曲』則是曲調的最後一個音，且調首音或『住字』『結聲』與西洋調式的主音功能基本相同。然而在樂工的音樂實踐中往往打破調式規範，結聲落在他調的主音上。如沈括《夢溪筆談》卷六『樂律』一一四條云：『……然諸調殺聲，不能盡歸本律，故有偏殺、側殺、寄殺、元殺之類。雖與古法不同，推之亦皆有理。知聲者皆能言之，此不備載也。』『側商即借尺字殺』即屬於『諸調殺聲，不能盡歸本律』的情况。關於宋代燕樂殺聲問題，鄭祖襄於

《宋元燕樂煞聲問題初探》一文有詳細考察，可參閱。本書卷三至卷五所考曲調中，往往同一曲調入多種調式，一種可能是宋代新聲，另一種可能即是由於結聲轉入他宫調，又以結聲爲據來定宫調所致。

宋夷則商殺聲爲『凡』，應爲『下凡』，側商調借『尺』字殺，鄭祖襄《宋元燕樂調煞聲問題初探》一文中有解。其謂『林鍾商是仙吕宫（宫音在夷則律上）之商，是以「下凡」（音高在無射律上）字爲調頭。若依王灼所言「借尺字殺」，那麽「尺」字在林鍾律，比「下凡」字低一個小三度。而仙吕宫的角調（調名林鍾角）的調頭恰恰在「尺」字上。所以，林鍾商的側商借尺字殺，是正好用了它同宫裏面的角調的調頭。』即是説，這裏『借殺』是商犯角。唐宋時期商犯角是一種重要的犯調手法，如《羯鼓録》載『渾脱用柘枝解之』，《渾脱》是角調，《柘枝》是商調。又《樂府詩集·近代曲辭》中《思歸樂》注中引《樂苑》云：『思歸樂商調曲也，後一曲犯角。』唐人商犯角，是合爲一調，而在宋代商犯角的樂曲，有用犯而合爲一調，有不用犯分而爲二調。如柳永《思歸樂》《定風波》爲商調；劉知遠諸宫調及張翥詞是商角調，則柳詞不用犯調，而劉張二詞用犯調，即用側商調。

宋人解『側商調』還有另外兩種觀點，一是沈括認爲側商調是清商三調中的側調。《筆談》卷五『樂律』九六條：『古樂有三調聲，謂清調、平調、側調也。王建詩云「側商調裏唱伊州」是也。』二是姜夔認爲側商調爲琴調的一種側弄，而非犯調。《白石道人歌曲》『琴曲』序言中説得很明白：『琴七弦，散聲具宫商角徵羽者爲正弄，慢角清商宫調慢宫黄鍾調是也。如變宫變徵爲散聲者曰側弄，側楚側蜀側商是也。』可見，正弄側弄的區别就是空弦音有無變聲，商調的側弄即爲側商，是一種調弦方法。側商調調弦法爲姜夔首創，故其在『琴曲』序『側商調』中注明了側商調在古琴中的調弦方法：以慢角調爲準，慢四一徽，取二弦十一徽應，慢六一徽，取四弦十徽應，大弦黄鍾宫，二弦黄鍾商，三弦黄鍾角，四弦黄鍾變徵側，五弦黄鍾羽，六弦黄鍾變宫側，七弦黄鍾清商。這就是黄鍾商的側商法。姜夔歌曲《淒凉犯》序中認爲『住字不同不容相犯』，而凡字借尺字殺，此種犯調理論姜夔是不認同的。

四〇 甘州

《甘州》，世不見。今仙吕調有曲破，有八聲慢，有令，而中吕調有《象甘州八聲》，他宫調不見也。

《甘州》，盛唐教坊大曲，見載於《教坊記》『大曲名』中，同時『曲名』有《甘州子》。元稹有詩云：『學語胡兒撼玉玲，甘州破裏最星星。』説明唐代即有《甘州子》與《甘州破》兩種摘遍體。王灼謂『《甘州》，世不見』，是指《甘州》大曲全遍而言。可見宋代《甘州》大曲已無大曲全遍，均是摘遍。

曲破，是將大曲破的部分單獨表演。

案唐大曲是由歌、樂、舞按一定邏輯組合而成的一種多曲段的音樂體裁，體制龐大，在宫廷中由大型樂隊聯合表演。在民間受條件限制，往往以摘遍或摘破的形式，由一種樂器獨奏或伴奏。如『六幺水調家家唱』，所唱的必定是《六幺》《水調》中的歌曲部分；『先彈霓裳後六幺』，若連續彈奏兩支大曲全遍幾乎是不可能的，必定是指大曲的摘遍。『月寒一聲深殿磬，驟彈曲破音繁並』，『學語胡兒撼玉玲，甘州破裏最星星』，則是民間表演摘破的例子。

宋時的曲破不僅從大曲中截用，還常常作爲獨立的曲式運用。如《宋史・樂志》載太宗親製大小曲中有大曲十八、曲破二十九、琵琶獨彈曲破十五，又嘉祐二年『鈞容直與教坊樂並奏……雖間有損益，然其大曲、曲破並急慢諸曲，與教坊頗同矣。』在這些記載中，曲破都是與大曲並列的一種曲式形式。宋人四水潛夫所撰《武林舊事》卷七中亦載有單獨創作『曲破』的例子：『（淳熙三年）教坊大使申正德進新製《萬歲興龍曲》

樂破對舞』，『小劉婉容進自製《十色菊》《千秋歲》曲破，內人瓊瓊、柔柔對舞』，『教坊都管王喜等新進製《會慶萬年》《薄媚》曲破對舞』等等。宋代曲破的體制結構從下面兩個實例來看。

一是南宋史浩《鄮峰真隱大曲》《采蓮·壽鄉詞》曲破歌辭，有延遍、攧遍、入破、衮遍、實催、衮、歇拍、煞衮。二是《高麗史·樂志》『唐樂』有《惜奴嬌曲破》，其具體表演儀節見載於《樂學軌範》卷四：一、樂奏《會八仙引子》，竹竿子進口號，舞人入場；二、樂奏《惜奴嬌》，二人舞，唱『春早皇都冰泮』詞；三、樂奏攧遍、入破、虚催、催衮、催拍、中衮、歇拍、煞衮，兩妓舞，每段首尾均有進退；四、樂奏《會八仙引子》，竹竿子進口號，舞人退場。《惜奴嬌曲破》除去前後的引子，主體部分與《采蓮·壽鄉詞》的結構基本相同。從這裏可以瞭解宋代曲破體制結構包括兩個部分：一是前面有一至數個樂段作輔墊，如《采蓮·壽鄉詞》的『延遍』，《惜奴嬌曲破》的第二部分樂奏《惜奴嬌》。二是攧、入破、衮、催、衮、歇拍、煞衮。與前文王灼所列唐大曲體制結構對比即可看出它們的淵源。本卷《霓裳》內王平譜與這種結構相同，亦應屬宋代的曲破無疑。《惜奴嬌曲破》前後的樂奏《會八仙引子》、進口號、舞人進退場等儀節，應是宋代大型樂舞表演的常規儀程，周密《癸辛雜識》續集上『合樂諧和』條：『嘗聞梨園舊時樂工云：「凡大燕集樂初作，必先奏引子」。』不屬曲破的組成部分。大約南宋以後，曲破又被視爲大曲，張炎《詞源》說得很明白：『大曲……即歌者所謂曲破。』不僅如此，凡大型樂舞都泛稱爲大曲。如史浩《鄮峰真隱大曲》二卷收録的《采蓮·壽鄉詞》曲破，《太清舞》《柘枝舞》《花舞》等隊舞，均列入大曲。

《甘州》『八聲慢』『令』，見《詞譜·八聲甘州》載：『《八聲甘州》，亦作《甘州慢》。』又『此調前後段八韻，故名八聲，乃慢詞也，與《甘州遍》之曲破，《甘州子》之令詞不同。《樂章集》亦注仙吕調。』則『八聲慢』即《八聲甘州》，《甘州令》與《甘州子》各爲一調，柳永《樂章集》內《八聲甘州》與《甘州令》均入仙吕調。《甘州遍》應是曲破中的一遍。

凡大曲就本宮調制引、序、慢、近、令，蓋度曲者常態。若《象甘州八聲》，即是用其法於中呂調。此例甚廣。

引、序、慢、近、令，爲宋代詞調類别。因王灼這句『凡大曲就本宮調制引、序、慢、近、令』，故而普遍認爲慢近諸體皆來源於唐代大曲。如王易《詞曲史》『衍流第四』中謂：『而究引、近、慢等之所以得名，大率由大曲而起。』楊蔭瀏《中國古代音樂史稿》第十二章『曲子』中謂：『有很多詞牌，其牌名有着引、序、慢、近、令、歌頭、促拍等字樣的，都曾是大曲中音的一個構成部分。這些名詞，都標志着詞牌的不同類别。宋王灼《碧雞漫志》裏曾説：「凡大曲就本宮調制引、序、慢、近、令。」關於這些專用名詞的確切意義，歷來還没有明確而統一的解説。但若與上述唐代大曲的結構形式對照比較，則可以知道，《碧雞漫志》對這些名詞，是依照它們有大曲中前後的次序排列的；它們代表着宋人給予大曲中佔有前後不同位置的不同遍數的名稱；它們的意義是可以大概知道的。』但據統計，有同名大曲的詞調不到三十調，其中以慢近等爲名的不過《石州引》《六么令》《熙州慢》《新水令》等數調，大多數的詞調直接來源於小曲，其中又尤其以宋代新聲居多。引、序、慢、近、令五種名稱見於唐大曲曲遍名的僅『序』一種，然詞調中最多的恰恰是引、慢、近、令四體，序體則極少，今可考的只有《鶯啼序》一調。張炎《詞源·拍眼》謂『外有序子，與法曲散序中序不同。法曲之序一片，正合均拍，俗傳序子四片，其拍頗碎，故纏令多用之。』説明宋代詞調的序體亦非來源於大曲。

實際上，宋代詞調體制與唐大曲的關係應歸結爲唐代的曲子與大曲的關係。衆所周知，詞是由唐曲子發展而來，而唐曲子的興盛又與唐大曲的興盛有不可分割的關聯。大曲的體制結構龐大而繁雜，不同風格的音樂，不同的節拍節奏的組織形式，不同的樂曲加工手段，在唐大曲中得到了集中體現，大曲的各部分又常常以摘遍曲的形式廣泛流傳於民間，促進了曲子的發展。唐大曲對於曲子的影響，並不僅僅在於曲目上的增加，更重要的是在於豐富了曲子的表現手法與加工手段，大曲的種種特性在曲子中亦得到充分體現。這就是爲什麼各種詞調體制在唐大曲中都可找到對應體段的原因。總之，慢近諸體與唐大曲並無直接的關係，它們的名稱及含義應在曲子中尋找。

『引』，早在先唐就普遍用於曲名；敦煌曲譜中同一曲調有『曲子』『急曲子』『慢曲子』之别；『令』則源於唐代酒令；『近』是『近拍』的省稱，應與『拍』有關。在唐代文人飲宴中，曲拍的變化規則是令歌令舞的重要令格形式，民間曲子歌唱中，改變原曲的節拍節奏，是舊曲變新聲的重要方法。『近拍』即可能源自這類曲拍變化的某種規則。除引慢近令之外，宋代詞調還有其他衆多的名目，如改變原曲節拍節奏的『促拍』『三臺』，對樂句進行加減的『偷聲』『添聲』，以特殊歌法爲名的『中腔』，强調宫調變化的『犯調』『轉調』，以歌舞表演形式爲名的『踏歌』等等，慢近諸體則是以節拍節奏的不同組織形式爲其特徵。張炎《詞源》卷下『拍眼』有云：『法曲、大曲、慢曲之次，引近輔之，皆定拍眼。蓋一曲有一曲之譜，一均有一均之拍……如大曲降黄龍花十六，當用十六拍。前衮中衮，六字一拍。要停聲待拍，取氣輕巧。煞衮則三字一拍，蓋其曲將終也。……慢曲有大頭曲、叠頭曲，有打前拍、打後拍，拍有前九後十一，内有四艷拍。引近則用六均拍。外有序子，與法曲散序、中序不同。法曲之序一片，正合均拍。俗傳序子四片，其拍頗碎，故纏令多用之。繩以慢曲八均之拍不可。又非慢二急三拍與三臺相類也。曲之大小，皆合均聲，豈得無拍。』這是宋代詞調在充分吸收唐代曲子的各種元素的基礎上進一步整理規範的結果。『三臺』『中腔』『踏歌』等名稱又同時見於宋代大曲的結構中，沈括《夢溪筆談》卷五列舉的大曲遍有序、引、歌、䶩、嗺、哨、催、攧、衮、破、行、中腔、踏歌。對照《宋史・樂志》『春秋聖節三大宴』及《東京夢華録》『宰執親王宗室百官入内上壽』條所載樂次，可以確定沈括所記録的是宋代大曲的表演形式，從中即可看出唐代大曲與曲子對宋代大曲的影響。

此外從《高麗史・樂志》可看出宋代大曲體制還有另外一種與唐大曲完全不同的組織方式，强調『令』

曲或强調『令』曲與『慢』曲的對比的特點，幾部隊舞中『令』曲最多。《獻仙桃》則是令（嗺子）慢交替進行，如《獻天壽慢》與《獻天壽令》，《金盞子慢》與《金盞子令》，《瑞鷓鴣慢》與《瑞鷓鴣慢嗺子》。這種情形與當時詞調的發展是同步的，且用度極廣。這表明唐代曲子對宋代大曲同樣具有深遠的影響。從有關宋代大曲的文獻可知，宋代大曲往往采用多個小曲按一定邏輯關係連綴成大曲，如《鄮峰真隱大曲》内《采蓮舞》用了《采蓮曲》《漁家傲》《畫堂春》《河傳》等曲，《柘枝舞》用了《三臺》《射鵰》《朶肩》《撲蝴蝶》《畫眉》等曲。《高麗史·樂志》中的《獻仙桃》隊舞中有《獻仙桃》《獻天壽慢》《獻天壽令嗺子》《金盞子慢》《金盞子令嗺子》《瑞鷓鴣慢》等幾曲，《抛球樂》隊舞有《折花令》《折花令三臺》《水龍吟令》《小抛球樂令》等幾曲。説明大曲與詞調的音樂素材具有共同來源。單就大曲與詞調相對來説，它們是可以互爲體用的。王灼所謂『凡大曲就本宫調制引、序、慢、近、令』，亦可作爲宋代大曲與詞調關係的一個例證。

『《象甘州八聲》』，岳珍《碧雞漫志校正》謂『此處「象」爲燕樂曲調創製的專用術語，將某宫調的樂曲轉入他宫調以後，再按原曲的結構形式仿製新曲，稱爲「象」。此處利用仙吕調《甘州八聲》的形式，轉入中吕調製成曲，稱之爲《象甘州八聲》。』此説不知何據。案唐代燕樂製曲方法中並無『象』一名目，宋人用於詞調名中亦僅見於此，《象甘州八聲》詞與樂均不傳。《詞源解箋》則認爲『象』就是『同調式移位轉調』，也就是移調。王灼稱仙吕調有曲破，有八聲慢，有令，中吕調有《象八聲甘州》。仙吕調爲夷則羽，中吕調爲仲吕羽，皆爲羽調，二者不过是調高的移動。與『《象八聲甘州》』類似的提法僅見於《隋書》中。《隋書》卷一五《音樂志》云：『先是高祖遣内史侍郎李元操、直内史省盧思道等，列清廟歌辭十二曲。令齊樂人曹妙達於太樂教習，以代周歌。其初迎神七言，《象元基曲》，獻奠登歌六言，《象傾杯曲》，送神禮畢五言，《象行天曲》。至是弘等但改其聲，合於鍾律，而辭經敕定，不敢易之。』這段文字是講隋代宫廷雅樂歌辭的體式，『象』

應是指模仿某曲的辭格形式。『象』本有摹擬、效法的意思。如《舊唐書》卷二九《音樂志》謂《安樂》『行列方正，象城郭，周世謂之城舞』，《太平樂》『謂之五方獅子舞。……綴毛爲之，人居其中，像其俛仰馴狎之容』等等，其中的『象（像）』皆是模仿的意思。只要是模仿他物他事皆可稱之爲『象』，並不特指製曲或製辭。隋代『《象元基曲》』『《象傾杯曲》』是用作雅樂。雅樂的曲目、宮調等一經確定是不會輕易更改的。宋人爲强調『本宮調』，即借用此名稱而命移調後的曲目。王灼所謂『凡大曲就本宮調制引、序、慢、近、令』，是指根據大曲製諸曲，應采用與大曲相同的宮調。若移宮換調，則有『象』『犯調』『轉調』等名目。犯調是同一曲調中用兩個以上的調式，轉調可能改變調式或不改變調式，像是同一調式中的調高的移動。則《象甘州八聲》與《甘州八聲》曲調相同，不過調高不同而已，填詞、唱奏均無區別。這種方法在音樂實踐中亦是常用之法，故而在調名中無需作標注。

僞蜀毛文錫有《甘州遍》，顧夐、李珣有《倒排甘州》，顧夐又有《甘州子》，皆不著宮調。

『夐』，戲曲論著本、上古本作『瓊』，詞話叢編本據《花間集》改作『夐』，校正本從詞語叢編本。

毛文錫，五代詞人，字平珪，高陽（今屬河北）人，一作南陽（今屬河南）人。唐進士，仕蜀爲翰林學士，遷内樞密使，進文思殿大學士，拜司徒。後隨王衍降後唐，與歐陽炯等以詞章供奉内庭。著有《前蜀紀事》《茶譜》，詞存三十二首。其《甘州遍》二首見於《花間集》卷五。

顧夐，五代詞人，生卒年、籍貫及生平均不詳。前蜀爲刺史，後蜀爲太尉。《花間集》收顧夐詞五十五首。

李珣，生卒不詳，字德潤，梓州人，前蜀後主王衍昭儀李舜弦之兄。著有《瓊瑶集》，今佚。《花間集》録其詞三十七首。

顧夐《甘州子》五首見於《花間集》卷六。顧夐、李珣《倒排甘州》，今不存。《唐聲詩·格調·甘州》

認爲：『倒排者，將大曲之若干排遍倒其次序以列也，北曲中猶頗用其法。』則《倒排甘州》必非小曲，即便不是大曲全遍，也必定爲多段摘遍聯合演出。

四一　胡渭州

《胡渭州》，《明皇雜録》云：『開元中，樂工李龜年兄弟三人皆有才學盛名。彭年善舞，鶴年、龜年能歌，製《渭州曲》，特承顧遇。於東都大起第宅，僭侈之制，逾於公侯。』唐史《吐蕃傳》亦云：『奏《凉州》《胡渭》《録要》雜曲。』今小石調《胡渭州》是也。然世所行《伊州》《胡渭州》《六么》，皆非大遍全曲。

李龜年兄弟三人事見《明皇雜録》卷下，『開元中』前多『唐』字，『製《渭州曲》』作『尤妙製《渭州》』。

《唐語林》卷五記李氏兄弟三人事略異：『李龜年、彭年、鶴年弟兄三人，開元中皆有才學盛名。鶴年能歌詞，尤妙製《渭州》，彭年善舞，龜年善打羯鼓。明皇問：「卿打多少杖？」對曰：「臣打五千杖訖。」上曰：「汝殊未，我打却三豎櫃也。」後數年，又聞打一豎櫃，因賜一拂枝杖羯鼓棬。』又明彭大翼《山堂肆考》卷一六〇『王維笑』條：『開元中李龜年製《胡渭州》曲云：「楊柳千尋色，桃花一苑春。風吹入簾裏，唯有惹衣香。」王維笑其不工，自是龜年製曲，必請維爲之。』結合以上幾條資料來看，所謂『製《渭州曲》』，是指作辭而言。李上交《近世會元》卷四：『《胡渭州》《伊州》，《樂譜録》云：唐明皇天寶中，西凉節度使蓋嘉運進。』或李氏兄弟對該曲音樂另有加工而已。《松窗雜録》載李龜年歌李白《清平調》辭，引文詳後。《明皇雜録》及《唐詩紀事》均載李龜年於安史之亂中奔於江潭，曾唱王維『紅豆生南國』。杜甫亦有《江南逢李龜年》詩。彭年、鶴年事迹無其他記載。

唐史《吐蕃傳》即《新唐書·吐蕃傳》。《新唐書》卷一四一《吐蕃傳》載長慶二年唐使劉元鼎至吐蕃新盟時，『奏《凉州》《胡渭》《録要》雜曲』。

《樂府詩集》卷六一釋『雜曲』云：『雜曲者，歷代有之……兼收備載，故總謂之雜曲。自秦、漢已來，數千百歲，文人方士，作者非一。』《唐聲詩·理論》第六章云：『……據此，大曲除加删削或截取而外，限於時間，實不能多曲第奏，可見一斑。聲詩小曲因名目既繁雜，又因采「近代詞人雜詩」爲辭，演奏時復多曲雜陳，乃更有「雜曲」一名，與大曲相對。《新唐書·吐蕃傳》載唐使至吐蕃就盟時，「奏《凉州》《胡渭》《録要》雜曲」。三曲原皆大曲，何以曰「雜曲」？當時必於三大曲中，僅各取其精粹美聽部分奏之，已均非大曲原來之體段，而考《凉州》《胡渭》《録要》，則皆向有只曲單行，情形正合也。』又『「雜曲」與「小曲」或「曲子辭」同，亦兼包聲詩與長短句辭調二者在内。敦煌曲《雲謡集雜曲子》三十餘首雖長短句，其所以曰「雜曲」，乃以一調一辭之小曲，對多遍相連之大曲而言，並非以雜言之長短句對齊言之聲詩而言。唐人所謂「雜詩」「雜劇」之「雜」，皆指不列部伍、不入儀式者，義固一貫也。』

四二　六么

《六么》，一名《緑腰》，一名《樂世》，一名《録要》。元微之《琵琶歌》云：『緑腰散序多攏撚。』又云：『管兒還爲彈緑腰，緑腰依舊聲迢迢。』又云：『逡巡彈得六么徹，霜刀破竹無殘節。』沈亞之《歌者葉記》云：『合韻奏《緑腰》。』又志盧金蘭墓云：『爲《緑腰》《玉樹》之舞。』唐史《吐蕃傳》云：『奏《涼州》《胡渭》《録要》雜曲。』段安節《琵琶録》云：『《緑腰》，本《録要》也，樂工進曲，上令録其要者。』

元稹《琵琶歌》見《全唐詩》卷四二一，『緑腰』均作『六么』。

沈亞之《歌者葉記》見《沈下賢集》卷五，『歌者葉』即卷一『古人善歌得名不擇男女』條所列唐代善歌者『金谷里葉』。何謂『合韻』，後世有幾説。《唐聲詩・理論》第二章引方以智《通雅》二九：『吴音之和，正如今曲前先作和合之譜。如彈弦作《馬道人》，使三弦、提琴合拍，然後度曲。……』任半塘認爲『此種「和合」之「和」，當亦不能誤認爲「和聲」之「和」。唐人有所謂「合韻」者，疑即指此。』又謂『所謂「合韻」，疑爲樂隊調合衆器，使音階和合，非單純用一二器也。』許之衡《中國音樂小史》則認爲『《六么》多叠句，叠時宜多唱，故云「合韻」。』楊蔭瀏看法與此同，謂『用多人合唱，所謂「合韻」。』案，僅從沈文所叙而言，『合韻』當指奏樂之事，與歌唱無關。然無他證，暫存諸説以俟考。

沈亞之《盧金蘭墓志》見《沈下賢集》卷十一：『盧金蘭字昭華，本亦良家子。家長安中，無昆弟，有姊四人。其母以昭華父殁而生，私憐之，獨得縱所欲。欲學伎，即令從師舍。歲餘，爲《緑腰》《玉樹》之舞，故衣製大袂長裾，作新眉愁鬟，頂鬢爲娥叢小鬟。自是而歸，諸姊不爲列矣。因恚泣，謂其母曰：「今不等我，不若從所當耳。」年自十五歸於沈。居二年，從沈東南。浮水行吴越之間，從七年，乃還都。又二年，沈復東南，而昭華留止京師，不得隨，病且逝。從沈凡十一年，年二十六。生男一人，女一人。葬於城南尹村原之下。』《玉樹》即《玉樹後庭花》，爲陳後主所造舞曲，盛唐人教坊曲。《教坊記》『曲名』『大曲名』内均列有該曲，説明該曲雜曲與大曲即已並存。詳見卷五《玉樹後庭花》條。

《新唐書・吐蕃傳》『奏《凉州》《胡渭》《録要》雜曲』，已詳《胡渭州》條。

段安節，臨淄人。父段成式『善音律』，曾任太常少卿。《新唐書》卷八九謂安節『乾寧中，爲國子司業。善音律，能自度曲云。』所撰《樂府雜録》爲唐代重要的音樂文獻之一，《崇文總目》《新唐書・藝文志》著録爲一卷。《琵琶録》始見於南宋，《遂初堂書目》《玉海》均同時著録《樂府雜録》及《琵琶録》，曾慥《類説》、陶宗儀《説郛》亦同時收録了《樂府雜録》及《琵琶録》，則《琵琶録》可能爲宋代以後節選《樂府雜録》中『琵琶』條單行而名。王灼於本書多次引用該書，與琵琶相關的稱《琵琶録》，餘則稱《樂府雜録》，説明至遲南宋初年《琵琶録》即已單行。對照《説郛》本《樂府雜録》『琵琶』條與《琵琶録》，《琵琶録》於文前叙琵琶源流較詳。另增白秀才家伎歌《何滿子》事，本書卷四《何滿子》條録之，稱出自《樂府雜録》，説明王灼時《琵琶録》並無此事。其餘内容相同而文辭略異。本文所引資料見《類説》本《琵琶録》『本領帶斜聲』條『崑崙登街東緑樓，彈一曲新番羽調《緑腰》』句下注：『《緑腰》即《録要》是也，本自樂工進曲，上令録出要者。』

白樂天《楊柳枝詞》云：『六么水調家家唱，白雪梅花處處吹。』又《聽歌六絶句》内《樂世》一篇云：『管急弦繁拍漸稠，緑腰宛轉曲終頭。誠知樂世聲聲樂，老病人聽未免愁。』注云：『《樂世》一名《六么》。』王建《宫詞》云：『琵琶先抹六么頭。』故知唐人以『腰』作『么』者，惟樂天與王建耳。或云：此曲拍無過六字者，故曰《六么》。至樂天又獨謂之《樂世》，他書不見也。

白居易《楊柳枝詞》見《全唐詩》卷二八《楊柳枝》之一。《水調》，隋煬帝時曲，盛唐入大曲。詳卷四《水調歌》箋證。《白雪》，古琴曲。《舊唐書》云：『白雪，周曲也。』『顯慶中，高宗以琴曲古有《白雪》，近代頓絶，使太常增修舊曲。』從白詩中可知，該曲在唐則多以笛曲盛傳於民間。《梅花》，即《落梅花》，亦名《梅花落》。源於樂府横吹曲，亦多用於笛樂。《樂府雜録》『笛』條云：『笛者，羌樂也。古有《落梅花》曲。』《樂府詩集・横吹曲辭》卷二四：『《梅花落》，本笛中曲也。』見於唐人詩中所咏亦多爲笛曲。

白居易《聽歌六絶句・樂世》詩見《全唐詩》卷四五八，其題下注云：『一名《六么》。』

王建《宫詞》見《全唐詩》卷三〇二《宫詞一百首》之二十九，『六么』下注『《緑腰》』。

案《緑腰》爲盛唐教坊大曲，見載於《教坊記》『大曲名』内，《樂府雜録》列入軟舞曲。《盧金蘭墓志》描寫其舞容爲『衣製大袂長裾，作新眉愁嚬，頂鬢爲娥叢小鬟。』見於五代顧閎中繪《韓熙載夜宴圖》中王屋山所舞《緑腰》，則爲長袖，雙手交於身後正欲甩出長袖。寬衣長袖，均屬傳統舞蹈風格的突出表徵。《緑腰》或正是因其舞姿而得名。《唐聲詩・格調》亦謂『「緑腰」即象徵舞女美姿。唐人咏舞詩原有「紅腰」「緑腰」「花腰」等語』。據現有資料顯示，《緑腰》作《六么》，始見於元白詩中，之前未曾見《六么》一名。而元白之後則多稱《六么》。然《樂世》一名，則非始於白居易。盛唐賀朝《贈酒店胡姬》詩有云『聽歌樂世娘』，案，白居易《不能忘情吟序》謂樊素『善唱《楊枝》，人多以曲名名之，由是名聞洛下』。則所謂『樂世娘』，是代稱善歌《樂世》的歌伎。謝伯初詩亦有『新詩傳與竹枝娘』。張説有《贈崔二安平公樂世詞》，敦煌歌辭有沈宇《樂世》，説明早在盛唐已有《樂世》一名。《樂世》《緑腰》二名同時並用。《隋唐五代燕樂雜言歌辭研究》指出：『唐人言舞言曲皆用《緑腰》《六么》二名，言歌言辭則用《樂世》一名。』此説中的。

《青箱雜記》云：『曲有《録要》者，録《霓裳羽衣曲》之要拍。』《霓裳羽衣曲》之宫調，與此曲了不相關。士大夫論議，嘗患講之未詳，率然而發，事與理交違。幸有證之者，不過如聚訟耳。若無人攻擊，後世隨以憒憒，或遺禍於天下，樂曲不足道也。《琵琶録》又云：『貞元中，康崑崙琵琶第一手，兩市祈雨鬬聲樂，崑崙登東彩樓，彈新翻羽調《綠腰》，必謂無敵。曲罷，西市樓上出一女郎，抱樂器云：「我亦彈此曲，兼移在楓香調中。」下撥聲如雷，絕妙入神。崑崙拜請爲師。女郎更衣出，乃僧善本，俗姓段。』

『《霓裳羽衣曲》之宮調』句，『之』，諸本均作『乃』。案該曲宮調爲商調，王灼於《霓裳羽衣曲》條專門針對該曲宮調作過考證，因此這裏『宮調』是指作爲調式調高總稱的『宮調』，而不是指與商調、羽調等並列的調式名。『乃』字或爲王灼筆誤，或爲後世傳抄轉刻致訛。

『孳然而發』句，『孳』，戲曲論著本、詞話叢編本、上古本作『卒』，校正本作『孳』，依校正本。

『祈雨』，戲曲論著本、詞話叢編本、上古本作『樓抵』，校正本作『祈雨』，從校正本。

《青箱雜記》，宋吳處厚撰，多記五代至北宋年間朝野雜事、詩話及掌故。吳處厚，字伯固，北宋邵武（今屬福建）人，《宋史》卷四七一有傳。《青箱雜記》，《宋史·藝文志》著錄爲十卷，《文獻通考·經籍考》著錄爲一卷。《青箱雜記》卷八載：『曲有錄要者，錄《霓裳羽衣曲》之要拍，即《唐書·吐蕃傳》所謂《涼州》《胡渭》《錄要》雜曲，而今世語訛謂之綠腰。』案『錄要』一名，唐代文獻僅見於《琵琶錄》。《樂府詩集》卷八〇《樂世》題下注引《琵琶錄》：『《綠腰》，即錄要也。貞元中，樂工進曲，德宗令錄出者，因以爲名，後語訛爲綠腰。』是認《綠腰》一曲出自德宗時期，此說與事實顯然不合。然《樂府雜錄》述此事僅稱『上令錄出要者』，此處『上』，並無特指德宗之意，若謂指玄宗亦無不可。《樂府詩集》謂『德宗令錄出要者』，或是因前文有康崑崙『新翻』《錄要》一語，對『新翻』一詞理解有誤所致。翻曲，在唐人的用法中有多種含義，創作新曲、改編舊曲，均可稱『新翻』。亦恰恰因這種一詞多義，導致後世無數紛爭。如本書所考證之《菩薩蠻》《楊柳枝》，皆因唐人詞意含混所致。又古人在引用文獻時，往往非原文照錄，而是常按自己的理解對原文進行增刪。元吾衍《閑居錄》引《琵琶錄》中同一段話則爲：『按《琵琶錄》云：本作錄要，言錄樂府之要也，康崑崙翻新曲，改爲緑腰，後世作六么，因曲譜字法而從省文也。』與《樂府詩集》所引不僅詞句出入極大，且語義也完全不同。王灼於本書所引用的衆多文獻資料，亦多與原文有出入。至《青箱雜記》謂《録要》爲録《霓裳》曲之要拍，王灼已有批駁，此不贅述。

《類説》本《琵琶録》『本領帶邪聲』條：『貞元中，康崑崙琵琶第一手。兩市祈雨，因鬬樂聲。崑崙登街東彩樓，彈一曲新翻羽調《緑腰》，《緑腰》即《録要》是也，本自樂工進曲，上令録出要者。必謂街西無敵。曲罷，西市樓出一女郎，抱樂器云：「我亦彈此曲，兼移在楓香調中。」乃下撥，聲如雷，妙絶如神。崑崙拜，謂爲師。女郎更衣出，乃僧善本，俗姓段。翌日，德宗召入，令教崑崙。段師曰：「請彈一曲。」段曰：「本領何雜？兼帶邪聲？」崑崙曰：「段師，神人也。臣少學鄰家女巫，授一品弦。後易數師。」段曰：「且遣崑崙不近樂器十餘年，忘其本態，然後可教。」詔許之，後果盡傳師之技也。』

康崑崙、段善本均爲唐代著名的琵琶手，二人事迹已詳前。琵琶爲唐代最重要的樂器之一，廣泛運用於宫廷、民間各種音樂演奏中。早在唐代杜佑於《通典·樂》内即對琵琶的源流、形制作了較爲詳細的記載，至近現代更有衆多學者對其進行了深入的研究。林謙三《東亞樂器考》、邱瓊蓀《燕樂探微》、韓淑德、張之年《中國琵琶史稿》等可參閲。概而言之，唐宋時期琵琶有四種形制：一爲秦琵琶，圓體直項，四弦十二柱。可能爲弦鞀遺制。《通典》、兩唐書等稱爲秦琵琶或秦漢子。唐代用於清樂中。二爲阮咸，圓體直項，類似秦琵琶而頸長，四弦十三柱。因傳爲阮咸所造而得名。林謙三、邱瓊蓀對以上兩種琵琶有所混淆，《中國琵琶史稿》中已有辨析。三爲曲項琵琶，四弦四柱，梨形音箱，曲項短頸。因傳自胡中，唐人又稱之爲龜兹琵琶、胡琵琶、胡琴。四爲五弦琵琶，梨形音箱，五弦五柱，亦傳自國外。唐人稱五弦或五弦琵琶。這四種樂器在唐人常又統稱爲琵琶。這四種琵琶除形制不同之外，還有手彈與撥彈之分。秦琵琶與阮咸皆爲手彈，五弦琵琶在唐代由撥彈改爲手彈，稱爲『搊琵琶』。而曲項琵琶，據邱瓊蓀考證，在唐代始終用撥彈，廢撥用手當在明代中葉前後，此時的曲項琵琶，從形制到彈奏方法均與現代琵琶大致相同。康崑崙、段善本二人所彈琵琶既謂『下撥』云云，則爲撥彈的胡琵琶無疑。

今《六么》行於世者四：曰黄鍾羽，即俗呼般涉調；曰夾鍾羽，即俗呼中吕調；曰林鍾羽，即俗呼高平調；曰夷則羽，即俗呼仙吕調。皆羽調也。崑崙所謂新翻，今四曲中一類乎？或他羽調乎？是未可知也。段師所謂楓香調，無所著見，今四曲中一類乎？或他調乎？亦未可知也。歐陽永叔云：『貪看六么花十八。』此曲内一叠名花十八，前後十八拍，又四花拍，共二十二拍。樂家者流所謂花拍，蓋非其正也。曲節抑揚可喜，舞亦隨之。而舞築球《六么》，至花十八益奇。

『舞亦隨之，而舞築球《六么》，至花十八益奇』句，戲曲論著本斷句作『舞亦隨之而舞築球，《六么》至花十八，益奇』，誤。案『舞築球《六么》』，是指隨着《六么》的音樂節拍而『舞築球』。賀鑄《木蘭花》云：『舞腰輕怯絳裙長，羞按築球花十八。』蘇軾《南鄉子》云：『花遍六么球，面旋回風帶雪流。』《餞程正輔》詩云：『連娟六么趁踏鞠，杳渺三迭縈陽關』等例可證。球戲於唐代極爲興盛，種類亦很繁多。除蹴鞠和馬球等競技性項目外，還有很多重在表現個人球技的表演性項目。潘孝偉《唐代體育》對此有詳細考察，可參閲。『舞築球』當是舞蹈化的一種球技表演。從上面所引幾例來看，《六么》球舞在宋代是一種較爲流行的舞蹈節目。北宋教坊女弟子隊中有打球樂隊，同樣應是從唐代球戲中發展而來的。

『今《六么》行於世者四：曰黄鍾羽，即俗呼般涉調；曰夾鍾羽，即俗呼中吕調；曰林鍾羽，即俗呼高平調；曰夷則羽，即俗呼仙吕調。』這四調爲宋調，對應的唐調爲：太簇羽，時號般涉調；仲吕羽，時號中吕調；南吕羽，時號高平調；無射羽，時號仙吕調。

楓香調，某宮調的別稱，然究爲何種宮調，無考。唐宋宮調除律呂名、時號名之外，又常有各種別稱。如前文康崑崙所用玉宸宮，《唐會要》録太樂署供奉曲十四調中有金風調，《宋史·樂志》載宋初太宗所作琵琶獨彈曲破十五曲所用宮調，除應鍾調、大石調一類名稱之外，又有鳳鸞商、金石角、芙蓉調、龍仙羽等名稱。

『貪看六么花十八』，爲歐陽修《玉樓春》詞。

正拍即官拍，爲節樂的基本曲拍。花拍，是對正拍加花變奏的樂句。蘇軾《南歌子》謂『迭鼓急催花片處』，梅堯臣《春日》有云：『白玉笛聲親府席，六么花拍動衣香』，《夢粱録》卷三引詩亦有『彈到急催花片處』，則帶花拍的曲遍，應屬促拍急曲。張炎《詞源》云：『大曲降黄龍花十六，當用十六拍』，而『花十八』是『前後十八拍，又四花拍』，則『花十八』『花十六』的拍數是指正拍，並不包括花拍在内。葉棟《唐樂古譜譯讀》認爲敦煌曲譜中的《長沙女引》可能即爲《六么》花十八一叠的摘遍。其結構爲前十六拍（小節），接着爲變化節奏和强弱而予以重複的四花拍，後爲一煞拍。與王灼所説的花十八的結構正相合。此説可作參考。

碧雞漫志箋證卷四

四三　蘭陵王

《蘭陵王》，《北齊史》及《隋唐嘉話》稱：齊文襄之子長恭封蘭陵王，與周師戰，嘗著假面對敵，擊周師金墉城下，勇冠三軍。武士共歌謡之，曰《蘭陵王入陣曲》。

《隋唐嘉話》，劉餗撰，記載南北朝至唐開元年間歷史人物的言行事迹，以唐太宗和武后兩朝爲多。劉餗，生卒年不詳，約唐玄宗天寶年間人，字鼎卿，徐州彭城（今江蘇徐州）人，史學家劉知幾之次子，兩唐書有傳。《隋唐嘉話》，兩唐書均無著録。一説《隋唐嘉話》實即《新唐書・藝文志》所著録的《國朝傳記》，亦稱《傳記》《國史纂異》《國史異纂》等。但《類説》《紺珠集》同時收録了《傳記》《國史纂異》《隋唐嘉話》三書，王灼於本書亦分别引録了《隋唐嘉話》《國史纂異》。宋人王楙《野客叢書》亦有『又觀《隋唐嘉話》《國史纂異》』云云，可以確定《隋唐嘉話》《國朝傳記》《國史纂異》當爲不同的三本書。《紺珠集》内《隋唐嘉話》《傳記》作者題爲『劉餗』，《國史纂異》則謂闕名。另《國史纂異》《國史異纂》是否爲同一本書亦難詳。

王灼所述《蘭陵王》本事與《北齊書》《隋唐嘉話》所載文辭均有異。《北齊書》卷一一《蘭陵武王孝傳》載：『蘭陵王長恭，一名孝瓘，文襄第四子也。累遷并州刺史。突厥入晉陽，長恭盡力擊之。芒山之敗，長恭爲中軍，率五百騎，再入周軍，遂至金墉之下，被圍甚急。城上人弗識，長恭免胄，示之面，乃下弩手救之，於是大捷。武士共歌謠之，爲《蘭陵王入陣曲》是也。……長恭貌柔心壯，音容兼美。』

《隋唐嘉話》卷下：『高齊蘭陵王長恭白類美婦人，乃著假面以對敵，與周師戰於金墉下，勇冠三軍，齊人壯之，乃爲舞以效其指麾擊刺之容，曰代面舞也。』『代面』，《通典》卷一四六、《舊唐書》等同，見載於《教坊記》作『大面』。

案《蘭陵王》有歌、舞、戲劇。如《全唐文》卷二七九鄭萬鈞《代國長公主碑文》云：『初，則天太后御明堂，宴，聖上年六歲，爲楚王，舞《長命□》；□□年十二，爲皇孫，作《安公子》；岐王年五歲，爲衛王，弄《蘭陵王》。』《教坊記》：『大面，出北齊。蘭陵王長恭，性膽勇，貌若婦人，自嫌不足以威敵，乃刻木爲假面，臨陣著之。因爲此戲。亦入歌曲。』宋代入詞調。《唐戲弄・劇録》對《蘭陵王》之曲調、歌舞、戲劇等諸端均有詳考，可參閲。

今越調《蘭陵王》，凡三段二十四拍，或曰遺聲也。此曲聲犯正宫，管色用大凡字，大一字，勾字，故亦名大犯。又有大石調《蘭陵王慢》，殊非舊曲。周、齊之際，未有前後十六拍慢曲子耳。

宋代越調爲無射商，正宫爲黄鍾宫，大石調爲黄鍾商。『大凡』又稱『高凡』，『大一』又稱『高一』。《筆談》卷一『樂律』五三一條具列燕樂各調用聲，其中越調用九聲：高五、下凡、高工、尺、上、高一、高四、六、合；正宫用九聲：高五、六、高凡、高工、尺、勾、高一、高四、合。又云『外則爲犯』，即是説若有本調之外的用聲，則表明已犯他調。正宫之『大凡』與『勾』字爲越調所無，則越調、正宫相犯。然『大一』字，越調正宫皆有，《詞調溯源》認爲『大一字』應爲衍字。而《詞源解箋・律吕四犯》中則認爲：『據《碧雞漫志》越調犯正宫用大一字等，推知燕樂犯調，相當於現在用#f轉調。』『#f』即『變徵』。其依據是徐景安《樂書》及《事林廣記》中所載犯調方法。《樂書》：『乃以變徵聲循環正徵，復以變宫之律回演清宫。』可知以二變移宮轉調是犯調的主要手段。《事林廣記》『總叙訣』中有關犯調的口訣：『折聲上生四位，掣聲下隔一宮。反聲宮閏相頂，頂聲上下相同。』《蘭陵王》越調犯正宮，正符合『掣聲下隔一宮』的手法。『掣聲下隔一宮』指升高半音後所在律爲新均之宮。越調的變徵升高半音爲徵，徵在仲吕，以仲吕爲宮，轉入仲吕徵。仲吕徵以同樣的方法轉入正宮。『大一（高一）』『大凡』『勾』字皆分别處於越調、仲吕徵、正宮三調的『變徵』上，正如解箋所云是以『#f』轉調。則所謂『大犯』是轉三均三調。如表：

十二律	黃鍾	大吕	太簇	夾鍾	姑洗	仲吕	蕤賓	林鍾	夷則	南吕	無射	應鍾	清黃
譜字	合	下四	高四	下一	高一	上	勾	尺	工	高工	下凡	大凡	六
越調	商		角		變徵	徵		羽		變宮			商
仲吕徵	徵		羽		變宮	宮		商		角		變徵	徵
正宮	宮		商		角		變徵	徵		羽		變宮	宮

王灼所言宋代的《蘭陵王》詞調有二體，一、越調《蘭陵王》，犯正宮，三段，二十四拍；二、大石調《蘭陵王慢》，二段，十六拍。周邦彦以下作《蘭陵王》的詞人不少，皆爲三段，應屬第一體。周邦彦《蘭陵王》入越調，今傳《蘭陵王》詞作亦均屬此體。二段十六拍之《蘭陵王慢》今則不傳。

四四　虞美人

《虞美人》，《脞説》稱起於項籍『虞兮』之歌。予謂後世以此命名可也，曲起於當時，非也。曾子宣夫人魏氏作《虞美人草行》，有云：『三軍散盡旌旗倒，玉帳佳人坐中老。香魂夜逐劍光飛，青血化爲原上草。芳菲寂寞寄寒枝，舊曲聞來似斂眉。』又云：『當時遺事久成空，慷慨尊前爲誰舞。』亦有就曲志其事者，世以爲工。其詞云：『帳前草草軍情變，月下旌旗亂。褫衣推枕愴離情，遠風吹下楚歌聲。正三更。

撫騅欲上重相顧，艷態花無主，手中蓮鍔凜秋霜。九泉歸去是仙鄉，恨茫茫。』黄載萬追和之，壓倒前輩矣。其詞云：『世間離恨何時了，不爲英雄少。楚歌聲起伯圖休，一似□□□□水東流。　葛荒葵老蕪城暮，玉貌知何處。至今芳草解婆娑，只有當年魂魄未消磨。』

《脞説》此條不見他載。《樂府詩集·琴曲歌辭》卷五八《力拔山操》注云：『按《琴集》有《力拔山操》，項羽作也。近世又有《虞美人曲》，亦出於此。』説明《虞美人》是出於琴曲《力拔山操》。盛唐則入教坊曲，見載於《教坊記》『曲名』内，宋代又入詞調。然琴曲《力拔山操》始於何時無考。

曾布（一〇三六—一一〇七），字子宣，南豐人，曾鞏弟，謚『文肅』，《宋史》卷四七一有傳。曾布夫人魏氏，襄陽人，魏泰之姊，以詞章聞名，朱熹稱『本朝婦人能文只有李易安與魏夫人』，《朱子語類》卷一四〇《全宋詞》録其詞十四首。文中所引《虞美人草行》見阮閱《詩話總龜》卷二一『咏物門下』載：『曾子宣夫人魏氏作《虞美人草行》云：「鴻門玉斗紛如雪，十萬降兵夜流血。咸陽春殿三月紅，霸業已隨烟燼滅。剛强必死仁義王，陰陵失道非天亡。英雄本學萬人敵，何用屑屑悲紅妝。三軍散盡旌旗倒，玉帳佳人坐中老。香魂夜逐劍光飛，青血化爲原上草。芳菲寂寞寄寒枝，舊曲聞來似斂眉。哀怨徘徊愁不語，恰如初聽楚歌時。滔滔逝水流今古，漢楚興亡兩丘土。當時遺事久成空，慷慨樽前爲誰舞。」』《苕溪漁隱叢話》則謂《虞美人草行》詩爲許彦國所作。《苕溪漁隱叢話》卷六〇『虞美人草行』云：『《冷齋夜話》云：「曾子宣夫人魏氏，作《虞美人草行》云：（詩如前，略。）」苕溪漁隱曰：「此詩乃許彦國表民作。表民，合肥人。余昔隨侍先君守合肥，嘗借得渠家集，集中有此詩。又合肥老儒郭全美，乃表民席下舊諸生，云親見渠作此詩。今曾端伯編《詩選》，亦列此詩於表民詩中，遂與余所見所聞暗合，覽者可以無疑，亦知《冷齋》之妄也。」』

『帳前草草軍情變』一詞，《全宋詞》錄自《全芳備祖》，作者爲顧下，與王灼所引文字略有異：『帳前草草軍情變。月下旌旗亂。褫衣推枕惜離情。遠風吹下楚歌聲。正三更。　　撫鞍欲上重相顧。艷態花無主。手中蓮萼凜秋霜。九泉歸去是仙鄉。恨茫茫。』

黄載萬《虞美人》詞『水東流』句後，諸本均有注，上古本注云：『案錢校本「霸圖休」下元缺九字，別本有「一似水東流」五字，今依詞譜，「一似」下仍空四字，庶與調合，更俟善本校補。』戲曲論著本與詞話叢編本於『「一似水東流」五字』句後另加案語云：『陳耀文《花草粹編》載此詞，作「玉帳佳人血淚滿東流」。』

按《益州草木記》：『雅州名山縣出虞美人草，如雞冠花，葉兩兩相對，爲唱《虞美人曲》，應拍而舞，他曲則否。』《賈氏談錄》：『褒斜山谷中有虞美人草，狀如雞冠，大葉相對，或唱《虞美人》，則兩葉如人拊掌之狀，頗中節拍。』《酉陽雜俎》云：『舞草出雅州，獨莖三葉，葉如決明，一葉在莖端，兩葉居莖之半相對。人或近之歌，及抵掌謳曲，葉動如舞。』《益部方物圖贊》改虞作娛，云：『今世所傳《虞美人曲》，下音俚調，非楚虞姬作。意其草纖柔，爲歌氣所動，故其葉至小者或若動搖，美人以爲娛耳。』《筆談》云：『高郵桑景舒性知音，舊聞虞美人草遇人唱《虞美人曲》，枝葉皆動，他曲不然。試之，如所傳。詳其曲，皆吳音也。他日取琴，試用吳音製一曲，對草鼓之，枝葉亦動，乃目曰《虞美人操》。其聲調與舊曲始末不相近，而草輒應之者，律法同管也。今盛行江湖間，人亦莫知其如何爲吳音。』《東齋記事》云：『虞美人草，唱他曲亦動，傳者過矣。』

『故其葉至小者或若動搖』句，『葉』，戲曲論著本、詞話叢編本、上古本作『莖』，校正本作『葉』，從校正本。

《益州草木記》，今佚，作者亦不詳。

《賈氏談錄》，張洎撰。張洎，字偕仁，全椒人。《宋史》有傳。《四庫提要》云：『是書乃張洎爲李煜使宋時，錄所聞於賈黃中者，故曰《賈氏譚錄》。』王灼所引略有節省，原文爲：『褒斜山谷中有虞美人草，狀如雞冠，大而無花，葉相對。行路人見者，或唱《虞美人》，則兩葉漸搖動，如人撫掌之狀，頗應節拍也。或唱他辭，即寂然不動也。賈君親見之。』斜谷，今陝西眉縣西南至褒城之山谷名。《元和郡縣圖志》卷二載：『（眉縣）縣理城亦曰斜城，城南當斜谷，因以爲名。斜谷南口曰褒，北口曰斜。』褒谷、斜谷合稱爲褒斜谷。或以斜谷概稱褒斜谷。並有川，南入沔水，北入渭水。

《酉陽雜俎》，唐段成式撰，《新唐書·藝文志》著錄爲三十卷，《郡齋讀書志》《直齋書錄解題》《宋史·藝文志》均爲正本二十卷與續集十卷。段成式，字柯古，臨淄人。歷授秘書省校書郎、尚書郎、江州刺史、太常少卿。事迹附見《舊唐書》卷一六七『段文昌傳』及《新唐書》卷八九『段志玄傳』。《酉陽雜俎》卷一九：『舞草，出雅州，獨莖三葉，葉如決明，一葉在莖端，兩葉居莖之半，相對。人或近之歌，及抵掌謳曲，必動，葉如舞也。』雅州，《元和郡縣圖志》卷三二載：『後魏廢帝二年置蒙山郡於此，隋開皇十三年置蒙山縣並鎮，仁壽四年罷鎮，改置雅州，因州境雅安山爲名，大業三年以雅州爲臨邛郡，武德元年復爲雅州，兼管羈縻州十一。』

《益部方物圖贊》，該書不傳。宋祁《益部方物略記》『序』中謂：『嘉祐建元之明年，予來領州，得東陽沈立所錄劍南陽物二十八種，按名索實，尚未之盡。故遍詢西人，又益數十物，列而圖之物爲之贊，圖視狀，贊言生之所以然，更名《益部方物略記》。凡東方所無及有而自異，皆取之，冀裨風土聚邱之遺云。』則《益部方物圖贊》或即是《益部方物略記》，今圖佚。《益部方物略記》『右娛美人草』下注：『蜀中傳虞美人草，予以虞作娛，意其草柔纖，爲歌氣所動，故其葉至小者或動摇，美人以爲娛樂耳。』無王灼所引『今世所傳《虞美人曲》，下音俚調，非楚虞姬作』一句。

《夢溪筆談》卷五『樂律一』：『高郵人桑景舒，性知音，聽百物之聲，悉能占其灾福，尤善樂律。舊傳有虞美人草，聞人作《虞美人曲》，則枝葉皆動，他曲不然。景舒試之，誠如所傳。乃詳其曲聲，曰：「皆吴音也。」他日取琴，試用吴音製一曲，對草鼓之，枝葉亦動，乃謂之《虞美人操》，其聲調與《虞美人曲》全不相近，始末無一聲相似者，而草輒應之，與《虞美人曲》無異者，律法同管也。其知音臻妙如此。景舒進士及第，終於州縣官。今《虞美人操》盛行於江湖間，人亦莫知其如何者爲吴音。』高郵即今江蘇高郵。吴音，指吴越地區的音樂。律法同管，指兩個曲子的音律相同，即是兩曲宫調相同。後文云《虞美人》入三個宫調，而桑氏吴音不知合於何種宫調，即是此意。

《東齋記事》，宋范鎮撰。范鎮（一〇〇七—一〇八七），字景仁，華陽人，仁宗朝舉進士第一，知諫院，後爲翰林學士，論新法，與王安石不合，致仕，累封蜀郡公，謚忠文。著有文集及《東齋記事》，凡百餘卷，並參與編撰《新唐書》。《東齋記事》卷四云：『又有虞美人草，唱《虞美人曲》，則動摇如舞狀，以應拍節，唱他曲則不然。予熙寧乙卯還鄉，見朝日蓮，日出則出，日没則没，無東西也；虞美人草，唱他曲亦動。此傳者過爾。』據研究，虞美人草起舞的原因在於自然環境的變化，當氣温達到二十度左右時，兩片側生小葉會繞中間大葉自行『起舞』。同一植株的各小葉可以同時轉動，有快有慢，有上有下，此起彼落，周而復始，猶如對對情侣翩翩起舞，節奏動人。范鎮所言較爲客觀。

予考六家説，各有異同，《方物圖贊》最穿鑿，無所稽據。舊曲固非虞姬作，若便謂下音俚調，嘻其甚矣。

亦聞蜀中數處有此草，予皆未之見，恐種族異，則所感歌亦異。然舊曲三，其一屬中呂調，其一中呂宮，近世轉入黃鍾宮。此草應拍而舞，應舊曲乎？新曲乎？桑氏吳音，合舊曲乎？新曲乎？恨無可問者。又不知吳草與蜀產有無同類也。

中呂調即宋夾鍾羽，張先詞入本調；中呂宮爲夾鍾宮，未見傳詞；周邦彥詞入正宮，正宮應即王灼所云黃鍾宮，這裏黃鍾宮爲律調名。敦煌寫卷伯三九九四有《虞美人》詞二首，任半塘判爲聯章，且爲該調最早之體。《詞譜·虞美人》云：『元高拭詞注南呂調。《樂府雅詞》名《虞美人令》；周紫芝詞有「只恐怕寒，難近玉壺冰」句，名《玉壺冰》；張炎詞賦柳兒，因名《憶柳曲》；王行詞取李煜「恰似一江春水向東流」句名《一江春水》。』

案《方物圖贊》謂『今世所傳《虞美人曲》，下音俚調』，王灼則斥責其說『嘻其甚矣』。對同一曲調，卻產生兩種完全相反的評判，這是由於唐宋時期《虞美人曲》的多重身份所致。《虞美人》原爲琴曲，唐代入曲子，宋代又入詞調。琴曲、曲子、詞調，這三者在宋人的觀念中本有雅俗之別，從《虞美人》曲的不同身份入手進行評判，自然會產生一雅一俗的結論。

文中所引錄的幾則有關舞草應和《虞美人》歌唱的事例，顯然是發生在民間，說明唐宋時期《虞美人》作爲曲子歌唱在民間極爲流行。見載於敦煌的兩首《虞美人》辭，語言直樸，即是作爲民間歌唱的唱本。歷來對隋唐曲子的描述不外乎『胡夷里巷之曲』『鄭衛之音』『繁聲淫奏』等等，雖然論者往往是站在雅樂的角度而使用的鄙視之詞，恰恰反映了隋唐曲子與中正平和的雅樂相對的俗樂性質，『里巷之曲』是其存在的重要方式，即是說，『下音俚調』正是隋唐曲子的基本屬性。王灼於卷一論『歌詞之變』亦云：『蓋隋以來今之所謂曲子者漸興，至唐稍盛，今則繁聲淫奏，殆不可數。』說明作爲『下音俚調』的性質，唐宋曲子具有一貫性。

雖然詞是由隋唐曲子發展而來，却一爲俗，一爲雅。唐五代的曲子辭或俚俗、或香艷、或諧謔，均不脱『俗』的範疇，與曲子的俗樂性質是相一致的。薛能《枝柳詞五首》注中謂劉禹錫、白居易的《楊柳枝》辭『雖有才語，但文字太僻，宫商不高』。所謂『宫商不高』，是指劉白之辭太過典雅，與俗曲不相諧調。洪邁《容齋隨筆》卷七『薛能詩』條載：『薛能者，晚唐詩人，格調不能高中，而妄自尊大……别有《柳枝詞》五首，最後一章曰：「劉白蘇臺總近時，當初章句是誰推？纖腰舞盡春楊柳，未有儂家一首詩。」自注云：「劉白二尚書，繼爲蘇州刺史，皆賦《楊柳枝》詞，世多傳唱，雖有才語，但文字太僻，宫商不高耳。」』《樂府詩集》卷八一收録了薛能《楊柳枝》辭十九首，文辭淺白，格調稍嫌庸俗，劉白二人的辭與之相比，確屬『文字太僻』，不夠通俗。從今存的代表民間的敦煌曲子辭、代表文人曲子辭的《花間集》來看，薛能這種以俗相尚的觀念在唐五代是具有普遍性的。王灼於卷二歷評各家詞之長短，則完全是以『雅詞』爲標準而論高下，對俚俗、諧謔之詞極爲不滿。從南宋初期詞創作的詩化、詞學批評中對蘇軾的推崇和對柳永的貶斥，當時出現的一些詞集也常以『雅』爲名，如曾慥《樂府雅詞》、鯛陽居士《復雅歌詞》、張孝祥《紫薇雅詞》等，不難看出王灼這種抑俗崇雅的詞學思想在這一時期同樣具有普遍性。詞爲雅詞，詞調則必爲雅調。

至於琴曲被視爲雅音雅調，則由來已久。琴樂理論是在先秦即已形成的禮樂思想的指導下而發展起來的，如《禮記·曲禮下》『士無故不徹琴瑟』，《白虎通·禮樂》『琴者禁也，所以禁止淫邪，正人心也』等琴學理論表現出與儒家禮樂思想的一致性。也正因爲如此，琴逐漸脱離民間而成爲文人雅士修身養性的專用工具，《論語·陽貨》『惡鄭聲之亂雅樂』也成了琴論的主要内容。但是在唐代俗樂興盛的潮流下，琴樂也出現了明顯的俗樂化傾向。主要表現爲琴曲同流行曲子的互相滲透，如《教坊記》所載曲名中，有四十曲有同名琴曲，其中有先爲民間歌曲，後人琴曲的情況，如《浪淘沙》《竹枝詞》等；也有先爲琴曲，後人教坊曲的情況，如《烏夜啼》《廣陵散》《漁父引》等。琴曲《虞美人》即是因此而人教坊曲並廣泛流傳民間的。儘管如此，唐代的琴樂仍然是一個特殊的音樂品種，在樂律、美學原則、音樂題材上自成系統。『雅淡』仍然是琴曲與其他流行音樂相區别的重要特徵。

因此，《虞美人》作爲曲子自當爲『下音俚調』，若作爲琴曲和詞調，則又爲雅音雅調了。

四五　安公子

《安公子》，《通典》及《樂府雜録》稱：煬帝將幸江都，樂工王令言者，妙達音律。其子彈胡琵琶作《安公子曲》，令言驚問：『那得此？』對曰：『宫中新翻。』令言流涕曰：『慎毋從行。宫，君也。宫聲往而不返，大駕不復回矣。』

《通典》，唐杜佑撰，是中國第一部典章制度史，考述了盛唐以前歷代禮、樂、兵、刑等九類典制沿革，凡二百卷。文中所引見《通典》卷一四三：『煬帝將幸江都，有樂人王令言妙達音律，令言之子常從，於户外彈胡琵琶，作翻調《安公子曲》。令言時卧室中，聞之大驚，蹶然而起，變色，急呼其子曰：「此曲興自早晚？」對曰：「頃來有之。」令言歔欷流涕，謂其子曰：「汝慎無從行，帝必不返。此曲宫聲往而不返。宫，君也。吾所以知之。」帝竟被弑於江都。』

《樂府雜録》『安公子』條：『隋煬帝游江都時，有樂工笛中吹之，其父老廢，於卧内聞之，問曰：「何得此曲子？」對曰：「宫中新翻也。」父乃謂其子曰：「宫爲君，商爲臣，此曲宫聲往而不返，大駕東巡，必不回矣。汝可託疾勿去也。」精鑒如此。』

《安公子》本事最早見載於《隋書》，文辭亦最詳。《隋書》卷七八《萬寶常傳附王令言傳》：『時有樂人王令言，亦妙達音律。大業末，煬帝將幸江都，令言之子嘗從，於户外彈胡琵琶，作翻調《安公子曲》。令言時卧室中，聞之大驚，蹶然而起曰：「變，變！」急呼其子曰：「此曲興自早晚？」其子對曰：「頃來有之。」令言遂歔欷流涕，謂其子曰：「汝慎無從行，帝必不返。」子問其故，令言曰：「此曲宮聲往而不反，宮者君也，吾所以知之。」帝竟被殺於江都。』其次《教坊記》《太平御覽》等亦有載。《安公子》所用樂器各書不同，或胡琵琶、或琵琶、或笛。

案卷三《凉州曲》内已詳：『證應説』是『聲與政通』的禮樂思想的發展，從各種音樂現象來卜凶吉禍福、甚至國運興衰。『宮聲往而不返，帝必不返』，亦屬『證應説』之例。『證應説』是以『聲與政通』的禮樂思想爲出發點，從各種音樂現象來卜凶吉禍福、甚至國運興衰。『宮爲君』即是『聲與政通』思想在樂學理論上的反映。《國語・周語下》謂『夫宮，音之主』，《樂記》將之發展成爲『宮爲君，商爲臣，角爲民，徵爲事，羽爲物。五者不亂，則無怗滯之音矣。宮亂則荒，其君驕；商亂則陂，其臣壞；角亂則憂，其民怨；徵亂則哀，其事勤；羽亂則危，其則匱。五者皆亂，迭相陵，謂之慢。如此，則國之滅亡無日矣。』與此相應，十二律以『黃鍾』爲尊，如『黃鍾不復與它律爲役』《漢書・律曆志》『黃鍾者，以象人君之德』《隋書・音樂志》等，以『黃鍾』『宮音』爲尊，成爲歷代樂律學的重要指導思想。隋文帝時雅樂只用黃鍾一宮，就是這種觀念的極端反映。

『宮聲往而不返，大駕不復回』，不僅包含了重視宮音的樂學傳統，而且還包含了『往而必復』的哲學思想。《周易・泰》中謂『無往不復，天地際也』，這一觀念在後來的各種思想領域内均有所反映。在律學上，漢以來出現的京房六十律、錢樂之三百六十律、何承天十二均差律、朱載堉十二平均律等等，皆是爲解決十二律旋相爲宮、從黃鍾律開始回到黃鍾律的問題，便是這種『往而必返』的思想在律學上的應用。

宮爲『音主』，在音樂實踐中表現爲在任何調中都强調宮音的作用，甚至非宮調式（爲與作爲統稱的『宮調』相區別，這裏姑且以『調式』爲稱）的樂曲也以宮音爲起音。《安公子曲》『宮聲往而不返』，當是以宮爲起音，而未結於宮音上。王令言在這裏將『音主』與調首音相混淆。調首音即宋人所稱的『住字』『結聲』，音樂曲調的起音和結音均應落在調首音上，這也是宋人所强調的『起調、畢曲』之法。參見卷三《伊州》『殺聲』條箋證。那麽『宫聲往而必返』，只存在於宫調式樂曲中，其他調式的樂曲均會産生『宫聲往而不返』的情況。唐時《安公子曲》爲角調，結音應在角音上。

據《理道要訣》，唐時《安公子》在太簇角，今已不傳。其見於世者，中吕調有近，般涉調有令，然尾聲皆無所歸宿，亦異矣。

《唐會要》『太樂署供奉曲』内『太簇角』列有《安公子》。宋代柳永詞入中吕調和般涉調。中吕調，唐爲仲吕羽，宋爲夾鍾羽。般涉調，唐爲太族羽，宋爲黄鍾羽。《詞譜·安公子》云：『按柳永「長川波瀲灎」詞，自注中吕調，「遠岸收殘雨」詞，自注般涉調，但蔣氏十三調譜，采柳永「長川波瀲灎」詞，又注正宫。』

案宋代《安公子》曲『尾聲皆無所歸宿』屬於宋代燕樂的『殺聲』問題。沈括《夢溪筆談》卷六『樂律』云：『……然諸調殺聲，不能盡歸本律，故有偏殺、側殺、寄殺、元殺之類。雖與古法不同，推之亦皆有理。知聲者皆能言之，此不備載也。』《安公子》『尾聲無所歸宿』即屬於『諸調殺聲，不能盡歸本律』的情況。王灼稱宋代該曲爲中吕調和般涉調，均爲羽調，結音應落在羽音上。『尾聲無所歸宿』，則是指結音落在羽音之外的其他音上了，即沈括所説的偏殺、側殺、寄殺之類。『宫聲往而不返』是因强調宫音的『音主』地位而論的，而『尾聲無所歸宿』則是從强調『起調畢曲』的角度而論的，二者具有不同的樂學内涵。

四六　水調歌與河傳

《水調歌》，《理道要訣》所載唐樂曲，南吕商，時號水調。予數見唐人説水調，各有不同。予因疑水調非曲名，乃俗呼音調之異名，今決矣。按《隋唐嘉話》：煬帝鑿汴河，自製水調歌。即是水調中製歌也。世以今曲《水調歌》爲煬帝自製。今曲乃中呂調，而唐所謂南呂商，則今俗呼中管林鍾商也。《脞説》云：『水調《河傳》，煬帝將幸江都時所製，聲韻悲切，帝喜之。樂工王令言謂其弟子曰：「不返矣。水調《河傳》但有去聲。」』此説與《安公子》事相類，蓋水調中《河傳》也。

《唐會要》『諸樂』條：『南呂商，時號水調。』

《隋唐嘉話·補遺》：『隋煬帝鑿汴河，自製水調歌。』

『今曲乃中呂調』，即宋代該曲入夾鍾羽，時號中呂調。

『唐所謂南呂商，則今俗呼中管林鍾商』，此言有誤。實是宋南呂商俗呼中管林鍾商，《景祐樂髓新經》及《詞源》中『林鍾商』均稱爲『商調』，『南呂商』俗名『中管商調』。見於宋仁宗《景祐樂髓新經》及張炎《詞源》所列八十四調。除七宫四十九調外，另有五宫三十五調中管調，中管調的調名以低一律的宫調名冠以『中管』而名之，如『中呂宫』高一律的『中管中呂宫』、『道宫』高一律的『中管道宫』等。『林鍾商』高一律即爲『中管林鍾商』。

《脞説》此條又見於《詩話總龜》卷四二『樂府門』所引：『舊説水調河傳，隋煬帝將幸江都宫時所製。曲成奏之，聲韻悲切，煬帝喜之。樂工王令言聞而止之，謂其弟子曰：「不返矣。」後竟如其説。或詰其何知，曰：「水調河傳但有去聲。」』

案本篇主要考察『水調』一詞的含義由唐至宋的演變。王灼認爲『水調』於唐爲宫調名，至宋又以宫調名命樂曲。實際上，『水調』在唐宋皆兼有宫調與樂曲二義，有如『道調』一詞二義一樣。唐人説『水調』，多指樂曲。如杜牧《揚州》詩云：『煬帝雷塘土，迷藏有舊樓。誰家唱水調，明月滿揚州。』白樂天《楊柳枝詞》云：『六么水調家家唱，白雪梅花處處吹。』王灼後文所引白詩《聽歌六絶句》，《脞説》所云『水調第五遍……』，以及玄宗聽歌水調事等等，其中所言『水調』皆指樂曲。敦煌曲子辭有《水調辭》二首，斯六五三七、伯三二七一《全唐詩》載晚唐陳陶《水調辭》十首，『水調』爲樂曲名可確定無疑。與《水調》《河傳》同時代的另有《泛龍舟》《五更囀》，皆入南吕商，而《水調》較之其他幾曲流傳更廣，『六么水調家家唱』可證，故唐人以『水調』爲南吕商時號。因此『水調』先有樂曲名，後有宫調名，亦與『道調』一詞的演變相同。

《明皇雜録》云：『禄山犯順，議欲遷幸。帝置酒樓上，命作樂。有進水調歌者，曰：「山川滿目淚沾衣，富貴榮華能幾時。不見只今汾水上，惟有年年秋雁飛。」上問：「誰爲此曲？」曰：「李嶠。」上曰：「真才子。」不終飲而罷。』此水調中一句七字曲也。白樂天《聽水調》詩云：『五言一遍最殷勤，調少情多似有因。不會當時翻曲意，此聲腸斷爲何人。』《脞説》亦云：『水調第五遍，五言調，聲最愁苦。』此水調中一句五字曲，又有多遍，似是大曲也。

《明皇雜録》正文此條資料闕載，『逸文』據《六帖》《碧雞漫志》輯出。《津陽門》詩注、《唐詩紀事》、李德裕《次柳氏舊聞》《唐才子傳》等亦載此事。李嶠，生卒年不詳，約貞觀、開元間在世，字巨山，趙州贊皇（今屬河北）人。善律詩歌行，與杜審言、崔融、蘇味道並稱『文章四友』，兩唐書有傳。李嶠《水調歌》爲其《汾陰行》末四句，見《全唐詩》卷五七。

白居易詩見《全唐詩》卷四五八《聽歌六絶句・水調》。其題下注：『第五遍乃五言調，調韻最切。』

《脞説》此條又見於《詩話總龜》卷四二『樂府門』所引：『《水調》第五遍五言調聲最愁苦，故樂天詩曰：「五言一遍最辛勤，調少情多似有因。不會當時翻曲意，此時腸斷爲何人。」』

《水調》爲唐代大曲。《唐音癸籤》卷一三：『《水調》及《新水調》，並商調曲也。唐曲凡十一叠，前五叠爲歌，後六叠爲入破。其第五叠五言，調聲最爲怨切。』《全唐詩》卷二七《水調歌第一》題下注所述略同。《樂府詩集》卷七九《近代曲辭》載《水調》辭十一叠，與《唐音癸籤》所載相合。皆以『歌第一』『第二』……『入破第一』『入破第二』等排序，可確定《水調》爲大曲。《樂府詩集》所録十一叠，前四遍爲七言四句，第五遍爲五言四句，應即白詩所説的『五言一遍最殷勤，調少情多似有因』。盛唐王昌齡有詩《聽流人水調子》，既稱《水調子》，則此時必已有《水調》大曲，即《水調》大曲産生於盛唐或盛唐以前。然《樂府詩集》所載十一叠《水調辭》有盛唐及中唐詩人作品，其辭必合成於中唐以後。《全唐詩》載晚唐陳陶《水調辭》十首，雖無第號標志，《敦煌曲初探》仍判爲大曲辭。如此，則《樂府詩集》《全唐詩》所載均非原辭。唐大曲往往於不同時期或演出場合的需要其形制多有不同，最典型的例子莫過於《破陣樂》，從太宗至文宗便有多種體制及舞容。又如《霓裳曲》，盛唐即有不同的舞容，文宗時專令太常卿馮定進行全面改制，從配器到舞容均重新制訂，其歌辭必亦重新配製。據《隋唐五代燕樂雜言歌辭研究》考查，今所存的大曲辭見於《樂府詩集》及敦煌寫本，共十套。其中曲辭不同時代的便有多例，如《劍器》爲武后時大曲，見於敦煌的大曲辭則爲盛唐時作品；又如《伊州》爲盛唐大曲，《樂府詩集》所載大曲辭則應是合成於晚唐。《水調》亦屬此例。又據《隋唐五代燕樂雜言歌辭研究》所分析的樂府大曲與敦煌大曲的特色，其中敦煌大曲語言俚俗，具有民間特色，而樂府大曲則接受了文人詩的影響，以采詩入樂的方式配辭。説明《樂府詩集》是重文辭的，與『詞多不經，此不備載』的觀念相同。早期通俗的大曲辭均不見載於該書，亦可解釋《水調》爲盛唐大曲，而載於《樂府詩集》的曲辭則是中唐以後合成的文人詩。

樂天詩又云：『時唱一聲新水調，謾人道是采菱歌。』此水調中新腔也。《南唐近事》云：『元宗留心內寵，宴私擊鞠無虛日。嘗命樂工楊花飛奏水調詞進酒，花飛惟唱「南朝天子好風流」一句，如是數四，上悟，覆桮，賜金帛。』此又一句七字。然既曰命奏水調詞，則是令楊花飛水調中撰詞也。《外史檮杌》云：『王衍泛舟巡閬中，舟子皆衣錦繡，自製水調《銀漢曲》。』此水調中製《銀漢曲》也。今世所唱中呂調《水調歌》，乃是以俗呼音調異名者名曲，雖首尾亦各有五言兩句，決非樂天所聞之曲。《河傳》，唐詞存者二，其一屬南呂宮，凡前段平韻，後仄韻。其一乃今《怨王孫曲》，屬無射宮。以此知煬帝所製《河傳》，不傳已久。然歐陽永叔所集詞內《河傳》，附越調，亦《怨王孫曲》。今世《河傳》，乃仙呂調，皆令也。

白居易詩見《全唐詩》卷四五一《看采菱》：『菱池如鏡净無波，白點花稀青角多。時唱一聲新水調，謾人道是采菱歌。』宋有《新水調》，風行民間。洪邁《夷堅志》丙一『陳舜民』條：『有婦人……歌《新水》詞兩闋。』《唐音癸籤》卷一三：『《水調》及《新水調》，並商調曲也。』《宋史·樂志》載四十大曲中，有《新水調》，入雙調（中呂商）。《樂府詩集》：『唐又有《新水調》，亦商調曲也。』

《南唐近事》，宋鄭文寶著。鄭文寶（九五三—一〇一三），字仲賢，寧化人。生於周太祖廣順三年，卒於宋真宗大中祥符六年，年六十一歲。初事李煜，累官校書郎。入宋，嘗衣蓑荷笠以漁者見煜於私第。後補廣文館生，爲李昉所知。太平興國八年進士，除修武主簿。累官兵部員外郎。帝因其久病，除忠武軍行軍司馬，不就。以前官歸襄城別墅。能詩，善篆書，又工鼓琴。著有文集二十卷，又撰《談苑》二十卷。文中所引資料見《南唐近事》卷二：『元宗嗣位之初，春秋鼎盛，留心內寵，宴私擊鞠略無虛日。常乘醉命樂工楊花飛奏《水調詞》進酒，花飛唯歌「南朝天子好風流」一句，如是者數四。上既悟，覆盃大懌，厚賜金帛，以旌敢言。』楊花飛唱《水調》事馬令《南唐書》屬王感化。馬令《南唐書》卷二五：『王感化善謳歌，聲韻悠揚，清振林木，繫樂部爲歌板色。元宗嗣位，宴樂擊鞠不輟，嘗乘醉命感化奏《水調詞》，感化唯歌「南朝天子愛風流」一句，如是者數四。元宗輒悟，覆盃歎曰：「使孫陳二主得此一句，不當有銜璧之辱也。」感化由是有寵。』『南朝天子愛風流』句出自李山甫《上元懷古》，見《全唐詩》卷六四三。

《外史檮杌》，宋張唐英撰，《文獻通考》《郡齋讀書志》等著録爲十卷，原書今佚，《類説》卷二七節録二十四條。本文所引見該書『水調銀漢曲』條：『建子衍即位，泛舟巡閬中，舟子皆衣錦繡，自製水調《銀漢曲》。』

『水調』作爲曲調名和宫調名的一種含義唐代已有之，已詳前述。宋人不過沿用唐人的用法而已。《河傳》《怨王孫》自然也各爲一曲。王灼所謂《水調歌》『首尾亦各有五言兩句』，是指宋代《水調歌頭》的辭格。如蘇軾《水調歌頭》首尾兩句分别爲『明月幾時有，把酒問青天』『但願人長久，千里共嬋娟。』王國維《唐宋大曲考》：『排遍又謂之「歌頭」，《水調歌頭》即《新水調》之排遍也。』宋人《水調歌頭》多爲單遍，如蘇東坡詞『明月幾時有』、周紫芝詞『歲晚念行役』、賀鑄詞『南國本瀟灑』等，唯曾布《水調歌頭》爲排遍七疊。

四七　萬歲樂

《萬歲樂》，唐史云：『明皇分樂爲二部：堂下立奏，謂之立部伎；堂上坐奏，謂之坐部伎。坐部伎六曲，而《鳥歌萬歲樂》居其四。鳥歌者，武后作也。有鳥能人言萬歲，因以製樂。』《通典》云：『《鳥歌萬歲樂》，武太后所造。時宫中養鳥，能人言，嘗稱萬歲，爲樂以象之。舞三人，衣緋大袖，並畫鸜鵒冠，作鳥象。』又云：『今嶺南有鳥，似鸜鵒，能言，名吉了。音料。』異哉，武后也。其爲昭儀至篡奪，殺一后一妃，而殺王侯將相中外士大夫不可勝計，凶忍之極。又殺諸武，僅有免者。又最甚，則親生四子，殺其二，廢徙其一，獨睿宗危得脱。視他人性命如糞草，至聞鳥歌萬歲，乃欲集慶厥躬，改年號永昌。又因二齒生，改號長壽，又號延載，又號天册萬歲，又號萬歲通天，又號長安。自昔紀號祈祝，未有如后之甚者。在衆人則欲速死，在一身則欲長久，世無是理也。按《理道要訣》，唐時太簇商樂曲有《萬歲樂》。或曰即《鳥歌萬歲樂》也。又《舊唐史》：元和八年十月，汴州劉弘撰《聖朝萬歲樂譜》三百首以進。今黄鍾宫亦有《萬歲樂》，不知起前曲或後曲。

『劉弘』，校正本作『韓弘』，餘本作『劉弘』。案《舊唐書》卷一五《憲宗紀》明載：『（元和八年）汴州劉弘進所撰《聖朝萬歲樂譜》共三百首。』

『唐史』即《新唐書》，王灼所述極爲簡省，見《新唐書》卷二二《禮樂志》載：

初，帝賜第隆慶坊，坊南之地變爲池，中宗常泛舟以厭其詳。帝即位，作《龍池樂》，……又分樂爲二部：堂下立奏，謂之立部伎；堂上坐奏，謂之坐部伎。太常閲坐部，不可教者隸立部，又不可教者，乃習雅樂。立部伎八：一《安舞》，二《太平樂》，三《破陣樂》，四《慶善樂》，五《大定樂》，六《上元樂》，七《聖壽樂》，八《光聖樂》。《安舞》《太平樂》，周隋遺音也。《破陣樂》以下皆用大鼓，雜以龜兹樂，其聲震厲。《大定樂》又加金鉦。《慶善舞》顓用西凉樂，聲頗閑雅。每享郊廟，則《破陣》《上元》《慶善》三舞皆用之。坐部伎六：一《燕樂》，二《長壽樂》，三《天授樂》，四《鳥歌萬歲樂》，五《龍池樂》，六《小破陣樂》。《天授》《鳥歌》，皆武后作也。天授，年名。鳥歌者，有鳥能人言萬歲，因以制樂。自《長壽樂》以下，用龜兹舞，唯《龍池樂》則否。

《通典》卷一四六『坐立部伎』條云：

鳥歌萬歲樂，武太后所造也。時宫中養鳥能人言，又常稱萬歲，爲樂以象之。舞三人，緋大袖，並画鸜鵒，冠作鸟象。今嶺南有鳥，似鸜鵒，養之久，則能言，名吉了。

武后時，年號更改頻繁，自『垂拱』始，有『永昌』（六八九）、『載初』（六八九）、『天授』（六九〇—六九二）、『如意』（六九二）、『長壽』（六九二—六九三）、『延載』（六八四）、『證聖』（六九五）、『天册萬歲』（六九五）、『萬歲登封』（六九六）、『萬歲通天』（六九六）、『神功』（六九七）、『聖曆』（六九八—六九九）、『久視』（七〇〇）、『大足』（七〇一）、『長安』（七〇一—七〇四）等。

《唐會要》卷三三『諸樂』條『太簇商』有《萬歲樂》，《羯鼓録》所録羯鼓曲太簇商亦列有《萬歲樂》。陳暘《樂書》卷一八八：『太宗《破陣樂》，高宗《一戎大定樂》，武后《長生樂》，明皇《赤白桃李花》，皆法曲尤妙者。』《樂府詩集》卷九六元稹《法曲》詩序亦謂《長生樂》爲武后時作。邱瓊蓀《燕樂探微》『法曲』章有詳考，認爲《長生樂》《萬歲樂》與《鳥歌萬歲樂》是同一曲。又《隋書》卷一五《音樂志》：『煬帝……令樂正白明達造新聲，創《萬歲樂》《藏鈎樂》……等曲。』白明達所作《萬歲樂》與武后《鳥歌萬歲樂》有無關聯今難詳考。宋代黄鍾宫《萬歲樂》未見他書記載。

案二部伎曲目，《通典》《舊唐書》所載與此相同，《鳥歌萬歲樂》居坐部伎第四部。《通典》及《舊唐書》對各曲目的樂器、工衣等並有詳述。但二部伎的産生時間各書記載不一。從《新唐書》的語意來看，似認爲二部伎始於唐玄宗時期，王灼即因此明確謂『明皇分樂爲二部』，宋末元初馬端臨《文獻通考》同持此觀點。《文獻通考》卷一四六『俗部樂』云：『玄宗時，分樂爲二部：堂下立奏，謂之立部伎；堂上坐奏，謂之坐部伎。』但早於《新唐書》的《通典》《舊唐書》則有不同的記載。《通典》卷一四六：『讌樂，武德初，未暇改作，每讌享，因隋舊制，奏九部樂。至貞觀十六年十一月，宴百寮，奏十部。先是，伐高昌，收其樂，付太常。至是增爲十部伎，其後分爲立坐二部。』《舊唐書》卷二九《音樂志》：『高祖登極之後，享宴因隋舊制，用九部之樂，其後分爲立坐二部。』據《通典》的記載，二部伎似乎産生於唐太宗貞觀十六年十部伎之後；而《舊唐書》認爲唐高祖武德時期已有二部伎。

對於二部伎的産生時間，三條記載造成三種看法，究竟孰是孰非，當今學界亦衆説紛紜。鄭祖襄《『增其事、省其文』難免疏漏——〈新唐書・禮樂志〉若干記載討論》一文，亦就這一問題對這三條記載作了詳細分析，認爲較之兩唐書，《通典》的記載更爲可信。筆者認同鄭説。結合其他相關記載，初唐已有坐立部伎，是可以肯定的。《舊唐書》《唐會要》同載高宗儀鳳二年，議立部伎内《破陣樂》《慶善樂》《上元樂》三大樂舞修入雅樂事；另中宗神龍二年有『立部伎舞人不得改補入諸色役敕』。《唐會要》卷三三『燕樂』條：『神龍二年八月，敕立部伎舞人，以後更不得改補入諸色役。』這兩條資料即可説明高宗、中宗時代，立部伎是獨立的樂部，有專屬的樂人和曲目，坐部伎亦當同此，二者是相對而命名的。《舊唐書・音樂志》又載儀鳳三年，高宗與臣下宴集，觀《破陣樂》時謂：『不見此樂，垂三十年，……』則《破陣樂》從高宗即位（六七八）始到儀鳳三年（六四九），停廢了三十年。那麽儀鳳二年所説的立部伎内《破陣樂》，當在太宗時就已入立部伎。也就是，二部伎應成立於唐太宗以前。唐高祖時的燕樂『未暇改作』，『因隋舊制』。唐王朝『製禮作樂』，是從太宗開始的。製作雅樂，整理九部伎，並製《燕樂》，增爲十部伎，幾個事件均發生在太宗時期。此時成立二部伎是完全可能的。綜合以上分析，二部伎的成立時間當如《通典》所載，是在貞觀十六年十部伎完成之後。

然二部伎的完成則在玄宗時期。初唐時二部伎時有興廢，曲目繁多，並無定則。如《舊唐書》所載高宗時的《破陣樂》停廢了三十年，又如《通典》『坐立部伎』文末注云：『自武太后、中宗之代大增造坐立諸舞，隨亦寢廢。』史志所載的十四部二部伎樂，唐前二部、太宗時三部、高宗時三部、武后時三部、玄宗時三部。因此，『二部伎之制度，必在十四部全部完成之玄宗朝代才能成立。此種情形實與隋文帝時之七部伎、煬帝時之九部伎，到貞觀年代才成立十部伎之情形同。』岸邊成雄《唐代音樂史的研究》第六章當是玄宗時對初唐以來的樂曲進行整理，重新製訂二部伎，規定了曲目、樂工、器服等，並作爲制度確定下來。《新唐書》的記載或即源於此。中唐以後二部伎開始衰微。白居易《立部伎》詩謂立部伎樂包括有散樂百戲，《全唐詩》卷四二六白居易《立部伎》詩云：『立部伎，鼓笛諠。舞雙劍，跳七丸。嫋巨索，掉長竿。太常部伎有等級，堂上者坐堂下立。堂上坐部笙歌清，堂下立部鼓笛鳴。笙歌一聲衆側耳，鼓笛萬曲無人聽。立部賤，坐部貴，坐部退爲立部伎，擊鼓吹笙和雜戲。』《樂府雜録》所載中晚唐樂部中數次提及坐、立部之名。如『雅樂』條云：『凡奏曲，登歌先引，諸樂逐之，其樂工皆戴平幘，衣緋大袖，每色十二，在樂懸内，已上謂之坐部伎。八佾舞則六十四人，文武各半，皆著畫幘，俱在樂懸之北。文舞居東，手執翟狀如鳳毛；武舞居西，手執戚。文衣長大，武衣短小。其鐘師及磬師登歌八佾舞，並諸色舞，通謂之立部伎。』又『胡部』條云：『《奉聖樂曲》……遇内宴，即於殿前立奏樂，更番替換。若宫中宴，即坐奏樂，俗樂亦有坐部立部也。』『俗樂亦有坐部立部』當即是白詩中所説的散樂百戲入立部伎的情況。『坐部』『立部』顯然是作爲演奏形式、演出場所的一種泛稱，其性質與盛唐二部伎完全不同，雅、燕、俗各部樂按照演出形式，皆可稱之坐部或立部，曲目則雅樂曲、宴樂曲、散樂百戲，各隨所需。因此，二部伎的制度存續時間主要在開元、天寶間，中唐以後僅存其名而已。

岸邊成雄先生推測玄宗制訂二部伎的時間在開元初年，當今學界基本認同這一觀點。那麽是否史志中所載的曲目、樂器、工衣就定型於此時呢？因《新唐書》中的一則記載，使得這一問題又顯得撲朔迷離。《新唐書》卷二二載：『開元二十四年，升胡部於堂上。』吉聯抗輯譯《隋唐五代音樂史料》中譯爲：『開元二十四年，把民族和外來的樂部提升爲堂上的坐部伎。』並注：『前文説「堂上坐奏，謂之坐部」，這裏的「升於堂上」，即從立部伎升爲坐部伎。』鄭祖襄認爲：『從行文上看，吉聯抗的解釋是合理的』，並以此推測『……這是説坐部樂的六部中有四部是用龜兹樂的。……似可推出坐部伎中用龜兹樂不是一開始就有的，而是在西元七三六年後才有的。』也就是説史志中所載的二部伎是在開元二十四年升胡部於堂上之後才最後完成的。吉聯抗、鄭祖襄均將『堂上』認定爲坐部伎。

在宫廷音樂中，坐奏或立奏、堂上或堂下，是其基本形式。唐前應已有『坐部』『立部』之稱，陳暘《樂書》卷一五九：『煬帝分爲九部，以漢樂坐部爲首……』，『古之坐部伎，唐之胡部樂也。』坐部與立部是兩個相對的概念，既有『坐部』，則必有『立部』。登歌下管的形式，則早於周代禮樂中就普遍采用了。而我們所討論的唐代坐、立二部伎，不僅是堂上坐奏、堂下立奏的演出形式的名稱，而且有專屬的曲目、樂工，一定的演出場合和演出程式，是兩個獨立的樂部。坐部伎是在堂上演奏，但『堂上』並不等於坐部伎。《新唐書》並未將『升胡部於堂上』這一事件列於二部伎内，而是列於『法曲』之後、『太常音聲人』之前，與天寶樂曲以邊地爲名、『詔道調法曲與胡部新聲合作』二事件相提並論，用以説明胡樂亂華的嚴重後果——導致了邊地的淪陷。因此，單憑這一條記載，是很難將『堂上』視爲坐部伎的。事實上，在初盛唐間，『堂上』除坐部伎、登歌外，『清樂』和『西凉樂』亦采用堂上堂下的形式。《通典》卷一四四『樂懸』條叙初唐樂懸體制時云：『大唐造蓬萊宫成，充庭七十二架。……登歌工人坐堂上，竹人立堂下。殿庭加設鼓吹於四隅。燕享陳《清樂》《西凉樂》。架對列於左右廂，設舞筵於其間。』這時的『清樂』『西凉樂』亦當陳於堂上或堂下，用於燕樂。十部伎中『清商伎』『西凉伎』皆有編鐘編磬，正好與此照應。開元初期劉貺《太樂令壁記》中，『正樂』除雅樂外，二部伎與清樂、西凉樂並列。《玉海》卷一〇五引。據考證，劉貺任太樂令在開元九年之前，則《太樂令壁記》當撰於此前。這説明，玄宗初期燕享並用二部伎與清樂、西凉樂。『升胡部於堂上』可能是針對坐部伎，亦可能針對清樂與西凉樂。

對於這個問題，以往的研究者均忽略了一個關鍵點：『胡樂』與『胡部』是兩個不同的概念。在唐人以至後世的用法中，胡樂往往泛指四夷樂，『胡部』與『龜兹樂』都包括在『胡樂』的範圍内。而作爲唐代宫廷的樂部，『胡部』與『龜兹樂』是兩個並列的樂部。二部伎中所使用的是龜兹樂，即是將『胡部』升於堂上，則顯然與二部伎無涉。那麼『升胡部於堂上』，只能是針對清樂與西凉樂。《樂府雜録》所列中晚唐樂部中有『清樂部』『龜兹部』『胡部』等，而無『西凉樂』。由此推知，開元二十四年將胡部升於堂上，是以胡部代替西凉樂。胡部與西凉樂産生的地域大體相同，但西凉樂代表的是舊樂，胡部則是河西地區的民間新聲。崇尚新聲，是盛唐宫廷音樂最爲顯著的特徵，胡部新聲又是其中最活躍的一部分。《通典》卷一四六『四方樂』條云：『又有新聲自河西至者，號胡音聲，與龜兹樂、散樂俱爲時重，諸樂咸爲之少寢。』《新唐書》卷二二亦謂：『有新聲自河西至者，號「胡音」，龜兹、散樂皆爲之少息。』胡部新聲廣泛進入宫廷音樂的各個領域：入教坊曲、入法曲、入道曲。『升胡部於堂上』，是將胡部樂用作燕享，並從制度上予以確立。前文所引《樂府雜録》載『胡部』用於宫廷宴享，正是它的具體實施。初唐十部伎之首伎『燕樂』爲新俗樂，樂器雅、胡、俗兼備，餘則『清樂』『西凉樂』與各胡樂部並列。表明初唐燕享樂中胡樂占了一大半。玄宗整理二部伎，打破華夷各部的界限，幾乎全采用初唐以來的新俗樂，樂器以代表胡樂的龜兹樂爲主則在情理之中。因此，坐部伎中六部樂有四部樂使用龜兹樂，應在二部伎完成之初即如此，不必等到開元二十四年。另外，二部伎的性質爲雅樂、俗樂或燕樂，亦是學界争論的熱點問題。附録《唐代二部伎的性質》，對這一問題有詳考。

四八　夜半樂

《夜半樂》，唐史云：『民間以明皇自潞州還京師，夜半舉兵，誅韋皇后，製《夜半樂》《還京樂》二曲。』《樂府雜録》云：『明皇自潞州入平内難，半夜斬長樂門關，領兵入宫。後撰《夜半樂》曲。』今黄鍾宫有《三臺夜半樂》，中吕調有慢、有近拍、有序，不知何者爲正。

文中所引諸書與原文均有出入。《新唐書》卷二二《禮樂志》：『民間以帝自潞州還京師，舉兵夜半誅韋皇后，製《夜半樂》《還京樂》二曲。』潞州，北周宣政元年於上黨郡置潞州，隋開皇初廢，唐武德元年復稱潞州。領上党、長子、屯留、潞城、壺關、黎城等縣。韋皇后，唐中宗皇后。景龍四年中宗暴卒，立幼主，韋后臨朝稱制。不久李隆基發動政變，擁其父李旦復位。韋后被殺於宫中，並被追廢爲庶人。詳兩唐書。

《樂府雜録》『夜半樂』條：『明皇自潞州入平内難，正夜半，斬長樂門關，領兵入宫翦逆人，後撰此曲。』《樂府雜録》『還京樂』條謂《還京樂》爲『明皇自西蜀返，樂人張野狐所製。』與《新唐書》所載不同。任半塘《教坊記箋訂》以爲兩首《還京樂》爲同名異曲，《教坊記》『曲名』所列《夜半樂》《喜回鑾》《帝歸京》《喜還京》《還京樂》等曲，應同一本事。

柳永《夜半樂》入中吕調，爲宋時夾鍾羽。黄鍾宫《三臺夜半樂》無傳詞。案『三臺』爲曲名，見載於《教坊記》『曲名』内，《唐會要》林鍾羽列《三臺鹽》。敦煌舞譜中亦有《三臺》。此外『三臺』還作爲某種節奏的樂曲的類名，《三臺夜半樂》《突厥三臺》《西河獅子三臺舞》是改用《三臺》曲的節奏而命名；《宫中三臺》《江南三臺》等是因《三臺》辭不同的題材而命名的。《三臺夜半樂》當屬第一種情況，將《夜半樂》的節奏改成《三臺》急三拍。

四九　何滿子

《何滿子》，白樂天詩云：『世傳滿子是人名，臨就刑時曲始成。一曲四詞歌八叠，從頭便是斷腸聲。』自注云：『開元中，滄州歌者姓名。臨刑進此曲以贖死，上竟不免。』元微之《何滿子歌》云：『何滿能歌能宛轉，天寶年中世稱罕。嬰刑繫在囹圄間，下調哀音歌憤懣。梨園弟子奏玄宗，一唱承恩羈網緩。便將何滿爲曲名，御譜親題樂府纂。』甚矣，帝王不可妄有嗜好也。明皇喜音律，而罪人遂欲進曲贖死。然元白平生交友，聞見率同，獨紀此事少異。《盧氏雜説》云：『甘露事後，文宗便殿觀牡丹，誦舒元輿《牡丹賦》，歎息泣下，命樂適情。宫人沈翹翹舞《何滿子》，詞云：「浮雲蔽白日。」上曰：「汝知書耶。」乃賜金臂環。』又薛逢《何滿子》詞云：『繫馬宫槐老，持杯店菊黄。故交今不見，流恨滿川光。』五字四句，樂天所謂一曲四詞，庶幾是也。歌八疊，疑有和聲，如《漁父》《小秦王》之類。

『能宛轉』，戲曲論著本、詞話叢編本、上古本作『聲宛轉』，校正本作『能宛轉』，從校正本。

『梨園弟子奏玄宗』句，『玄』字，詞話叢編本作『元』，餘本均作『玄』，從餘本。

『御譜親題樂府纂』句，『譜』字，戲曲論著本、詞話叢編本、上古本作『府』，校正本作『譜』，從校正本。

白居易《聽歌六絶句·何滿子》見《全唐詩》卷四五八，『一曲四詞歌八叠』句，『詞』作『調』，其下注：『一作詞。』《全唐詩》卷二七《雜曲歌辭》録該詩即作『詞』。題注與王灼所引略有異：『開元中，滄洲有歌者何滿子，臨刑進此曲以贖死，上竟不免。』滄州，今河北滄縣東。何滿子，卷一列入擅歌者名中。

元稹《何滿子歌》見《全唐詩》卷四二一，文中所引爲前八句。

《盧氏雜説》，唐盧言撰，今佚，《新唐書·藝文志》《遂初堂書目》《文獻通考·經籍考》等均有著録。《紺珠集》《類説》《説郛》録有三十餘條，其餘散見他書。《紺珠集》《類説》《説郛》所録條目均無本文所引資料。唐人蘇鶚所撰《杜陽雜編》卷中記此事極詳：『大和九年誅王涯、鄭注後，仇士良專權恣意，上頗惡之。或登臨游幸，雖百戲駢羅，未嘗爲樂。往往瞠目獨語，左右莫敢進問。因題詩曰：「輦路生春草，上林花滿枝。憑高何限意，無復侍臣知。」』『上於内殿前看牡丹，翹足憑欄，忽吟舒元輿《牡丹賦》云：「俯者如愁，仰者如語，合者如咽。」吟罷方省元輿詞，不覺嘆息良久，泣下沾臆。時有宫人沈阿翹爲上舞《河滿子》，調聲風態，率皆宛暢。曲罷，上賜金臂環。』另《唐詩紀事》《麗情集》等亦載此事，辭略異。『輦路生春草』一詩，明高棅編《唐詩品彙》卷四三録爲文宗皇帝《宮中題》。

舒元輿，婺州東陽人，元和中舉進士，遭甘露之禍而死。《新唐書》卷一七九《舒元輿傳》謂：『元輿爲《牡丹賦》一篇，時稱其工。死後，帝觀牡丹，憑殿闌誦賦，爲泣下。』賦見《全唐文》卷七二一。『浮雲蔽白日』出自《文選》『古詩』第一首《行行重行行》。

『甘露事』見《舊唐書・文宗紀》載：太和九年十一月，『壬戌，中尉仇士良率兵誅宰相王涯、賈餗、舒元輿、李訓，新除太原節度使王璠，郭行餘、鄭注、羅立言、李孝本、韓約等十餘家，皆族誅。時李訓、鄭注謀誅内官，詐言金吾仗舍石榴樹有甘露，請上觀之。内官先至金吾仗，見幕下伏甲，遽扶帝輦入内，故訓等敗，流血塗地，京師大駭。』

薛逢《何滿子》辭見《全唐詩》卷五四八。薛逢，字陶臣，蒲州河東（今山西永濟）人，兩唐書有傳。《全唐詩》輯其詩一卷。

《漁父》又名《漁父辭》《漁父引》。《小秦王》爲開元天寶間教坊曲，源於初唐《秦王破陣樂》。《小秦王》《漁父引》《何滿子》三曲均見載於《教坊記》『曲名』内。任半塘《教坊記箋訂》《敦煌曲初探》《唐聲詩》對《何滿子》辭、樂、歌、舞等均有詳考。

案王灼謂《何滿子》『歌八叠，疑有和聲』，是認叠句爲和聲。《唐聲詩》對於唐代叠句、和聲皆有詳細辨析，謂叠句、和聲非一事：和聲有兩種類型，一爲純粹紀聲，不可訓詁。如漢鐃歌《朱鷺》之『路訾邪』，《有所思》之『妃呼狶』等和聲。一爲聲義兼備，如唐《破陣樂》之『秦王破陣樂』、皇甫松《采蓮子》之『舉棹』『年少』等和聲辭。叠句則爲重叠某一句，如皇甫松《抛毬樂》辭『輕毬墜越綃』後叠『墜越綃』。敦煌辭《臨江仙》『不如歸去』後叠『歸去也』。從任先生的分析來看，和聲、叠句的區别主要表現在辭式上的差異。由於無唐代辭樂合譜傳世，和聲、疊句表現在曲調中有何特點已無從詳考。

從現存宋代白石歌曲辭樂合譜來看，詞體與曲調所使用的换頭、合尾、合頭等手法往往無對應關係。如《鬲溪梅令》，詞没有换頭，但曲調采用了换頭。另如《翠樓吟》，曲調上片末幾音與下片首幾音完全相同，但詞並未采用疊句。大概宋人在處理和聲與疊句時亦如同此法，唱和聲時，重復前一句旋律；反之，唱疊句時，曲調却作稍許變化。於同中求異，於異中求同，而造成特殊的聲情效果。宋人視和聲與疊句爲一事，或即是源於此。王灼所謂『歌八疊，疑有和聲』，揣其語意，正是指和聲辭采用疊唱法。王灼所稱『和聲』，是指和聲辭而言。卷五《楊柳枝》中謂《楊柳枝》『每句下各增三字一句，此乃唐時和聲，如《竹枝》《漁父》』，很明確是指和聲辭。《何滿子》『歌八疊』如何歌法，於宋代即已失傳，後世每加揣測，不知究竟。敦煌写卷斯六五三七《何滿子》辭四首，其同卷前後所列皆大曲，任半塘《敦煌曲校録》判爲大曲辭，王昆吾《雜言研究》判爲中序排遍。『一曲四詞』應指這四首辭，而非王灼所謂一首有四句。『歌八疊』則是四首辭每首歌兩遍，共八遍，然後『一曲』告成。此處『疊』理解爲大曲之『疊』更爲恰當，而非曲子歌唱的和聲或疊句。

今詞屬雙調，兩段各六句，内五句各六字，一句七字。五代時尹鶚、李珣亦同此。其他諸公所作，往往只一段，而六句各六字，皆無復有五字者。字句既異，即知非舊曲。《樂府雜録》云：『靈武刺史李靈曜置酒，坐客姓駱，唱《何滿子》，皆稱妙絶。白秀才者曰：「家有聲妓，歌此曲音調不同。」召至令歌，發聲清越，殆非常音。駱遽問曰：「莫是宫中胡二子否？」妓熟視曰：「君豈梨園駱供奉邪？」相對泣下。皆明皇時人也。』張祜作《孟才人歎》云：『偶因歌態咏嬌嚬，傳唱宫中十二春。却爲一聲何滿子，下泉須弔孟才人。』其序稱：『武宗疾篤，孟才人以歌笙獲寵者，密侍左右。上目之曰：「吾當不諱，爾何爲哉？」指笙囊泣曰：「請以此就縊。」上憫然。復曰：「妾嘗藝歌，願對上歌一曲以泄憤。」許之，乃歌一聲《何滿子》，氣亟，立殞。上令醫候之，曰：「脈尚温，而腸已絶。」上崩，將徙柩，舉之愈重。議者曰：「非俟才人乎。」命其櫬至，乃舉。』僞蜀孫光憲《何滿子》一章云：『冠劍不隨君去，江河還共恩深。』似爲孟才人發。祜又有《宫詞》云：『故國三千里，深宫二十年。一聲何滿子，雙淚落君前。』其詳不可得而聞也。

『密侍左右』，校正本作『密侍其右』，餘本均作『密侍左右』，从餘本。

尹鶚，生卒年不詳，成都人，仕蜀爲校書郎，累官參卿，工詩詞，《尊前集》《花間集》存詞十七首。《何滿子》詞《尊前集》録尹鶚一首，《花間集》録毛文錫、和凝、孫光憲六首。李珣詞今不傳。

《何滿子》辭齊雜言、單叠、雙叠等各體，唐五代均有傳辭。其一，五言四句體，如薛逢詞，即文中所引『繫馬宫槐老』；其二，六言六句單叠體，如毛文錫『紅粉樓前月照』；其三，雜言單叠體，如孫光憲『冠劍不隨君去』，爲『六六七六六六』；其四，雜言雙叠體，如尹鶚『雲雨常陪勝會』，爲『六六六六六六。六六七六六六』，毛熙震『寂寞芳菲暗度』，上下片均爲『六六七六六六』，即王灼所謂『兩段各六句，内五句各六字，一句七字』，宋代均如此體。五言四句體與其他幾體可能是摘取《何滿子》大曲的不同段落造成的異體，亦有可能是同一摘遍經改編而反映在辭式上的差異。六言體與幾種雜言體則顯然是同一曲調因增字而産生的異體。造成同調異體的原因很多，王昆吾《隋唐五代燕樂雜言歌辭研究》有詳細研討，可參閲。

白秀才家伎歌《何滿子》事，今本《樂府雜録》失載，《類説》《説郛》本亦不載於《樂府雜録》而載於《琵琶録》。《説郛》本《琵琶録》記此事極詳：『有舉子曰白秀才，子弟寓止京師。偶值宫娃内弟子出在民間，白即納一妓爲跨驢之樂。因夜風清月朗，是麗人忽唱新聲。白驚，遂不復唱。逾年，因游靈武，李靈曜尚書廣設筵，白預坐末。廣張妓樂，至有唱《何滿子》者，四坐傾聽，俱稱絶妙。白曰：「某有伎人，聲調殊異於此。」促召至。短鬌薄粧，態度閑雅。發問曰：「適唱何曲？」曰：「《何滿子》。」遂品調舉袂，發聲清響激越，諸樂不能逐。部中亦有回琵琶，聲韻高下，然揭庵郎指無差。遂問曰：「莫是宫中胡二姊否？」復問曰：「莫是梨園駱供奉否？」二人相對，汍瀾欷歔而已。』

張祜《孟才人歎》見《全唐詩》卷五一一。詩前《序》與本文所引略有異文：『武宗皇帝疾篤，遷便殿，孟才人以歌笙獲寵者，密侍其右。上目之曰：「吾當不諱，爾何爲哉？」指笙囊泣曰：「請以此就縊。」上憫然。復曰：「妾嘗藝歌，請對上歌一曲，以泄其憤。」上以懇許之，乃歌一聲《河滿子》，氣亟立殞。上令醫候之，曰：「脈尚温，而腸已絶。」及帝崩，柩重不可舉。議者曰：「非俟才人乎？」爰命其櫬，櫬至，乃舉。』唐康駢《劇談録》卷上『孟才人善歌』條亦載此事，辭異。

孫光憲（？—九六八），字孟文，陵州貴平（今四川仁壽境）人。著作甚豐，今僅存《北夢瑣言》，詞八十餘首，在《花間集》中。孫光憲《何滿子》詞見《花間集》卷八。

張祜《宫詞》見《全唐詩》卷五一一《宫詞二首》之一，『何』作『河』。

五〇　凌波神

《凌波神》，《開元天寶遺事》云：『帝在東都，夢一女子，高髻廣裳，拜而言曰：「妾凌波池中龍女，久護宫苑。陛下知音，乞賜一曲。」帝爲作《凌波曲》，奏之池上，神出波間。』《楊妃外傳》云：『上夢艷女，梳交心髻，大袖寬衣，曰：「妾是陛下凌波池中龍女，衛宫護駕實有功。陛下洞曉鈞天之音，乞賜一曲。」夢中爲鼓胡琴，作《凌波曲》。後於凌波池奏新曲，池中波濤涌起，有神女出池心，乃夢中所見女子。因立廟池上，歲祀之。』《明皇雜録》云：『女伶謝阿蠻善舞《凌波曲》，出入宫中及諸姨宅。妃子待之甚厚，賜以金粟妝臂環。』按《理道要訣》天寶諸樂曲名有《凌波神》二曲，其一在林鍾宫，云時號道調宫。然今之林鍾宫即時號南吕宫，而道調宫即古之仲吕宫也。其一在南吕商，云時號水調。今南吕商則俗呼中管林鍾商也。皆不傳。予問諸樂工，云：『舊見《凌波曲》譜，不記何宫調也，世傳用之歌吹，能招來鬼神，因是久廢。』豈以龍女見形之故，相承爲能招來鬼神乎？

《開元天寶遺事》，五代王仁裕撰。王仁裕（八八〇—九五六），字德輦，天水（今屬甘肅）人。與和凝等以文章知名於五代。工詩文，通曉音律，嘗集其平生所作詩萬餘首爲百卷，號《西江集》，今佚。新舊《五代史》有傳。《開元天寶遺事》記開、天間宫中瑣聞雜事及民間風俗習尚。本文所引資料，今本《開元天寶遺事》失載。

《楊太真外傳》卷上載此事極詳：『並夢龍女，又製《凌波曲》。（玄宗在東都，夢一女，容貌艷異，梳交心髻，大袖寬衣，拜於床前。上問：「汝何人？」曰：「妾是陛下凌波池中龍女。衛宫護駕，妾實有功。今陛下洞曉鈞天之音，乞賜一曲，以光祖類。」上於夢中爲鼓胡琴，拾新舊之曲聲，爲《凌波曲》。龍女再拜而去。及覺，盡記之。會禁樂，自御琵琶，習而翻之。與文武臣僚，於凌波宫臨池奏新曲，池中波濤涌起，復有神女出池心，乃所夢之女也。上大悦，語於宰相，因於池上置廟，每歲命祀之。）』鈞天，天的中央。古代神話傳説中天帝住的地方。鈞天之音，又稱鈞天樂、鈞天廣樂。《史記·趙世家》：『（趙簡子）語大夫曰：「我之帝所甚樂，與百神游於鈞天，廣樂九奏萬舞，不類三代之樂，其聲動人心。」』後因以『鈞天廣樂』喻指仙樂。外族傳入的樂器泛稱胡琴，亦有稱胡琵琶爲胡琴的（詳前），此處『胡琴』即指胡琵琶。

《明皇雜録·補遺》：『新豐市有女伶曰謝阿蠻，善舞《凌波曲》，常出入宫中，楊貴妃遇之甚厚，亦游於國忠及諸姨宅。上至華清宫，復令召焉。舞罷，阿蠻因出金粟裝臂環，云：「此貴妃所與。」上持之淒怨出涕，左右莫不嗚咽。』謝阿蠻，卷一列入善歌者名中。

《唐會要》載《凌波神》入林鍾商和南吕商，林鍾宫無此曲。唐林鍾商時號小食調，南吕商時號水調；唐林鍾宫時號道調，宋林鍾宫時號南吕宫。王灼所謂『道調宫即古之仲吕宫』，實是宋代仲吕宫爲道調宫。中管林鍾商已詳《水調歌與河傳》箋證。

五一 荔枝香

《荔枝香》，唐史《禮樂志》云：『帝幸驪山，楊貴妃生日，命小部張樂長生殿，奏新曲，未有名，會南方進荔枝，因名曰《荔枝香》。』《脞説》云：『太真妃好食荔枝，每歲忠州置急遞上進，五日至都。天寶四載夏，荔枝滋甚，比開籠時，香滿一室，供奉李龜年撰此曲進之，宣賜甚厚。』《楊妃外傳》云：『明皇在驪山，命小部音聲於長生殿奏新曲，未有名，會南海進荔枝，因名《荔枝香》。』三説雖小異，要是明皇時曲。然史及《楊妃外傳》皆謂帝在驪山，故杜牧之《華清絶句》云：『長安回望繡成堆，山頂千門次第開。一騎紅塵妃子笑，無人知是荔枝來。』《遯齋閑覽》非之曰：『明皇每歲十月幸驪山，至春乃還，未嘗用六月。詞意雖美，而失事實。』予觀小杜華清長篇，又有『塵埃羯鼓索，片段荔枝筐』之語。其後歐陽永叔詞亦云：『一從魂散馬嵬間。只有紅塵無驛使，滿眼驪山。』唐史既出永叔，宜此詞亦爾也。今歇指、大石兩調皆有近拍，不知何者爲本曲。

唐史《禮樂志》，即《新唐書・禮樂志》，『奏新曲』爲『因奏新曲』，餘同。『小部』即『小部音聲』。《新唐書》此段文字前已云：『玄宗既知音律，又酷愛法曲，選坐部伎子弟三百教於梨園，聲有誤者，帝必覺而正之，號「皇帝梨園弟子」。宮女數百，亦爲梨園弟子，居宜春北院。梨園法部，更置小部音聲三十餘人。帝幸驪山……』唐袁郊《甘澤謠·許雲封》亦載：『值梨園法部置小部音聲，凡三十餘人，皆十五以下。』

《脞説》此條僅見於此，他書不載。忠州，統於夔州都督府，治臨江（今重慶忠縣）。忠州本名臨州，貞觀八年更此名。

《楊太真外傳》卷下：『十四載六月一日，上幸華清宮，乃貴妃生日。上命小部音聲（小部者，梨園法部所置，凡三十人，皆十五已下）於長生殿奏新曲，未有名，會南海進荔枝，因以曲名《荔枝香》。』

『杜牧《華清絶句》』見《全唐詩》卷五二一《過華清宮絶句三首》之一。

《遯齋閑覽》，北宋陳正敏撰。陳正敏，號遯翁，北宋延平（今屬福建）人，生平事迹不詳。《宋史·藝文志》著録其《劍溪野話》三卷，《遯齋閑覽》十四卷。《遯齋閑覽》原書已佚，《類説》卷四七録九十五條，《説郛》卷三二録四十四條，其餘散見於其他詩話筆記中。如《苕溪漁隱叢話》《詩話總龜》《草堂詩話》《詩人玉屑》《宋詩紀事》等引録了數十條。據《郡齋讀書志》，是書當成於崇觀間。《説郛》本《遯齋閑覽》『華清宫詩』條：『杜牧《華清宮》詩云：「長安回望……」尤膾炙人口。據《唐紀》明皇常以十月至驪山，至春即還宮，是未嘗六月在驪山也。然荔枝盛暑方熟，詞意雖美而失事實。』

『塵埃羯鼓索，片段荔枝筐』，見《全唐詩》卷五二一杜牧《華清宮三十韻》。

歐陽修詞見《浪淘沙》：『五嶺麥秋殘。荔子初丹。絳紗囊裏水晶丸。可惜天教生處遠，不近長安。往事憶開元。妃子偏憐。一從魂散馬嵬關。只有紅塵無驛使，滿眼驪山。』

大石調，宋爲黄鍾商。歇指調，宋爲林鍾商，吴文英詞入此調。柳永、周邦彦詞皆入小石調，爲宋代仲吕商。《詞譜·荔枝香》云：『按，《荔枝香》有兩體，七十六字者始自柳永，《樂章集》注歇指調，有周邦彦、方千里、楊澤民、陳允平及吴文英詞可校；七十三字者始自周邦彦，有方千里、楊澤民、陳允平和詞及袁去華詞可校，一名《荔枝香近》。』

案《荔枝香》曲名來源，歷代各種記載均與進獻荔枝有關，但相關細節則多有異説。

其一，該曲産生的年代，《脞説》作『天寶四年』，《甘澤謡》《楊太真外傳》均作天寶十四年。《楊太真外傳》爲『十四載』。天寶三年改『年』爲『載』，『十四載』當指天寶十四年。

其二，進貢荔枝的産地，《脞説》作『忠州』，《甘澤謡》《明皇雜録》《楊太真外傳》等作『南海』。南海當指南海郡，嶺南三郡之一，漢唐以盛産荔枝聞名。《後漢書》卷四『孝和孝殤帝紀』有記載：『舊南海獻龍眼、荔支，十里一置，五里一候，奔騰阻險，死者繼路。』唐張九齡《荔枝賦序》亦云：『南海郡出荔枝焉，每至季夏，其實乃熟，狀甚瓌詭，味特甘滋，百果之中，無一可比。』見宋李昉等編《文苑英華》卷一四四《草木二》《資治通鑑》卷二一五明確稱：『妃欲得生荔支，歲命嶺南馳驛致之，比至長安，色味不變。』對於忠州荔枝，見於《舊唐書·白居易傳》載：白居易元和間任忠州刺史時，『爲《木蓮荔枝圖》，寄朝中親友，各記其狀曰：「荔枝生巴、峽間……元和十四年夏，命道士毋丘元志寫之。惜其遐僻，因以三絶賦之。」有「天教抛擲在深山」之句，咸傳於都下，好事者喧然模寫。』説明忠州荔枝於中唐前並不爲外界所知，斷然不可能在盛唐就年年供奉朝廷。宋人則更多認爲是來自涪州。蔡襄《荔枝譜》云：『唐天寶中，妃子尤愛嗜，涪州歲命驛致之。』《方輿勝覽·涪州》記其土産，第一即爲荔枝。其引《寰宇記》云：『土産荔枝，尤勝諸郡。』引《圖經》云：『相傳城西十五里有妃子園，其地多荔支。昔楊妃所嗜，當時以馬遞馳載，七日七夜至京。』

《苕溪漁隱叢話》對『南海』『忠州』『涪州』諸説進行了辨析，認爲當以『涪州』説爲信。《苕溪漁隱叢話》後集卷七『杜子美』三條：『余觀蔡君謨荔枝譜云：「東京：交趾七郡貢生荔枝，十里一置，五里一堠，晝夜奔騰，有毒虫猛獸之害。臨武長唐羌上書言狀，和帝詔大官省之。唐天寶中，妃子尤愛嗜，涪州歲命驛致之。時詩人多所稱咏，此張九齡賦之以托意。」又東坡《荔枝嘆》云：「……永元荔枝來交州，天寶歲貢取之涪。……」皆以荔枝天寶時貢自涪州。二公著譜作詩，意欲傳於後世，其考之必審，不應有誤。蓋唐都長安，視涪州爲正南，荔枝由子午谷路進入。《唐志》……《妃子外傳》以爲南海，則道里遼遠，所記必誤。……涪忠二州，俱爲巴蜀之地，境土相接。白居易嘗刺忠州，以其地多產荔枝，形於篇什，又圖而序之。余意君房《脞説》因此遂言忠州也。居易序云：「荔枝若離本枝，一日而色變，二日而香變，三日而味變，四五日外，色香味盡變去矣。」余頃在閩廣，驗此語信然。矧傳置之遠，腐敗之餘，烏能適口也哉。』《能改齋漫録·方物》『貢荔枝地』條專門作了考察：『近見《涪州圖經》及詢土人云：「涪州有妃子園荔枝。蓋妃嗜生荔枝，以驛騎遞自涪，至長安有便路，不七日可到。」東坡亦川人，故得其實。昔宋景文作《成都方物略記圖》言荔枝生嘉戎等州，此去長安差近，疑妃所取。蓋不知涪有妃子園，又自有便路也。』從這些記載來看，以『涪州』一説最爲可信。

其三，帝幸驪山的季節，《雍録》卷四『温泉』謂『開元間明皇每歲十月幸（華清宮），歲盡乃歸。』據兩唐書記載，玄宗幸華清宮均在十月至次年正月間，但並非『每歲十月幸，歲盡乃歸』。如《新唐書·玄宗紀》載開元二十五年『十一月壬申，幸温泉宮，乙酉，至自温泉宮。』開元二十六年，『十月戊寅，幸温泉宮。壬辰，至自温泉宮。』天寶四年『十月戊戌，幸温泉宮。十二月戊戌，至自温泉宮。』天寶十年『十月壬子，幸華清宮。……十一載正月丁亥，至自華清宮。』天寶十二年『十月戊寅，幸華清宮。……十三載正月丙午，至自華清宮。』『温泉宮』即『華清宮』，於天寶六年改名。《遯齋閑覽》即是因此而非之。因荔枝於夏季成熟，則進獻荔枝時不可能在驪山。《雍録》『温泉説』亦主此説，同時認爲白居易《長恨歌》所謂『七月七日長生殿』一説亦不可信。但其文末又云：『然而事有不可專執故常者，觀風殿有復道可以潛通大明，則微行間出，亦不必正在十月矣。唐志記《荔枝香》曲所起曰：「貴妃生日燕長生殿，南方適進荔枝，因以《荔枝香》爲曲。」則荔枝熟時亦自可幸驪山也。』如此，則完全可能專爲貴妃生日而於六月幸驪山。

五二　阿濫堆

《阿濫堆》，《中朝故事》云：『驪山多飛禽，名阿濫堆。明皇御玉笛，采其聲，翻爲曲子名。左右皆傳唱之，播於遠近，人競以笛效吹。故張祜詩云：「紅樹蕭蕭閣半開，玉皇曾幸此宮來。至今風俗驪山下，村笛猶吹阿濫堆。」』賀方回《朝天子》曲云：『待月上，潮平波灧灧。塞管孤吹新阿濫。』即謂《阿濫堆》。江湖間尚有此聲，予未之聞也。嘗以問老樂工，云屬夾鍾商。按《理道要訣》天寶諸樂名，『堆』作『䭔』，屬黄鍾羽。夾鍾商俗呼雙調，而黄鍾羽則俗呼般涉調。然《理道要訣》稱黄鍾羽時號黄鍾商調。皆不可曉也。

《中朝故事》，五代南唐尉遲偓撰。作者生卒年不詳，官給事中，著有《中朝故事》二卷，記唐末懿宗、僖宗、昭宗、哀宗四朝事。《中朝故事》卷上：『驪山多飛禽，名「阿濫堆」。明皇帝御玉笛，采其聲，翻爲曲子名焉。左右皆傳唱之，播於遠近。人競以笛效吹。故詞人張祜詩曰：「紅樹蕭蕭閣半開，玉皇曾幸此宮來。至今風俗驪山下，村笛猶吹阿濫堆。」』所引張祜詩爲《華清宮四首》之三，見《全唐詩》卷五一一。

賀方回即賀鑄，已詳卷二。文中所引賀鑄詞爲《天門謡》，非《朝天子》。《詩話總龜》卷四二載：『余與淵材牛渚間見長短句曰：「牛渚天門險，限南北、七英豪占。青烟霧斂，與閑人登覽。　待月上、潮平波灧灧，塞管孤吟新繫纜。風滿檻，歷歷數西州更點。」淵材恨不得腔，乃撰其譜，蓋賀方回作也。』《詞譜·天門謡》稱：『賀鑄詞有「牛渚天門險」句，因取爲調名。李之儀《姑溪詞》注：賀方回登采石娥眉亭作也。』

以『堆』作『䭔』，天寶間極爲盛行，《敦煌曲初探》有詳細分析。

《唐會要》該曲入黄鍾羽，時號黄鍾調，非黄鍾商調。宋代夾鍾商，實唐中吕商，時號皆爲雙調；宋代黄鍾羽，實唐太簇羽，時號皆爲般涉調。

碧雞漫志箋證卷五

五三　念奴嬌

《念奴嬌》，元微之《連昌宮詞》云：『初過寒食一百六，店舍無烟宮樹緑。夜半月高弦索鳴，賀老琵琶定場屋。力士傳呼覓念奴，念奴潛伴諸郎宿。須臾覓得又連催，特敕街中許然燭。春嬌滿眼淚紅綃，掠削雲鬟旋裝束。飛上九天歌一聲，二十五郎吹管逐。』自注云：『念奴，天寶中名倡，善歌。每歲樓下酺宴，萬衆喧隘。嚴安之、韋黄裳輩闢易不能禁。衆樂爲之罷奏。明皇遣高力士大呼樓上曰：「欲遣念奴唱歌，邠二十五郎吹小管逐。」看人能聽否。皆悄然奉詔。然明皇不欲奪俠游之盛，未嘗置在宮禁。歲幸温湯，時巡東洛，有司潛遣從行而已。』《開元天寶遺事》云：『念奴有色，善歌，宮伎中第一。帝嘗曰：「此女眼色媚人。」』又云：『念奴每執板當席，聲出朝霞之上。』今大石調《念奴嬌》，世以爲天寶間所製曲，予固疑之。然唐中葉漸有今體慢曲子，而近世有填《連昌宮詞》入此曲者。後復轉此曲入道調宮，又轉入高宮、大石調。

『喧隘』，戲曲論著本、詞話叢編本、上古本作『喧溢』，校正本作『喧隘』，從校正本。

元稹《連昌宮詞》見《全唐詩》卷四一九，原文七言三十二句，文中所引爲其中的十二句，『淚紅綃』作『睡紅綃』，『睡』下注：『一作眠。』『自注』爲『偷得新翻數般曲』句下注，『酺宴』下多『累日之後』

句，『明皇』作『玄宗』，『皆悄然奉詔』作『未嘗不悄然奉詔』，其後並多『其爲當時所重也如此』句。

賀老即賀懷智。《连昌宫詞》『賀老琵琶定場屋』句後注云：『唐開元中賀懷智善琵琶。』《近世會元》卷四引唐《談賓録》亦云：『賀老名懷智也。』賀懷智，玄宗時爲梨園供奉，善琵琶、拍板。《樂府雜録》『琵琶』條云：『開元中有賀懷智，其樂器以石爲槽，鵾雞筋作弦，用鐵撥彈之。』《楊太真外傳》卷上：『遂賜宜春院及梨園弟子並諸王。時新豐初進女伶謝阿蠻，善舞。上與妃子鍾念，因而受焉。就按於清元小殿，寧王吹玉笛，上羯鼓，妃琵琶，馬仙期方響，李龜年觱篥，張野狐箜篌，賀懷智拍板。自旦至午，歡洽異常。』

定場屋，《唐戲弄》第六章謂『場』或『場屋』，應指室内呈伎之場。『定』義可能有二説：或謂安定場内秩序，當在開場之始；或謂維繫全場觀衆之最高興趣，使不忍半途而去，當在終場之時。似以後一説爲長。案據原詩中所言，先有賀老以琵琶定場，後有詔念奴唱歌，則此處『定場』應爲第一義，即在演出之初，以安定場内秩序。

念奴，本書卷一列於善歌者名中。

邠二十五郎，即邠王李承寧，章懷太子之孫，明皇之從侄。善小管。張祜《邠王小管》詩：『金輿還幸無人見，偷把邠王小管吹。』

《開元天寶遺事・天寶上》『眼色媚人』條較文中所引行文略有異：『念奴者，有姿色，善歌唱，未嘗一日離帝左右。每執板當席，顧眄左右。帝謂妃子曰：「此女妖麗，眼色媚人。」每囀聲歌喉，則聲出於朝霞之上，雖鍾鼓笙竽嘈雜，而莫能遏。宫妓中帝之鍾愛也。』

《念奴嬌》曲，於唐代史料筆記均無所載，更無傳辭，此調起於何時已難詳。今所存最早的詞作爲北宋沈唐『杏花過雨』一闋。此後此調詞作甚多，爲使用頻率最高的詞調之一，其别稱達二十餘種，體式亦有十餘種之多，於句讀、韻位、字數、用韻等方面多有變化。道調宫，宋爲仲吕宫，高宫，宋爲大吕宫，大石調，宋爲黄鍾商。

《詞譜·念奴嬌》云：『姜夔詞注雙調；元高拭詞注大石調，又大吕調。蘇軾「赤壁懷古」詞有「大江東去，一樽還酹江月」句，因名《大江東去》，又名《酹江月》，又名《赤壁詞》，又名《酹月》；曾覿詞名《壺中天慢》；戴復古詞有「大江西上」句，名《大江西上曲》；姚述堯詞有「太平無事，歡娱時節」句，名《太平歡》；韓淲詞有「年年眉壽，坐對南枝」句，名《壽南枝》，又名《古梅曲》；姜夔詞名《湘月》，自注即《念奴嬌》鬲指聲；張輯詞有「柳花淮甸春冷」句，名《淮甸春》；米友仁詞名《白雪詞》；張翥詞名《百字令》，又名《百字謡》；丘長春詞名《無俗念》；游文仲詞名《千秋歲》；《翰墨全書》詞名《慶長春》，又名《杏花天》。此調有平韻、仄韻二體，凡句讀參差、大同小異者，譜内各以類列。』

五四　雨淋鈴

《雨淋鈴》，《明皇雜録》及《楊妃外傳》云：『帝幸蜀，初入斜谷，霖雨彌旬。棧道中聞鈴聲，帝方悼念貴妃，采其聲爲《雨淋鈴》曲以寄恨。時梨園弟子惟張野狐一人善篳篥，因吹之，遂傳於世。』予考史及諸家説，明皇自陳倉入散關，出河池，初不由斜谷路。今劍州梓桐縣地名上亭，有古今詩刻，記明皇聞鈴之地，庶幾是也。羅隱詩云：『細雨霏微宿上亭，雨中因感雨淋鈴。貴爲天子猶魂斷，窮著荷衣好涕零。劍水多端何處去，巴猿無賴不堪聽。少年辛苦今飄蕩，空媿先生教聚螢。』世傳明皇宿上亭，雨中聞牛鐸聲，悵然而起，問黄幡綽：『鈴作何語？』曰：『謂陛下特郎當。』特郎當，俗稱不整治也。明皇一笑，遂作此曲。

《明皇雜録》《楊太真外傳》與王灼所引行文有異。《明皇雜録·補遺》：『明皇既幸蜀，西南行，初入斜谷，屬霖雨涉旬，於棧道雨中聞鈴，音與山相應。上既悼念貴妃，采其聲爲《雨霖鈴》曲，以寄恨焉。時梨園弟子善吹觱篥者，張野狐爲第一，此人從至蜀，上因以其曲授野狐。』

《楊太真外傳》卷下云：『……又至斜谷口，屬霖雨涉旬，於棧道中聞鈴聲，隔山相應。上既悼念貴妃，因采其聲爲《雨霖鈴》曲，以寄恨焉。……至德中，復幸華清宫。從宫嬪御，多非舊人。上於望京樓下命張野狐奏《雨霖鈴》曲。曲半，上四顧淒凉，不覺流涕。左右亦爲感傷。』

斜谷路，即褒斜道，又稱石牛道，北起斜谷口，南至褒谷口，跨越秦嶺，秦漢以後是巴蜀進入中原的重要驛道。陳倉，即寶雞。秦置陳倉縣，唐肅宗乾元二年改爲寶雞縣。散關在縣西南五十二里。河池，漢置縣，屬武都郡，隋唐改屬鳳州。劍州，唐先天二年置劍州，因劍閣爲名，屬劍南東川節度，治梓州，管普安、梓潼、劍門等八縣。

張野狐事迹，各書所載，多繫於玄宗幸蜀一事。《樂府雜録》『俳優』條又謂張野狐與黄幡綽弄參軍。

明皇入蜀路綫，《舊唐書·玄宗紀》《資治通鑑》卷二一八、《雍録》卷五均有詳細記載：先至咸陽，而後至馬嵬驛，經武功、扶風、陳倉、散關、河池、劍關、益昌一綫，以達成都，正如王灼所説並未走斜谷路。返京路綫亦同，《樂府雜録》則謂明皇走駱谷道返京。《樂府雜録》『雨霖鈴』條云：『《雨淋鈴》者，因唐明皇駕回至駱谷，聞雨淋鑾鈴，因令張野狐撰爲曲名。』王代升《唐明皇幸蜀聞鈴處辨析》謂：『唐明皇幸蜀聞鈴處在四川梓潼縣北四十里，川陝公路上的上亭鋪。上亭鋪古爲驛站。《重修梓潼縣志》載，天寶十四年安史之亂，「唐明皇幸蜀，至此聞鈴，似言三郎郎當者，故名郎當驛。」』文載《四川文物》一九九四年第四期清光緒時於上亭驛立明皇聞鈴處碑，今仍存，碑陰刻『唐明皇幸蜀聞鈴處』。至於玄宗或張野狐作曲、作於入蜀或返京時等問題均無法詳考。

羅隱詩，《全唐詩》僅録其首二句，『細雨霏微』作『山雨微微』，『感』作『想』，並謂輯自《天中記》。

《楊妃外傳》又載上皇還京後，復幸華清，從官嬪御多非舊人。於望京樓下，命張野狐奏《雨淋鈴》曲。上四顧淒然，自是聖懷耿耿，但吟『刻木牽絲作老翁，雞皮鶴髮與真同。須臾弄罷寂無事，還似人生一世中』。杜牧之詩云：『零葉翻紅萬樹霜，玉蓮開蕊暖泉香。行雲不下朝元閣，一曲淋鈴淚數行。』張祜詩云：『雨淋鈴夜却歸秦，猶是張徽一曲新。長說上皇和淚教，月明南内更無人。』張徽，即張野狐也。或謂祜詩言上皇出蜀時曲，與《明皇雜録》《楊妃外傳》不同。祜意明皇入蜀時作此曲，至雨淋鈴夜却又歸秦，猶是張野狐向來新曲，非異說也。元微之《琵琶歌》云：『淚垂捍撥朱弦濕，冰泉嗚咽流鶯澀。因兹彈作雨淋鈴，風雨蕭條鬼神泣。』今雙調《雨淋鈴慢》，頗極哀怨，真本曲遺聲。

《楊太真外傳》卷下云：『至德中，復幸華清宮。……自是聖懷耿耿，但吟：「刻木牽絲作老翁……」』『刻木牽絲作老翁』一詩本事、作者、詩名見於多種文獻記載均有異，《明皇雜録》謂爲李白《傀儡詩》，今本《明皇雜録》失載，中華書局點校本據《詩話總龜》輯出。其云：『明皇在南内，耿耿不樂，每自吟太白《傀儡詩》曰：「刻木牽絲作老翁，雞皮鶴髮與真同。須臾弄罷渾無事，還似人生一世中。」』《類說》《說郛》本《明皇雜録》該條中『渾無事』作『寂無事』。《唐詩紀事》卷二九『梁鍠』條下録梁鍠咏此詩，題作《咏木老人》，並同時引録《明皇雜録》所載明皇吟該詩，謂『不知明皇作，或咏鍠詩也』。《萬首唐人絶句》卷六九録爲明皇《傀儡吟》，《全唐詩》卷三與卷二〇二兩録該詩，一作明皇帝《傀儡吟》，一作梁鍠《木老人詩》。

杜牧詩見《全唐詩》卷五二四《華清宮》。

張祜詩見《全唐詩》卷二七和卷五一一《雨霖鈴》。『猶是』一作『猶見』。

元稹《琵琶歌》見《全唐詩》卷四二一。

柳永詞入雙調，調名僅作《雨霖鈴》，無『慢』字。柳永《雨霖鈴》『寒蟬淒切』兩段一百三字。此後作者皆依此體，或僅字句略作變化，並非另有《雨霖鈴慢》一調。柳詞後世亦皆視爲慢詞。《詞譜·雨霖鈴》云：『宋詞蓋借舊曲名，另倚新聲也。調見柳永《樂章集》，屬雙調。』

五五 清平樂

《清平樂》，《松窗録》云：『開元中，禁中初重木芍藥，得四本，紅、紫、淺紅、通白繁開。上乘照夜白，太真妃以步輦從。李龜年手捧檀板，押衆樂前，將欲歌之。上曰：「焉用舊詞爲。」令龜年宣翰林學士李白立進清平調詞三章。白承詔賦詞，龜年以進。上命梨園弟子約格調，撫絲竹，促龜年歌。太真妃笑領歌意甚厚。』張君房《脞説》指此爲《清平樂》曲。按明皇宣白進清平調詞，乃是令白於清平調中製詞。蓋古樂取聲律高下合爲三，曰清調、平調、側調，此之謂三調。

《松窗録》，又名《松窗小録》《松窗雜録》，全書共一卷。記武后至宣宗朝事，玄宗朝事居多，多寫皇帝、後妃、卿相的軼聞雜事。該書作者向有李濬或韋濬、韋叡之説，今較多傾向於李濬。李濬，生卒年不詳，無錫（今屬江蘇）人，會昌間宰相李紳子。《松窗雜録》云：『開元中，禁中初重木芍藥，即今牡丹也。開元天寶花呼木芍藥，本記云：禁中爲牡丹花。得四本，紅、紫、淺紅、通白者。上因移植於興慶池東沉香亭前。會花方繁開，上乘月夜，召太真妃，以步輦從，詔特選梨園弟子中尤者得樂十六色。李龜年以歌擅一時之名，手捧檀板，押衆樂前，欲歌之。上曰：「賞名花，對妃子，焉用舊樂詞爲。」遂命龜年持金花牋，宣翰林學士李白，進清平調詞三章。白欣承詔旨，猶苦宿酲未解，因援筆賦之，「雲想衣裳花想容……」龜年遽以詞進。上命梨園弟子約略調撫絲竹，遂促龜年以歌，太真妃持頗梨七寶盃，酌西涼州蒲萄酒，笑領意甚厚。上因調玉笛以倚曲，每曲遍將换，則遲其聲以媚之。』《楊太真外傳》卷上、《全唐詩》卷一六四録李白《清平調詞》三首題注文均載此事。『上乘月夜』，外傳與《全唐詩》皆作『上乘照夜白』。照夜白，唐玄宗所乘駿馬名。《明皇雜録·逸文》：『上所乘馬有玉花驄，照夜白。』又『清平調詞』，外傳作『清平樂詞』，《全唐詩》作『清平調』。餘略同。

《脞説》此條僅見於此，他書不載。

三調，指相和歌和清商樂中最主要的三種調式，即清調、平調、瑟調。三調因用於相和歌和清商樂，後世一般稱相和三調或清商三調。《魏書·樂志》載神龜二年陳仲儒奏議中云：『瑟調以宫爲主，清調以商爲主，平調以角爲主。』因此一般認爲宫、商、角爲同均的三種調式。王灼謂三調爲清調、平調、側調。此説與沈括《筆談》相同。《筆談》卷五云：『古樂有三調聲，謂清調、平調、側調也。』初唐李善注《文選》，於謝靈運《會漢行》『六引緩清唱，三調佇繁音』下注云：『第一平調、第二清調、第三瑟調、第四楚調、第五側調，然今三調，蓋清、平、側也。』猶言在唐以前三調爲清、平、瑟，唐以後才將側調替瑟調納入三調。

明皇止令就擇上兩調，偶不樂側調故也。况白詞七字絶句，與今曲不類。而《尊前集》亦載此三絶句，止目曰《清平詞》。然唐人不深考，妄指此三絶句耳。此曲在越調，唐至今盛行。今世又有黄鍾宫、黄鍾商兩音者。歐陽炯稱，白有應制《清平樂》四首，往往是也。

歐陽炯，益州華陽（今屬成都）人。仕前後蜀，累官至門下侍郎同平章事，入宋，任散騎常侍。序《花間集》著名，有詞四十八首，亦存《花間集》中。《花間集叙》有云：『在明皇朝，則有李太白之應制《清平樂》詞四首。』據《唐聲詩》稱宋本《尊前集》載李白三絶句題名爲《清平辭》。今本《尊前集》則爲《清平調》，本書卷一亦稱《清平調》。該調作者極少，除李白之外，宋代蘇軾有《清平調引》三首，亦七言絶句。《清平樂》，見於《尊前集》《金奩集》《花間集》，有李白五首，温飛卿、韋莊、歐陽炯等十餘首，入宋後作者極多，體式亦多爲『四五七六。六六六六』句式。《詞譜·清平樂》云：『《花庵詞選》名《清平樂令》。張輯詞有「憶著故山蘿月」句，名《憶蘿月》。張翥詞有「明朝來醉東風」句，名《醉東風》。』

越調，唐爲黄鍾商，宋爲無射商，《金奩集》《樂章集》《清平樂》入該調。黄鍾宫，唐無時號，宋爲正宫；黄鍾商，唐爲越調，宋爲大石調，《宋史·樂志》所載《清平樂》入大石調，爲教坊大曲。

案王灼於此條旨在辨析李白應制之作應爲雜言體《清平樂》，而非《松窗雜録》所記載的三首絶句。其理由有三：一是『白詞七字絶句，與今曲不類』；二是『《尊前集》亦載此三絶句，止目曰《清平詞》』；三是『歐陽炯稱白有應制《清平樂》四首』。故而認爲『唐人不深考，妄指此三絶句耳』，《松窗雜録》記載的非應制之作，《脞説》將李白三絶句指認爲《清平樂》亦誤。而所謂『明皇宣白進清平調詞』，是令李白於三調中的清調平調中製詞。

王灼所謂『白詞七字絶句』，據《松窗雜録》及《楊太真外傳》所載即『雲想衣裳花想容』等三首著名的七絶。『今曲』即《清平樂》，唐宋均爲雜言。李白應制之作究竟是《清平調》還是《清平樂》，是七絶還是雜言，這個問題，任半塘《唐聲詩·格調·清平調》已有辨析：

李白應制爲辭之事，不能限其生平止於一次而已。綜合先後，有作《清平調》者，有作《清平樂》者，有作『宫中行樂辭』者，各有本事，互不相妨。宋人或混之，或辨之，皆争在其事可一不可再之故。……應是别一次應制而作。

所云『作《清平調》者』，即《松窗雜録》所載李白應制三絶句；『作《清平樂》者』即《花間集序》歐陽炯所稱『白有應制《清平樂》四首』，『作「宫中行樂辭」者』，即《舊唐書》所載『玄宗度曲，欲造樂府新辭，亟召白。……頃之，成十餘章。』『樂府新辭』即十餘章之多，既非三章，也非四章，『應是别一次應制而作』。

因此，《松窗雜録》的記載並無誤。《尊前集》收載的李白《清平調》七絶三首與《清平樂》雜言體四首、《全唐詩》收載的李白《宮中行樂詞》八首均爲李白應制之作。《清平調》或稱《清平辭（詞）》。《清平樂》，唐宋無異稱。則《脞説》及《楊太真外傳》將李白三絶句稱爲《清平樂》有誤。

另外，清代以來多認爲《清平調》爲清商曲，任半塘亦主此説：『「清平調」三字，是唐代曲牌名，前所未有。其始義指清商樂中之清調、平調，其後來之義乃就古清商樂曲内「有聲無辭」之《平調》《清調》二曲名……從知其聲縱不全用古聲，亦必以古聲爲本。』《清平調》『應即此所謂《平調》《清調》二曲之合組，與「清商三調」内所稱清調、平調者應相貫。』這裏任半塘先生不僅認同王灼的觀點，更進一步從調名、調式、曲目進行分析。則《清平調》是指《清調》和《平調》二曲，調式爲三調中的清調和平調，調名自然也是二曲的合組了。案『清平』一詞，在古代本是一個常用詞彙，其意亦極廣，有『太平』『清廉公正』等含義。如班固《兩都賦》序：『臣竊見海内清平，朝廷無事。』白居易《贈夢得》詩：『一願世清平，二願身强健。』作『太平』解；《世説新語·品藻》『閭丘冲，優於滿奮、郝隆』劉孝標注：『冲，清平有鑒識。』作『清和平允』解；《隋書》卷七三《循吏傳序》：『吏之清平，失其所欲，雖崇其賞，猶或不爲。』唐元稹《連昌宫詞》：『長官清平太守好，揀選皆言由相公。』作『清廉公正』解。那麽《清平調》之『清平』和《清平樂》之『清平』，或僅是取『清平』的某一含義，亦未爲可知。《清平調》與三調中的『清調』『平調』或清商遺曲中的《清調》曲、《平調》曲，除了『清平』二字相同以外，無任何依據可以證明它們有别的關係。

五六　春光好

《春光好》，《羯鼓録》云：『明皇尤愛羯鼓玉笛，云八音之領袖。時春雨始晴，景色明麗，帝曰：「對此豈可不與他判斷。」命取羯鼓，臨軒縱擊，曲名《春光好》。回顧柳杏，皆已微坼。上曰：「此一事不喚我作天工，可乎？」』今夾鍾宫《春光好》，唐以來多有此曲。或曰：夾鍾宫屬二月之律，明皇依月用律，故能判斷如神。予曰：二月柳杏坼久矣，此必正月用二月律催之也。《春光好》，近世或易名《愁倚闌》。

今本《羯鼓録》載此事稍詳，文詳後。《羯鼓録》，唐南卓著。南卓，兩唐書均無傳。卞孝萱撰有《南卓考》，對南卓的生平等作了考證。南卓生於貞元七年或稍後，卒於大中八年。歷官侍御史、洛陽令、郎中、商、蔡、婺等州刺史、黔南觀察使。與白居易、劉禹錫、裴度、沈亞之等皆有交游。於文學、史學、音樂三方面均有著述，然大多散佚，今僅存《羯鼓録》一卷、詩一首。該文載《中華文史論叢》第四輯《羯鼓録》是中國古代唯一的一部鼓樂專著，主要記述唐代羯鼓的源流形制、製作工藝、演奏特點以及盛中唐時期與羯鼓相關的逸聞掌故，並收録了羯鼓曲一百三十餘曲，是研究羯鼓及唐代音樂的重要參考文獻。羯鼓，《通典》卷一四四《樂四》云：『羯鼓，正如漆桶，兩頭俱擊。以出羯中，故號羯鼓，亦謂之兩杖鼓。』《羯鼓録》載：『羯鼓出外夷，以戎羯之鼓，故曰羯鼓。……如漆桶，下以小牙床承之。擊用兩杖……』另詳附録《唐宋羯鼓與腰鼓考辨》。

依月用律，即七聲十二律旋向爲宫爲調，總八十四調，分月律屬之。孟春之月律中太簇，仲春之月律中夾鍾，季春之月律中姑洗，孟夏之月律中仲吕，仲夏之月律中蕤賓，季夏之月律中林鍾，孟秋之月律中夷則，仲秋之月律中南吕，季秋之月律中無射，孟冬之月律中應鍾，仲冬之月律中黄鍾，季冬之月律中大吕。參見卷一『論雅鄭所分』、卷二『大晟樂府得人』條。王灼云：『今夾鍾宫《春光好》，唐以來多有此曲』，夾鍾宫與『仲春之月律中夾鍾』正相合。王灼認爲應是『正月用二月律催之』，猶言該曲作於正月，而用二月之律夾鍾。

案《羯鼓録》明言玄宗作此曲在『二月初』，『柳杏將吐』之時，入太簇宫。則『孟春之月律中太簇』，應是二月用正月之律，如何能催之。又云玄宗作於秋天的羯鼓曲《秋風高》，入太簇商。《羯鼓録》所列羯鼓『諸宮曲』內，《春光好》入太簇宮，《秋風高》入太簇商。三秋之律應爲夷則，南吕或無射，與太簇商相去甚遠。則玄宗作此二曲並未按月用律，結合該書二例前後文更可一目瞭然：

上洞曉音律，由之天縱……嘗遇二月初，……柳杏將吐，睹而歎曰：『對此景物，豈可不爲他判斷之乎！』左右相目，將命備酒，獨高力士遣取羯鼓。上旋命之，臨軒縱擊一曲，曲名春光好。神思自得。及顧柳杏，皆已發拆，上指而笑謂嬪御曰：『此一事不喚我作天公，可乎？』嬪御侍官，皆呼萬歲。又製秋風高，每至秋空迥徹，纖翳不起，即奏之，必遠風徐來，庭葉隨下。其曲絶妙入神，例皆如此。

顯然文中言玄宗洞曉音律，作曲高妙，以此二例證之，與依月用律毫不相干。在唐代，八十四調，依月用律，只行用於雅樂，《唐會要》『雅樂』條有明載：『（祖孝孫）斟酌南北，考以古音，而作大唐雅樂。以十二律各順其月，旋相爲宮。』但這種情況到宋代逐漸發生了變化。比如《宋史》卷一二九：『大晟府言，宴樂諸宮調多不正……今依月律改定。』北宋劉昺《燕樂新書》、南宋張炎《詞源》均以『八十四調爲宗』，楊守齋《作詞五要》主張詞樂要按月用律等例，説明宋代『雅』的觀念和樂律理論，已廣泛施用於宮廷雅樂燕樂和詞樂中。據研究，姜夔詞調曲譜所用音階爲雅樂音階，『初率意爲長短句，然後協以律』亦是宋人所謂的古法。宋人這種尚雅的觀念正是導致詞樂『失傳』的直接原因，卷四『虞美人』條箋證已有分析。詞雖由隋唐曲子辭發展而來，然一爲俗一爲雅。晚唐五代的文人曲子辭以俗相尚具有普遍性，入宋以後，曲子更爲『繁聲淫奏，殆不可數』，而作爲附屬其下的詞則日趨雅正。宋代詞樂的失傳，正是由於在這種雅與俗的矛盾中，文人主動拋棄詞樂。詞樂失之宮廷，失之文人，而存於民間，故有後來的南曲。至清人輯録的《九宮大成》《金石萃編》中仍存有大量的唐代教坊曲及宋代詞調。雖不能肯定其爲唐宋樂曲原貌，然亦是在繼承了唐宋音樂的基礎上而發展演變的。

今傳最早的《春光好》辭爲《尊前集》《花間集》所載和凝等辭，晏幾道有《愁倚欄令》，晁無咎有《愁倚欄》，均不詳宮調。《詞譜·春光好》稱：『因晏幾道詞有「拼却一襟懷遠淚，倚闌看」句，改名《愁倚闌令》，或名《愁倚闌》，或《倚闌令》。』

五七 菩薩蠻

《菩薩蠻》，《南部新書》及《杜陽雜編》云：『大中初，女蠻國入貢，危髻金冠，纓絡被體，號菩薩蠻隊，遂製此曲。當時倡優李可及作菩薩蠻隊舞，文士亦往往聲其詞。』大中，乃宣宗紀號也。《北夢瑣言》云：『宣宗愛唱《菩薩蠻》詞，令狐相國假温飛卿新撰密進之，戒以勿泄，而遽言於人，由是疎之。』温詞十四首，載《花間集》，今曲是也。李可及所製蓋止此，則其舞隊不過如近世傳踏之類耳。

書名『杜陽雜編』，戲曲論著本、上古本作『杜陽編』，詞話叢編本、校正本作『杜陽雜編』，詞話叢編本注：『原脱雜字。』案該書名見於宋以後文獻本有『杜陽雜編』『杜陽編』兩稱，如《崇文書目》《新唐書》《宋史》等著録該書作『杜陽雜編』，陳暘《樂書》《能改齋漫録》《山堂肆考》等引録該書稱《杜陽編》，《紺珠集》收録該書亦作《杜陽編》，見於《文獻通考》内《經籍考》和《樂考》，一作『杜陽雜編』，一作『杜陽編』。可見，有無『雜』字均可，非爲脱字。

《南部新書》，北宋錢易撰。是書乃其大中祥符間知開封縣時所作，皆記唐時故事，間及五代。文中所引資料見《南部新書》戊，『號菩薩蠻隊』作『故謂之「菩薩蠻」』，『遂製此曲，當時倡優李可及作菩薩蠻隊舞』作『當時倡優遂製《菩薩蠻曲》』。

《杜陽雜編》，唐蘇鶚撰。蘇鶚，字德祥，武功（今屬陝西）人，生卒年不詳，光啓間進士登第，仕履不可考。由於居於武功杜陽川，故書名題作《杜陽雜編》。《崇文書目》《宋史》等均著録爲三卷。本文所引《菩薩蠻》事，《杜陽雜編》較之《南部新書》爲詳，並同時記載了女王國進獻方物，優者作《女王國》曲。見《杜陽雜編》卷下載：『大中初，女蠻國貢雙龍犀，有二龍，鱗鬣爪角悉備。明霞錦，雲煉水香麻以爲之也。光耀芬馥著人，五色相間，而美麗於中國之錦。其國人危髻金冠，瓔珞被體，故謂之菩薩蠻。當時倡優遂制《菩薩蠻》曲，文士亦往往聲其詞。更有女王國貢龍油綾、魚油錦，文彩尤異，皆入水不濡濕，云有龍油魚油故也。優者亦作《女王國》曲，音調宛暢，傳於樂部。』『上敬天竺教，十二年冬，制二高座賜新安國寺。……上親幸賞勞，觀者如堵。降誕日於宮中結彩爲寺，賜升朝官已下錦袍。李可及嘗教數百人作四方菩薩蠻隊。』王灼當是將兩條資料混雜在一起而述。

李可及，唐懿宗時宮廷伶官。《舊唐書》卷一七七載：『可及善音律，尤能轉喉爲新聲，音辭曲折，聽者忘倦。……於千安國寺作《菩薩蠻》舞，如佛降生，帝益憐之。』本書卷一列入擅歌者名中。

案《菩薩蠻》《女王國》二曲均見載於《教坊記》『曲名』内，説明盛唐已有《菩薩蠻》等曲。敦煌傳辭中有盛唐、德宗時《菩薩蠻》辭，顯然《杜陽雜編》記載有誤，《敦煌曲初探》亦就此有詳細考辨。或因宣宗好唱《菩薩蠻》，宮中常演該曲，《杜陽雜編》由此誤以此曲創作於宣宗時期。

唐宣宗八四六年至八五九年在位，其年號『大中』從八四七年元月至八六〇年十月。八五九年八月唐懿宗繼位沿用『大中』年號，次年十一月方改爲『咸通』。

《北夢瑣言》，孫光憲撰，記唐五代政治、士大夫言行、社會風俗和詞家掌故。孫光憲（九〇一—九六八），字孟文，自號葆光子，陵州貴平（今四川仁壽）人。著有《北夢瑣言》《荆臺集》《橘齋集》等，僅《北夢瑣言》二十卷傳世。本文所引見該書卷四，『假温飛卿』作『假其』，『勿泄』作『勿他泄』。

温庭筠，太原人，本名岐，字飛卿，晚唐著名詩人，其曲子辭尤爲後世推崇。《花間集》録温庭筠詞作達六十六首之多，其中《菩薩蠻》十四首，見於《花間集》卷一。

王灼謂溫庭筠《菩薩蠻》辭『今曲是也』，是指溫辭體式與宋代相同。該調傳詞與唐宋文人之作體式皆同，爲『七七五五。五五五五』，或平仄、押韻略有異，唯敦煌辭中增有襯字。『自從宇宙充戈戟』一首末句作『問龍門何日開』，『再安社稷垂衣理』下片第二句作『從此後泰階清』，『御園點點紅絲掛』末句作『象似南山不動微』等例，『問』『從』『象似』均爲襯字，蓋由歌唱聲情表達需要而增。《詞譜》以李白辭『平林漠漠烟如織』爲正體。

案『隊舞』之名産生於唐代，如王建《宮詞》云『春設殿前多隊舞，朋頭各自請衣裳』，花蕊夫人《宮詞》也有『蜀錦地衣呈隊舞，教頭先出拜君王』之句。舞隊以『隊』爲稱的則僅有初唐的『渾脱隊』、李可及所作的『菩薩蠻隊』等。『舞隊』和『隊舞』，中國藝術研究院音樂研究所編《中國音樂詞典》内分别列爲兩個條目。然從本文所言，李可及製菩薩蠻『隊舞』，其『舞隊』不過如近世傳踏云云，可知王灼視『隊舞』與『舞隊』爲同一名目。那麽兩種名稱的區别應是因不同的角度而命名的緣故，從人員器物的組織角度當稱爲『舞隊』，從樂舞表演的角度則當稱爲『隊舞』。

從相關記載來看，唐代的隊舞僅是一種以分行列隊的形式表演的群舞，至宋代始發展成爲固定的舞隊和表演程式。《宋史》卷一四二《樂志》載宋代舞隊有小兒隊十種、女弟子隊十種，每一舞隊舞人裝束均有明確規定。其名目有『柘枝隊』『劍器隊』『婆羅門隊』『醉胡騰隊』『菩薩蠻隊』『采蓮隊』『拂霓裳隊』等，可見宋代舞隊是采用唐代舞蹈中某些特徵性的裝束或道具發展而成的。如『婆羅門隊』着僧裝，執錫杖；『采蓮隊』乘彩船，執蓮花；『打球樂隊』執球杖等等。

有關隊舞的實際表演情形，南宋史浩《鄮峰真隱大曲》有較爲詳細的記録。除六部歌舞詞外，並記録了詳細的演出程式。每部歌舞表演的程式或繁或簡，但都有一個統一的模式：前有勾隊詞，後有遣隊詞。勾遣詞由竹竿子念或舞人自念。若由竹竿子念，舞曲中間則穿插竹竿子與舞人問答；若由舞人自念，中間則無問答。

主體部分由歌唱和舞蹈相間而作，反復多次。同一舞曲中往往使用多個不同的曲目組成。如《采蓮舞》用了《采蓮曲》《漁家傲》《畫堂春》《河傳》等曲，《柘枝舞》用了《三臺》《射鵰》《朵肩》《撲蝴蝶》《畫眉》等曲。《鄮峰真隱大曲》記載的這幾套舞曲可能是爲民間表演而創作的，舞人僅用二至五人。見於《東京夢華録》『宰執親王宗室百官入内上壽』中記録宫廷的隊舞表演，小兒隊有二百餘人，女童隊有四百餘人，並均采用勾遣隊的形式。說明宋代的隊舞並不在於舞人的多少，而是專指采用勾遣隊歌舞時舞人有一定的方位變化的一種歌舞形式，與唐代隊舞作爲群舞的含義不同。

傳踏，是以一首詩和一首詞爲一個單元，重複數次。已詳卷三。見於宋代所存傳踏辭，前後多有勾遣隊辭，說明是配合舞隊表演的歌舞辭。王灼所謂『舞隊不過如近世傳踏之類』，即指此。但是傳踏可用隊舞的形式來表演，然隊舞並不等於傳踏。史浩創作的幾部舞曲中，只有《漁父舞》全曲采用了傳踏的形式，前後勾遣辭由歌舞者自念，程式較爲簡單。對於體制較爲龐大、程式較爲複雜的舞曲，如前文所舉隊舞《采蓮舞》《柘枝舞》等例，全曲用到六七個曲調之多，則不可能用傳踏。《采蓮舞》中間部分爲一首詩和《漁家傲》交替進行，重複了五次。此爲傳踏。然而從全曲來看，則非傳踏。可見隊舞可用傳踏，亦可不用傳踏。對於體制較爲龐大的舞曲，僅部分段落可能用到傳踏。

五八　望江南

《望江南》，《樂府雜録》云：『李衛公爲亡妓謝秋娘撰《望江南》，亦名《夢江南》。』白樂天作《憶江南》三首，第一『江南好』，第二、第三『江南憶』。自注云：『此曲亦名《謝秋娘》，每首五句。』予考此曲，自唐至今皆南吕宫，字句亦同。止是今曲兩段，蓋近世曲子無單遍者。然衛公爲謝秋娘作此曲，已出兩名。樂天又名以《憶江南》，又名以《謝秋娘》。近世又取樂天首句名以《江南好》。予嘗歎世間有改易錯亂誤人者，是也。

《樂府雜録》『望江南』條：『始自朱崖李太尉鎮浙西日，爲亡妓謝秋娘所撰。本名《謝秋娘》，後改此名。亦曰《夢江南》。』

李衛公即李德裕。李德裕（七八七—八五〇），字文饒，趙郡贊皇（今河北贊皇）人，三次出爲浙西觀察使，兩次入相，大中二年九月貶爲崖州司户參軍，次年卒於謫所。其於開成二年加太尉，卒後追封太子少保、衛國公，贈左僕射。因之後世稱之爲李衛國、李太尉或朱崖。朱崖，漢郡名。唐高祖武德初改爲崖州。李德裕頗有詩文造詣，後世評價極高。與白居易、元稹、劉禹錫等均有詩唱和。尤與劉禹錫交誼甚厚。劉曾將二人唱和的詩輯録爲《吴蜀集》。李德裕《謝秋娘》本詞不傳。

《全唐詩》卷二八白居易《憶江南》三首：『江南好，風景舊曾諳。日出江花紅勝火，春來江水緑如藍。能不憶江南。』『江南憶，最憶是杭州。山寺月中尋桂子，郡亭枕上看潮頭。何日更重游。』『江南憶，其次憶吴宫。吴酒一杯春竹葉，吴娃雙舞醉芙蓉。早晚復相逢。』題注：『一曰《望江南》，本名《謝秋娘》，李德裕鎮浙西爲妾謝秋娘製。』《全唐詩》卷四五七録該詩，題注則爲：『此曲亦名《謝秋娘》，每首五句。』

案王灼所引《樂府雜録》脱漏了關鍵文字，今本《樂府雜録》『望江南』條爲：『始自朱崖李太尉鎮浙西日，爲亡妓謝秋娘所撰。本名《謝秋娘》，後改此名。亦曰《夢江南》。』宋人李上交《近世會元》卷四、郭茂倩《樂府詩集》卷八二白居易《憶江南》辭序等所録該條内容與此同。由此即可確定先有李德裕爲亡妓謝秋娘而作，故名之《謝秋娘》，再有《望江南》和《夢江南》之名，白居易因憶蘇杭作此曲而更名爲《憶江南》，至宋又因白詞首句爲『江南好』而名爲《江南好》。見於《教坊記》『曲名』所載，盛唐已有《望江南》《夢江南》二曲，盛中唐《望江南》的關係又成爲一個争議較大的問題。任半塘在《敦煌曲初探》中對這一問題已有詳細的考察分析。任先生認爲『因唐代曲調太多，異調往往同名，不必因其同名之故，遂斷定其必同調。』目前所能確定無疑者，僅李德裕於此調始用《謝秋娘》名，白居易於此調始用《憶江南》名，如此而已。『有待於更多資料之發現，始可以確切爲斷耳。』據現存文獻資料，盛中唐《望江南》有無關係確難定論，也不必非作定論。

該曲『自唐至今皆南吕宫』，宋代林鍾宫時號南吕宫，唐五代傳詞不著宫調，宋代周邦彦詞入黄鍾商。唐時《望江南》已有雙叠體，韓偓有雙叠《望江南》八首，宋代此調均爲雙叠體，調名多用《望江南》《憶江南》二名，以《江南好》爲名的僅曾布『江南客』、趙師俠『江南客』等數詞而已。《詞譜·憶江南》云：『按唐段安節《樂府雜録》，此詞乃李德裕爲謝秋娘作，故名《謝秋娘》，因白居易詞更今名。又名《江南好》。又因劉禹錫詞有「春去也，多謝洛城人」句，名《春去也》。温庭筠詞有「梳洗罷，獨倚望江樓」句，名《望江南》。皇甫松詞有「閑夢江南梅熟日」句，名《夢江南》。又名《夢江口》。李煜詞名《望江梅》。此皆唐詞單調。至宋詞始爲雙調。王安中詞有「安陽好，曲水似山陰」句，名《安陽好》。張滋詞有「飛夢去，閑到玉京游」句，名《夢仙游》。蔡真人詞有「鏗鐵板，閑引步虚聲」句，名《步虚聲》。宋自遜詞名《壺山好》。丘第春詞名《望蓬萊》。《太平樂府》名《歸塞北》，注大石調。』

五九　文溆子

《文溆子》，《盧氏雜説》云：『文宗善吹小管，僧文溆爲入内大德，得罪流之。弟子收拾院中籍入家具，猶作師講聲。上采其聲製曲，曰《文溆子》。』予考《資治通鑑》：敬宗寶曆二年六月己卯幸興福寺，觀沙門文溆俗講。敬、文相繼，年祀極近，豈有二文溆哉？至所謂俗講，則不可曉。意此僧以俗談侮聖言，誘聚群小，至使人主臨觀，爲一笑之樂，死尚晚也。今黄鍾宫、大石調、林鍾商、歇指調皆有十拍令，未知孰是。而溆字或誤作序並緒。

《盧氏雜説》今佚，該條資料見於《太平廣記》卷二〇四『文宗』條所引《盧氏雜説》，行文略有異：『文宗善吹小管，時法師文溆爲入内大德。一日得罪流之。弟子入内收拾院中籍人家俱輩，猶作法師講聲。上采其聲爲曲子，號《文溆子》。』大德，爲佛家對年長德高僧人的敬稱。如北魏楊衒之《洛陽伽藍記·秦太上君寺》：『常有大德名僧，講一切經。受業沙門，亦有千數。』唐趙璘《因話録》卷四：『元和以來，京城諸僧及道士，尤多大德之號。』則道士亦有稱『大德』者。《盧氏雜説》謂此曲爲文宗所製，《樂府雜録》亦載此曲本事，則謂出自樂工。《樂府雜録》『文溆子』條云：『長慶中，俗講僧文溆善吟經，其聲宛暢，感動里人。樂工黄米飯，依其念四聲觀世音菩薩，乃撰此曲。』『長慶』爲穆宗年號。

《資治通鑑》卷二四三『唐敬宗寶曆二年六月』：『己卯上幸興福寺，觀沙門文溆俗講。』

『今黄鍾宫、大石調、林鍾商、歇指調皆有十拍令』，黄鍾宫、林鍾商應爲時號名。宋代四調對應的律調名無射宫、黄鍾商、夷則商、林鍾商。該調唐宋皆無傳詞。『十拍令』应指曲調的曲拍結構。

案《盧氏雜説》與《樂府雜録》均出自唐人之手，兩説未知孰是。《因話録》卷四亦載文溆事：『有文淑（溆）僧者，公爲聚衆談説，假託經論，所言無非淫穢鄙褻之事。不逞之徒，轉相鼓扇扶樹，愚夫冶婦，樂聞其説。聽者填咽寺舍，瞻禮崇拜，呼爲和尚。教坊效其聲調，以爲歌曲。其甿庶易誘，釋徒苟知真理，及文義稍精，亦甚嗤鄙之。』就以上三條記載來看，則《文溆子》創自樂工更爲可信。

向達《唐代長安與西域文明·唐代俗講考》對文溆事迹有考：文溆於元和末年駐錫菩提寺，即以俗講僧見稱當世。寶曆時移錫興福寺，敬宗曾親臨聽其俗講，即前文所引。文宗時爲入内大德，後因罪流徙。太和九年至會昌元年曾廢俗講，即可能與文溆流徙有關。開成、會昌之際，當又復回長安。會昌初日本僧人圓仁入唐，即聞文溆俗講，並謂『城中俗講，此法師爲第一』。則文溆在長安活動時間長達二十餘年。龍晦《敦煌與五代兩蜀文化》一文中稱文溆爲蜀人，文宗時獲罪流放亦遣回蜀中。該文載《前後蜀的歷史與文化——前後蜀的歷史與文化學術討論會論文集》不知何據。

關於俗講，近代以來已有衆多學者對之論述甚爲詳備。概而言之，俗講爲一種面向世俗大衆講經説法的佛教法會，主要盛行於唐五代時期。以因時制宜、隨類化俗爲主要的方法和目的。結合講解經文和雜説因緣譬喻兩方面的内容，是六朝以來講經與唱導合流的産物。講經，即是講解佛經，闡釋義理，『不廢俗書』『變文易體，方言甚多』爲其特色。唱導則以『雜序因緣』『旁引譬喻』爲主要内容，講究指摘時事，臨時采博，面對不同的聽衆，宣講不同的内容，較之講經更注重『悦俗』。講經和唱導作爲佛教通俗化、大衆化的重要方式，二者於六朝時期並行不悖，最終産生了講導結合的唐代俗講。

日本僧人圓珍《佛説觀普賢菩薩行法經記》卷上有云：『言講者，唐土兩講：一俗講，即年三月就緣修之，只會男女，勸之輸物充造寺資，故言俗講。僧不集也云云。二僧講，安居月傳法講是。不集俗人類也，若集之，僧被官責。』説明俗講與僧講是從聽衆角度來區别的。俗講之『俗』是指聽衆爲世俗之人。而六朝時的講經和唱導施行的場合極爲廣泛，各種齋會、布薩會均可行講經或唱導，聽衆僧俗不限。二者的主要區别在於内容不同，講經以闡説義理爲主，唱導以宣唱事緣爲主，各有側重。而俗講結合了講經和唱導兩方面内容，聽衆則僅限世俗之人。但是無論宣講哪一方面的内容，皆是在講經的名義下進行，並由法師主講。圓仁《入唐求法巡禮行記》卷三中載會昌元年敕各寺開俗講，均是由法師講各佛教經典，其中文溆法師講《法華經》。而對於文溆俗講，趙璘稱之爲『假託經論』，則文溆所講，雖以講經爲名，實非講經釋論。『所言無非淫穢鄙褻之事』，表明文溆俗講已多涉世俗之事。見於敦煌遺書中的變文，除了以佛教爲題材的，還有很多取材於歷史故事、民間故事以及時人時事的變文，正好與之相應。從《因話録》的記載來看，這種風氣在當時是相當盛行的。這大概就是俗講被文人及正統僧侶斥責的主要原因。也正因如此，入宋以後，即被官方正式取締。以至南宋初年的王灼竟不知俗講爲何物了。

俗講程式見於敦煌卷伯·三八三九和斯·四四一七。前有作梵、押座、唱經，後有發願取散等儀式性項目，中間主體部分爲講解經義或演繹佛經故事，敦煌所存講經文及變文大多爲此類文本。

六〇　鹽角兒

《鹽角兒》，《嘉祐雜志》云：『梅聖俞説，始教坊家人市鹽，於紙角中得一曲譜，翻之，遂以名。』今雙調《鹽角兒令》是也。歐陽永叔嘗製詞。

《嘉祐雜志》又稱《江鄰幾雜志》。該條資料，今本《江鄰幾雜志》失載，見於《山堂肆考》卷一六一『市鹽得譜』條所引，與王灼所引有異：『《江鄰幾雜志》：始教坊家人市鹽，得一曲譜於角子中，翻之，遂名曲，曰《烏鹽角》。戴石屏有《烏鹽角行》。元人月泉吟社詩：「山歌聒耳烏鹽角，村酒柔情玉練搥。」』楊慎《詩品》卷一亦引《江鄰幾雜志》該條資料，與《山堂肆考》同。對於《鹽角兒》因『市鹽』而得名，明方以智《通雅》卷二九則云：『鹽，即曲之艷也。……唐宋以來直作「鹽」，或以「炎」呼之。……王灼《碧雞雜志》「鹽角兒」：「《嘉祐雜志》云梅聖俞説市鹽於紙角得一曲」，此非也。蓋仍從曲艷得名。』

雙調，唐爲中吕商，宋爲夾鍾商。《鹽角兒》作者甚少，今存歐陽修二首、晁補之一首。二家詞體式基本相同，平仄、押韻略有異。歐陽修《鹽角兒》詞今存兩首：『增之太長，減之太短，出群風格。施朱太赤，施粉太白，傾城顏色。　慧多多，嬌的的，天付與、教誰憐惜。除非我、偎著抱著，更有何人消得。』『人生最苦，少年不得，鴛幃相守。西風時節，那堪話别，雙蛾頻皺。　暗消魂，重回首，奈心兒裏、彼此皆有。後時我、兩個相見，管取一雙清瘦。』

六一　喝馱子

《喝馱子》，《洞微志》云：『屯田員外郎馮敢，景德三年爲開封府丞檢滂户田，宿史胡店。日落，忽見三婦人過店前，入西畔古佛堂。敢料其鬼也，携僕王侃詣之。延坐飲酒，稱二十六舅母者，請王侃歌送酒，三女側聽。十四姨者曰：「何名也？」侃對曰：「《喝馱子》。」十四姨曰：「非也。此曲單州營妓教頭葛大姊所撰新聲。梁祖作四鎮時，駐兵魚臺，值十月二十一生日，大姊獻之。梁祖令李振填詞，付後騎唱之，以押馬隊，因謂之《葛大姊》。及戰，得勝回，始流傳河北，軍中競唱。俗以押馬隊，故訛曰《喝馱子》。莊皇入洛，亦愛此曲，謂左右曰：此亦古曲，葛氏但更五七聲耳。」』李珣《瓊瑶集》有《鳳臺》一曲，注云『俗謂之《喝馱子》』，不載何宫調。今世道調宫有慢，句讀與古不類耳。

『開封府丞檢滂户田』句，『檢』字，戲曲論著本、詞話叢編本、上古本作『界』，並注：『界，一作丞。』校正本作『丞』，依校正本。

錢易《洞微志》，今佚，《紺珠集》《説郛》以及散見於他書的存有數十條，皆未見本文所引《喝馱子》

本事。清鄭方坤《五代詩話》卷十『喝馱子』條即轉録自《碧雞漫志》。

李珣《瓊瑤集》，已佚。《鳳臺》《喝馱子》以及《喝馱子慢》今皆不傳。道調宫，唐爲林鍾宫，宋爲仲吕宫。

六二 後庭花

《後庭花》，《南史》云：『陳後主每引賓客，對張貴妃等游宴，使諸貴人及女學士與狎客共賦新詩相贈答。采其尤艷麗者爲曲調，其曲有《玉樹後庭花》。』《通典》云：『《玉樹後庭花》《堂堂》《黄鸝留》《金釵兩臂垂》，並陳後主造。恒與宫女、學士及朝臣相唱和爲詩。太樂令何胥采其尤輕艷者爲此曲。』予因知後主詩，胥以配聲律，遂取一句爲曲名。故前輩詩云：『玉樹歌翻王氣終，景陽鐘動曉樓空。』又云：『後庭花一曲，幽怨不堪聽。』又云：『萬户千門成野草，只緣一曲後庭花。』又云：『彩牋曾襞欺江總，綺閣塵銷玉樹空。』又云：『商女不知亡國恨，隔江猶唱後庭花。』又云：『玉樹歌闌海雲黑，花庭忽作青蕪國。』又云：『後庭餘唱落船窗。』又云：『後庭新聲歎樵牧。』又云：『不知即入宫前井，猶自聽吹玉樹花。』

『采其尤艷麗者爲曲調』句，戲曲論著本、詞話叢編本、上古本缺『艷』字，並注『一云「采其尤艷麗者」』，校正本添『艷』字。

《南史》卷一二《後主沈皇后傳附張貴妃傳》云：『後主每引賓客，對貴妃等游宴，則使諸貴人及女學士與狎客共賦新詩，互相贈答。采其尤艷麗者，以爲曲調，被以新聲。選宫女有容色者以千百數，令習而歌之，分部叠進，持以相樂。其曲有《玉樹後庭花》《臨春樂》等。其略云：「璧月夜夜滿，瓊樹朝朝新。」大抵所歸，皆美張貴妃、孔貴嬪之容色。』

《通典》卷一四五《雜歌曲》：『《玉樹後庭花》《堂堂》《黄鸝留》《金釵兩臂垂》，並陳後主所造。恒與宫女、學士及朝臣相唱和爲詩，太樂令何胥采其尤輕艷者，以爲此曲。』

《隋書》卷二二《五行志》：『禎明初，後主作新歌，詞甚哀怨，令後宫美人習而歌之。其辭曰：「玉樹後庭花，花開不復久。」』王灼所謂『取一句爲曲名』即指此辭。《樂府詩集》卷四七《清商曲辭・吴聲歌曲》録陳後主《玉樹後庭花》辭云：『麗宇芳林對高閣，新妝艷質本傾城。映户凝嬌乍不進，出帷含態笑相迎。妖姬臉似花含露，玉樹流光照後庭。』

『玉樹歌翻王氣終』，爲許渾《金陵懷古》詩。該詩多有異文，見載於《全唐詩》卷五三三：『玉樹歌殘一作愁，一作翻。王氣終，景陽兵合戍一作晝樓空。一作景陽鐘動曙樓空。松楸遠近千官塚，禾黍高低六代宫。石燕拂雲晴亦雨，江豚吹浪夜還風。英雄一去豪華盡，唯有青山似洛中。』

『後庭花一曲，幽怨不堪聽』，爲劉禹錫《金陵懷古》中句，見《全唐詩》卷三五七。

『萬户千門成野草，只緣一曲後庭花』，爲劉禹錫《金陵五題・臺城》中句，見《全唐詩》卷三六五。

『彩箋曾襞欺江總，綺閣塵銷玉樹空』，《全唐詩》卷八六六題作陳宫嬪妃《與顔濬冥會詩》，共四首。該詩出自唐人《傳奇》：會昌中進士顔濬游廣陵，會陳後主妃嬪張麗華等，相與飲酒賦詩。文中所引即張麗華詩。见《類説》卷三二所録《傳奇》『顔濬』條。《萬首唐人絶句》卷六六作張麗華《示顔濬》。

『商女不知亡國恨，隔江猶唱後庭花』，爲杜牧《泊秦淮》中句，見《全唐詩》卷五二三。

『玉樹歌闌海雲黑，花庭忽作青蕪國』，爲温庭筠《春江花月夜》中句，《全唐詩》卷二一和卷五七六均有録。

『後庭餘唱落船窗』，出自王安石詩《金陵懷古》四首之一。

『後庭新聲歎樵牧』，出自王安石《和王微之登高齋三首》之一。

『不知即入宫前井，猶自聽吹玉樹花』，出自胡曾《咏史·陳宫》，見《全唐詩》卷六四七，『宫中井』作『宫前井』。

吴蜀雞冠花有一種小者，高不過五六寸，或紅或淺紅，或白或淺白，世目曰後庭花。又按《國史纂異》：『雲陽縣多漢離宫故地，有樹似槐而葉細，土人謂之玉樹。揚雄《甘泉賦》「玉樹青葱」，左思以爲假稱珍怪者，實非也，似之而已。』予謂雲陽既有玉樹，即《甘泉賦》中未必假稱。陳後主《玉樹後庭花》，或者疑是兩曲，謂詩家或稱《玉樹》，或稱《後庭花》，少有連稱者。僞蜀時，孫光憲、毛熙震、李珣有《後庭花》曲，皆賦後主故事，不著宫調，兩段各四句，似令也。今曲在，兩段各六句，亦令也。

『高不過五六寸』句，『寸』，戲曲論著本、詞話叢編本、上古本作『尺』，並注『「尺」，一作「寸」』，校正本作『寸』，從校正本。

葉廷珪《海録碎事》『後庭花』條載：『蘇黄門咏雞冠花詩云：「後庭花草盛，憐汝繫興亡。」注：「或言矮雞冠即玉樹後庭花。」』

《國史纂異》，今佚，撰人不詳，兩唐書、《宋史》等均無著録。《遂初堂書目》著録爲《唐國史纂異》。《紺珠集》録七條，《類説》録五條，條目互有異同，散見於他書的有數條，皆未注明作者。參見卷四《蘭陵王》條《隋唐嘉話》箋證。《類説》本《國史纂異》『玉樹』條與王灼所引行文略異：『雲陽縣多漢離宫故地，有樹似槐而葉細，土人悉謂之玉樹。揚雄《甘泉賦》云「玉樹青葱」，而左思以爲假稱珍怪者，非實也，似之而已。』

揚雄，字子雲，西漢蜀郡人，長於辭賦。其《甘泉賦》有『翠玉樹之青蔥兮，壁馬犀之璘瑞』句，《文選》李善注云：『《漢武帝故事》曰：上起神屋，前庭植玉樹，珊瑚爲枝，碧玉爲葉。璧馬犀，言作馬及犀爲璧飾也。』《漢書·揚雄傳》顔師古注亦云：『玉樹者，武帝所作，集衆寶爲之，用供神也，非謂自然生之。而左思不曉其意，以爲非本土所出，蓋失之矣。』所謂『左思以爲假稱珍怪者』，指左思《三都賦序》有云：『……揚雄賦《甘泉》而陳「玉樹青蔥」。……假稱珍怪，以爲潤色。』顔李二家均認爲《甘泉賦》所稱『玉樹』是指漢武帝聚珍寶爲樹，王灼則認爲應是『似槐而葉細』之玉樹，而後庭花即矮雞冠。案或確有兩種不同的花木名爲『玉樹』與『後庭花』，但陳後主所作《玉樹後庭花》是否取二花木爲曲則難詳。明人顧啓元《説略》謂：『陳曲原自取玉樹作花於後庭，乃以比宫娥貴麗，不必有所指也。』此説與後主詩意較合。後主詞曰：『玉樹後庭花，花開不復久』，又曰：『妖姬臉似花含露，玉樹流光照後庭』，皆是以花喻人。

孫光憲、毛熙震《後庭花》見《花間集》，李珣詞今佚。孫、毛二家詞與宋代張先、許棐等詞式大體相同，均爲兩段各四句。『兩段各六句』之詞今則不存。

王灼謂《玉樹後庭花》『或者疑是兩曲』，案《玉樹後庭花》，詩家所咏或云《玉樹》、或云《後庭花》，不過行文需要而省稱。然史家則多連稱。如《南史》《隋書》《通典》《唐會要》等，凡述及此曲，多作《玉樹後庭花》。《舊唐書·音樂志》載太宗時君臣論樂，杜淹謂『陳將亡也，爲《玉樹後庭花》；齊將亡也，而爲《伴侣曲》……所謂亡國之音也。』太宗駁之曰：『悲歡之情，在於人心，非由樂也。……今《玉樹》《伴侣》之曲，其聲俱存，朕爲公奏之，知公必不悲矣。』這裏《玉樹》明顯是作爲《玉樹後庭花》的簡稱。另《教坊記》『曲名』『大曲名』兩列《玉樹後庭花》，名稱互有詳略，或作《玉樹後庭花》，或作《後庭花》。以上二例説明在唐代《玉樹後庭花》可簡稱爲《玉樹》或《後庭花》。幾種稱法均指同一曲，並非各爲一曲。唐五代曲子詞多稱《後庭花》或《玉樹後庭花》，宋代詞調同。李後主另有《後庭花破子》一首，顯爲大曲摘破。

六三　西河長命女

《西河長命女》，崔元範自越州幕府拜侍御史，李訥尚書餞於鑑湖，命盛小叢歌。坐客各賦詩送之，有云：『爲公唱作西河調，日暮偏傷去住人。』《理道要訣》：『《長命女西河》，在林鍾羽，時號平調。』今俗呼高平調也。

盛小叢歌事見《雲谿友議》卷上《餞歌序》。王灼所引即封彦卿（冲）詩，同時臨席賦詩的另有盧鄴、高湘、盧溵等。諸詩均見《全唐詩》卷五六三。『西河調』，《全唐詩》卷五六六録封彦卿該詩作『西歌調』。盛小叢所歌『雁門山上雁初飛』，《樂府詩集》卷七五《雜曲歌辭》録其辭，爲韋應物《突厥三臺》：『雁門山上雁初飛，馬邑欄中馬正肥。日旰山西逢驛使，殷勤南北送征衣。』小叢次日於酒宴上所歌，任半塘認爲仍爲《突厥三臺》，非《西河長命女》。詳《唐聲詩·格調·突厥三臺》。

《唐會要》卷三三『諸樂』條云：『林鍾羽，時號平調。……《長命西河》。』張炎《詞源》八十四調表：林鍾羽，俗名高平調。《西河長命女》，該曲名見於各文獻記載略有異，《教坊記》『曲名』作《長命女》，《樂府雜録》作《西河長命女》，《唐會要》作《長命西河》，入林鍾羽，《樂府詩集》作《長命西河女》，爲羽調曲。唐代樂曲冠以『西河』之名的除本調之外，另有《西河劍器》《西河獅子》《西河獅子三臺舞》《駕車西河》等。『西河』爲地名，即西河郡，在黄河南北流向之『西河』一帶。陳寅恪《元白詩箋證稿》釋《西河劍器》云：『西河疑指河西、河湟之異稱……』任半塘《教坊記箋訂》中有辨析。謂『西河指黄河西部地區，古有西河郡，唐仍之，在今山西。』王昆吾《隋唐五代燕樂雜言歌辭研究》從此說。並謂『據《文選》三八任彥升文李善注，自《禮記》以來，歷代所言「西河」，均指「燕趙之間」。』王昆吾《隋唐五代燕樂雜言歌辭研究》謂『《西河劍器》，指以西河地方風格演出的《劍器》。沈亞之《柘枝舞賦》「入西河之劍器」可證。』則《西河長命女》等曲亦可能是參用『西河』地方的音樂或表演風格而冠以『西河』之名。

《脞説》云：『張紅紅者，大曆初隨父歌匄食。過將軍韋青所居，青納爲姬，自傳其藝，穎悟絶倫。有樂工取古《西河長命女》加減節奏，頗有新聲。未進間，先歌於青。青令紅紅潛聽，以小豆數合記其拍，給云：「女弟子久歌此，非新曲也。」隔屏奏之，一聲不失。樂工大驚，請與相見，歎伏不已。兼云：「有一聲不穩，今已正矣。」尋達上聽，召入宜春院，寵澤隆異，宮中號記曲小娘子，尋爲才人。』按此曲起開元以前，大曆間樂工加減節奏，紅紅又正一聲而已。

《脞説》該條僅見於此，《樂府雜録》亦載此事而文辭稍詳。韋青與張紅紅均列入善歌者名，詳卷一。

宜春院，唐代在宮城東面之東宮内。宜春院伎人以容色技藝兼優者選入，因常於君王前獻藝，故又稱『内人』『前頭人』，《教坊記》有詳載。其伎人或來源於教坊，如《教坊記》所謂『内人家』；或來源於民間歌伎，如許和子；或來源於私伎，如張紅紅。

案樂工據古曲《西河長命女》加減節奏，而成爲新聲，這是隋唐時期漢族音樂吸收胡樂而產生的新俗樂所特有的現象。西域樂舞的輸入，帶來了豐富的音樂素材和音樂表現手段，促進了隋唐音樂的發展，追求新聲成爲這一時期的時代風尚。重視節奏樂器，强調音樂節拍，是隋唐音樂區别於前代音樂的重要特徵。改變舊曲的節奏，即成爲舊曲變新聲的重要手法。比如卷四論及的《三臺夜半樂》，即是《夜半樂》改用《三臺》的節奏而命名的。《突厥三臺》《伊州三臺》等曲亦復如是。在中晚唐五代飲筵上的令歌令舞中，節奏的變化成爲重要的令格規則。敦煌舞譜記録的是下次據令舞，可集中反映出唐人對節奏的實際運用情況。據王小盾《唐代酒令藝術》的考察，下次據令的特徵就是『一曲子打三曲子』，即是同一曲子采用三種不同的節奏，使之成爲旋律相同而節奏不同的三支舞曲。宋代詞樂以均拍區别各種體裁，如《詞源·拍眼》所載『法曲大曲慢曲之次，引近輔之，皆定拍眼。蓋一曲有一曲之譜，一均有一均之拍』，『如大曲降黄龍、花十六，當用十六拍。前衮、中衮，六字一拍。要停聲待拍，取氣輕巧。煞衮則三字一拍，蓋其曲將終也』，『慢曲有大頭曲、叠頭曲，有打前拍、打後拍，拍有前九後十一，内有四艷拍。引近則用六均拍，外有序子，與法曲散序中序不同。法曲之序一片，正合均拍。俗傳序子四片，其拍頗碎，故纏令多用之。繩以慢曲八均之拍不可』等等，亦可視爲宋人對唐代繁複多變的節拍節奏的整理和總結。

《花間集》和凝有《長命女》曲，僞蜀李珣《瓊瑶集》亦有之，句讀各異，然皆今曲子。不知孰爲古製林鍾羽並大曆加減者。近世有《長命女令》，前七拍，後九拍，屬仙吕調，宫調、句讀並非舊曲。又别出大石調《西河慢》，聲犯正平，極奇古。蓋《西河長命女》本林鍾羽，而近世所分二曲，在仙吕、正平兩調，亦羽調也。

『大石調《西河慢》，聲犯正平』句斷句，上古本同，詞話叢編本、校正本作『大石調《西河》，慢聲犯正平』，戲曲論著本作『大石調《西河》，慢聲，犯正平』。『慢聲犯正平』語意不通，依上古本。校正修訂本亦改從上古本。案所謂『聲犯正平』即《筆談》所説的『外則爲犯』，凡有本調之外的用聲，則表明已犯他調。周邦彦《西河》即入大石調，爲三段一百五字的長調，當即王灼所説《西河慢》。大石調犯正平，爲同住字相犯，與當時的偏殺、側殺、寄殺等務新奇之法相較當屬古法，南宋姜夔是典型的復古派詞人，便强調『住字不同不容相犯』。《詞源》卷下稱『命周美成諸人，討論古音，審定古調……而美成諸人，又復增演慢曲引近，或移宫换羽，爲三犯四犯之曲』，則周邦彦是依古法作犯調曲，王灼稱《西河慢》大石調犯正平『極奇古』，應即緣此故。宋代大曲强調一宫到底，但在詞調的創作實踐中，移調犯調的運用却極爲繁複多變，《詞源解箋》中列舉了宋人犯調之例，如《夢窗詞》中《瑣窗寒》『咏玉蘭』云：『無射商俗名越調，犯中吕徵，又犯正宫。』又《玉京謡》『贈陳仲文』詞注云：『爲度夷則商犯無射宫，制此贈之。』又《古香慢》『自度腔賦滄浪看桂』詞注云：『夷則商犯無射宫。』黄升《花庵詞選》周邦彦《瑞龍吟》詞注云：『此調前兩段雙拽頭，屬正平調，後一段兒大石調，「歸騎晚」以下仍屬正平調。』又周邦彦《六醜》犯六調。另宋人集曲類犯調亦較常見，如《四犯剪梅花》以《解連環》《醉蓬萊》《雪獅兒》三調製成，《三犯錦園春》同樣以這三調，《暗香疏影》以《暗香》上片、《疏影》下片合成等。詞調名中又有『花犯』『尾犯』『側犯』『倒犯』『轉調』等名目。宋人詞調中於犯調的運用可見一斑。

《花間集》卷六有和凝《薄命女》詞，諸家皆注曰：『一名《長命女》。』馮延巳《長命女》與和凝詞體式相同，爲『三七五六六七五』。李珣詞及『前七拍，後九拍』的《長命女令》均不傳。

六四　楊柳枝

《楊柳枝》，《鑑戒録》云：『《柳枝歌》，亡隋之曲也。前輩詩云：「萬里長江一旦開，岸邊楊柳幾千栽。錦帆未落干戈起，惆悵龍舟更不回。」又云：「樂苑隋堤事已空，萬條猶舞舊春風。」』皆指汴渠事。而張祜《折楊柳枝》兩絶句，其一云：『莫折宫前楊柳枝，玄宗曾向笛中吹。傷心日暮烟霞起，無限春愁生翠眉。』則知隋有此曲，傳至開元。《樂府雜録》云：『白傅作《楊柳枝》。』予考樂天晚年與劉夢得唱和此曲詞，白云：『古歌舊曲君休聽，聽取新翻楊柳枝。』又作《楊柳枝二十韻》云：『樂童翻怨調，才子與妍詞。』注云：『洛下新聲也。』劉夢得亦云：『請君莫奏前朝曲，聽唱新翻楊柳枝。』蓋後來始變新聲。而所謂樂天作《楊柳枝》者，稱其別創詞也。

《鑑戒録》，撰者五代後蜀何光遠。何光遠，生卒年不詳，約晉高祖天福初前後在世，字輝夫，東濟人，好學嗜古，蜀孟昶廣政初，爲晉州軍事判官，輯唐以來君臣事迹可法誡者爲《鑑戒録》十卷。文中所引『樂苑』，今本《鑑戒録》作『梁苑』，餘文亦有簡省。原文見是書卷七『亡國音』條：『《柳枝》者，亡隋之曲。煬帝將幸江都，開汴河種柳，至今號曰隋堤，有是曲也。胡曾《咏史》詩曰：「萬里長江一旦開，岸邊楊柳幾千栽。錦帆未落干戈起，惆悵龍舟更不迴。」又韓舍人《咏柳》詩曰：「梁苑隋堤事已空，萬條猶舞舊春風。那堪更想千年後，誰見楊花入漢宫。」』

張祜詩見《全唐詩》卷二八《雜曲歌辭·楊柳枝》和卷五一一《折楊柳枝二首》。

《樂府雜録》『楊柳枝』條云：『白傅閑居洛邑時作，後入教坊。』

白居易詩見《全唐詩》卷四五四《楊柳枝詞八首》之一：『六么水調家家唱，白雪梅花處處吹。古歌舊曲君休聽，聽取新翻楊柳枝。』

《楊柳枝二十韻》序云：『楊柳枝，洛下新聲也。洛之小妓有善歌之者，詞章音韻，聽可動人，故賦之。』見《全唐詩》卷四五五。

劉禹錫見《全唐詩》卷二八和卷三六五《楊柳枝詞九首》之一：『塞北梅花羌笛吹，淮南桂樹小山詞。請君莫奏前朝曲，聽唱新翻楊柳枝。』

案本條主要考察《楊柳枝》的曲調源流及詞格變遷。對於《楊柳枝》的源流，今研究者極多，其中以任半塘《唐聲詩》與日本學者村上哲見《〈楊柳枝〉詞考》見王水照、保佳昭編《日本學者中國詞學論文集》的考述最詳，觀點亦最具代表性。二位先生主要在以下兩個問題上有分歧：盛唐《楊柳枝》的由來；白居易與中唐《楊柳枝》的關係，白居易是改編曲調或僅是作詞等等。兹就二位先生的觀點結合相關文獻重作梳理。

《楊柳枝》曲，見於文獻記載的共有六種，《樂府詩集》録有六朝以前的漢横吹曲《折楊柳》、梁鼓角横吹曲《折楊柳歌辭》《折楊柳枝歌》、相和歌辭《折楊柳行》、清商曲《月節折楊柳歌》四種，以及中唐《楊柳枝》，即劉白等人相唱和的《楊柳枝》。另有盛唐教坊曲《楊柳枝》，見載於《教坊記》『曲名』中。

對於盛唐《楊柳枝》的由來，任半塘認爲創於隋，與王灼的觀點相同。即隋煬帝將幸江都，開河種柳，而製此曲。則與本書所考《水調》《河傳》《安公子》等曲爲同時期作品。《教坊記箋訂》將此曲歸入『清樂』。村上哲見則認爲盛唐《楊柳枝》爲梁鼓角横吹曲之遺，屬胡歌。其判斷的主要依據是唐代清樂衰微，燕樂十部中僅存『清樂』一部，餘皆胡樂。又『燕樂曲又是以胡樂爲始祖的』，而梁鼓角横吹曲，『因爲是與清樂系的樂府異質的東西，所以它們傳到盛唐而被采入燕樂曲中的可能性是很大的』。而對於《鑑戒録》所載煬帝幸江都製此曲，因其謂『亡隋之曲』『亡吴之曲』云云，爲附會之説，由此認爲《鑑戒録》所載不足爲信。實質上這正如《安公子》『宫聲往而不返』則『帝必不返』，《凉州》『宫離商亂』則有『播遷之禍』。『宫聲往而不返』『宫離商亂』是樂曲中實際存在的現象，『帝必不返』『有播遷之禍』則是人們對這種現象的理解，是兩方面的問題。理解的正確與否，並不會防礙現象的真實性。『亡隋之曲』雖爲附會之説，然煬帝幸江都開河種柳而製《楊柳枝》，則是真實存在的歷史史實，從現存資料亦無法否定此説。因此應以《鑑戒録》的記載爲確。

其次，對於中唐《楊柳枝》曲是由白居易改編還是白居易據已有的新聲填辭，《唐聲詩》中認爲王灼云『「後來始變新聲」，甚確，稱其「别創辭」，則不確。因《樂府雜録》謂「白傅閑居洛邑時作」，是作曲，非作辭。』認爲中唐《楊柳枝》是由白居易改編爲新聲。村上哲見認同王灼的觀點。實際上只要將村上哲見所徵引的幾條資料相互對比便可一目瞭然：

一、白居易《楊柳枝二十韻》詩注云：『《楊柳枝》，洛下新聲也。洛之小妓，有善歌之者，詞章音韻，聽可動人，故賦之。』詩中有云：『樂童翻怨調，才子與妍辭。』

二、白居易晚年寓居洛陽後所作的追憶之詩《追歡偶作》有云：『石樓月下次蘆管，金谷風前舞柳枝。』自注云：『蘆管柳枝以下，皆十年來洛中之事。』

三、盧貞《和白尚書賦永豐柳》詩序云：『永豐坊西南角，園中有垂柳一株，柔條極茂，白尚書曾賦詩，傳入樂府，遍流京都。近有詔旨，取兩枝填於禁苑，乃知一顧增十倍之價，非虛言也。』

四、薛能《楊柳枝》五首注云：『劉白二尚書繼爲蘇州刺史，皆賦《楊柳枝》詞，世多傳唱……』

一、二例白居易詩自注中僅指其爲『洛下新聲』，毫無自翻新聲之意。『樂童翻怨調』，新聲當出自樂工之手。『才子』爲之所作的『妍辭』，『聽可動人』，也非白居易己作。三、四例則明稱白居易所作爲《楊柳枝》詞。因白辭『世多傳唱』，『遍流京師』而傳入教坊。《樂府詩集》卷八一《楊柳枝》題注云：

《楊柳枝》，白居易洛中所製也。《本事詩》曰：『白尚書有妓樊素善歌，小蠻善舞。嘗爲詩曰：「櫻桃樊素口，楊柳小蠻腰。」年既高邁，而小蠻方豐艷，乃作《楊柳枝》辭以托意曰：「永豐西角荒園裏，盡日無人屬阿誰！」及宣宗朝，國樂唱是辭。帝問誰辭，永豐在何處，左右具以對。時永豐坊西南角園中有垂柳一株，柔條極茂，因東使命取兩枝植於禁中。居易感上知名，且好尚風雅，又作辭一章云：「定知玄象今春後，柳宿光中添兩星。」』

則傳入教坊的是『永豐西角荒園裏』這首辭。該辭以楊柳枝喻樊素，『盡日無人屬阿誰』，當是指遣放樊蠻事。白居易於開成四年遣歸二伎，此後劉白均有詩詠此事，曰：『往年江外抛桃葉，去歲樓中別柳枝』『春盡絮飛留不得，隨風好去落誰家』『柳老春深日又斜，任他飛向别人家』。見白詩《對酒有懷寄李十九郎中》、劉詩《楊柳枝》、白詩《前有〈别柳枝〉絶句，夢得繼和云：『春盡絮飛留不得，隨風好去落誰家』，又復戲答》。因此白居易『永豐柳』辭當作於此事前後，即開成四年、五年間。而在該辭寫就之前，樊素早因擅唱《楊柳枝》而聞名洛下，説明該曲盛傳已久。見白居易《不能忘情吟並序》因此《樂府雜録》所載是針對傳人教坊的『永豐柳』一辭而述，原與製曲、翻曲無關。

任半塘先生《敦煌曲初探》論及敦煌曲辭中『曲』『雜曲』『曲子』『曲子詞』等名稱的關係時曾言：『蓋曲指音樂，詞指文字，在樂曲歌辭中，二者原爲一物之兩面，不可分離。……習慣上「曲」之一字，除指樂節歌聲之外，並可代指曲詞或歌辭，「詞」或「辭」字，便可省略不用。』這段話或可幫助我們正確理解《樂府雜録》記録的真正含義。並非所記有誤，而是後世的理解有誤。要之，以『曲』代指『辭』，是由主聲的觀念所致。曲子辭至宋代雖發展爲摛藻一體，但在稱述上仍沿襲唐人這一用法，製『詞』亦往往稱製『曲』。本書卷二即不乏此例。王灼認爲《樂府雜録》謂白居易作《楊柳枝》，不過是『别創詞』而已，即是深知唐人的用詞習慣，而作出的客觀判斷。

今黄鍾商有《楊柳枝》曲，仍是七字四句詩，與劉、白及五代諸子所製並同，但每句下各增三字一句，此乃唐時和聲，如《竹枝》《漁父》，今皆有和聲也。舊詞多側字起頭，平字起頭者，十之一二。今詞盡皆側字起頭，第三句亦復側字起，聲度差穩耳。

黄鍾商，唐爲越調，宋爲大石調。《楊柳枝》辭，唐五代皆爲七言四句，《花間集》載顧敻、張泌的作品各一首，其辭在七言四句的基礎上每句各帶三字和聲。兹録顧敻一首：『秋夜香閨思寂寥，漏迢迢，鴛幃羅幌麝烟消，燭光摇。　正憶玉郎游蕩去，無尋處，更聞簾外雨瀟瀟，滴芭蕉。』宋代則均同顧敻之體。又敦煌辭存《楊柳枝》一首，雖以七言四句爲主體，然每句所帶和聲辭四字、五字不等。任半塘《敦煌曲初探》認爲該辭是因有襯字，已成雜言。其辭爲：『春來春去春復春。寒暑來頻。月生月盡月還新。又被老催人。　只見庭前千歲月。長在常存。不見堂上百年人。盡總化爲塵。』見《敦煌歌辭總編》卷二另有晚唐温庭筠與裴誠於酒筵上作《添聲楊柳枝》四首，亦作七言四句。《雲谿友議》卷下載：『二人（指裴誠和温庭筠）又爲《新添聲楊柳枝》詞，飲筵競唱其詞而打令也。』裴温二人之詞，《雲谿友議》稱『新添聲楊柳枝』，《全唐詩》同，《萬首唐人絶句》作『添聲楊柳枝』，《詞苑叢談》則稱『新聲楊柳枝』。

《樂府詩集》卷八一《近代曲辭》收載唐五代《楊柳枝》辭七十九首。平起的約占百分之四十，仄起的約占百分之六十。從同一作者的辭作來看，白居易十首中有四首仄起六首平起，其中三首拗格；近體詩律要求第一句仄起，第三句則應平起；第一句平起，第三句則應仄起。反之則爲拗格。劉禹錫十二首中十一首仄起一首平起；温庭筠八首中一首平起七首仄起，其中一首拗格；張祜二首均仄起，其中一首拗格；薛能十九首中九首仄起十首平起。有合於近體詩律者，亦有拗格，平起有押二韻或三韻，仄起亦有二韻或三韻等各種情況。即是説同一曲調可唱各種格律形式的歌辭。《雲谿友議》卷下『温裴黜』載周德華采諸家咏柳詩七八篇歌入《楊柳枝》，亦無統一的格律。《雲谿友議》載：『德華者，乃劉采春女也，雖《囉嗊之歌》不及其母，而《楊柳枝》詞采春難及。……温裴所稱歌曲請德華一陳音韻，以爲浮艷之美，德華終不取焉，二君深有愧色。所唱者七八篇，乃近日名流之咏也。滕邁郎中一首：「三條陌上拂金羈，萬里橋邊映酒旗。此日令人腸欲斷，不堪將入笛中吹。」賀知章秘監一首：「碧玉妝成一樹高，萬條垂下緑絲條。不知細葉誰裁出，二月春風似剪刀。」楊巨源員外一首：「江邊楊柳麴塵絲，立馬憑君折一枝。唯有春風最相惜，殷懃更向手中吹。」劉禹錫尚書一首：「春江一曲柳千條，二十年前舊板橋。曾與美人橋上别，恨無消息至今朝。」韓琮舍人二首：「枝鬬芳腰葉鬬眉，春來無處不如絲。霸陵原上多離别，少有長條拂地垂。」又曰：「梁苑隋堤事已空，萬條猶舞舊春風。那堪更想千年後，誰見楊花入漢宫。」』文中所録六首詩，三首平起，三首仄起。這説明唐代歌曲的聲辭配合與近體詩的格律無關。宋代《楊柳枝》辭確如王灼所言，第一句仄起，第三句亦仄起，雖皆爲拗格，入曲歌唱亦不會有礙。

『聲度』一詞主要見於宋代以後的文獻，如《唐會要》卷三二『雅樂』上：『開元十三年，詔燕國公張説改定樂章。上自定聲度，説爲之詞，令太常樂工就集賢院教習，數月方畢。』胡震亨《唐音癸籤》卷一四《樂通三》『舞曲』條：『此則零雜舞名，純遠乎雅者，然以考其曲題，而求其聲度，不可廢而無纂。』這裏『聲度』指合於某種規則的音樂曲調；《唐會要》卷三三『燕樂』：『《勝蠻奴》《火鳳》《傾盃樂》三曲，聲度清美，太宗深愛之。』這裏的『聲度』指音樂曲調合符某種風格；馬端臨《文獻通考》卷一三一：『凡弦皆須素張，使臨時不動，即於中弦按畫一周之聲度，著十二弦上。』這裏的『聲度』指音高的標準；毛奇齡《詩札》卷二：『晉摯虞謂詩有九字，如「洞酌彼行潦挹彼注兹」等，顔延之非之，謂詩體本無九字，有則聲度闡緩，不合金石矣。』這裏的『聲度』指吟誦節奏的規則。因此，所謂『聲度』，即『聲之度』，聲調的規則或標準。『聲調』包括音樂的唱奏之調和詩辭的吟誦之調，而與詩辭的格律無關。王灼這裏所謂一三句仄起則聲度不穩，恰恰是從近體詩格律的角度而言的，與歌唱吟誦無關。

六五　麥秀兩岐

《麥秀兩岐》，《文酒清話》云：『唐封舜臣性輕佻，德宗時使湖南，道經金州，守張樂燕之，執盃索《麥秀兩岐》曲，樂工不能。封謂樂工曰：「汝山民亦合聞大朝音律。」守爲杖樂工。復行酒，封又索此曲。樂工前：「乞侍郎舉一遍。」封爲唱徹，衆已盡記，於是終席動此曲。封既行，守密寫曲譜，言封燕席事。郵筒中送與潭州牧。封至潭，牧亦張樂燕之。倡優作襤褸數婦人，抱男女筐筥，歌《麥秀兩岐》之曲，叙其拾麥勤苦之由。封面如死灰。歸過金州，不復言矣。』今世所傳《麥秀兩岐》，今在黃鍾宮。唐《尊前集》載和凝一曲，與今曲不類。

『封舜臣』，校正本作『封舜卿』，餘本均作『封舜臣』。案《文酒清話》，作者不詳。《續修四庫全書》卷一一七二收載俄羅斯彼得堡東方研究所分所藏金刻本，然破損較嚴重，大約有九卷。其中『封舜臣』條記此事。從殘存的文字來看，較王灼引文爲詳。《文酒清話》原文即作『封舜臣』，此處王灼既引《文酒清話》，自當作『封舜臣』。柴劍虹《敦煌吐魯番學論稿》中《列寧格勒藏〈文酒清話〉殘本考索》一文對該書的成書年代及金刻本刊刻年代等問題作了考索，可參閱。

據《唐戲弄》與校正本的考證，唐五代時期並無『封舜臣』其人，只有『封舜卿』，爲封德彝六世孫，由唐入梁，任禮部侍郎知貢舉。另《蜀檮杌》卷上記：『通正二年正月，梁遣使來聘。』五代前蜀無通正二年，當爲通正元年之誤。吴任臣《十國春秋》卷三六《前蜀・高祖本紀》『通正元年正月』引録了《太平廣記》『梁祖使封舜卿聘於蜀』事。幾種記載均相合，因此此事當繫於五代朱梁封舜卿爲確，而非德宗時事。另外此一事件中有一細節需要注意，封舜卿嘲諷山民不合聞『大朝』音律。『大朝』一詞只有大國與小國、上國與屬國之間才可能使用，中央與地方間不可能使用『大朝』一詞。五代十國時期，南方九個政權中，除蜀國之外，均向中原政權稱臣或投附於中原政權，稱中原政權爲『大朝』。故有封舜卿仗『大朝』之勢的可能，以至於同爲大朝的蜀國自取其辱。若此事在德宗朝，湘南蜀西無論如何偏遠，其地皆屬『大朝』之地，其民皆屬『大朝』之民，封氏何以敢拒之於『大朝』之外。此一點，亦可作爲事屬五代的一個旁證。

此事見於《太平廣記》所載，人名地點及事件過程均有出入。《太平廣記》卷二五七『封舜卿』條引《王氏見聞》：

朱梁封舜卿文詞特異，才地兼優，恃其聰俊，率多輕薄。梁祖使聘於蜀。時岐梁眦睚，關路不通，遂泝漢江而上。路出全州，土人全宗朝爲帥。封至州，宗朝致筵於公署，封素輕其山州，多所傲睨，全之人莫敢不奉之。及執斝索令，曰：『《麥秀兩岐》。』伶人愕然相顧，未嘗聞之，且以他曲相同者代之。封擺頭曰：『不可。』又曰：『《麥秀兩岐》。』復無以措手。主人耻而復惡，杖其樂將。停盞移時，逡巡，盞在手，又曰：『《麥秀兩岐》。』既不獲之，呼伶人前曰：『汝雖是山民，亦合聞大朝音律乎。』全人大以爲耻。次至漢中，伶人已知全州事，憂之，及飲會，又曰：『《麥秀兩岐》。』亦如全之筵，三呼不能應。有樂將王新殿前曰：『略乞侍郎唱一遍。』封唱之未遍，已入樂工之指下矣。由是大喜，吹此曲，訖席不易之。其樂工白帥曰：『此是大梁新翻，西蜀亦未嘗有之。請寫譜一本，急遞入蜀，具言經過二州事。』洎封至蜀，置設，弄參軍後，長吹《麥秀兩岐》於殿前。施芟麥之具，引十輩貧兒，襤縷衣裳，携男抱女，挈筐籠而拾麥，仍合聲唱。其詞淒楚，及其貧苦之意，不喜人聞。封顧之，面如土色，卒無一詞，慙恨而返。乃復命，歷梁漢安康等道，不敢更言兩岐字。蜀人嗤之。

封舜卿執斝索『令』，『令』指酒令。依令歌舞以送酒，是盛行於唐五代時期的一種酒令伎藝。據王小盾考察，唐代結合酒令的送酒歌舞的常見形式，大多具有依次巡酒、依令歌舞，彼此相送、同調唱和的特點。參見王小盾《唐代酒令藝術》封舜卿『及執斝索令，曰《麥秀兩岐》。……停盞移時。逡巡，盞在手，又曰《麥秀兩岐》。』即是依次巡酒，由飲酒者出令、樂工歌伎歌唱，但無答歌，是一種較爲簡單的酒令形式。樂工『以他曲相同者代之』，可知除了規定曲目外，還有其他有關歌曲演唱的令格要求，此令格可合於其他樂曲歌唱。在西蜀燕封時所表演的戲弄、歌舞等節目，則屬單純的觀賞性質的音樂表演。《唐戲弄·劇録》之『麥秀兩岐』謂西蜀樂工所表演的《麥秀兩岐》爲歌劇，以唱辭代言，並非叙述，可能還有説白。

弄參軍，即參軍戲。是古俳優發展之最高階段，科白並重，有時併合歌舞。其起源諸家説法不一。唐代的參軍戲題材極廣，參軍、蒼鶻二脚色可扮演各種人物，往往於調弄戲謔中諷喻時政。《唐戲弄》『辨體』之『參軍戲』有詳細考論，可參閱。

《尊前集》録和凝《麥秀兩岐》，詞云：『涼簟鋪斑竹，鴛枕並紅玉。臉蓮紅，眉柳緑，胸雪宜新浴。淡黄衫子裁春縠，異香芬馥。　羞道交回燭，未慣雙雙宿。樹連枝，魚比目，掌上腰如束。嬌嬈不禁人拳踢，黛眉微蹙。』《詞譜·麥秀兩岐》録和凝詞，謂此調『句短韻促，無他首可校』。王灼所謂『與今曲不類』者，今不傳。案《麥秀兩岐》，《教坊記》『曲名』有載，爲盛唐教坊曲。據筆者所見，除繫於封舜卿一事之外，别無所載，其傳辭亦僅存五代和凝一首。《唐戲弄》云：『《麥秀之歌》，原爲箕子吊殷墟而作，見《史記》。麥秀兩岐之異，前人原認爲祥瑞，《漢書·張堪傳》：「堪爲漁陽守，民歌之曰：桑無附枝，麥秀兩岐，張公爲政，樂不可支。」』楊蔭瀏《中國音樂史稿》中認爲民衆所歌之『麥秀兩岐』即唐之教坊曲《麥秀兩岐》，不過重新填詞而已。盛唐盧象《奉和張使君宴加朝散》詩有云：『停杯歌麥秀，秉燭醉棠陰。』見《全唐詩》卷一二二所歌之『麥秀』是否爲《麥秀兩岐》，則存疑俟考。

附録

梨園考

『梨園』一名有兩種含義。

其一，梨園爲苑囿之名，在禁苑内。南宋程大昌對梨園方位考證極詳。程大昌《雍録》卷九『苑囿·梨園』條云：

> 梨園在光化門北，光化門者，禁苑南面西頭第一門，在芳林、景曜門之西也。中宗令學士自芳林門入，集於梨園，分朋拔河，則梨園在太極宫西，禁苑之内矣。……《長安志》又曰：『文宗幸北軍，因幸梨園，又令太常卿王涯取開元雅樂，選樂童按之，名曰雲韶樂。樂成獻諸梨園亭，帝按之會昌殿。』此之會昌殿也者，即在梨園中矣。唐末芳林十哲，即自此門入而交中官，故十人冠戴『芳林』名號，如鴻都賦徒也。

可知梨園中有會昌殿，有梨園亭以及球場等建築設施。喬知之、沈佺期、武平一等有梨園亭侍宴詩和觀球應制詩。喬知之《梨園亭子侍宴》，見《全唐詩》卷八一；沈佺期《三日梨園侍宴》，見《全唐詩》卷九六；沈佺期《幸梨園亭觀打球應制》，見《全唐詩》卷九六；武平一《幸梨園觀打球應制》，見《全唐詩》卷一〇二；另崔湜亦有《幸梨園亭觀打球應制》，見《全唐詩》卷五四。則梨園爲唐代宫廷重要的宴集娱樂場所。《舊唐書·中宗紀》亦載：『景龍四年二月，於梨園球場，分朋拔河。』禁苑或有森林，可騎射和狩獵。李德裕《述夢》詩云：『夕閲梨園路，宵聞禁仗獒。』注云：『每梨園獵回，或抵暮夜，院門常見歸騎。』則梨園又往往泛指整個禁苑。

其二，指音樂機構之『梨園』。關於梨園機構的創設，史書無明確記載，然從相關資料顯示，並非首創於玄宗，而在初唐時已有。段安節《樂府雜録》中有兩條關於『梨園新院』的記載：

> 樂具庫在望仙門内之樂壁。俗樂，古都屬樂園新院，院在太常寺内之西北也，開元中始别署左右教坊，上都在延政里，東都在明義里，以内官掌之。至元和中，只署一所，又於上都廣化里、太平里，兼各署樂官院一所。
>
> 古樂工都計五千餘人，内一千五百人俗樂，係梨園新院，於此旋抽入教坊。計司每月請料，於樂寺給散。太樂署在寺院之東，令一，丞一。鼓吹署在寺門之西，令一，丞一。

上引兩條資料所記實爲一事。第一條『俗樂，古都屬樂園新院』，第二條『内一千五百人俗樂，係梨園新院』，正是對第一條的補充。『樂園新院』即是『梨園新院』；陳暘《樂書》卷一八八『俗樂部』條亦載：『唐俗樂部，屬梨園新院，院在太常寺内之西壁。開元中，始别置左右教坊。上都在延政里，東都在明義里，以中官掌之。』第二條『於此旋抽入教坊』亦是針對第一條『開元中始别署左右教坊』而言的。這與『以太常掌禮樂之司，不應典倡優雜技，乃更置左右教坊，以教俗樂』，《資治通鑑》卷二一一恰是同一事件。

梨園新院隸於太常寺，專掌俗樂。這一點從《樂府雜録》的記載中可確定無疑。俗樂掌於太常寺，是開元以前的情況。從開元初成立内外教坊專掌俗樂後，終唐之世太常寺不復掌俗樂，因此梨園新院亦必存於開元以前，《樂府雜録》亦是針對教坊成立前後的情形進行分述的。任半塘《唐戲弄·梨園考》中認爲梨園之制始於開元時期，並以《樂府雜録》對『梨園新院』的記載，判定梨園新院屬盛唐時期洛陽太常寺。此後學者多從之。任半塘的判斷主要在於對『古都』一詞的認定上。上引《樂府雜録》第一條中謂『俗樂，古都屬樂園新院』。任半塘認爲『古都』是指洛陽，於是有此結論。筆者認爲，後文即分别述之『上都』『東都』云云，『古都』爲何非指洛陽？《樂府雜録》成書於唐末，確切年代不詳。唐史有載，唐末哀帝因受朱全忠脅迫而遷都洛陽。文中所謂『古都』，則可能恰恰是指長安，相對於洛陽新都而言。再者若梨園新院屬盛唐時洛陽太常寺，那麼此時俗樂仍掌於太常寺，這與史實亦不合。遲乃鵬《唐『梨園』考辨》中據《樂府雜録》的記載亦提出『梨園新院』爲初唐太常寺俗樂機構。教坊成立後，太常寺不再有俗樂，梨園新院亦當不復存在。

梨園新院即置院在太常寺内，並不在梨園，那麽『梨園新院』是借『梨園』之名而名之。换言之，必先有設於梨園之梨園機構，才有太常寺之梨園新院。《新唐書》卷三《高宗紀》所載可資佐證：

（儀鳳元年）八月庚子，避正殿，减膳，撤樂，損食粟馬，慮囚，詔文武官言事。甲子，停南北中尚、梨園、作坊，減少府雜匠。

『中尚』與『作坊』均爲專司某職的機構組織，『梨園』即並列於其中，則『梨園』决非苑囿之名，而是指梨園音樂機構。

唐代的音樂機構大别爲太常寺與内廷兩大系統。初唐時太常寺掌禮樂兼俗樂，内廷有内教坊專掌雅樂，那麽俗樂應掌於梨園，與太常寺梨園新院專掌俗樂一致。這與盛唐梨園掌法曲，又於太常寺設梨園别教院亦掌法曲的情形相仿。梨園别教院的成立時間及制度存續狀况均不詳。從天寶十三載『詔道調法曲與胡部新合作』的舉措來看，當時太常寺必有胡部，又有專掌道教儀式音樂、法曲的樂部，而别教院屬太常寺，又掌有法曲，則玄宗時太常寺掌法曲的樂部應爲别教院。代宗時罷梨園，其剩餘樂工歸太常，亦當併入别教院，繼續演習法曲。因此禁苑梨園與太常寺梨園新院至遲在高宗時就早已存在，分别掌宫内與太常寺俗樂。儀鳳元年『停梨園』，是就此廢置禁苑梨園機構或僅是暫停均不詳，而太常寺梨園新院則延續至開元二年，以教坊代之。

對於盛唐梨園，從五代開始即有兩說。

一說以史志爲代表。如《舊唐書》卷二八《音樂志》：『玄宗於聽政之暇，教太常樂工子弟三百人，爲絲竹之戲。音響齊發。有一聲誤，玄宗必覺而正之，號爲皇帝弟子，又云梨園弟子，以置院近於禁苑之梨園。……宮中居宜春院。』宮中弟子居『宜春院』，誤，應爲『宜春北院』，任半塘《唐戲弄・梨園考》已詳。《新唐書》卷二二《禮樂志》：『初，隋有法曲，其音清而近雅，其器有鐃、鈸、鍾、磬、幢簫、琵琶。……其聲金、石、絲、竹以次作，隋煬帝厭其聲澹，曲終復加解音。玄宗既知音律，又酷愛法曲，選坐部伎子弟三百教於梨園，聲有誤者，帝必覺而正之，號「皇帝梨園弟子」。宮女數百，亦爲梨園弟子，居宜春北院。梨園法部，更置小部音聲三十餘人。』《唐會要》注明此事爲『開元二年』。則『皇帝梨園弟子』始於開元二年，選坐部伎三百人組成，其機構在禁苑內。天寶中又選宮女數百，亦爲梨園弟子，居宜春北院。

另一說出自地志。宋敏求《長安志》卷六『長生殿教坊』條云：『唐紀曰：玄宗置左右教坊於蓬萊宮側，帝自爲法曲、俗樂以教宮人，號皇帝梨園弟子。』程大昌《雍録》卷九『苑囿・梨園』條亦云：『開元二年置教坊於蓬萊宮，上自教法曲，謂之梨園弟子。至天寶中即東宮置宜春北苑，命宮女數百人爲梨園弟子。即是梨園者，按樂之地，而預教者名爲弟子耳。凡蓬萊宮、宜春院皆不在梨園之内也。』則認爲梨園弟子出自内教坊，禁苑梨園不過爲其按樂之地，並無機構之設。

以上兩説，唐代文獻史料皆無明確記載，然孰是孰非，並非無迹可循。

在唐代，尤其盛唐，禮樂與俗樂是決然分判的。開元二年俗樂從太常寺分離出來的理由即是『太常禮樂之司，不應典倡優雜伎』，從此，太常寺專掌禮樂，教坊專掌俗樂。『禮樂』與『俗樂』是從功用上進行分類的，與音樂來源無關。教坊俗樂是俳優歌舞雜奏的純娛樂性音樂，屬『非正聲』，唐人對其性質的界定極爲明確，如《通典》卷一四六『散樂』條謂：『散樂，非部伍之聲，俳優歌舞雜奏。……玄宗以其非正聲，置教坊於禁中以處之。』反之，禮樂是入儀式的部伍之聲，屬『正聲』。盛唐法曲是爲『正聲』確立新的標準，它所針對的對象是禮樂中的燕樂。梨園法部由坐部伎樂工組成，而二部伎是盛唐最重要的燕樂樂部，掌於太常寺；梨園別教院隸於太常寺，梨園法部與別教院的性質無疑是相同的；《舊唐書》卷三〇《音樂志》謂太樂令孫玄成輯録有燕樂歌辭是法曲等例均可説明這一點。從音樂體系上來説，法曲屬太常寺樂範疇，而與教坊俗樂相對立。因此，法曲不可能掌於教坊，『梨園弟子』亦不可能出自教坊。

實際上，《長安志》的行文中即有明顯錯誤。其謂『置左右教坊於蓬萊宮側』，然蓬萊宮側的爲内教坊，左右教坊在宮外。這説明該作者對唐代音樂史料的掌握太過囫圇，其結論值得懷疑。或許是由於宋代法曲掌於教坊，並且宋人名稱是沿襲唐制，《長安志》或由此得出結論，而並未對唐代史實作深究。《雍録》的觀點不過亦屬沿訛之説。《長安志》爲《雍録》最重要的參考書目，《雍録》卷一評述《長安志》時有云：『予之此録，采用宋志爲多，若其有凡最而無事實，則亦不敢輒削。』『皇帝梨園弟子』即屬有此名目而唐代典籍無明確記載者，《雍録》的觀點應直接承襲《長安志》而來。只不過在行文中糾正了《長安志》明顯的錯誤，觀點表述也更爲明確。

綜上所述，唐代梨園機構創立於初唐，專掌俗樂。『梨園』之名源於禁苑之梨園，其機構必亦置於禁苑梨園内。太常寺俗樂機構又借『梨園』之名命爲『梨園新院』。盛唐梨園則以諸史家的記載爲確：開元二年選坐部伎樂工組成梨園法部，『置院近於禁苑之梨園』，梨園爲其機構所處之地，亦是法部樂工聚居和日常習樂之所。與宮中宜春北院、太常寺別教院分別部居，各處一所。

中唐德宗『詔罷梨園伶使及官冗食三百餘人，留者隸太常。』《唐會要》卷三四：『大曆十四年五月，詔罷梨園伶使及官冗食三百餘人，留者隸太常。』所罷梨園當是禁苑之梨園。宮中宜春北院爲女弟子，不可能入太常寺；禁苑梨園原由太常寺樂工組成，此時『留者隸太常』只能是針對禁苑的梨園樂工。因此德宗罷梨園後，法曲弟子仍有兩部：太常寺別教院、宮中的法曲弟子則隸屬於宣徽院。《舊唐書·文宗紀》有載：『開成二年，宣徽院法曲樂官放歸。』宣徽院並非音樂機構，《文獻通考》有詳細記載。其職能是總領宮中諸司及三班内侍名籍等事宜，由太監任職。因此，宣徽院屬内廷機構，『宣徽院法曲樂官』必定亦是宮内的法曲弟子。文宗開成三年改別教院之法部爲仙韶院。《舊唐書·文宗紀》載：開成三年，『改法曲爲仙韶曲，仍以令官所處爲仙韶院。』兩唐書多次提到仙韶院樂官尉遲璋，《唐闕史》稱『太常寺樂官尉遲璋』云云，可知仙韶院在太常寺。《新唐書·百官志》亦載有『開成三年，改法曲所處院曰仙韶院』，是在『太常寺』之『太樂署』條目内記述的。唐代之後，音樂機構再無『梨園』之設了。

——原載《蜀學》第六輯，題作《碧雞漫志札記·梨園》，略有改動。

法曲考

法曲，始於隋，盛於唐。今存史料中對法曲的記載多見於五代以後，如兩唐書、《通志》《唐會要》《樂府詩集》等，宋以後的文人筆記亦屢有提及。然隋唐時期的史料中對法曲皆無明確記載，僅中晚唐文人詩文筆記如白居易、元稹《法曲》詩、《樂府雜録》等略有提及。近代以來，對法曲的研究成爲一個重要的學術課題。其中尤以邱瓊蓀先生《燕樂探微》『法曲』一章的論述最爲全面，對法曲的源流、性質、樂曲、樂調、樂器等各個方面均有考證，幾乎涵蓋了法曲的方方面面。此後學者大多在邱先生的基礎上展開討論，並對邱先生研究中出現的一些未妥之處作了補充考證，使我們對隋法曲與盛唐法曲各自的音樂屬性可以得出一個明確的判斷：隋代之初以清樂爲法曲，到盛唐，則以華夷融合的新俗樂爲法曲。隋法曲與盛唐法曲屬於完全不同的兩個音樂體系。

隋代爲什麽提出法曲這一概念、它的意義是什麽、盛唐法曲演變的原因是什麽等問題仍然未能得到解決。從當今衆多的研究成果表明，在對待法曲的許多問題上仍囿於傳統觀念之中，難以揭示其真實面貌。

從中唐開始，論者往往從維護音樂的華夏正統地位出發，一味地排斥盛唐法曲中的胡樂成分，致使模糊了隋唐法曲各自的音樂特性。如中唐白居易《法曲》詩中謂法曲『夷夏交浸』，詩注中則謂『法曲雖似失雅音，蓋諸夏之聲也』。白詩中實際上明確地反映出了法曲的兩個階段：隋代法曲爲『諸夏之聲』，盛唐法曲爲『夷夏交浸』。白居易是從『聲與政通』的儒家禮樂思想出發，强調音樂的政教功能。把

『胡人亂華』歸罪於『胡樂亂華』，而强烈反對胡樂。他的這一主張被宋人進一步確定下來，北宋陳暘《樂書》卷一八八謂：『法曲興自於唐，南聲，始出於清商部……鄭衛之間。』北宋教坊法曲部兩首法曲均是三調樂，作爲盛唐法曲的代表作《霓裳曲》在當時教坊仍有演出，却未能入法部，因其來源於胡樂。清人凌廷堪《燕樂考原》即稱：『蓋天寶之法曲，即清樂南曲也，胡部，即燕樂北曲也。』至此，已完全將隋代法曲和盛唐法曲混爲一體了。這也使後來的法曲研究或忽略隋代法曲，或將隋代法曲的音樂現象附會於盛唐法曲之中，致使在法曲的認識上産生一些誤解。如『法曲』一名的來源，或認爲來源於法樂，或認爲來源於道曲。邱瓊蓀先生提出法曲之名來源於梁代法樂，已有衆多學者對此作了辨正。陳堯民先生《詞與音樂》中亦專有『法曲』一章。陳先生提出法曲爲『燕樂的精華』。這一觀點被衆多學者接受，並從這一角度對盛唐法曲作了進一步研究。其中王昆吾《隋唐五代燕樂雜言歌辭研究》指出法曲的『法』爲『規範』『標準』之意。然而陳先生提出法曲一名源於道曲，因玄宗喜好道教之故，則完全忽略了隋代法曲。這種判斷，法曲的概念自然會模糊不清。另如法曲的風格，從五代開始，均判定爲『清雅』『閑雅』，至今學者亦持此觀念。這同樣是將隋與盛唐法曲未作分判所致。在此擬就隋唐法曲的産生及演變略作考辨，兼論法曲從隋至晚唐的風格流變等問題。

今存法曲文獻中大多是關於盛唐法曲的記載，當今法曲研究者亦多關注盛唐這一時期，因此對盛唐法曲的認識已較爲明瞭：盛唐法曲掌於梨園法部和太常梨園別教院。梨園法部是於開元年間，選坐部伎優秀樂工組成，唐代法曲從此盛極一時。邱瓊蓀所考得的二十五名法曲中，以初盛唐間從民間歌曲、邊地歌曲中采集改造的新聲最多，陳隋以來所造樂曲的精華部分，也被采入法曲。可以見出，法部是以演習優秀樂曲爲職責的高級音樂機構。法曲的來源並不以民族、地域、樂種爲限，它是盛唐時期一批優秀曲目的集合。

白居易反對法曲『夷夏交浸』，一方面説明了盛唐法曲兼包華夷的性質，主張法曲回歸『諸夏之聲』，又反映出法曲的最初面貌，即隋代法曲産生之初是以清樂爲法曲的。直接記載隋法曲的文獻極少，僅《新唐書》和《通志》等略有提及。《新唐書》卷二二《禮樂志》：

初，隋有法曲，其音清而近雅。其器有鐃、鈸、鍾、磬、幢簫、琵琶。琵琶圓體修頸而小，號曰『秦漢子』，蓋弦鼗之遺制，出於胡中，傳爲秦、漢所作。其聲金、石、絲、竹以次作，隋煬帝厭其聲澹，曲終復加解音。玄宗既知音律，又酷愛法曲。

鄭樵《通志》『梨園法曲』注云：

法曲本隋樂，其音清而近雅，煬帝厭其聲淡。

這兩條資料反映出幾個信息：其一，法曲始於隋；其二，隋代法曲音清近雅，所用樂器除鐃鈸外，其餘全爲中國傳統樂器，可見確爲清樂無疑；其三，煬帝『厭其聲淡，曲終復加解音』，説明這一批音樂非始於煬帝，而始於文帝。文帝以清樂爲法曲，而清樂盛於魏晉時期，爲何法曲却産生於清樂已衰微的隋代呢？這當從當時的歷史文化背景來考察。

從西晉末年開始，胡樂大肆入華，對漢族傳統音樂造成極大的衝擊。《通典》卷一四六云：『自周、隋以來，管弦雜曲將數百曲，多用西凉樂，鼓舞曲多用龜兹樂，其曲度皆時俗所知也。』當時朝野風氣可窺一斑。隋朝建國之初，雅樂亦雜用胡樂，如《隋書》卷一四《音樂志》所言：『開皇二年，齊黄門侍郎顔之推上言：「禮崩樂壞，其來自久。今太常雅樂，並用胡聲，請馮梁國舊事，考尋古典。」』案隋初雅樂仍沿北周之舊，即所謂『洛陽舊樂』，是以中原古雅樂結合『沮渠蒙遜之伎』（即華夷兼采的西凉樂）而成。其淵源《隋書》卷一四《音樂志》有詳載。文帝對此極爲不滿。開皇九年平陳，始獲南朝舊樂，即清樂。《隋書》卷一五《音樂志》載：『清樂其始即清商三調是也，並漢來舊曲。……及平陳後獲之。高祖聽之，善其節奏，曰：「此華夏正聲也。昔因永嘉，流於江外，我受天明命，今復會同。雖賞逐時遷，而古致猶在。可以此爲本，微更損益，去其哀怨，考而補之。以新定律吕，更造樂器。」』南朝清樂是晉室南遷傳至南方，並經宋、齊、梁、陳累朝積存的宫廷音樂，包括清商舊曲和流行於吴越荆楚之地的民間新聲。文帝將這一批音樂進行修訂，重新製造樂器，並專置清商署掌管，可見其對清樂的重視程度。

《隋書》卷一五《音樂志》：『龜兹者，起自吕光滅龜兹，因得其聲。吕氏亡，其樂分散，後魏平中原，復獲之。其聲後多變易。至隋有《西國龜兹》《齊朝龜兹》《土龜兹》等，凡三部。開皇中，其器大盛於閭閈。時有曹妙達、王長通、李士衡、郭金樂、安進貴等，皆妙絶弦管，新聲奇變，朝改暮易，持其音技，估衒公王之間，舉時争相慕尚。高祖病之，謂群臣曰：「聞公等皆好新變，所奏無復正聲，此不祥之大也。自家形國，化成人風，勿謂天下方然，公家家自有風俗矣。存亡善惡，莫不繫之。樂感人深，事資和雅，公等對親賓宴飲，宜奏正聲；聲不正，何可使兒女聞也！」帝雖有此敕，而竟不能救焉。煬帝不解音律，略不關懷。』從中可以看出隋文帝的音樂主張。文帝以胡樂新聲爲病，主張宴飲『宜奏正聲』。而清樂正是他需要的『華夏正聲』『治世之音』。以清樂作爲正聲的標準，來規範王公大臣宴飲之樂。『法曲』的概念便是在這樣的前提下提出的。文帝所實施的音樂政策也是與之相適應的。《隋書》卷六七《裴藴傳》載：『初，高祖不好聲技，遣牛弘定樂，非正聲清商及九部四儛之色，皆罷遣從民。』可見這一時期，漢族傳統音樂在宫廷音樂中佔有絶對優勢，多部樂不過『備四夷之數』而已。

法曲的産生，除了文帝的個人好尚之外，更重要的原因是出於政治的需要。從西晉末年以後，大批少數民族政權入主中原，造成了『胡樂亂華』的局面。隋從少數民族政權過渡到統一南北的漢族政權，確立一個與漢族傳統文化相適應的清樂爲音樂規範，對於隋朝政權獲得漢族人的支持是有重要意義的。自周代確立禮樂制度以來，歷代的宮廷音樂均與政治息息相關。文帝以清樂爲法曲，將清樂作爲衆樂之標準，正是借此來强化自己的華夏正統地位。

法曲的最初含義是專指清樂，是爲强調其『華夏正聲』而設。它是對南北朝以來胡樂興盛的一次反撥。也就是説，法曲這一概念本就是在與胡樂的對立中提出來的。中唐以後白居易等反對盛唐法曲兼采華夷，而强調法曲爲『諸夏之聲』，便源於文帝以清樂爲法曲這一史實。

然而文帝以後，清樂於朝廷的地位每況愈下。《通典》卷一四六『清樂』條云：『（清樂）先遭梁、陳亡亂，而所存蓋尠。隋室以來，日益淪缺。……自長安以後，朝廷不重古曲，工伎轉缺，能合於管弦者，唯《明君》《楊叛》《驍壺》《春歌》《秋歌》《白雪》《堂堂》《春江花月夜》等八曲。舊樂章多或數百言，武太后時《明君》尚能四十言，今所傳二十六言，就之訛失，與吴音轉遠。劉貺以爲宜取吴人使之傳習。開元中，有歌工李郎子。郎子北人，聲調已失，云學於俞才生。才生，江都人也。自郎子亡後，清樂之歌闕焉。』『唯彈琴家猶傳楚、漢舊聲及《清調》《琴調》，蔡邕《五弄》《楚調四弄調》，謂之「九弄」，雅聲獨存。非朝廷郊廟所用，故不載。』這兩段記載反映出，宮廷清樂的衰微，更多的是由朝廷對待清樂的態度决定的。隋朝第二代皇帝煬帝即采取了與文帝完全相反的音樂政策：『括天下周、齊、梁、陳樂家子弟，皆爲樂户。其六品已下，至於民庶，有善音樂及倡優百戲者，皆直太常。是後異技淫聲咸萃樂府，皆置博士弟子，遞相教傳，增益樂人至三萬餘。』見《隋書》卷六七《裴藴傳》煬帝喜好倡優百戲，異技淫聲，南北音樂齊聚宮廷。清樂於『隋室以來，日益淪缺』，就是從煬帝開始的。入唐以後，統治者更是一反文帝華夏獨尊的心態，對外族人民及其文化均采取了前所未有的包容態度。唐太宗就明確地説過『自古皆貴中華，賤夷狄，朕獨愛之如一』。見《資治通鑑·貞觀二十一年》這種華夷兼重的觀念，便決定了初唐時清樂的地位。因此在初唐時期，清樂不可能再被視爲規範之樂，這就是法曲於初唐銷聲匿迹的根本原因所在。唐太宗以華夷兼融的《燕樂》爲十部伎之首部，其餘『清樂』與諸胡部樂並列，這正充分體現了唐太宗華夷一家的觀念。至盛唐，玄宗更進一步打破了清樂與各胡部樂之間的界限，將華夷各樂部完全融入坐立二部樂之中，並從制度上加以確立。十部樂首部『燕樂』包括《景雲樂》《慶善樂》《破陣樂》《承天樂》四部，除《承天樂》來源不詳外，其餘皆爲初唐產生的新俗樂，樂器組成則雅、胡、俗兼備。二部伎與十部伎的關係並非樂部上的更替，而是音樂思想上的繼承和發展。二部伎將『燕樂』部華夷融合的思想用之於整個坐立二部，並在新俗樂中進一步吸收了胡樂的表現手段。（參見卷四『萬歲樂』條箋證對二部伎樂曲特點的分析）十部樂首部以宮廷燕享用樂的總名——『燕樂』作爲樂部名，並廣泛用於各種燕享儀式場合，實際上反映出初唐時統治者已確立了宮廷燕樂的基本模式，這也是玄宗整理二部伎並進一步改造整個燕樂的思想基礎。因此在玄宗時期，清樂在宮廷音樂的地位更是無足輕重了。《通典》謂玄宗時『自郎子亡後，清樂之歌闕焉』，玄宗對清樂的態度可見一斑。玄宗時的『清樂部』已完全形同虛設了。所謂玄宗雖酷愛法曲，然而所愛者並非清樂之法曲，而是志在改造華夷之樂，以華夷融合的新俗樂作爲新的規範，遂產生了盛唐法曲。玄宗的目的，就是對純粹的胡樂和華樂進行改造，使之納入新俗樂範疇之内。

綜之，從隋初到盛唐，法曲即經歷了以上三個階段：一是隋文帝以清樂爲法曲；二是隋煬帝於清樂後『復加解音』，對法曲作了初步改造；三是盛唐玄宗以新俗樂爲法曲。那麼與之相適應的法曲風格，亦會隨之改變。邱瓊蓀先生輯録出唐代法曲所用樂器大多屬清樂系，以證明法曲與清樂風格相近的觀點。

從樂器組成來考察法曲的源流及風格，這一角度非常好。樂器是構成樂曲風格的重要因素，是判斷音樂源流的重要依據。這一點在宮廷音樂中表現尤爲突出。宮廷各樂部的基本内容就是由特定的樂器演奏特定的樂曲，一個樂部所代表的就是一個音樂品種，同時也代表一定的音樂風格。

邱先生輯録法曲樂器所依據的資料以《新唐書·禮樂志》的兩條記載爲主，另外參考了《樂府雜録》以及陳暘《樂書》中的相關記載。然而邱先生却忽略了各條資料所反映的是不同時期的法曲狀況。

其一，隋文帝時期。前引《新唐書·禮樂志》中所載的『音清而近雅』的法曲，是隋文帝修訂後的清樂。因此鐃、鈸、鍾、磬、幢簫、琵琶，是隋文帝時法曲所用樂器，與盛唐法曲無涉。隋文帝以清樂爲法曲，其目的是爲强調清樂的華夏正統地位，那麽此時的法曲，同樣會强調與胡樂鏗鏘鼓舞完全不同的清雅風格。

其二，隋煬帝時期。煬帝的音樂好尚與文帝完全不同，不喜歡清淡的清樂，曲終既加解音，則樂器必有增加，風格亦不復清淡了。如陳暘《樂書》卷一六四釋『解』云：

> 凡樂，以聲徐者爲本，聲疾者爲解。自古奏樂，曲終更無他變。隋煬帝以法曲雅淡，每曲終多有解曲，如《元亨》以《來樂》解、《大鳳》以《移都師》解之類是也。及太宗朝，有人破意在曲終，更使其終繁促。然解曲回龜兹、疏勒夷人之制，非中國之音，削去可也。

解曲在速度上一定是快速激烈的，與清樂的『從容雅緩』完全相反，《通典》卷一四六謂清樂『從容雅緩，猶有古士君子之遺風』，則節奏平穩舒緩爲清樂的基本特徵。其風格就决不會是『清淡』『清雅』了。陳暘《樂書》卷一五九：

隋大業中，煬帝分爲九部，以漢樂坐部爲首，外以陳國樂舞《玉樹後庭花》也。西凉與清樂併，龜兹、五天竺國之樂併，合佛曲、法曲也；安國、百濟、南蠻、東夷之樂併，合野音之曲、胡旋之舞也。

西凉等樂『合佛曲、法曲』，其意是指選擇西凉、清樂、龜兹以及天竺各部的樂器來演奏佛曲、法曲。則此時法曲的樂器可分爲兩部分：清樂與西凉樂合併、龜兹樂與五天竺樂合併，這與清樂加解曲的法曲形式是相適應的。因此，煬帝時的法曲是清樂加解曲的復合體，其風格亦可描述爲清雅加噍殺。

其二，玄宗時期。煬帝雖於清樂後加解音，然法曲的主體部分仍然是清樂，玄宗時的法曲則完全打破了清樂的界綫，而兼包古今華夷。邱瓊蓀先生所考得的二十五名法曲，絶大部分都可確定爲玄宗時的法曲。從其音樂品種來看，有清樂、胡樂、民間新聲、宫廷創作的新俗樂等等，這樣一批源於不同品種的音樂是否可能同時具有『清雅』的風格呢？

這裏需要先釐清法曲對於盛唐宫廷音樂的意義。所謂法曲爲『規範之樂』『樂之標準』，是針對宫廷燕樂而言。『對親賓宴飲，宜奏正聲』，文帝時的法曲便是直接針對這樣的燕飲場合而規定的。玄宗時的梨園法部是從二部伎而不是教坊選拔樂工，並在太常寺成立梨園别教院教習法曲，同樣反映了它的適用對象是宫廷燕樂。法曲的音樂來源是俗樂，法曲與教坊樂又密不可分。盛唐時期的宫廷音樂雅、燕、俗三分。詳後《唐代二部伎的性質》一文《舊唐書》謂盛唐法曲『雜用胡夷里巷之曲』『詞多不經』，而《舊唐書》又是針對太常用樂情况而説的，《舊唐書·音樂志》『時太常舊相傳有宫、商、角、徵、羽《讌樂》五調歌詞各一卷，或云貞觀中侍中楊仁恭妾趙方等所銓集，詞多鄭、衛，皆近代詞人雜詩，至緇又令太樂令孫玄成更加整比爲七卷。又自開元已來，歌者雜用胡夷里巷之曲，其孫玄成所集者，工人多不能通，相傳謂爲法曲。今依前史舊例，録雅歌詞前後常行用者，附於此志。其五調法曲，詞多不經，不復載之。』這正反映了盛唐法曲的一體兩面：俗樂的來源和燕樂的功用。它是教坊俗樂和太常燕樂的集中體現，所謂盛唐法曲『是盛唐時期一批優秀曲目的集合』，即是從這一角度而言的。法曲聯繫了宫廷俗樂和燕樂，因此就不可能自成一體，獨立於二者之外。反之，教坊俗樂和太常燕樂亦會從不同角度與法曲保持一致性，這也是隋唐法曲産生和存在的根本意義所在。因此單純地從法曲的音樂現象來認識法曲，不如將之放入整個宫廷音樂背景之下，更能準確地揭示其本質。

盛唐時期，教坊是與民間音樂聯繫最爲緊密的音樂機構，『胡夷里巷之曲』多是通過教坊進入宫廷的。教坊樂在一定程度上反映了整個社會的音樂面貌，也是最能代表玄宗音樂好尚的一批音樂。見載於《教坊記》内數百曲目中，以新俗樂爲主，兼有胡樂和清樂，表現了與法曲音樂成分的一致性，可見出二者的淵源。《舊唐書》謂盛唐時孫玄成輯録的法曲歌詞有七卷之多，且多有胡夷里巷之曲。則當時法曲曲目的數量相當可觀，遠不止我們今天所考得的二十五曲。這些曲目無疑大多來源於教坊。

最能代表玄宗音樂思想的是二部伎。它的樂曲組成以初唐以來的新俗樂爲主；樂器組成雅、胡、俗兼備，尤以龜兹樂爲重；具有龜兹樂風格的樂曲占了一半以上；舞蹈表演亦加入了外族成分，如《安樂》『舞蹈姿制猶作羌胡狀』，《太平樂》采用了源於西域的獅舞形式，『服飾作昆侖象』等等。有關二部伎的情況，《通典·樂》及兩唐書均有詳載。胡樂成分被强調，這與以龜兹樂爲重的樂器組成是一致的。十部伎中以胡樂爲重的特點在二部伎中得到了繼承，不同的是十部伎中華夷樂曲並列代之以二部伎華夷融合的新俗樂。而此時的新俗樂又更多地采用胡樂的表現手段。

聯繫開元、天寶間的一系列音樂措施：『開元二十四年升胡部於堂上』，將『胡部』升於堂上替代

『西涼樂』；天寶十三載『詔道調、法曲與胡部新聲合作』，元稹《立部伎》詩注：『太常丞宋沇傳漢中王舊説云：玄宗雖雅好度曲，然而未嘗使蕃漢雜奏。天寶十三載，始詔道調法曲與胡部新聲合作，識者異之。明年，禄山叛。』將胡部新聲納入法曲和祭祀老子的道曲内。同年太樂署改諸樂名，大量的胡樂改名爲漢樂名、佛曲改名爲道曲名，即是它的具體實施。這幾個事件皆反映出重視胡樂的傾向，與二部伎所體現的音樂思想是完全一致的。換言之，玄宗的音樂思想已從二部伎推廣至宫廷各種燕樂樂部。法曲的制訂，就是爲此提供音樂上的依據。華夷之樂的改造，具體包括樂曲的選擇、樂器的組合、音樂表現手法等諸多方面。因此，法曲與教坊樂的聯繫，決定了它俗樂的音樂屬性；法曲的樂工組成，即已表明了它的樂器組成——雅、胡、俗兼備，將胡部升於堂上與『清樂』和『西涼樂』合併，是它的具體實施。法曲的風格則可從太常燕樂和教坊俗樂中得到結論。從幾個法曲相關的實例來看：

二部伎中《大定樂》《破陣樂》二曲入法曲，《大定樂》屬立部伎，《破陣樂》則坐立二部均有。立部伎中《破陣樂》《大定樂》『皆雷大鼓，雜以龜兹之樂，聲振百里，動盪山谷』。見《舊唐書》卷二九《音樂志》坐部伎中《破陣樂》亦用龜兹樂。則法曲中的《破陣樂》無論出自坐部或立部，基本風格應是一致的。《明皇雜録》卷下載：『又令宫女數百，飾以珠翠，衣以錦繡，自帷中出，擊雷鼓爲《破陣樂》《太平樂》《上元樂》。』數百宫女擊鼓舞《破陣樂》，其聲勢與『聲振百里，動盪山谷』相去亦不會太遠。

二十五法曲中有十一曲爲大曲，如《玉樹後庭花》《霓裳》《赤白桃李花》《春鶯囀》等，但這十一名大曲用某一種風格都是無法概括的。以《霓裳》爲例，《霓裳》曲本爲胡曲，玄宗又爲其加上清雅的散序。散序『金石絲竹以次作』，中序輕歌慢舞，入破後則『繁音急節』。見白居易《霓裳羽衣歌》詩及注。該詩詳細記録了憲宗時宫廷《霓裳曲》的表演過程。《霓裳曲》的改造代表了胡樂改造的一般情況，同時反映了新大曲產生的一個典型過程。也就是，當清樂改造成以散慢快急爲特徵的大曲時，它們實際上也組合了華樂和胡樂。

法曲中有《五更囀》《飲酒樂》等清樂入羯鼓曲，而羯鼓『其聲焦殺鳴烈，尤宜促曲急破，作戰杖連碎之聲，又宜高樓晚景，明月清風，破空透遠，特異衆樂。』見南卓《羯鼓録》這可從一個側面反映出當時清樂的狀况。實際上，北宋教坊法曲恰恰可以真實地反映這一時期清樂法曲的音樂特點。《宋史》卷一四二《樂志》『教坊』條載：

法曲部，其曲二，一曰道調宫《望瀛》，二曰小石調《獻仙音》。樂用琵琶、箜篌、五弦、箏、笙、觱栗、方響、拍板。

《夢溪筆談》卷五云：

古樂有三調聲，謂清調、平調、側調也，王建詩云『側商調裏唱《伊州》』是也。今樂部中有三調樂，品皆短小，其聲噍殺，唯道調小石法曲用之。雖謂之三調樂，皆不復辨清、平、側聲，但比他樂特爲煩數耳。

很明顯，兩條資料所記内容可互爲補充。北宋教坊兩首法曲均屬清樂曲，然而所用樂器除琵琶和箜篌不能確定爲漢製或胡製之外，餘下六種樂器中胡樂器和新俗樂器就占了四種，與《樂府雜録》中所記載的『胡部』樂器大體相同。此時清樂的特徵亦很明確，爲『噍殺』『煩數』，與『煩手淫聲』『繁音促節』屬同一類。在樂器組成上强調胡樂器和新俗樂器，在音樂上强調與傳統清樂完全不同的『噍殺』和『煩數』的特徵，這正是玄宗的音樂思想的具體表現。北宋法曲與盛唐法曲顯然有直接淵源，它在一定程度上反映出盛唐清樂型法曲的面貌。『比他樂特爲煩數耳』，這句話還暗含着一層意思：盛唐時期吸收胡樂後的清樂，較之中唐以後南北融合的新俗樂，包含了更多的胡樂成分在內。『不復辨清、平、側聲』，表明清樂已從調式調性上發生了改變，清樂同樣被納入隋唐俗樂二十八調體系之内，胡樂的情況應同樣如此。那麽，將盛唐法曲中源於清樂與胡樂的這一批音樂都統歸於新俗樂名下是合理的。總之，盛唐時期的法曲，無論樂曲組成還是樂器組成均是華夷兼備，樂曲風格豐富多變，不能一概而論。某一風格僅存在於某一樂曲中或某一樂曲的局部。這也是區别於隋代法曲最爲顯著的特徵。

從上面的分析，我們可以大概知道盛唐法曲的音樂特點：無論大曲還是小曲，都具有複雜的曲式結構，每曲開始有一段清雅的引子，主體部分，胡樂與清樂相互滲透，從而在旋律形態、節奏型、情緒特徵上造成强烈的對比，增强了音樂的表現力，也提升了音樂的藝術感染力。清樂型法曲『煩數』的特徵，便是由這種繁複多變的表現手法造成的。這樣的音樂結構，決定了必然需要雅胡俗各方面的樂器配合，由技藝高超的樂工來完成。前文引《舊唐書·音樂志》謂孫玄成輯録的法曲，『工人多不能通』，即説明法曲對樂工的技藝要求極高，普通樂工根本無法勝任。這也是後世往往僅截取法曲的某一部分來表演的原因。如中唐以後的《霓裳羽衣舞》合於鐘磬之樂，即文宗時馮定所製。《樂府雜録》載晚唐法曲更用於雅樂，可能只是中序内的某一舞蹈段落。又如北宋法曲『品皆短小』，也顯然多有簡省。前文説北宋法曲只能在一定程度上反映盛唐法曲的面貌，即是從這一角度而言。北宋法曲對樂器的簡省、曲調結構的簡省，已無法真正反映出盛唐法曲的全貌。

因此，盛唐法曲不僅僅是構建一種華夷融合的音樂模式，同時還爲宫廷音樂確立了藝術規範，它代表了宫廷音樂的最高水準。也正因爲如此，盛唐之後，『法曲』一名成爲盛唐法曲中這一批優秀曲目的集合名，進而成爲音樂品種名。到宋代，又逐漸演變爲一種音樂體裁名。如張炎《詞源》中所述，法曲、大曲皆成爲與慢、令、引、近等並列的詞體。法曲這一概念也隨之逐漸發生改變。

《樂府雜録》中記載了晚唐法曲的使用情況。《樂府雜録》『雅樂』條云：

> 宮懸四面，……次有登歌，皆奏法曲；御殿，即奏凱安、廣平、雍熙三曲，宴群臣即奏□□、□□、鹿鳴三曲，……郊天及諸壇祭祀，即奏太和、冲和、舒和三曲。凡奏曲，登歌先引，諸樂逐之。

登歌皆奏法曲，而郊天、御殿、内宴等皆『登歌先引』，可見此時的法曲不僅用於燕樂，還用於雅樂。這便是文宗改造後的法曲。文宗時，法曲樂器改用雲韶樂，並將法曲改名爲『仙韶樂』。參見卷三『霓裳羽衣曲』條關於『雲韶樂』相關箋證。因此晚唐法曲樂器即仙韶樂亦即雅樂器，樂曲組成則不詳，或仍沿襲盛唐之舊，不過改頭換面，用雅樂器演奏法曲，用於雅樂、燕樂各種儀式場合。文宗對法曲的改造，僅曇花一現，對後世影響甚微。如文宗雖改名爲仙韶曲，而後世仍然沿稱『法曲』；五代時《霓裳》入龜兹部，法曲用龜兹樂演奏；北宋法曲仍沿襲盛唐體制等例可證。

綜上所述，隋初與盛唐皆處於宮廷音樂全面改革的時期，這是法曲産生與變革的前提條件。又由於不同的時代政治背景，決定了二者具有截然不同的音樂特色。隋代結束了長期以來少數民族對中原的統治、結束了南北分疆的局面，統治這樣一個幅員遼闊、以漢族爲主體的國家，如何沿襲淵源深遠的華夏傳統文化，是統治者必須考慮的一個問題。而此時正值胡樂興盛、清樂衰微。以清樂爲法曲，强調其華夏正統地位，正是適應了這一時代的需要。盛唐以華夷兼融的新俗樂爲法曲，則是音樂發展的必然趨勢。華夷融合的新俗樂經隋代與初唐百餘年的發展，已形成了與傳統音樂完全不同的音樂特色，以及隋文帝時對清樂、胡樂的整理，爲玄宗改造華夷之樂準備了充分的音樂資源。同時，長期以來實行華夷兼重的民族政策，至盛唐已完全從觀念上打破了華夷之分，爲玄宗的音樂改革在思想上作了充分準備。盛唐法曲是音樂風尚和民族觀念雙重作用下的産物。

對於認爲法曲源於梁代法樂的誤解，則不辨自明了。『法樂』是佛教音樂，梁代以法樂用作燕樂，是出於統治者對佛教的偏好，與『法曲』這一概念完全無涉。盛唐法曲中某些音樂具有佛曲、道曲的成分，是同樣的道理。但是後世往往將『道曲』和『法曲』這兩個概念糾結不清，這裏有必要將二者的關係作一補充説明。

道曲，是道教科儀音樂，産生於唐高宗時期。由於李唐天子自視爲李老君之後，大倡道教。在統治者積極干預下，道教科儀音樂在唐代得到迅速發展。道曲即是在這一過程中産生的，並成爲唐代宫廷音樂中重要的音樂品種。盛唐時期，玄宗大力改造宫廷音樂，道曲也被納入了新俗樂的範疇。具體表現在兩方面：一是道曲的世俗化，道曲用作燕樂，道曲進入教坊樂；二是大批的胡俗樂入道曲，用作道教儀式樂。因此，這一階段的道曲，與燕樂和俗樂同屬於新俗樂的音樂體系，也同屬於法曲需要規範的一個音樂品種。法曲用作道曲、法曲入燕樂、法曲入教坊樂，正是法曲作爲『規範之樂』的具體體現。

隋與盛唐『法曲』這一概念，不是音樂品種名，更不是音樂體裁名。它是宫廷音樂的一個『標準』，在它名下集合了一批可代表這個標準的曲目，以作爲宫廷音樂的範本。因此，法曲的實際存在時間僅隋文帝和唐玄宗這兩個時期，後世不過因盛唐法曲的盛名而沿稱『法曲』，沿用盛唐法曲的曲目而已。如宋代教坊法曲，在觀念上繼承了隋代法曲，而音樂體制上却繼承了盛唐法曲，此時的『法曲』已完全失去了作爲『燕樂標準』的這一意義，不過是作爲音樂品種名而已。在此基礎上，又演變成了詞調體裁名。

——原載《蜀學》第七輯，題作《碧雞漫志續札・隋唐法曲》，略有改動。

逍遥樓楣上『類梵字』的《霓裳》譜非半字譜

——從唐宋工尺譜與半字譜談起

《夢溪筆談》卷五云：『今蒲中逍遥樓楣上有唐人横書，類梵字，相傳是《霓裳》譜，字訓不通，莫知是非。』

梵字，即梵字譜。今多以此『類梵字』者爲工尺譜或半字譜。如冒廣生《宋曲章句》云：『又《筆談》云……所云類梵字者，蓋工尺耳。』邱瓊蓀《燕樂探微》云：『《筆談》嘗謂蒲中逍遥樓楣上有唐人横書類於梵字的《霓裳》譜，此言果確，則俗譜字的出現，已可推到開元時期。』二位學者均是將『類梵字』的《霓裳》譜視爲工尺譜一系的譜式。葉棟《唐樂古譜譯讀》在論及唐代樂譜失傳的原因時指出：『唐代紙張稀少、昂貴，非一般人能有而普遍使用，且不易長期保存；同時，其譜字譜音的變化不定，較難理解，即使去唐不久的北宋沈括這樣的文人、專家，在《夢溪筆談》中亦云：「蒲中逍遥樓楣上有唐人横書，類梵字，相傳是《霓裳》譜，字訓不通，莫知是非。」可見宋代已不識唐譜霓裳名曲。』葉棟亦視『類梵字』的《霓裳》譜爲工尺譜或半字譜一類的譜式，且認爲宋人不識唐譜。

工尺譜、半字譜以及俗字譜三者的關係，至今尚無定論。當今學者多將唐代的燕樂用譜稱爲半字譜，宋代的則稱爲俗字譜，並認爲半字譜與俗字譜爲兩種不同的譜式。然而早期研究樂譜學的學者多將三者視爲同一種譜法的兩種形態：工尺譜爲正體，半字譜或俗字譜爲工尺譜的簡體或草體。則是將半字譜與俗字譜視爲同一譜式的不同稱謂。如邱瓊蓀《燕樂探微·俗譜字》中專章研討俗字譜，而行文中或將唐代的稱爲俗字譜，或將宋代的稱爲半字譜，即是將半字譜與俗字譜視爲同一譜式。本文謹對唐宋工尺譜與半字譜的淵源與聯繫以及半字譜字是否『類梵字』的問題略作辨析。

一、宋代工尺譜與俗字譜的關係

宋代工尺譜與俗字譜的關係極易明確。工尺譜是因用『工』『尺』等漢字來記譜而命名的，最早完整記録工尺譜字的文獻爲沈括《夢溪筆談》，其後陳暘、朱熹、蔡元定、姜夔、張炎等人的論著中均有記載。其基本譜字共十個，即：合、四、一、上、勾、尺、工、凡、六、五。這些譜字一直沿用至今。

在宋代文獻中還有另一種近似於工尺譜的記譜法，基本譜字同樣有十個，即：ム、マ、一、么、ㄥ、人、フ、リ、夂、ゅ。姜夔歌曲中有十七首詞調歌曲采用這種譜式。另見於朱熹《琴律説》、張炎《詞源》、陳元靚《事林廣記》等的記載，均是對應於工尺字而加以説明。因朱熹《琴律説》中有『俗樂之譜』之説，清代陳澧《聲律通考》便稱這種譜式爲『俗字譜』。後世多沿用此稱謂。將兩種譜字進行對照，便會發現俗字譜字是工尺譜字的簡體或草體。

工尺譜	合	四	一	上	勾	尺	工	凡	六	五
俗字譜字	ム	マ	一	么	ㄥ	人	フ	リ	夂	ゅ

如『ム』是『合』字的減字譜字。取『合』下方的『口』，便寫成『ム』。這從『涓』字，古人有作『消』，『强』作『強』等可證。其中『口』皆可作『ム』，至今民間仍有這種寫法。張炎《詞源》

中的『合』寫作『亼』，這是取『合』字的上方三筆而成。『合』的減字譜是個很明顯的例子，有取上方作『亼』的，有取下方作『厶』的，這足以説明只能是先有『合』，而後才有它的減字譜字。又如『勾』取中間二筆成『㇄』；『尺』取後二筆即成『人』等等。王耀華等著《中國傳統音樂樂譜學》内對每個譜字均作了分析，可參閲。可見，俗字譜的譜字約合爲工尺譜字的半字。因此，必先有正體的工尺譜，才有其半字的俗字譜。今學界亦大多傾向於這種觀點。

工尺譜在宋人的記述中，沈括的『燕樂用聲』、陳暘的『篳篥指孔譜』、姜夔的『古今譜法』等等，均是同一種譜式，説明工尺譜並非某種樂器的專用譜，而是宋代燕樂的一種通用譜式。並且工尺譜用於理論著述，音樂實踐則用俗字譜。

二、宋代工尺譜的來源

《遼史·樂志》卷五四載：『大樂聲，各調之中，度曲協音，其聲凡十，曰：五、凡、工、尺、上、一、四、六、勾、合。』關於遼代『大樂』的來源，黄翔鵬《中國古代音樂史》指出：『遼、金的音樂直接從唐得來的。唐代的音樂由後晉石敬瑭得去，石敬瑭又將唐代的全部樂工、樂譜、太常用具全部獻給了遼，遼代的「大樂」是從唐代繼承來的。』遼『大樂』即是唐代的『燕樂』。遼代樂曲、樂譜即直接來於唐，遼『大樂用聲』即唐『燕樂用聲』，又與沈括所記載的宋代『燕樂用聲』完全相同，三者爲同一譜式。很顯然，宋代的工尺譜同樣直接來源於唐。

唐樂譜多失傳於今，然却多傳於宋。王灼《碧雞漫志》卷一謂：『……唐歌曲比前世益多，聲行於今者，辭見於今者，皆十之三四。』以唐世音樂之繁盛，至宋雖僅存十之三四，亦足稱可觀了。周密《齊東野語》卷十『渾成集』條亦謂：『《混成集》，修内司所刊本，巨帙百餘。古今歌詞之譜，靡不備具。』『古今歌詞之譜』應同樣包括不少唐代樂譜在内。二者所載均是南宋情形，北宋理應更多。在宋人關於唐曲唐譜的衆多記述中，無任何迹象表明宋人識唐譜有何障礙，這恰從另一角度反映出唐宋譜式是一脈相承的。樂譜作爲樂曲的載體，是樂曲賴以傳播的重要手段，樂曲的流傳首先是樂譜的流傳。宋人繼承唐代樂曲的同時也繼承唐人所使用的樂譜。

三、宋代俗字譜與唐代半字譜的關係

宋代工尺譜從唐而來，這是可以肯定的。在唐代，工尺譜字的半字也只能是俗字譜字。因此唐代燕樂同樣使用工尺譜和俗字譜，唐宋是完全一致的。也就是説，我們今天將之區别的唐代半字譜與宋代俗字譜，不過是同一譜式的兩種稱謂而已。陳暘將宋人使用的樂譜稱爲『唐來燕樂半字譜』『唐來半字譜』，實際上也明確地反映了這一事實。陳暘《樂書》卷一一九：

> 御製《韶樂集》中有正聲翻譯字譜，又令均容班頭任守澄並教坊正部頭花日新、何元善等注入唐來燕樂半字譜，凡一聲先以九弦琴譜對大樂字，並唐來半字譜。並有清聲。

宋代教坊使用的是『唐來燕樂半字譜』，而同時期教坊『燕樂用聲』又爲工尺譜。陳暘《樂書》卷一三〇『齊築』條云：『今教坊所用上七空、後二空，以五凡工尺上一四六勾合十字譜其聲。』與《筆談》所記録的『燕樂用聲』相同，均爲工尺譜。宋代燕樂多掌於教坊，則教坊用譜即燕樂用譜。前文已明確：宋人將工尺譜用於樂律理論，在音樂實踐中則用的記譜法，宋人自當沿用。然而工尺譜才是正體，而『著述』屬雅言，因此文人在著述中必定使用工尺譜，如沈括《夢溪筆談》、陳暘《樂書》等。另外，朱熹《琴律學》『俗樂之譜』與張炎《詞源》中的『管色應指字譜』是采用工尺譜與半字譜對照列舉，則是由於二書的目的不是單純的理論探討，而是爲文人的音樂實踐作理論上的指導。

南北朝時期，俗字的使用相當興盛。張涌泉《漢語俗字研究》謂：『到了南北朝時期，俗字的運用便達到了一個高峰。當時的寫本書籍及碑刻墓志，其中的訛俗別字，誠乎連篇累牘，盈紙滿目。』正是在這種風氣影響下，當時樂工在用『工尺』字記寫曲譜時，爲求方便快捷，將正體隨意簡化。這時的『半字』並無固定的形態，僅是作爲工尺字的俗體字而存在。從隋僧馮智辨古琴譜所使用的半字譜與後來的琵琶譜在形態上極爲相似，以及初唐笙譜字與唐五代時期的琵琶譜字均大致相同，説明在隋代，『半字』已基本定型，成了一種通行體，並得到較爲廣泛的運用，才可能被借用。

半字譜經隋唐的發展，同樣最遲於晚唐便已定型。陳暘稱半字譜爲『唐來燕樂半字譜』『唐來半字譜』，既然有『半字譜』這種專稱，並且是源於唐代，説明半字譜在唐代時已成爲一種獨立的記譜法，與工尺譜並行，共同作爲燕樂的通用譜式傳入宋代。宋末元初，陳元靚《事林廣記》以工尺字爲半字注音，如『厶音合，人音尺』，這正説明半字譜由於長期的獨立使用，很多人已難將半字與工尺字對應起來。半字成爲一種無音無義的符號，對於音樂的傳播必將造成極大的障礙。元明以後逐漸廢棄半字譜而以工尺譜代之，最主要的原因即在於此。

五、半字譜字不類梵字

潘懷素認爲半字譜字是梵文音名的半個字，對這一觀念邱瓊蓀先生已有辨正，並有詳細分析：『非但合、四、一、上等「正聲」和梵文字母沒有絲毫形似之處，即ム、マ、一、么等半字譜，也沒有什麽半個形體可尋。』『故所謂半字者，乃正體譜字之半，非梵文之半也。』『如以草體譜字爲梵文字母之半，這樣，則草體譜字之成立在前，正體譜字之成立在後，其理難通。』必先有工尺譜，而後有半字譜，這亦是當今學界的共識。從邱先生的分析中可知，無論工尺譜還是半字譜，在譜字形態上決不會類梵字。反之，『類梵字』的樂譜決不會是半字譜或工尺譜。

又從沈括原文來分析，沈括謂逍遥樓楣上的《霓裳》譜『類梵字』，然『字訓不通』。這句話是指《霓裳》譜類似梵字譜，但是用梵字譜卻無法解讀。這説明沈括應是諳熟梵字譜的。

沈括最早完整記録了工尺譜，他對工尺譜極爲熟悉，這是毫無疑問的。沈括處於使用『唐來燕樂半字譜』的時代，亦見盛唐賀懷智琵琶譜。今存唐代各時期的琵琶譜均『類半字』，則賀懷智琵琶譜亦應是『類半字』。沈括對半字譜亦應極爲熟悉。若《霓裳》譜爲工尺譜或半字譜，又無論是唐代燕樂的基本譜或其他專用譜，均應是類宋代通行的『工尺譜』或『唐來燕樂半字譜』。沈括舍時下通行譜而用梵字譜去解讀，豈有是理。換言之，沈括即諳熟梵字譜、工尺譜以及半字譜，謂『類梵字』，則説明《霓裳》譜決不會是工尺譜或半字譜。或爲『類梵字』的龜兹譜，則有待考證。

還有一點往往被論家所忽略：逍遥樓楣上的《霓裳》譜爲『横書』。據筆者所知，古代漢文碑碣、文書以及樂譜，無一例爲横書。既爲『横書』，就決不會是漢文樂譜，更不會是工尺譜或半字譜。

工尺譜與半字譜均不類梵字，則可否定它們有直接淵源。在工尺譜形成之初，或對梵字譜（或龜兹譜）有所參考也未可知。工尺譜的來源問題，歷來衆説紛紜。諸家之説，據現有文獻和考古實物，均無法證實，亦無法否證，故不多論。

綜上所述，唐宋工尺譜的發展脈絡可描述如下：隋前早期工尺譜—隋後工尺譜—晚唐燕樂基本譜式之工尺譜—宋代燕樂通用工尺譜；半字譜則從隋前工尺譜之俗字、隋後工尺譜之通字，至晚唐成爲獨立的記譜法即『燕樂半字譜』，入宋後，與工尺譜同爲燕樂通用譜，並成爲音樂實踐中最主要的記譜法之一，宋以後逐漸被工尺譜所取代。琵琶譜是從工尺譜系統發展出來的一個分支，它主要使用於隋唐時期，五代以後便在中國消亡了。

唐代音樂繁盛，樂譜的使用亦很廣泛，然流傳於今的樂譜極少，雖然有數種琵琶譜、五弦譜等留存於今，但是以唐代數百種樂器，數千首曲目的規模，它們無論從樂曲數量還是樂譜種類上，遠遠不能代表唐代音樂的全貌。唐代工尺譜雖無明確記載，並不能因此而否定它的存在。這正如當今學界關注的另一個熱點問題——唐代法曲，同樣未見於唐人史料記載，僅中晚唐文人詩文筆記中略有提及，我們今天仍然是根據宋人的記載來認識唐代法曲的。又如唐人提及的側商調，我們仍然只能依據宋人的記載來考察。其實很多唐代的音樂現象宋人的記載多於唐人的記載。這或許是由於隋唐燕樂經過了數百年的發展，而宋代是在總結隋唐燕樂的基礎上繼承和發展的，故而宋代出現了許多音樂理論上的著述，爲我們留下了大量的音樂文獻史料。因此，筆者從宋代資料入手，結合隋唐時期的一些音樂現象，對唐宋工尺譜與半字譜的發展脈絡作了大致的梳理，提出了一些不成熟的意見，還望方家指正。

——原載《中華文化論壇》二〇一一年第四期，略有改動。

唐宋羯鼓與腰鼓考辨

中國的鼓，起源很早，大約上古時期就已有鼓了，《禮記·明堂位》記載的『伊耆氏之樂』中就有『土鼓、蕢桴』。東漢許慎《說文解字》將『樂』字解釋爲『象鼓鞞』。可見鼓對於樂的重要性。歷朝歷代，均有各種各樣的鼓，名稱亦極爲繁雜。據楊蔭瀏的統計，周代已有二十種，見載於北宋陳暘《樂書》中鼓的名目有八十餘種之多。隋唐是鼓樂發展的鼎盛時期，這與隋唐燕樂重視節拍節奏的特徵是相一致的。在鼓類樂器中又尤以羯鼓、腰鼓的運用最爲廣泛。唐玄宗曾謂『羯鼓，八音之領袖，諸樂不可方也』，可見其在衆樂中的地位。九部伎、十部伎中的西凉樂、高麗樂、高昌樂、龜茲樂、疏勒樂等均有腰鼓，天竺樂、高昌樂、龜茲樂、疏勒樂等均有羯鼓，《隋書》《唐六典》《通典》《舊唐書》《新唐書》等均有記載。隋唐時期的敦煌石窟壁畫伎樂圖中二鼓亦比比皆是。近代以來，學界對羯鼓及腰鼓的起源、形制、流傳等問題作了多方面的研究，但對很多問題分歧較大。本文僅就羯鼓、腰鼓及其同類型鼓的名稱與形制作一辨析。

一、羯鼓與腰鼓

羯鼓與腰鼓最易辨別。隋唐九部伎、十部伎中腰鼓與羯鼓並舉，疏勒伎、龜茲伎、高昌伎均同時使用腰鼓與羯鼓。《隋書》《唐六典》《通典》及兩唐書樂志等均有記載。腰鼓與羯鼓爲不同的樂器是顯而易見的，如《通典》卷一四四《樂四》云：『近代有腰鼓，大者瓦，小者木，皆廣首而纖腹。』『羯鼓，正如漆桶，兩頭俱擊。以出羯中，故號羯鼓，亦謂之兩杖鼓。』見於陳暘《樂書》、馬端臨《文獻通考》等文獻的記載亦大致相同。《羯鼓録》是有關唐代羯鼓的專著，較之他書更爲全面地記録了羯鼓的源流形制、製作工藝以及演奏特點等。其中載玄宗與宋璟論兩鼓事，亦特將羯鼓與腰鼓作了分辨。其云：

『不是青州石末，即是魯山花瓷。撚小碧上，掌下須有朋肯之聲。』據此乃是漢震第二鼓。且𨥫用石末花瓷，固是腰鼓，掌下朋肯聲，是以手指，非羯鼓明也。第二鼓者，左以杖，右以手指。又開府謂上曰：『頭如青山峰，手如白雨點。』此即羯鼓之能事也。山峰取不動，雨點取碎急。上與開府兼擅兩鼓，而羯鼓偏好，以其比漢震稍雅細焉。

圖一：敦煌一五六窟伎樂中的腰鼓和羯鼓

因此，二鼓最直觀的區別在於外形截然不同（見圖一）。羯鼓的鼓框爲直筒形，腰鼓則爲中間小兩頭大的細腰形鼓。其次二鼓的鼓框材質不同。羯鼓用山桑木，腰鼓則有大小之別，『大者瓦，小者木』。演奏時均是横置於前，左右敲擊。羯鼓用兩杖。《通典》《羯鼓録》《樂書》等均謂羯鼓用兩杖。宋璟是以鼓的材質及是否用手拍來區别羯鼓與腰鼓的，説明羯鼓是不用手拍的。見於敦煌壁畫雖有一頭用杖擊、一頭用手拍的羯鼓奏法，這當是民間的變化。《樂府雜録》『羯鼓』條載：『咸通中，有王文舉，尤妙弄三杖打撩。』不過屬炫技表演，皆非常規奏法。直至宋代，羯鼓用兩杖的奏法亦未改變。如《夢粱録》卷三『宰執親王南班百官入内上壽賜宴』載：『後有羯鼓，如尋常番鼓子置之小卓上，兩手皆執杖擊之。』腰鼓的奏法見於敦煌壁畫伎樂圖中的有三種，兩頭皆用杖、兩頭皆用手拍、一頭用杖擊一頭用手拍，其中又以雙手拍擊者爲多。見於文獻的記載，『左以杖，右以手指』屬漢震第二鼓的奏法，漢震第二鼓爲腰鼓中的一種，詳後文。其餘兩種奏法，文獻無明載。

二、羯鼓與其他直筒形鼓

見於唐宋文獻所載，與羯鼓外形相類的有答臘鼓。《通典》卷一四四云：『答臘鼓，制廣羯鼓而短，以指揩之，其聲甚震，俗謂之揩鼓。』十部伎中龜兹伎、疏勒伎均同時使用答臘鼓與羯鼓。敦煌二二〇窟初唐伎樂圖中的答臘鼓（見圖二）與王建墓浮雕伎樂中的答臘鼓、林謙三《東亞樂器考》載《信西古樂圖》中的答臘鼓，鼓的形制相同。鼓框爲直筒形，比羯鼓明顯短很多，鼓身或横置或豎置，皆用手而不用杖。無論形制還是奏法，均與羯鼓的區别極爲明顯。

圖二：敦煌二二〇窟的答臘鼓

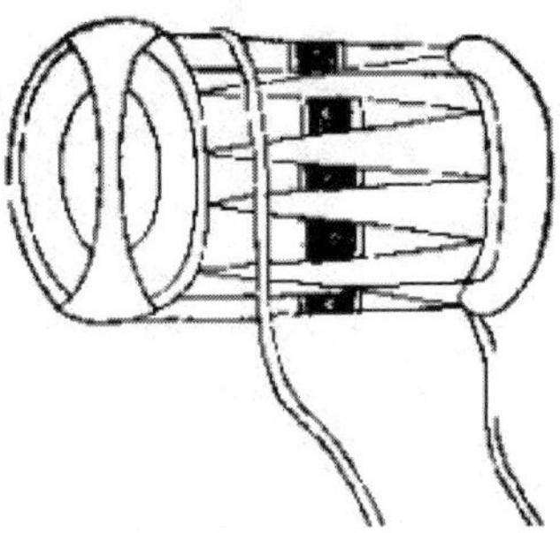

圖三：《樂書》中的答臘鼓

圖四：敦煌二二〇窟之鼓

見於《樂書》中的答臘鼓圖（見圖三），形制與羯鼓極爲相似，無從分辨。對此，林謙三曾提出疑問：『在揩鼓之外，另有一種形似羯鼓者存在呢？』

《樂府雜録》『龜茲部』條有『揩羯鼓』之名，而無答臘鼓與羯鼓。敦煌二二〇窟伎樂圖即與圖二同一樂隊中第一排有一面直筒形鼓（見圖四），研究者一般將之判定爲羯鼓。但此鼓的鼓身較羯鼓短，較答臘鼓長，横置於地，右以杖擊，左以手拍。據此筆者推測，此鼓可能正是『揩羯鼓』，結合揩鼓（即答臘鼓）與羯鼓形制與奏法而成的一種鼓，並以二鼓之名共同命名爲『揩羯鼓』。《樂府雜録》記録的是中晚唐的宫廷樂制，説明揩羯鼓在中唐以後才進入龜茲部而取代揩鼓與羯鼓。這大概也是後世將答臘鼓與羯鼓混淆的原因。如《東亞樂器考》第二章『關於羯鼓』引《和名類聚抄》『羯鼓』條云：『《律書樂圖》云：答臘鼓者，今之鞨侯提鼓（鞨音曷，俗用揭字，未詳），即鞨鼓也。』《樂書》中答臘鼓圖下謂

『唐樂圖所傳龜兹疏勒部用之』，説明是依照『唐樂圖』繪製的。陳暘所見可能正是中唐以後龜兹部中的揩羯鼓，而將之視爲答臘鼓了。敦煌一一二窟中唐伎樂圖中有一杖一手擊奏的羯鼓，應是受揩羯鼓奏法的影響所致。

三、腰鼓與其他細腰形鼓

據牛龍菲《敦煌壁畫樂史資料總録與研究》的考察分析，唐宋以前，『腰鼓』之名一般是作爲細腰鼓的省稱，大約明代以後，『腰鼓』之名則指粗腰鼓了。《通典》所謂『近代有腰鼓，大者瓦，小者木，皆廣首而纖腹』，這句話亦包含了腰鼓即是細腰鼓的含義。那麽，十部伎中的西凉、高麗等樂部中所用的『腰鼓』爲細腰鼓則無疑了。《通典》同卷又載：『都曇鼓，似腰鼓而小，以槌擊之。毛員鼓，似都曇而稍大。……正鼓，和鼓者，一以正，一以和，皆腰鼓也。』見於《樂書》中上述諸鼓圖均爲細腰形鼓。但從《通典》的行文來看，腰鼓只包括正鼓與和鼓。所謂『似腰鼓』『似都曇』，只是指形似而已，在稱謂上都曇鼓與毛員鼓並不能稱爲『腰鼓』。《文獻通考》卷一三六有云：『腰鼓，漢魏用之。大者以瓦，小者以木類，皆廣首纖腹，宋蕭思話所謂細腰鼓是也。唐有正鼓、和鼓之别，後周有三等之制。』這裏腰鼓僅包括正鼓與和鼓。所謂『後周有三等之制』，是指一面正鼓和兩面和鼓，即第一鼓爲正鼓，第二鼓、第三鼓皆爲和鼓。隋唐時正鼓、和鼓各用一面。《樂書》卷一二七的三面正鼓、和鼓圖分别標注爲『第一鼓、魏鼓、正鼓』、『第二鼓、魏鼓、和鼓』、『第三鼓、魏鼓、和鼓』。《唐六典》《舊唐書》所載安國伎、康國伎所用正鼓與和鼓均各爲一面。

前文引《羯鼓録》宋璟論鼓有云：『「不是青州石末，即是魯山花瓷。撚小碧上，掌下須有朋肯之聲。」據此乃是漢震第二鼓。』説明第二鼓的材質是石末花瓷。『大者瓦，小者木』，那麽第二鼓（和鼓）

是大腰鼓，第一鼓（正鼓）則當是小腰鼓。西凉、高麗等樂部中使用的『腰鼓』可能是『正鼓』『和鼓』中的一種，亦有可能爲二鼓之外另一種形制的細腰鼓。總之，唐代『腰鼓』之名既用作總稱，又用作專稱。作爲總稱的『腰鼓』又包括『腰鼓』『正鼓』與『和鼓』。『第一鼓』『第二鼓』或『正鼓』『和鼓』之名是相對而稱的，只有兩鼓同時行用時方有第一第二之序、正鼓和鼓之别。它們應視爲一個整體，與西凉等樂部中的『腰鼓』是並列關係。

四、杖鼓與兩杖鼓

『杖鼓』之名，不見於唐五代以前的文獻。據筆者所知，最早於北宋歐陽修主撰的《新唐書》中始有提及：『革有杖鼓、第二鼓、第三鼓、腰鼓、大鼓。』此後文獻多有記載。因此，杖鼓在宋代的情形較爲顯著。《文獻通考》卷一三六『漢鼓』條下列『震鼓』，正文云：

震鼓之制廣首而纖腹，即杖鼓也。漢人所用之鼓。

同卷『魏鼓』條下列『杖鼓、相鼓、細腰鼓、正鼓、和鼓』，正文云：

昔苻堅破龜兹國，獲羯鼓、揩鼓、杖鼓。腰鼓，漢魏用之。大者以瓦，小者以木類，皆廣首纖腹，宋蕭思話所謂細腰鼓是也。唐有正鼓、和鼓之别，後周有三等之制。右擊以杖，左拍以手，後世謂之杖鼓、拍鼓，亦謂之魏鼓。每奏大曲入破時，與羯鼓、大鼓同震作，其聲和壯而有節也。

從這兩條資料來看，杖鼓、漢鼓、震鼓、腰鼓、魏鼓是同一概念，是對細腰鼓不同角度的稱謂。

《宋史》『教坊』條載宋教坊大曲所用鼓樂有羯鼓、杖鼓，龜茲部有羯鼓、腰鼓、揩鼓、雞婁鼓、鞀鼓，鼓笛部有杖鼓。説明杖鼓又用作專稱，與唐代『腰鼓』的情形相同。作爲專稱的杖鼓是指一頭杖擊、一頭手拍的漢震第二鼓。換言之，漢震第二鼓單獨行用時即稱爲杖鼓。關於這一點，沈括《夢溪筆談》卷五有明確記載：

唐之杖鼓，本謂之『兩杖鼓』，兩頭皆用杖。今之杖鼓，一頭以手拊之，則唐之『漢震第二鼓』也。明帝、宋開府皆善此鼓。其曲多獨奏，如鼓笛曲也。今時杖鼓，常時只是打拍，鮮有專門獨奏之妙。古曲悉皆散亡，頃年王師南征，得《黄帝炎》一曲於交趾，乃杖鼓曲也。

『漢震第二鼓』是『漢鼓』『震鼓』『第二鼓』的合稱。在《羯鼓録》中即有『漢震第二鼓』『第二鼓』『漢震』的稱謂，宋人則稱之爲『杖鼓』。這是杖鼓在宋代的情形，極爲明瞭。

關於唐代的杖鼓，唐代文獻無記載，宋代文獻除《夢溪筆談》外亦隻字未提。恰恰因《夢溪筆談》在論『唐之杖鼓』時提及『兩杖鼓』『漢震第二鼓』，使當今研究者形成兩種觀點，一種觀點認爲唐之杖鼓即兩杖鼓，亦即羯鼓；另一種觀點認爲唐之杖鼓爲第二鼓，即和鼓，亦即用兩杖的毛員鼓。《樂器》一九八六年第四、五期載郝毅《敦煌石窟壁畫中的古樂器羯鼓》稱：『杖鼓可能爲唐時羯鼓别名兩杖鼓之簡稱。』此後學者多從此説。牛龍菲《敦煌壁畫樂史資料總録與研究》認爲『沈括所謂的「兩杖鼓」，是「毛員鼓」一類；這正是唐人謂之的「和鼓」。』又謂『雙手執兩杖擊之』的細腰鼓『即是唐人以「和鼓」稱之的「毛員鼓」。』案唐代毛員鼓如何奏法無法確知，然第二鼓（和鼓）的奏法於《羯鼓録》中則有明確記載，是一頭用杖擊，一頭用手拍。第二鼓的這種奏法至宋代均未改變。若唐時毛員鼓是用兩杖，就與第二鼓無關，即是説，唐代的『杖鼓』就是『兩杖鼓』，就決不會是第二鼓。

唐之杖鼓是否是羯鼓呢？《夢溪筆談》卷五分别於八六、八七條述『羯鼓』與『杖鼓』，將二者並列對舉。在述及杖鼓的唐宋之異時只云用兩杖與一杖之别，並未言及形制上的變化。那麽唐時的杖鼓應與第二鼓形制相同的一種細腰鼓，而非羯鼓。從其語義來看，『唐之杖鼓，本謂之兩杖鼓』，『兩杖鼓』應是該鼓的專稱，『杖鼓』則是『兩杖鼓』的省稱。《樂府雜録》恰恰有『兩杖鼓』一名。其『鼓架部』條云：『樂有笛、拍板、答鼓，即腰鼓也，兩杖鼓。』此『兩杖鼓』應當就是沈括所謂唐代的杖鼓了。如此，『杖鼓』與『兩杖鼓』二名並不能劃等號。『兩杖鼓』之名在唐代有兩個身份，一是用作專稱，簡稱爲『杖鼓』；二是作爲羯鼓的别稱。

五、餘論

綜上所述，本文考述了兩種外形的鼓。

其一爲直筒形的羯鼓與答臘鼓，其形制與奏法，史志皆有明載，極易分辨。羯鼓因出自羯中，故名羯鼓。但傳自羯人的鼓並不能都稱之爲羯鼓。周菁葆《絲綢之路的音樂文化》認爲：『安國、康國的祖先都有月氏人成分。安國就是康國的支庶，都是由月氏人所建立的政權，所以「正鼓、和鼓」当屬於羯鼓類，是月氏人發明的樂器。』『羯鼓』之名，唐宋時期始終是作爲專稱來使用的。『兩杖鼓』作爲羯鼓的别稱，大概只行於民間，正如《文獻通考》所謂『（羯鼓）世俗亦謂之兩杖鼓』，而唐宋宫廷樂部中均只稱『羯鼓』。答臘鼓與揩鼓二名則是同時行用的。《唐六典》龜兹樂部中稱『答臘鼓』，而見於《通典》與《宋史》記載的龜兹樂部中則稱『揩鼓』。關於『揩羯鼓』，筆者推測可能是揩鼓與羯鼓結合而成的一種鼓，但由於無其他文獻相佐證，故難定論，暫存疑俟考。

其次爲廣首纖腹的細腰鼓。『腰鼓』可能爲細腰鼓的省稱，與後世流行的懸掛於腰間擊奏的粗腰鼓是完全不同的兩種鼓。楊蔭瀏《談鼓》一文引唐人李淳風所注《五曹算經》中一題云：『今有腰鼓田，從八十二步，兩頭各廣三十步，中央廣十二步。問爲田幾何？』將細腰型之物喻爲腰鼓，説明唐代腰鼓在民間是極爲盛行的。據牛龍菲的統計，敦煌壁畫中的鼓樂以腰鼓爲最多，共達二百餘件，而隋唐五代時期就有一百六十件。但到了宋代，『腰鼓』之名則被『杖鼓』所取代。《夢溪筆談》卷十三載：『陵州鹽井深五百餘尺皆石也，上下甚寬廣，獨中間稍狹，謂之杖鼓腰。』唐宋時期宮廷樂中的『腰鼓』和『杖鼓』均有總稱與專稱之別。作爲總稱，與漢鼓、震鼓、魏鼓等爲同一概念，其名下包括杖鼓、腰鼓、正鼓、和鼓等鼓。作爲專稱，杖鼓與腰鼓又分別爲不同的兩種細腰鼓，前文所引《新唐書》中的一條資料，杖鼓、腰鼓即是並列的兩種鼓。

——原載《中華文化論壇》二〇一二年第六期。

唐代二部伎的性質

關於唐代二部伎的研究，目前學界有爭議的問題主要有二部伎的成立時間、『升胡部於堂上』與二部伎有何關係以及二部伎的性質等。前兩個問題已於卷四『萬歲樂』箋證内作了詳細考察。概而言之，唐代二部伎的成立時間，在貞觀十六年十部伎完成之後。然初唐時二部伎時有興廢，曲目繁多，並無定則。史志所載的十四部二部伎樂，唐前二部、太宗時三部、高宗時三部、武后時三部、玄宗時三部。岸邊成雄《唐代音樂史的研究》謂『二部伎之制度，必在十四部全部完成之玄宗朝代才能成立』。當是玄宗時對初唐以來的樂曲進行整理，重新制訂二部伎，規定了曲目、樂工、器服等，作爲制度確定下來。中唐以後二部伎開始衰微，白居易《立部伎》詩謂立部伎樂包括有散樂百戲。《樂府雜録》所載中晚唐樂部中數次提及坐、立部之名，其『坐部』『立部』顯然是作爲演奏形式、演出場所的一種泛稱，其性質與盛唐二部伎完全不同，雅、燕、俗各部樂按照演出形式，皆可稱之坐部或立部，曲目則雅樂曲、宴樂曲、散樂百戲，各隨所需。因此，二部伎的制度存續時間主要在開元、天寶間，中唐以後僅存其名而已。其次『開元二十四年，升胡部於堂上』，是將『胡部』替代『西凉樂』升於堂上，而不是將『胡部』升於堂上爲坐部伎。雖然坐部伎六部樂中有四部用『龜兹樂』，但『胡部』與『龜兹樂』爲不同的兩個樂部，既云『胡部』，則與二部伎無關。

關於二部伎的性質，是二部伎研究中爭議最大的問題。一種觀點認爲二部伎曲目既爲俗樂，二部伎的性質亦當爲俗樂。另一種觀點則認爲二部伎爲雅樂，這一觀點以岸邊成雄先生爲代表，其在《燕樂名義考》以及《唐代音樂史的研究》中認爲，唐代燕樂『系宮廷儀式方面上演燕饗的一種雅樂』，稱二部伎爲『新燕享雅樂』。今學界亦有不少學者認爲二部伎爲雅樂。這一類的研究均忽略了兩個重要環節，一是唐代宮廷音樂的分類標準，二是對『雅樂』含義的考察，致使『雅樂』這一概念的使用極爲混亂。

在唐代，尤其在盛唐，禮樂與俗樂是截然分開的，教坊與太常寺分離，教坊掌俗樂，太常寺專常禮樂，即足以説明這一點。燕樂既是宮廷燕享儀式樂，屬禮樂，則燕樂與俗樂顯然是不同的兩個音樂品種。在唐代，燕樂與俗樂也是作爲兩個並列的概念來使用的。如徐景安《樂書》中的『俗樂』是與『九部伎』並列的一個條目。《玉海》卷一〇五《樂府雜録》『胡部』條所謂『俗樂亦有坐部、立部』，俗樂亦是相對於燕樂而言。從這裏可以明確，唐代宮廷音樂是以功用而不是以作爲分類標準的，與音樂來源無關。儀式性是禮樂最重要的屬性，也是區别於俗樂的重要標志。反之，俗樂是不入儀式、不列部伍的純娱樂性音樂。二者本質性的區别就在於儀式性和非儀式性。那麼作爲唐代宮廷燕樂代表之一的二部伎，掌於太常寺，用於燕享儀式，同樣屬禮樂範疇，它的性質與音樂來源無關。同一曲目，入教坊爲俗樂，入二部伎則爲禮樂，音樂與儀式是一個有機整體，不能分割開來看待。

二部伎非俗樂，這一點可確定無疑。但將之歸入雅樂又是否合理呢？岸邊先生判定二部伎爲雅樂的依據大致有如下幾點：其一，周禮中『燕樂』用途廣泛，祭祀、饗射、賓客等場合皆用到燕樂。『就燕樂用於祭祀饗射一點言，它具有雅樂的性質』，由此而稱燕樂爲『燕饗雅樂』，『作爲雅樂的燕饗樂』等等；其二，二部伎堂上坐奏、堂下立奏，是模仿雅樂堂上登歌、堂下樂縣的形式制訂的；其三，二部伎三大舞入雅樂，『二部伎是作爲雅樂采用的』。

但是在岸邊先生的討論中常常出現自相矛盾的地方，比如謂『雅樂爲基於儒教的禮樂思想，舉行郊祀廟祭的儀式音樂，俗樂則包括自宮廷饗宴時的大樂伎至民間之俗歌俚謡，以及一切藝術性的或娛樂性的音樂在内』。這裏將宴享樂歸入俗樂，雅樂僅限於祭祀儀式樂。又謂『它（指俗樂）在被用於祭祀、燕饗、燕射後，始被稱作雅樂』，『燕樂遂被編爲雅樂的一部分』。這裏又將燕樂歸入雅樂，『雅樂』則泛指『禮樂』。但在論及同爲『禮樂』的九、十部伎與二部伎時，又分别將九、十部伎歸入燕樂，將二部伎歸入雅樂。從這裏可以很明顯地看出岸邊先生的疏漏之處：音樂分類的標準不一，『雅樂』的含義含混不清。以致燕樂時爲俗樂，時爲雅樂，或將燕樂包括在雅樂内，或將燕樂與雅樂作爲兩個並列的品名。因此要解決二部伎的性質問題，不僅涉及唐代『燕樂』這一概念是否成立，同時對於『雅樂』的界定也是必不可少的。

『雅樂』一詞有兩個基本用法，一是作爲審美範疇的概念，與俗樂、鄭衛之音相對，雅俗、雅鄭成爲音樂審美批評的一對標準。二是作爲音樂品名，指朝廷用作祭祀、大朝會等大型典禮儀式的音樂。『雅樂』的這兩種用法均是以形成於先秦儒家的雅樂觀念爲基礎分化而來。

『雅樂』一名源於先秦時期『雅』『夏』二字相通，周人以『夏人』自稱，周室王畿之地的語言爲『夏言』，亦即『雅言』，那麽王畿之地的音樂則爲『雅樂』。這裏的『雅』是基於地域區分而産生的一個概念。進而以王畿之地的音樂爲正統、典範的音樂，由此確立了『雅』爲『正』這一觀念。後世『雅』成爲文學、藝術等審美活動中重要的批評術語，以至人格修養、人生價值評判的一個標準，皆源於『雅』爲『正』這一觀念。又因『雅』『夏』相通，『夏』也同時取得了『正』的含義，成爲後世以漢族文化爲正統、以『諸夏之聲』爲正聲的思想來源。

『雅』從一個地域概念成爲一個倫理概念，是在一定的歷史背景下産生的。春秋戰國時期，隨着周王室的衰微，西周的禮樂制度遭到破壞，出現『禮崩樂壞』的局面。所謂『禮崩樂壞』，包括禮和樂兩方面，等級制度的破壞與不合禮制的音樂廣泛流行於諸侯王公貴族間。這一時期的儒家主張禮樂治國，並以西周的禮樂作爲典範，『雅樂』的含義也從周王室的音樂擴展爲合於禮制的音樂。以『雅』爲『正』即是在這一時期從尊周的角度而形成的。但在春秋戰國時期，諸侯國各自爲政，周王室名存實亡，恢復周代禮樂制度已無現實意義，論者轉而從禮樂的德教和音樂自身的規律進行探討，從中『雅樂』取得了多方面的含義。以合乎禮樂規範的音樂爲雅，以『先王之樂』爲雅，以『德音』爲雅，以『古樂』爲雅；與之對立的不合於禮制的音樂爲俗，以聲色娛樂爲目的的『鄭衛之音』『世俗之樂』爲俗，以『新樂』爲俗。後世音樂審美活動中往往不加説明地使用『雅正』『中正』『鄭衛之音』『靡靡之音』等批評術語，即是從不同角度使用了『雅樂』『俗樂』的含義。作爲音樂品名的『雅樂』也同樣包含了以上一系列的含義在内。以周代遺留的音樂或參照周禮製作的音樂作爲雅樂，並形成了樂器、樂律、樂調、音樂風格等各種『雅』的規範。

宫廷音樂品種明確以『雅樂』爲稱的最早見於《後漢書》所載『漢樂四品』中，『雅樂』與『大子樂』『黄門鼓吹』『短簫鐃歌』並列，分别用於不同的典禮儀式。『雅樂』已作爲一個獨立的門類，並設有專門的『雅樂郎』一職。《後漢書·禮儀志》劉照注引蔡邕《禮樂志》所曰漢樂四品：一曰大予樂，典郊廟、上陵、殿諸食舉之樂。二曰《周頌》雅樂，典辟雍、饗射、六宗、社稷之樂。三曰《黄門鼓吹》，天子所以宴樂群臣。四曰短簫鐃歌，軍樂。蓋《周官》所謂「王師大獻則令凱樂，軍大獻則令凱歌」也。《三國志·魏書》卷二九《杜夔傳》謂『（杜夔）以知音爲雅樂郎』。漢魏以還，各代的郊廟等大型典禮儀式音樂無論是否以『雅樂』爲稱，皆要求以『雅』爲規範，且往往以是否合於『古制』作爲判斷『雅』的標準而排斥胡俗樂。漢武帝時的郊廟樂『頗雜嘔謡』，周隋雅樂『多涉胡戎

《南史》，〔唐〕李延壽撰，中華書局一九七五年版。
《北史》，〔唐〕李延壽撰，中華書局一九七四年版。
《北齊書》，〔唐〕李百藥撰，中華書局一九七二年版。
《周書》，〔唐〕令狐德棻撰，中華書局一九七一年版。
《文心雕龍》，〔南朝梁〕劉勰撰，劉永濟校釋本，中華書局一九六二年版。
《文心雕龍》，〔南朝梁〕劉勰撰，周振甫譯本，中華書局一九八六年版。
《文選》，〔南朝梁〕蕭統編，〔唐〕李善注，上海古籍出版社一九八六年版。
《玉臺新咏》，〔南朝梁〕徐陵編，吴兆宜注，成都古籍書店影印本。
《荆楚歲時記》，〔南朝梁〕宗懔撰，《叢書集成初編》本，中華書局一九九一年版。
《洛陽伽藍記》，〔北魏〕楊衒之撰，范祥雍校注本，上海古籍出版社一九五八年版。
《世説新語》，〔南朝宋〕劉義慶撰，上海古籍出版社一九八二年影光緒十七年思賢講舍刻本。
《隋書》，〔唐〕魏徵等撰，中華書局年一九七三年版。
《唐六典》，〔唐〕李林甫等撰，陳仲夫點校，中華書局一九九二年版。
《杜陽雜編》，〔唐〕蘇鶚撰，丁如明等校點，上海古籍出版社二〇一二年版。
《隋唐嘉話》，〔唐〕劉餗撰，程毅中點校，《歷代史料筆記叢刊》本，中華書局一九七九年版。
《教坊記》，〔唐〕崔令欽撰，任半塘箋訂本，中華書局一九六二年版。
《通典》，〔唐〕杜佑撰，王文錦等點校，中華書局一九八八年版。
《羯鼓録》，〔唐〕南卓撰，上海古籍出版社一九八八年版。
《玄怪録》，〔唐〕牛僧孺編，程毅中點校，中華書局一九八二年版。

《周秦行記》，〔唐〕牛僧孺撰，〔明〕陶宗儀《説郛三種·説郛一百二十卷》本，上海古籍出版社一九八八年版。
《逸史》，〔唐〕盧肇撰，〔宋〕曾慥《類説》本，福建人民出版社一九九六年版。
《初學記》，〔唐〕徐堅著，中華書局二〇〇四年版。
《元和郡縣圖志》，〔唐〕李吉甫撰，賀次君點校，中華書局一九八三年版。
《酉陽雜俎》，〔唐〕段成式等撰，曹中孚等校點，上海古籍出版社二〇一二年版。
《元稹集》，冀勤點校，中華書局一九八二年版。
《白居易集》，顧學頡校點，中華書局一九七九年版。
《長恨歌傳》，〔唐〕陳鴻撰，丁如明輯校，《開元天寶遺事十種》本，上海古籍出版社一九八五年版。
《國史補》，〔唐〕李肇撰，《叢書集成初編》本，中華書局一九九一年。
《游方記抄》，〔唐〕圓照等撰，《大正藏》卷五一。
《佛説觀普賢菩薩行法經記》，〔日〕圓珍撰，《大正藏》卷五六。
《明皇雜録》，〔唐〕鄭處誨撰，田廷柱點校，《歷代史料筆記叢刊》本，中華書局一九九四年版。
《劇談録》，〔唐〕康駢撰，丁如明校點，上海古籍出版社二〇一二年版。
《安禄山事迹》，〔唐〕姚汝能撰，曾貽芬點校，《歷代史料筆記叢刊》本，中華書局二〇〇六年版。
《藝文類聚》，〔唐〕歐陽詢撰，上海古籍出版社一九六二年版。
《開天傳信記》，〔唐〕鄭綮撰，丁如明輯校，《開元天寶遺事十種》本，上海古籍出版社一九八五年版。
《松窗雜録》，〔唐〕李濬撰，《叢書集成初編》本，中華書局一九八五年版。
《因話録》，〔唐〕趙璘撰，上海古籍出版社一九七九年版。

《入唐求法巡禮行記》，〔唐〕圓仁著，小野勝年校注，白化文、李鼎霞、許德楠修訂校注，花山文藝出版社一九九二年版。
《甘澤謡》，〔唐〕袁郊撰，李宗爲校點，上海古籍出版社一九九一年版。
《樂府雜録》，〔唐〕段安節撰，上海古籍出版社一九八八年版。
《琵琶録》，〔唐〕段安節撰，《類説》本，《説郛三種》（一百卷）本。
《幽閑鼓吹》，〔唐〕張固撰，臺灣商務印書館影文淵閣《四庫全書》本。
《雲谿友議》，〔唐〕范攄撰，古典文學出版社一九五七年版。
《本事詩》，〔唐〕孟棨撰，古典文學出版社一九五七年版。
《樊川文集》，〔唐〕杜牧著，上海古籍出版社一九七八年版。
《大唐傳載》，佚名撰，臺灣商務印書館影文淵閣《四庫全書》本。
《沈下賢集》，〔唐〕沈亞之撰，臺灣商務印書館影文淵閣《四庫全書》本。
《韓昌黎全集》，〔唐〕韓愈著，中國書店據一九三五年世界書局本影印。
《開元天寶遺事》，〔五代〕王仁裕撰，曾貽芬點校，《歷代史料筆記叢刊》本，中華書局二〇〇六年版。
《尊前集》，朱祖謀校，蔣哲倫增校，江西人民出版社一九八四年版。
《賈氏談録》，〔五代〕張洎撰，《叢書集成初編》本，中華書局一九九一年版。
《中朝故事》，〔五代〕尉遲偓撰，夏婧點校，《歷代史料筆記叢刊》本，中華書局二〇一四年版。
《花間集》，〔五代〕趙崇祚輯，李一氓校本，人民文學一九五八年版。
《鑒誡録》，〔五代〕何光遠撰，鄧星亮、鄔宗玲、楊梅校注，巴蜀書社二〇一一年版。
《舊唐書》，〔五代〕劉昫等撰，中華書局一九七五年版。

《緑珠傳》，〔宋〕樂史撰，《説郛三種·説郛一百二十卷》本，〔明〕陶宗儀編，上海古籍出版社一九八八年版。

《新唐書》，〔宋〕歐陽修等撰，中華書局年一九七五版。

《舊五代史》，〔宋〕盧多遜等撰，中華書局一九七六版。

《新五代史》，〔宋〕歐陽修撰，中華書局一九七四版。

《五國故事》，佚名，《叢書集成初編》本，中華書局一九九一年版。

《侯鯖録》，〔宋〕趙德麟撰，中華書局二〇〇二年版。

《太平廣記》，〔宋〕李昉等編，中華書局一九六一年版。

《北夢瑣言》，〔宋〕孫光憲著，林艾園校點，《宋元筆記叢書》本，上海古籍出版社一九八一年版。

《唐會要》，〔宋〕王溥撰，中華書局一九五五年版。

《楊太真外傳》，〔宋〕樂史撰，丁如明輯校，《開元天寶遺事十種》本，上海古籍出版社一九八五年版。

《歐陽修全集》，〔宋〕歐陽修著，中國書店影世界書局一九三六年版。

《蘇東坡全集》，〔宋〕蘇軾著，中國書店一九八六年影世界書局一九三六年版。

《東坡樂府》，〔宋〕蘇軾撰，上海古籍出版社一九七九年版。

《書傳》，〔宋〕蘇軾撰，臺灣商務印書館影文淵閣《四庫全書》本。

《陳與義集》，〔宋〕陳與義撰，白敦仁校箋本，上海古籍出版社一九九〇年版。

《資治通鑑》，〔宋〕司馬光編著，中華書局一九五六年版。

《小山詞》，〔宋〕晏幾道撰，《彊邨叢書》本，上海書店、江蘇廣陵古籍刻印社一九八九年影歸安朱氏刻本。

《續資治通鑑長編》，〔宋〕李燾撰，中華書局一九七九年版。

《南唐近事》，〔宋〕鄭文寶撰，臺灣商務印書館影文淵閣《四庫全書》本。
《太平御覽》，〔宋〕李昉等編纂，中華書局一九六〇年據涵芬樓影印宋本復製重印。
《文苑英華》，〔宋〕李昉等編纂，臺灣商務印書館影文淵閣《四庫全書》本。
《樂章集》，〔宋〕柳永撰，薛瑞生校注，中華書局一九九四年版。
《艇齋詩話》，〔宋〕曾季貍撰，《叢書集成初編》本，商務印書館一九三六年版。
《南部新書》，〔宋〕錢易撰，黃壽成點校，《歷代史料筆記叢刊》本，中華書局二〇〇二年版。
《益部方物略記》，〔宋〕宋祁撰，臺灣商務印書館影文淵閣《四庫全書》本。
《六一詩話》，〔宋〕歐陽修撰，鄭文校點，人民文學出版社一九八三年版。
《麗情集》，〔宋〕張君房撰，曾慥《類説》本，福建人民出版社一九九六年版。
《江鄰幾雜志》，〔宋〕江休復撰，《叢書集成初編》本，中華書局一九九一年版。
《崇文總目》，〔宋〕王堯臣等編次，錢東垣等輯釋，《叢書集成初編》本，商務印書館一九三七年版。
《東齋記事》，〔宋〕范鎮撰，汝沛點校，《歷代史料筆記叢刊》本，中華書局二〇〇二年版。
《蜀檮杌》，〔宋〕張唐英撰，臺灣商務印書館影文淵閣《四庫全書》本。
《荔枝譜》，〔宋〕蔡襄撰，《説郛三種·説郛一百卷》本，〔明〕陶宗儀編，上海古籍出版社一九八八年版。
《山谷詞》，〔宋〕黃庭堅著，上海古籍出版社二〇〇一年版。
《石林燕語》，〔宋〕葉夢得撰，宇文紹奕考異，中華書局一九八四年版。
《樂書》，〔宋〕陳暘撰，臺灣商務印書館影文淵閣《四庫全書》本。
《清真集》，〔宋〕周邦彦撰，吴則虞校點，中華書局一九八一年版。
《東堂詞》，〔宋〕毛滂撰，《彊邨叢書》本，上海書店、江蘇廣陵古籍刻印社一九八九年影歸安朱氏刻本。

《宋高僧傳》，〔宋〕贊寧撰，中華書局一九八七年版。

《時賢本事曲子集》，〔宋〕楊繪撰，唐圭璋《詞話叢編》趙萬里輯本，中華書局一九八六年版。

《建炎以來繫年要録》〔宋〕李心傳撰，商務印書館《國學基本叢書》本。

《古今詞話》，〔宋〕楊湜撰，唐圭璋《詞話叢編》趙萬里輯本，中華書局一九八六年版。

《萍洲可談》〔宋〕朱彧撰，李偉國點校，中華書局二〇〇七年版。

《陸游集》，〔宋〕陸游著，中華書局一九七六年版。

《後山詩話》，〔宋〕陳師道撰，臺灣商務印書館影文淵閣《四庫全書》本。

《捫虱新話》，〔宋〕陳善撰，《叢書集成初編》本，商務印書館一九三九年版。

《梅苑》，〔宋〕黄大輿編，臺灣商務印書館影文淵閣《四庫全書》本。

《復齋雅歌詞》，〔宋〕鯛陽居士撰，唐圭璋《詞話叢編》趙萬里輯本，中華書局一九八六年版。

《清波雜志》，〔宋〕周煇撰，中華書局一九九四年版。

《清波別志》〔宋〕周煇撰，《叢書集成初編》本，中華書局一九八五年版。

《過庭録》，〔宋〕范公偁撰，臺灣商務印書館影文淵閣《四庫全書》本。

《方壺詩餘》，〔宋〕汪莘撰，《彊邨叢書》本，上海書店、江蘇廣陵古籍刻印社一九八九年影歸安朱氏刻本。

《西塘集耆舊續聞》，〔宋〕陳鵠撰，《叢書集成初編》本，商務印書館一九三六年版。

《襄陵文集》〔宋〕許翰撰，臺灣商務印書館影文淵閣《四庫全書》本。

《花庵詞選》，〔宋〕黄升編，臺灣商務印書館影文淵閣《四庫全書》本。

《草堂詩餘》，〔宋〕何士信編，臺灣商務印書館影文淵閣《四庫全書》本。

《重輯李清照集》，〔宋〕李清照著，黄墨谷編，齊魯書社一九八一年版。

《通志》，〔宋〕鄭樵撰，中華書局一九八七年影萬有文庫《十通》本。
《唐語林》，〔宋〕王讜撰，周勛初校證，中華書局一九八七年版。
《唐大詔令集》，〔宋〕宋敏求編，商務印書館一九五九年版。
《夢溪筆談》，〔宋〕沈括撰，胡道静《新校正夢溪筆談》本，中華書局香港分局一九七五年版。
《青箱雜記》，〔宋〕吴處厚撰，李裕民點校，中華書局一九八五年版。
《遯齋閑覽》，〔宋〕陳正敏撰，《説郛三種·説郛一百卷》本，〔明〕陶宗儀編，上海古籍出版社一九八八年版。
《異人録》，〔宋〕吴淑撰，曾慥《類説》本，福建人民出版社一九九六年版。
《茅亭客話》，〔宋〕黄休復集，《叢書集成初編》本，中華書局一九九一年版。
《南唐書》，馬令撰，《叢書集成初編》本，商務印書館一九三五年版。
《鐵圍山叢談》，〔宋〕蔡絛撰，馮惠民等點校，中華書局一九八三年版。
《西清詩話》，〔宋〕蔡絛撰，〔宋〕曾慥《類説》本，福建人民出版社一九九六年版。
《樂府詩集》，〔宋〕郭茂倩編撰，中華書局一九七九年版。
《紺珠集》，〔宋〕朱勝非編，臺灣商務印書館影文淵閣《四庫全書》本。
《海録碎事》，〔宋〕葉廷珪撰，臺灣商務印書館影文淵閣《四庫全書》本。
《野客叢書》，〔宋〕王楙撰，王文錦點校，中華書局一九八七年版。
《近世會元》，〔宋〕李上交撰，《叢書集成初編》本，中華書局一九九一年版。
《類説》，〔宋〕曾慥編纂，王汝濤等校注，福建人民出版社一九九六年版。
《樂府雅詞》，〔宋〕曾慥編，臺灣商務印書館影文淵閣《四庫全書》本。

《碧雞漫志》，〔宋〕王灼撰，《中國古典戲曲論著集成》本，中國戲劇出版社一九五九年版。
《碧雞漫志》，〔宋〕王灼撰，唐圭璋《詞話叢編》本，中華書局一九八五年版。
《碧雞漫志》，〔宋〕王灼撰，上海古籍出版社一九八八年版。
《苕溪漁隱叢話》，〔宋〕胡仔纂集，廖德明校點，周本淳重訂，人民文學出版社一九六二年版。
《長安志》，〔宋〕宋敏求撰，臺灣商務印書館影文淵閣《四庫全書》本。
《詩話總龜》，〔宋〕阮閲編，周本淳校點，人民文學出版社一九八七年版。
《朱子語類》，〔宋〕黎靖德編，中華書局一九八六年版。
《鄮峰真隱大曲》，〔宋〕史浩撰，《彊邨叢書》本，上海書店、江蘇廣陵古籍刻印社一九八九年影歸安朱氏刻本。
《郡齋讀書志》，〔宋〕晁公武撰，孫猛校證，上海古籍出版社一九九〇年版。
《韻語陽秋》，〔宋〕葛立方撰，上海古籍出版社影宋刻本。
《雍録》，〔宋〕程大昌撰，黄永年點校，中華書局二〇〇二年版。
《混元聖紀》，〔宋〕謝守灝編，《正統道藏》第十七册。
《能改齋漫録》，〔宋〕吴曾撰，臺灣商務印書館影文淵閣《四庫全書》本。
《直齋書録解題》，〔宋〕陳振孫撰，徐小蠻、顧美華點校，上海古籍出版社一九八七年版。
《玉海》，〔宋〕王應麟撰，廣陵書社二〇〇七年影清光緒九年浙江書局刊本。
《詩人玉屑》，〔宋〕魏慶之編，王仲聞校點，上海古籍出版社一九七八年版。
《容齋隨筆》，〔宋〕洪邁著，上海古籍出版社一九七八年版。
《夷堅志》，〔宋〕洪邁著，何卓點校，中華書局一九八一年版。

《萬首唐人絶句》，〔宋〕洪邁編，臺灣商務印書館影文淵閣《四庫全書》本。
《盤洲樂章》，〔宋〕洪适撰，《彊邨叢書》本，上海書店、江蘇廣陵古籍刻印社一九八九年影歸安朱氏刻本。
《揮麈録》，〔宋〕王明清撰，中華書局一九六一年版。
《遂初堂書目》，〔宋〕尤袤撰，《叢書集成初編》本，商務印書館一九三五年版。
《唐詩紀事》，〔宋〕計有功撰，王仲鏞校箋，中華書局二〇〇七年版。
《東京夢華録》，〔宋〕孟元老撰，《叢書集成初編》本，商務印書館一九三六年版。
《都城勝紀》，〔宋〕耐得翁撰，上海古籍出版社一九九三年版。
《東都事略》，〔宋〕王偁撰，臺灣商務印書館影文淵閣《四庫全書》本。
《白石道人歌曲》，〔宋〕姜夔撰，四川人民出版社影鮑廷博手校張奕樞本。
《癸辛雜識》，〔宋〕周密撰，吴企明點校，中華書局一九八八年版。
《齊東野語》，〔宋〕周密撰，張茂鵬點校，中華書局一九八八年版。
《武林舊事》，〔宋〕四水潛夫輯，西湖書社一九八一年版。
《玉海》，〔宋〕王應麟編撰，廣陵書社二〇〇七年版。
《樂府指迷》，〔宋〕沈義父撰，蔡嵩雲箋釋，人民文學出版社一九六三年版。
《詞源》，〔宋〕張炎撰，蔡楨疏證，中國書店一九八五年影金陵大學中國文化研究所排印本。
《文獻通考》，〔宋〕馬端臨撰，浙江古籍出版社影萬有文庫《十通》本。
《方輿勝覽》，〔宋〕祝穆撰，祝洙增訂，中華書局二〇〇三年版。
《事林廣記》，〔元〕陳元靚撰，中華書局一九六三年版。
《夢粱録》，〔宋〕吴自牧撰，《叢書集成初編》本，商務印書館一九三九年版。

《宋史》，〔元〕脱脱等撰，中華書局一九七七年版。
《閒居録》，〔元〕吾衍撰，臺灣商務印書館影文淵閣《四庫全書》本。
《通雅》，〔明〕方以智撰，臺灣商務印書館影文淵閣《四庫全書》本。
《詞苑叢談》，〔明〕徐釚編著，王百里校箋，人民文學出版社一九九八年版。
《藝苑卮言》，〔明〕王世貞撰，唐圭璋《詞話叢編》趙萬里輯本，中華書局一九八六年版。
《説郛三種》，〔明〕陶宗儀編，上海古籍出版社一九八八年版。
《歷代名臣奏議》，〔明〕楊士奇等撰，臺灣商務印書館影文淵閣《四庫全書》本。
《飛燕遺事》，〔明〕陶宗儀編，《説郛三種·説郛一百二十卷》本，上海古籍出版社一九八八年版。
《諧噱録》，劉訥言撰，〔明〕陶宗儀《説郛三種·説郛一百二十卷》本，上海古籍出版社一九八八年版。
《樂律全書》，〔明〕朱載堉撰，臺灣商務印書館影文淵閣《四庫全書》本。
《潛邱札記》，〔明〕閻若璩撰，臺灣商務印書館影文淵閣《四庫全書》本。
《天皇至道太清玉册》，〔明〕朱權編撰，《正統道藏》第三十六册。
《唐音癸籤》，〔明〕胡震亨著，上海古籍出版社一九八一年版。
《山堂肆考》，〔明〕彭大翼撰，臺灣商務印書館影文淵閣《四庫全書》本。
《花草粹編》，〔明〕陳耀文輯，臺灣商務印書館影文淵閣《四庫全書》本。
《唐詩品彙》，〔明〕高棅編，上海古籍出版社一九八二年影辭書出版社藏明汪宗尼校訂本。
《高麗史·樂志》，〔朝鮮〕李朝鄭麟趾撰，韓國奎章閣藏本。
《樂學軌範》，〔朝鮮〕成俔、申末平、柳子光等撰，文化藝術出版社二〇一三年影印本。
《詞苑叢談校箋》，〔清〕徐釚撰，王百里校箋，人民文學出版社一九八八年版。

《兩京城坊考》，〔清〕徐松撰，《連筠簃叢書》本。
《詞譜》，中國書店一九七九年影康熙五十四年内府刻本。
《詞林紀事》，〔清〕張思岩、宗橚輯，成都古籍書店一九八二年版。
《全蜀藝文志》，臺灣商務印書館影文淵閣《四庫全書》本。
《詞綜》，〔清〕朱彝尊、汪森編，李慶甲校點，上海古籍出版社一九七八年版。
《詩藪》，〔明〕王應麟撰，中華書局一九六二年版。
《詞品》，〔明〕楊慎撰，《叢書集成初編》本，中華書局影天都閣本。
《全唐詩》，上海古籍出版社一九八六年影康熙揚州詩局本。
《全唐文》，中華書局一九八三年影印本。
《本事詞》，〔清〕葉申薌撰，李學穎標點，上海古籍出版社一九九一年版。
《歷代詩話》，〔清〕吴景旭撰，臺灣商務印書館影文淵閣《四庫全書》本。
《劉熙載集》，〔清〕劉熙載撰，華東師範大學出版社一九九三年版。
《宋詩紀事》，〔清〕厲鶚輯撰，上海古籍出版社一九八三年版。
《玉函山房輯佚書續編三種》，〔清〕王仁俊輯，上海古籍出版社一九八九年版。
《格致鏡原》，〔清〕陳元龍編，臺灣商務印書館影文淵閣《四庫全書》本。
《詩札》，〔清〕毛奇齡撰，臺灣商務印書館影文淵閣《四庫全書》本。
《四庫全書總目》，〔清〕永瑢等撰，中華書局一九六五年版。
《越縵堂讀書記》，〔清〕李慈銘撰，中華書局二〇〇六年版。
《尚書大傳》，〔清〕孫之騄輯，臺灣商務印書館影文淵閣《四庫全書》本。

《周禮正義》，〔清〕孫詒讓正義，中華書局一九八七年版。
《香研居詞塵》，〔清〕方成培撰，光緒二年《嘯園叢書》本。
《燕樂考原》，〔清〕凌廷堪著，《燕樂三書》本，黑龍江人民出版社一九八六年版。
《人間詞話》，王國維著，人民文學出版社一九六〇年版。
《宋詞紀事》，唐圭璋編著，上海古籍出版社一九八二年版。
《全金元詞》，唐圭璋編，中華書局一九七九年版。
《中國音樂小史》，許之衡著，《萬有文庫》本，商務印書館一九二〇年版。
《詞調溯源》，夏敬觀著，商務印書館一九三六年版。
《敦煌曲初探》，任二北著，上海文藝聯合出版社一九五四年版。
《敦煌曲校録》，任二北著，上海文藝聯合出版社一九五五年版。
《唐人小説》，汪辟疆校録，古典文學出版社一九五五年版。
《中國音樂史綱》，楊蔭瀏著，音樂出版社一九五五年版。
《唐代長安與西域文明》，向達著，上海三聯書店一九五七年版。
《唐戲弄》，任半塘著，作家出版社一九五八年版。
《教坊記箋訂》，〔唐〕崔令欽撰，任半塘箋訂，中華書局一九六二年版。
《東亞樂器考》，〔日〕林謙三著，錢稻孫譯，人民音樂出版社一九六二年版。
《全宋詞》，唐圭璋編，中華書局一九五八年版。
《唐代音樂史的研究》，〔日〕岸邊成雄著，梁在平等譯，臺灣中華書局一九七三年版。
《元白詩箋證稿》，陳寅恪著，上海古籍出版社一九七八年版。

《唐代舞蹈》，歐陽予倩主編，上海文藝出版社一九八〇年版。
《全宋詞補輯》，孔凡禮輯，中華書局一九八一年版。
《姜白石詞編年箋校》，夏承燾箋校，上海古籍出版社一九八一年版。
《詞與音樂》，陳堯民著，雲南人民出版社一九八二年版。
《唐宋大曲考》，王國維著，《王國維遺書》第十册，上海書店出版社一九八三年版。
《中國琵琶史稿》，韓淑德、張之年著，四川人民出版社一九八五年版。
《隋唐燕樂調研究》，〔日〕林謙三著，郭沫若譯，《燕樂三書》本，黑龍江人民出版社一九八六年版。
《燕樂探微》，邱瓊蓀著，《燕樂三書》本，黑龍江人民出版社一九八六年版。
《楊蔭瀏音樂論文選集》，楊蔭瀏著，上海文藝出版社一九八六年版。
《成都城坊考》，王文才著，巴蜀書社一九八六年版。
《絲綢之路的音樂文化》，周菁葆著，新疆人民出版社一九八七年版。
《飲冰室合集》，梁啓超著，中華書局年一九八九年版。
《詞源解箋》，鄭孟津、吴平山著，浙江古籍出版社一九九〇年版。
《冒鶴亭詞曲論文集》，冒廣生著，上海古籍出版社一九九二年版。
《唐五代志怪傳奇叙録》，李劍國著，南開大學出版社一九九三年版。
《唐代體育》，潘孝偉著，西北大學出版社一九九五年版。
《宋元戲曲史》，王國維著，華東師範大學出版社一九九五年版。
《唐代酒令藝術》，王昆吾著，東方出版中心一九九五年版。
《宋代文學思想史》，張毅著，中華書局一九九五年版。

《隋唐五代燕樂雜言歌辭研究》，王昆吾著，中華書局一九九六年版。
《唐人筆記小說考索》，周勛初著，江蘇古籍出版社一九九六年版。
《敦煌藝術宗教與禮樂文明》，姜伯勤著，中國社會科學出版社一九九六年版。
《敦煌壁畫樂史資料總録與研究》，牛龍菲著，敦煌文藝出版社一九九六年版。
《隋唐五代燕樂雜言歌辭研究》，王昆吾著，中華書局一九九六年版。
《詩言志辨》，朱自清著，華東師範大學出版社一九九六年版。
《中國古代音樂史》，黃翔鵬著，臺灣臺北漢唐樂府一九九七年版。
《宗周社會與禮樂文明》，楊向奎著，人民出版社一九九七年版。
《道教齋醮科儀研究》，張澤洪著，巴蜀書社一九九九年版。
《宋詞辨》，謝桃坊著，上海古籍出版社一九九九年版。
《詞學辨》，謝桃坊著，上海古籍出版社二〇〇七年版。
《詞曲史》，王易著，江蘇教育出版社二〇〇五年版。
《敦煌吐魯番學論稿》，柴劍虹著，浙江教育出版社二〇〇〇年版。
《碧雞漫志校正》，岳珍校正，巴蜀書社二〇〇〇年版。
《唐樂古譜譯讀》，葉棟著，上海音樂出版社二〇〇一年版。
《變文講唱與華梵宗教藝術》，李小榮著，上海三聯書店二〇〇二年版。
《中國樂律學探微——陳應時音樂文集》，陳應時著，上海音樂出版社二〇〇四年版。
《華夏舊樂新證——鄭祖襄音樂文集》，鄭祖襄著，上海音樂學院出版社二〇〇五年版。
《王灼集》，王灼著，李孝中、侯何芳輯注，巴蜀書社二〇〇五年版。

《兩唐書樂志研究》，孫曉輝著，上海音樂學院出版社二〇〇五年版。
《中國傳統音樂樂譜學》，王耀華等著，福建教育出版社二〇〇六年版。
《唐聲詩》，任半塘著，上海古籍出版社二〇〇六年版。
《唐五代詞研究史稿》，高峰著，齊魯書社二〇〇六年版。
《北宋詞研究史稿》，劉靖淵、崔海正著，齊魯書社二〇〇六年版。
《南宋詞研究史稿》，鄧紅梅、侯方元著，齊魯書社二〇〇六年版。
《敦煌歌辭總編》，任半塘編著，上海古籍出版社二〇〇六年版。
《中國音樂文學史》，朱謙之著，上海人民出版社二〇〇六年版。
《歷代教坊與演劇》，張影著，齊魯書社二〇〇七年版。
《滄州集》，孫楷第著，中華書局二〇〇九年版。
《聞一多講國學》，華文出版社二〇〇九年版。
《碧雞漫志校正》（修訂本），岳珍校正，人民文學出版社二〇一五年版。